KNAUR

Von der Autorin sind bereits im Knaur Taschenbuch erschienen:
Annas kleiner Teeladen
Das kleine Bistro in Little Somerby

Über die Autorin:
Fay Keenan lebt mit ihren zwei Töchtern, ihrem Ehemann Nick und einigen Tieren in der wundervollen Umgebung Somersets im Westen Englands. Wenn Fay sich nicht gerade liebevoll um ihre Kinder kümmert oder an ihrem neuesten Schreibprojekt sitzt, unterrichtet sie an einer weiterführenden Schule Englisch. Sie unternimmt gerne lange Spaziergänge durch die Landschaft Somersets und liebt es, den selbst gemachten Cider der Höfe in ihrer Nachbarschaft zu kosten. Beides war eine Inspiration für das fiktive Städtchen Little Somerby.

FAY KEENAN

Sommerglück im Apfelgarten

Roman

Aus dem Englischen
von Simone Jakob und Anne-Marie Wachs

KNAUR

Die englische Originalausgabe erschien 2018
unter dem Titel »Summer in the Orchard« bei Aria, London.

Besuchen Sie uns im Internet:
www.knaur.de

Aus Verantwortung für die Umwelt hat sich die Verlagsgruppe Droemer Knaur zu einer nachhaltigen Buchproduktion verpflichtet. Der bewusste Umgang mit unseren Ressourcen, der Schutz unseres Klimas und der Natur gehören zu unseren obersten Unternehmenszielen. Gemeinsam mit unseren Partnern und Lieferanten setzen wir uns für eine klimaneutrale Buchproduktion ein, die den Erwerb von Klimazertifikaten zur Kompensation des CO_2-Ausstoßes einschließt. Weitere Informationen finden Sie unter: www.klimaneutralerverlag.de

MIX
Papier aus verantwortungsvollen Quellen
FSC www.fsc.org
FSC® C014496

Deutsche Erstausgabe Mai 2022
Knaur Taschenbuch

Dieses Werk wurde vermittelt durch die
Literarische Agentur Thomas Schlück GmbH, 30161 Hannover.
Redaktion: Sandra Lode
Covergestaltung: ZERO Werbeagentur, München
Coverabbildung: Collage unter Verwendung
von Motiven von Shutterstock.com
Illustrationen im Innenteil: Kamieshkova/Shutterstock.com
Satz: Adobe InDesign im Verlag
Druck und Bindung: GGP Media GmbH, Pößneck
ISBN 978-3-426-52344-5

2 4 5 3 1

Für Mum und Dad … für alles

1

Sophie Henderson blickte in das Meer teilnahmsloser Gesichter und musste schlucken. Egal wie oft sie sich sagte, dass alles gut gehen würde und dass es keine große Sache war, ihre ehemalige Schule zu besuchen und von ihrer Arbeit zu erzählen – für sie war das alles andere als eine Kleinigkeit. *Es hat schon seinen Grund, weshalb ich nie Lehrerin werden wollte*, dachte sie, während Mr Jones, der Oberstufenleiter, sich immer noch mit der Begrüßung aufhielt.

Die Aula der Churchwell School hatte sich in den gut zehn Jahren seit Sophies Schulabschluss kaum verändert, und so fühlte sie sich auf unangenehme Weise wieder wie damals als Schülerin – auch wenn sie wusste, wie viel Zeit vergangen war, seit sie selbst da unten gesessen und Matthew Carter, der Geschäftsführer von Carter's Cider, den gleichen Vortrag über die Firma gehalten hatte wie jetzt sie selbst. Dass die Schüler in ihrer beneidenswert jugendlichen Frische sie von ihren Plastikstühlen aus eindeutig gelangweilt anstarrten, trug nicht gerade dazu bei, ihre Nerven zu beruhigen. Hatte sie selbst damals auch so dreingeschaut, als Matthew zum Berufs-Informationstag gekommen war? Hoffentlich nicht.

»Daher bin ich überzeugt, dass Sophie nicht nur mit den Mythen aufräumen wird, die sich um die Arbeit einer Kellermeisterin ranken, sondern auch erläutern kann, warum ein Job bei

Carter's Cider genau das Richtige für euch sein könnte.« Als Mr Jones mit seiner Einführung fertig war, warf er Sophie einen Blick zu, die sich daraufhin etwas zu schnell von ihrem Stuhl erhob, sodass dieser gefährlich ins Schwanken geriet, ehe er lautstark wieder auf die Holzdielen des Podiums zurückkippte. Sie versuchte, nicht an ihre weichen Knie zu denken, und schaute mit aufgesetztem Lächeln ins Publikum, das nicht ganz freiwillig dort ausharrte.

»Guten Morgen«, sagte sie, wobei ihre Stimme im Saal leicht hallte. »Ich freue mich sehr, dass ich heute hier sein darf.«

Als sie eine kurze Pause zum Luftholen machte, war sie sich sicher, aus der ersten Reihe ein geflüstertes »Wenigstens eine« zu hören.

»Ich hoffe, ich kann heute all eure Fragen über die Arbeit bei Carter's Cider beantworten. Vielleicht spielen ja ein paar von euch mit dem Gedanken, sich nächsten Sommer nach den Prüfungen bei uns auf eine Lehrstelle zu bewerben.«

»Klar, wenn wir uns mit dem Cider die Kante geben dürfen!«, sagte ein Schüler, gefolgt von lautem Gelächter.

Sophies Lächeln verrutschte leicht. »Also, lustig, dass du das erwähnst, denn die Cider-Verkostung ist tatsächlich Teil meiner Arbeit. Wer weiß, vielleicht gehört das dann auch zu euren Aufgaben. Natürlich nur, wenn ihr alt genug seid, um Alkohol zu trinken.«

Da sich der Zwischenrufer durch Sophies Schlagfertigkeit, wie die Schüler es sagen würden, »voll blamiert« hatte – jedenfalls hatte sie ihm damit den Wind aus den Segeln genommen –, lachte das Publikum jetzt noch lauter, und Sophie fühlte sich dadurch so ermutigt, dass die Anspannung von ihr abfiel. Sie hatte nur deshalb eingewilligt, am Berufs-Informationstag einen Vortrag zu halten, weil David Armitage, der Leiter der Cider-Produktion, versehentlich noch einen anderen Termin zur selben Zeit hatte und, wie er selbst einräumte, »für eine Rede vor den jungen Leuten ohnehin schon etwas zu betagt« sei. Selbst mit ihren neunundzwanzig Jahren spürte Sophie während ihres Vortrags deutlich den Altersunterschied zum Publikum, doch seit ihrem Schulabschluss war ja auch viel passiert. Nach zehn Jahren im Cider-Geschäft war sie zur stellvertretenden Leiterin der Cider-Produktion aufgestiegen und zudem eine engagierte und eloquente Rednerin.

Erst als Sophie ihren Vortrag beendet hatte und für Fragen zur Verfügung stand, spürte sie wieder einen Anflug von Nervosität. Was, wenn sich keiner der Schüler meldete? Sollte sie einfach stehen bleiben oder sich wieder setzen? Mr Jones hatte nicht genau gesagt, was im Anschluss passieren sollte. Zum Glück hob jemand in einer der vorderen Reihen die Hand. Sophie seufzte erleichtert.

»Also, Sie probieren den Cider, bevor er Ihre Fabrik verlässt, oder?«

»Genau.«

»Und was machen Sie, wenn er nicht schmeckt? Schütten Sie den dann weg oder wie?«

»Na ja.« Sophie schmunzelte. »Glücklicherweise kommt das nicht sehr oft vor, denn unser Cider ist ziemlich gut, das finden sowohl wir als auch unsere Kunden. Wobei …« Sie machte eine kleine Kunstpause. »Vor einem Jahr gab es einen Vorfall, nach dem wir ungefähr siebzigtausend Pints aus einem der Eichenbottiche in der Scheune entsorgen mussten.«

»Siebzigtausend!«, staunte Mr Jones. »Das scheint mir eine unerhörte Verschwendung. Ich bin sicher, dafür hätte durchaus noch jemand Verwendung gefunden.« Er deutete grinsend auf sich selbst. Die Schüler lachten halbherzig über seinen lahmen Versuch, witzig zu sein.

»Das glaube ich kaum«, entgegnete Sophie mit einem freundlichen Kopfschütteln. »Schließlich verunreinigt es das Produkt schon ein bisschen, wenn jemand in einen Cider-Bottich geworfen wird!«

Die Oberstufenschüler wirkten plötzlich deutlich interessierter. »Kommt so etwas öfter vor?«, fragte Mr Jones.

»Nein, Gott sei Dank nicht. Und ich glaube, man kann sich das nur erlauben, wenn einem das Unternehmen gehört.« Sophie hatte natürlich auf den Abend angespielt, als Jonathan Carter, das schwarze Schaf der Familie und damals Miteigentümer von Carter's Cider, einen Mann, der die Liebe seines Lebens bedroht hatte, in einen der alten Eichenbottiche geworfen hatte. Jonathan hatte den Kerl schließlich der örtlichen Polizei übergeben, und wenngleich die Details des Falls nie an die Öffentlichkeit gedrungen waren, war die Episode im Ort zur Legende geworden. Schließlich handelte es sich um die spektakulärste Cider-Zutat, seit Jonathans inzwischen verstorbener Vater Jack Carter in den frühen Achtzigerjahren die Rezepturen seines Großvaters abgewandelt hatte und eine Reihe von Landwirten im Dorf deswegen eine Traktordemonstration vor den Toren der Cider-Farm organisiert hatten.

»Es hat vier Tage gedauert, den Bottich zu leeren, zu säubern und mit neuem Vintage-Verschnitt zu füllen. Das hat die Produktion für eine Weile unterbrochen, aber glücklicherweise hat der Mann keinen allzu großen Schaden angerichtet.«

»Ist er denn nicht ertrunken?«, rief einer der Schüler.

»Jeder Bottich ist innen mit einer Edelstahlleiter ausgestattet, damit die Fassmacher hineinsteigen können, wenn Reparaturen anstehen«, antwortete Sophie. »Und dem Mann wäre zwar ziemlich kalt geworden, aber er hätte auch bis zu seiner Befreiung Wasser – oder Cider – treten können.«

»Wäre auch nicht die schlechteste Art, den Löffel abzugeben«, fügte Mr Jones mit einem Grinsen hinzu. Wieder lachten die Anwesenden pflichtbewusst. »Danke, Sophie, für diesen informativen Einblick in Ihren Beruf und das Unternehmen, für das Sie arbeiten. Und wenn jemand Interesse hat, sich nächstes Jahr auf einen Ausbildungsplatz zu bewerben, am Ausgang liegen Informationsblätter, die ihr nachher beim Rausgehen mitnehmen könnt.« Er schüttelte Sophie die Hand, sagte leise: »Gut gemacht«, und sie ging von der Bühne.

Als sie hinter dem Vorhang die Stufen hinabsteigen wollte, erstarrte sie plötzlich. Ein schmerzlich vertrauter Aftershaveduft hing in der Luft. Sie wartete im Dunkeln oben an den Stufen und verfluchte ihre zittrigen Beine.

»Nach dir, Sophie«, flüsterte eine Stimme. »Toller Vortrag übrigens.«

»Was machst du denn hier?«, murmelte Sophie und versuchte, sich ihr Unbehagen nicht anmerken zu lassen.

»Wahrscheinlich das Gleiche wie du.« Vorsichtig stieg sie die ausgetretenen Holzstufen hinab und näherte sich dabei der Gestalt. »Ich werde den Schülern hier einen Vortrag darüber halten, dass man für seinen Lebensunterhalt arbeiten muss.«

»Ich bezweifle, dass du dafür qualifiziert bist.« Sophie wollte an ihm vorbeigehen, doch er streckte den Arm aus und hielt sie zurück. Als sie aufblickte, sah sie ihrem Ex-Freund in die Augen – Mark Simpson, Chef eines Molkereibetriebs, der ein paar Meilen von der Schule entfernt lag. Bei der Erinnerung an ihre letzte Begegnung versetzte es ihr einen Stich, und sie hoffte, dass er das Thema nicht hier, in Hörweite der versammelten Oberstufenschüler, ansprechen würde.

»Sei doch nicht so«, entgegnete Mark, die Hand immer noch an ihrem Ellbogen. »Warum gehen wir heute Abend nicht was trinken? Um über alles zu reden?«

»Es gibt nichts zu bereden.« Sophie zog ihren Arm zurück. »Und da du das letzte Mal mit mir reden wolltest, als ich dich dabei erwischt habe, wie du deine Verwaltungsmitarbeiterin gevögelt hast, in diesem Witz von einem Büro, wo du arbeitest, denke ich, du wirst mir ebenfalls nicht viel zu sagen haben.« Sie hob den Kopf und ging geradewegs Richtung Ausgang, ohne der Versuchung zu erliegen, sich noch einmal umzuschauen. Sie blieb nur kurz stehen, um sich aus dem Besucherbuch auszutragen, dann verließ sie das Schulgebäude. Als sie bei ihrem Wagen angelangt war, zitterten ihre Hände kaum noch.

Bevor sie den Motor anließ, nahm sie ihr Telefon zur Hand und schaute in ihre E-Mails. Ganz oben in ihrem Posteingang fand sich wieder mal eine Mail von einer konkurrierenden Cider-Farm, Martingtons in Herefordshire. Eine alte Bekannte dort versuchte schon seit Jahren, sie von Carter's abzuwerben, und mit jeder Mail von Alannah wurde das Jobangebot attraktiver. Sophie schwankte immer noch: Sollte sie kündigen und den Schritt in eine neue Karrierephase wagen, die Sicherheit und das Vertraute aufgeben, ihre Komfortzone verlassen? Oder sollte sie bei Carter's bleiben und hoffen, dass David, sosehr sie ihn mochte, irgendwann in naher Zukunft den Verkostungskrug an sie weiterreichen würde?

Sophie beschloss, das Angebot heute nach der Arbeit genauer zu prüfen, und warf einen Blick auf die anderen Nachrichten. Eine E-Mail von ihrer Großmutter Lily mit vielen Bildern im Anhang war auch darunter. Lily, von Beruf Liebesromanautorin, hatte jüngst Pinterest für sich entdeckt und war eifrig damit beschäftigt, virtuelle Pinnwände mit Bildern von »umwerfenden männlichen Hauptfiguren« zusammenzustellen, die sie bei der Arbeit an ihrem neuesten Roman inspirieren sollten. Lilys aktueller »Held« war Keanu Reeves, und Sophie hatte in den letzten

Monaten schon einige gemütliche Abende auf Lilys Sofa verbracht und sich mit ihr durch seine umfangreiche Filmografie gearbeitet. Lily war, wie bei einer Autorin von Liebesromanen nicht anders zu erwarten, besonders von *The Lake House* und *Sweet November* angetan, während Sophie eher die *John Wick*-Filme mochte. Schmunzelnd scrollte sie durch die E-Mail, die mindestens zehn Bilder von Keanu enthielt, und beschloss, nach der Arbeit bei ihrer Großmutter vorbeizuschauen. Wenigstens hatte diese Mail sie nach der Begegnung mit Mark ein wenig aufgeheitert, dachte sie, als sie vom Schulparkplatz zurück zu Carter's Cider fuhr. Mit ihrem Ex wollte sie sich keine Sekunde länger beschäftigen als unbedingt nötig.

2

Donnerwetter … schau mal, wer da gerade mit dem Chef reinkommt.«

Sophie hob bei Lauras Bemerkung ruckartig den Kopf. Den ganzen Vormittag über, seit sie von der Churchwell School zurückgekommen war, hatte sie mit ihrer Kollegin auf der Filtrationsebene gearbeitet, völlig versunken in die Welt von Tanninen, Timing und Tests. »Was? Wer?« Sie prüfte noch den Druck der Cider-Charge, deren Verkostung anstand, und wandte sich dann in die Richtung, in die Laura, eine Hand in die Seite gestemmt, nicht gerade unauffällig deutete. Matthew Carter kam auf sie zu, begleitet von einem großen, dunkelhaarigen, auffallend gut aussehenden Fremden. Der Unbekannte trug leicht ausgeblichene Jeans, ein weißes T-Shirt und darüber ein offenes kariertes Hemd. Er war genauso groß wie Matthew und von ähnlicher Statur. Sophie versuchte, den Mann mit seinen langen, nicht ganz geraden Beinen, den muskulösen Armen, dem schlanken Oberkörper und dem freundlichen Lächeln, mit dem er alles und jeden bedachte, nicht allzu offensichtlich anzustarren. *Japp, Donnerwetter*, dachte sie, während Matthew und der Unbekannte näher kamen.

Von der anderen Seite der Plattform schritt ihr Chef David auf die beiden Männer zu. Er schüttelte dem Besucher die Hand und bedeutete Sophie, sich zu ihnen zu gesellen. Sie ignorierte Lauras neidischen Blick und folgte der Aufforderung.

»Sophie, ich möchte dir Alex Fraser vorstellen«, sagte Matthew. »David hat vorgeschlagen, dass du ihn den Sommer über während seines Praktikums betreust, denn Alex möchte mehr über die verschiedenen Apfelsorten aus Somerset erfahren, die wir hier verarbeiten.«

Alex' Händedruck war warm und kräftig, und Sophie gefiel, wie er ihr direkt in die Augen sah. »Schön, Sie kennenzulernen, Sophie.«

»Ebenso.« Ja, natürlich, jetzt fiel ihr auch wieder ein, dass sie besprochen hatten, einen Praktikanten einzustellen. Sie war gedanklich so mit ihrem Vortrag vor den Oberstufenschülern beschäftigt gewesen, dass ihr ganz entfallen war, dass David für den Sommer ein Praktikum ausgeschrieben hatte, das nicht so gut bezahlt war wie die Lehrstellen und von Ende Juni bis September dauern sollte. Sophie hatte einen pickligen Teenager aus der Schule hier im Dorf erwartet, der sich mehr mit seinem Smartphone beschäftigen würde, als etwas über das Handwerk zu lernen. Mit so einem umwerfend aussehenden Mann hatte sie nun wirklich nicht gerechnet. Seinem Akzent nach stammte er auch nicht aus der Gegend.

»Alex ist aus Vancouver rübergekommen, um herauszufinden, ob unsere heimischen Somerset-Äpfel mit kanadischen Sorten kombiniert werden könnten«, fuhr Matthew fort. »Ich denke, er sollte unser Unternehmen von Grund auf kennenlernen. Daher wird er während seiner Zeit bei uns mit verschiedenen Kollegen zusammenarbeiten, hauptsächlich aber mit dir und David – damit er wirklich ein Gefühl fürs Mischen und Verkosten bekommt. Ich hoffe, dass wir alle auf lange Sicht voneinander lernen können.« Er wandte sich nun wieder Alex zu. »Alex, ich gebe dich jetzt in Sophies und Davids kompetente Hände. Ich wünsche dir eine erfolgreiche und angenehme Zeit bei uns. Wenn du Fragen hast, kannst du dich jederzeit an mich oder meinen Bruder Jonathan wenden.«

»Danke«, sagte Alex lächelnd. Er und Matthew schüttelten sich die Hand, und Matthew verabschiedete sich.

»Also, was führt dich – sagen wir doch gleich du – zu Carter's Cider?«, fragte Sophie, während sie mit Alex und David dorthin schlenderte, wo sie kurz zuvor mit Laura gearbeitet hatte. »Für ein Praktikum mit Mindestlohnvergütung hast du ja eine weite Reise auf dich genommen!«

»Ja, aber das ist okay. Ich habe vor Kurzem eine Cider-Kelterei in der Nähe von Vancouver gekauft, und bevor ich richtig loslege, wollte ich mich schlaumachen, wie man so ein Geschäft am besten aufzieht. Auf Carter's bin ich gekommen, weil ich hier etwas über englische Apfelsorten lernen kann, das sind die weltbesten Cider-Äpfel. Ich hab mich zwar gründlich über die heimischen kanadischen Sorten informiert, aber ich will eine original anglokanadische Mischung kreieren, die würde sich in Kanada sehr gut verkaufen.«

»Was ist mit französischen Sorten? Es gibt ein, zwei aus Frankreich, die wir für unsere Rezepturen nutzen, und sicherlich sind doch einige mit den französischen Siedlern nach Kanada gekommen?«

»Ja, natürlich«, erwiderte Alex hastig. »Aber die werden hauptsächlich in Quebec genutzt, wo die Anbaubedingungen etwas anders sind. Ich suche dezidiert englische Sorten, die robust genug sind, um einen Winter in Vancouver zu überstehen.«

»Na, dann bist du hier genau richtig.« Sophie konnte Alex' Begeisterung für sein Projekt spüren. Neue Craft-Keltereien schossen überall wie Pilze aus dem Boden, daher war es für Sophie nicht überraschend, dass man sich auch im Ausland für Carter's Cider interessierte; sie waren schließlich eine der größten Marken in Großbritannien. »Wenn du was über englische Äpfel lernen willst, sind wir die richtige Adresse. Leider lebt Jack Carter nicht mehr – Matthews und Jonathans Vater. Er wusste einfach alles über den Apfelanbau.«

»Davon habe ich gehört«, erwiderte Alex, und obwohl er es leichthin aussprach, hatte Sophie bemerkt, dass er sich vorher kurz auf die Lippen gebissen hatte; anscheinend war er wirklich nervös, weil er einen guten Eindruck machen wollte.

»Hier gibt es jede Menge zu lernen«, sagte sie, »wundere dich also nicht, wenn dir heute Abend der Kopf schwirrt!«

Die beiden verabschiedeten sich von David und machten sich auf den Weg nach draußen in den Haupthof, wo sich die Obstwaschanlage befand. »Stehst du schon lange auf Cider?«, fragte Sophie im Gehen, musste aber sofort schallend lachen. »Tut mir leid, das war eine blöde Formulierung. Was ich meine, ist: Warum willst du eine Cider-Farm betreiben?«

»Ich möchte mich beruflich verändern«, erklärte Alex, als sie blinzelnd ins helle Licht der Frühsommersonne traten. »Ich bin … also, ich war Anwalt, aber mich hat schon immer etwas Kreativeres gereizt. Als der Obstgarten in der Nähe meiner Eltern zum Verkauf stand, dachte ich, es wäre die perfekte Gelegenheit für einen Neubeginn.«

»Und was halten sie davon? Deine Eltern, meine ich?«

Alex zögerte einen Moment, ehe er antwortete. »Meine Mutter ist Ende letzten Jahres gestorben, aber ich glaube, ihr hätte die Idee gefallen. Mein Stiefvater hat mich sehr unterstützt, aber er ist leider auch nicht mehr bei bester Gesundheit.«

»Das tut mir leid«, sagte Sophie betroffen.

»Danke.« Alex schüttelte den Kopf und lächelte schwach. »Mom hat in der Nähe gelebt und mochte die Gegend sehr, daher denke ich, sie hätte es toll gefunden, dass ich dort etwas Neues auf die Beine stelle. Aber wenn es funktionieren soll, brauche ich einen Crashkurs in Cider-Rezepturen. Es ist ein großer Unterschied, ob man daheim ein paar Flaschen herstellt oder das Ganze in großem Maßstab betreibt, zumindest vermute ich das, und daher freue ich mich darauf, bei Carter's möglichst viel zu lernen – auch von dir.«

»Das wirst du garantiert.« Sophie war erleichtert, dass das Gespräch wieder in weniger heikle Fahrwasser gelangt war. »Du wirst mit einer Menge Ideen im Gepäck nach Hause fliegen.« Sie schaute auf ihrem iPad nach, was für heute noch auf dem Programm stand. In dieser Jahreszeit, wo man sich im Cider-Geschäft auf die erste Apfelpressung im Spätsommer vorbereitete, war gute Planung das A und O. »Wollen wir gleich loslegen?«

»Gern«, antwortete Alex. Es kam Sophie vor, als würde sein Blick einen Moment zu lange auf ihr ruhen, und sie spürte, wie ihr das Blut in die Wangen schoss. Sie hatte es sich zur Regel gemacht, sich in niemanden aus ihrem Arbeitsumfeld zu verlieben, und sich auch zehn Jahre lang daran gehalten. Romanzen am Arbeitsplatz brachten einfach zu viele Probleme mit sich, fand sie. Sie hatte miterlebt, wie verzweifelt Laura nach der Trennung von ihrem letzten Freund gewesen war, der immer noch in der Abfüllung arbeitete, und Sophie wollte nichts mit jemandem anfangen, dem sie, falls es schiefging, jeden Tag über den Weg laufen würde. Und seit ihrem Liebeskummer wegen Mark war sie noch vorsichtiger. Aber Alex war attraktiv, das ließ sich nicht bestreiten.

Sie schob den Gedanken beiseite und führte Alex jetzt zu den achtundvierzig riesigen Stahltanks, die darauf warteten, mit der Apfelmischung befüllt zu werden, welche sich wie von Zauberhand durch natürliche Fermentation in die beliebten Sorten von Carter's Cider verwandeln würde. Das war buchstäblich das industrielle Herz des Unternehmens, und als Sophie Alex erklärte, dass hier jeden Tag Tausende Pints Cider produziert wurden, schüttelte er staunend den Kopf.

»Diese Stahltanks kommen aus Deutschland«, sagte sie, als sie an den riesigen, knapp acht Meter hohen, makellos glänzenden Behältern hochschauten, die die Wände der Fermentationsebene säumten. »Jedes Mal, wenn wir einen ersetzen müssen, wird er per Kran durchs Dach auf einen Tieflader gehoben und der neue mit dem Kran hinuntergelassen. Das Dach lässt sich öffnen, aber regnen darf es an dem Tag nicht, sonst gibt es hier drinnen eine Überschwemmung.«

Sie setzten ihren Rundgang fort, und Sophie zeigte ihm ihren Lieblingsplatz auf der Farm: den Ort, wo die Eichenbottiche standen. Beim Öffnen des Scheunentors hielt sie inne und atmete den Duft der alten Eichendauben ein. Die dunklen Holzbottiche strahlten etwas Geheimnisvolles und Zeitloses aus. Sie waren der ganze Stolz des Unternehmens. »Ihre Geschichte reicht bis in die Anfangszeit der Firma zurück«, erklärte Sophie und drückte das Tor weiter auf, damit Alex hindurchgehen konnte. »Solche Bottiche haben die Leute vor Augen, wenn sie an Cider denken, obwohl heutzutage nur die ganz besonderen Sorten darin lagern – Eloise natürlich und die Vintage-Jahrgänge, und der ziemlich starke Somerset Sprite.« Sie gingen zum ersten Bottich, und Sophie legte für einen Moment die Hand auf das Holz. Die Eichenbottiche waren zehn Meter hoch und hatten einen Durchmesser von viereinhalb Metern. Früher hatte darin feinster schottischer Whisky gelagert. Ihr Holz war nach jahrzehntelanger Nutzung rau und dunkel geworden. Es schien, als würde es noch leben, atmen, sie beobachten.

Alex ging um den Bottich herum und legte den Kopf in den Nacken, um den Anblick ganz in sich aufzunehmen. »Wunderschön«, sagte er leise. »Überwältigend.« Er folgte Sophies Beispiel und legte eine Hand auf die Seitenwand des nächsten Bottichs, erspürte die raue Oberfläche.

»Ja, atemberaubend«, stimmte Sophie ihm zu. Unwillkürlich ließ sie ihren Blick von Alex' Gesicht zu seinen Händen, seinen Fingern wandern, die über die Eichendauben strichen; von dort zu seinem Mund und dann einmal über seinen Körper. Alex schien ganz im Augenblick versunken. Sophie spürte etwas in sich aufblitzen, was ziemlich eindeutig Anziehung war. Mit großen Augen und leicht geöffneten Lippen schien er wie gebannt vom Anblick, dem Duft und der Textur der alten Holzbehälter in der Scheune. *Reiß dich zusammen*, dachte Sophie. *Denk dran, keine Beziehungen am Arbeitsplatz!*

Alex kam wieder in die Gegenwart zurück und ließ die Hand sinken. »Ich wünschte, ich könnte mir solche Bottiche für Adelaide's leisten, aber vermutlich lässt sich etwas in dieser Größenordnung bei mir nicht unterbringen.«

»Im Laden haben wir auch ein paar kleinere Fässer«, bemerkte Sophie. »In den nächsten Wochen wirst du sicher genug Gelegenheit haben, sie dir anzusehen und alles zu verkosten. Wobei du im Hinterkopf behalten solltest, dass manche unserer Sorten dir einen ziemlichen Kater bescheren können, wenn du zu viel des Guten genießt!« Sie erinnerte sich noch gut an einige Nächte, die der Somerset Sprite sie in ihrer Teenagerzeit gekostet hatte.

»Ich hoffe es.« Alex sah Sophie an, und sie war überrascht von der Intensität seines Blicks. Doch beinahe jeder, der die Eichenbottiche zum ersten Mal sah, war von ihnen beeindruckt, sie hatte das bereits unzählige Male miterlebt. Die bloße Präsenz der riesigen Behälter reichte aus, um selbst dem wortgewandtesten Menschen die Sprache zu verschlagen; und das, noch bevor er überhaupt deren Inhalt hatte kosten können.

»Es ist so wunderbar, hier zu sein und von den Profis zu lernen«, fuhr Alex fort und schien seine Gedanken zu ordnen. »Harter Cider ist in Kanada noch nicht so verbreitet.«

»Harter Cider?«

»Der mit Alkohol drin. Wenn man in Kanada Cider bestellt, dann kriegt man mit hoher Wahrscheinlichkeit einfach nur Apfelsaft. Wobei der Eis-Cider natürlich schon fermentiert ist.«

»Eis-Cider?«, fragte Sophie erstaunt. Sie kannte sich mit Cider sehr gut aus, aber davon hatte sie noch nie gehört.

Alex schien sich zu freuen, dass er einer Cider-Expertin noch etwas Neues erzählen konnte. »Er wird vorwiegend in Quebec hergestellt, aus gefrorenen Äpfeln. Und er kann ganz schön stark geraten.«

»Klingt so, als könntest du mir auch noch das eine oder andere beibringen!«, lachte Sophie, dann errötete sie. »Vielleicht sollten wir einen Gegenbesuch bei deiner Firma organisieren.«

Alex lachte ebenfalls. »Gib mir erst mal Gelegenheit, Adelaide's zum Laufen zu bringen, dann kannst du mich gern besuchen, wann immer du willst.« Er blickte ihr in die Augen, und Sophie spürte, wie ihr noch wärmer wurde.

Um die Anspannung abzuschütteln, schlug sie vor, ins Büro zurückzukehren. Neben den vielen praktischen Dingen, die man sich abschauen konnte, gab es für einen Praktikanten bei Carter's einiges über die Firma nachzulesen und zu lernen, und Sophie wollte, dass er so bald wie möglich damit anfing. Schließlich hatte Alex nur ein paar Monate Zeit, um sich alles anzueignen.

Als sie die Scheune verließen und er voranging, fiel Sophie auf, dass sein o-beiniger Gang doch recht ausgeprägt war. Sie fragte sich, was der Grund dafür sein mochte. Ein ehemaliger Profi-Rugbyspieler, mit dem sie mal ausgegangen war, hatte einen ähnlichen Gang gehabt; vielleicht ein Sportunfall? Dann gab sie sich einen Ruck und wandte den Blick von ihm ab, sie wollte schließlich nicht dabei erwischt werden, wie sie den Praktikanten begaffte. Sophie schloss das Scheunentor und ging mit Alex zurück ins Büro, das sie sich mit David teilte und wo auch Alex für die Dauer seines Praktikums seinen Arbeitsplatz haben würde.

Der Rest des Tages verging wie im Flug, und Sophie war erleichtert. Sie hatte zwar nichts dagegen, Alex unter ihre Fittiche zu nehmen, aber sie musste sich noch daran gewöhnen, bei der Arbeit jemanden dabeizuhaben, der ihr folgte wie ein Schatten.

Als sie gerade nach Hause gehen wollte und noch überlegte, ob sie auf dem Heimweg bei ihrer Großmutter vorbeischauen sollte, sah sie, wie Alex und Matthew gemeinsam über den Hof schlenderten. Alex war gegen Ende des Arbeitstages in Matthews Büro gebeten worden, um von seinen ersten Eindrücken zu berichten, und Sophie war überrascht, dass die beiden immer noch in ein Gespräch vertieft waren. Erneut stach ihr die Ähnlichkeit der beiden Männer ins Auge. Sie beschloss, Lily heute nicht mehr zu besuchen; sie wollte nicht, dass ihre Großmutter sie über den neuen Praktikanten ausquetschte. Denn sicher hatte sie bereits über den Dorftratsch erfahren, dass der Mann, den Sophie bei Carter's betreute, nicht irgendein Abgänger der örtlichen Sekundarschule war, und sie wusste, dass Lilys Gedanken unweigerlich eine ganz bestimmte Richtung einschlagen würden. Der Himmel bewahre, dass ihre Großmutter ihm einmal begegnete, dachte Sophie mit einem Kopfschütteln und machte sich auf den Nachhauseweg.

3

Hallo, mein Lieber!«, rief Brenda, die resolute Pensionswirtin des Rose Cottage Bed and Breakfast, kaum dass Alex den Schlüssel im Schloss gedreht und die schwere Eingangstür geöffnet hatte. »Hatten Sie einen angenehmen Tag?«

»Ja, danke, Ma'am«, antwortete Alex und ging mit zügigen, auf den Steinfliesen hallenden Schritten durch den kühlen Flur zur Treppe. Er sah, wie Brenda im Wohnzimmer geschäftig herumging, die Zeitschriften auf dem makellos glänzenden Couchtisch zurechtrückte und einen Staubwedel zückte, um den Nippes auf dem Kaminsims zu säubern. Ihr Ehemann Roy saß derweil zusammengesunken in seinem Sessel und schaute die Vorabendnachrichten. Alex ging noch schneller. Die zentrale Lage des B&B war für ihn günstig, aber Brenda hatte sich als Quasselstrippe erwiesen, und nach einem langen ersten Tag bei Carter's brauchte er Zeit für sich allein, um seine Gedanken zu ordnen.

Immer zwei Stufen auf einmal nehmend, erreichte er den Treppenabsatz und betrat sein Zimmer. Das Bett war auch heute ordentlich gemacht; beinahe *zu* ordentlich für seinen Geschmack, und von einem Krug mit einem Strauß Gartenwicken, den Brenda auf den kleinen Schreibtisch in der Zimmerecke gestellt hatte, ging ein beinahe erdrückender Duft aus. Alex' Rollkoffer befand sich unter dem Bett, seine Kleidung hing fein säuberlich auf Bügeln in dem kleinen Kiefernholzschrank an der gegenüberliegenden Wand. Er griff unters Bett und zog den Koffer hervor, den er mit einem Vorhängeschloss gesichert hatte.

Er sah sich um, um sich zu vergewissern, dass die Zimmertür zu war, öffnete das Schloss und das Reißverschlussfach auf der Deckelinnenseite, zog den darin verborgenen Packen Papiere hervor und setzte sich auf den Bettrand. Seine Hände zitterten, während er das rote Band löste, das das Bündel von etwa einem halben Dutzend Briefen zusammenhielt, Briefe, die so leidenschaftlich waren, dass er beim ersten Lesen kaum hatte glauben können, dass sie wirklich für ihre ursprüngliche Adressatin gedacht waren. Zuunterst in dem Konvolut befand sich ein in der Mitte und an einer Ecke leicht geknicktes und im Laufe der Jahre vergilbtes Foto. Es verriet mehr, als die Briefe je hätten sagen können, und Alex betrachtete es eine Weile und versuchte, eine Verbindung dazu zu bekommen. Er hatte die Aufnahme wohl schon tausendmal betrachtet, seit seine Mutter ihm das alles hinterlassen hatte, aber es hatte ihn der Wahrheit noch kein Stück näher gebracht.

»Möchten Sie Abendessen, mein Lieber?«, rief Brenda so laut vom Fuß der Treppe herauf, dass man es durch die geschlossene Tür hören konnte.

Alex zuckte zusammen, als hätte man ihn bei etwas Verbotenem ertappt. »Nein danke, Ma'am. Ich gehe gleich noch eine Runde laufen und werde mir später etwas zu essen besorgen.« Er konnte sich einfach nicht an die englische Bed-and-Breakfast-Kultur gewöhnen, nach der man seiner Vermieterin offenbar jederzeit Rechenschaft schuldig war. Als er als Kind mit seiner Mutter *Fawlty Towers* geschaut hatte, hatte er gedacht, das in der Serie Gezeigte sei zu absurd, um wahr zu sein, doch im realen Gastgewerbe schienen sich durchaus Elemente dieser beliebten britischen Sitcom wiederzufinden, zumindest hier in Little Somerby.

Brenda hatte unbestreitbar etwas von Sybil Fawlty. Sorgfältig band er die Briefe wieder zusammen und legte sie zurück in den Koffer, wobei er darauf achtete, ihn wieder mit dem Vorhängeschloss zu sichern, ehe er ihn unters Bett schob. Es wäre keine gute Idee, die Briefe offen herumliegen zu lassen.

Er zog sich rasch seine Laufkleidung an und verließ sein Zimmer. Beim Joggen würde er den Kopf freibekommen. Es gab so viel zu verarbeiten, nicht nur die Informationsflut, von der Sophie Henderson heute früh bei ihrem Kennenlernen augenzwinkernd gesprochen hatte. Den ganzen Sommer auf einem anderen Kontinent zu verbringen, für einen Job anzureisen, dessen Bezahlung kaum ausreichte, um davon die wöchentliche Zimmermiete im B&B zu berappen, die Aussicht, beruflich einen ganz neuen Weg einzuschlagen, die Bekanntschaft mit neuen Leuten … von all dem fühlte er sich überwältigt. Von den weiteren, eher privaten Gründen für den Besuch in England ganz zu schweigen.

Alex fiel in einen Laufschritt und versuchte, auf den schmalen Gehwegen von Little Somerby sein Tempo zu finden, bis er zur Strawberry Line gelangte, die parallel zum Dorfkern verlief. Es war eine ehemalige Nebenstrecke der Eisenbahn, die in den 1960er-Jahren stillgelegt worden war und nun als Fuß- und Fahrradweg diente. Sie führte vom für seinen Käse bekannten Dorf Cheddar durch die Eisenbahnstadt Yatton und sollte, so war es geplant, einmal das pittoreske Küstenstädtchen Clevedon mit Yeovil im Süden verbinden. Der Weg war bei Ortsansässigen und Touristen beliebt und bot einen großartigen ersten Eindruck von der Landschaft Somersets – so hieß es zumindest im Faltblatt, das im B&B auslag. Alex hatte zwar keine Lust, das ganze Stück von Little Somerby bis nach Cheddar zu laufen, was eine acht Meilen lange Runde bedeutet hätte, wollte aber den stillgelegten Eisenbahntunnel sehen, der etwa auf der Hälfte der Strecke lag.

Allmählich fand er seinen Rhythmus. Zu beiden Seiten der Strawberry Line wuchsen Eichen und Holundersträucher, die in voller Blüte standen und ihren milden Duft in der Abendluft verströmten. Alex kam am Gelände des örtlichen Fußballvereins vorbei und musste schmunzeln, als er dort eine Gruppe Grundschüler beim Kicken sah. Dass die Saison schon zu Ende war, tat der Begeisterung keinen Abbruch. Alex joggte vorbei an Weideland, wo Mutterschafe mit kehligen Lauten nach ihren Lämmern riefen, die träge zurückblökten. Die Luft begann sich jetzt zum Abend hin abzukühlen, das Geißblatt in den Hecken schwankte sanft im Wind, und seine Blüten gaben den ihnen eigenen, lieblichen Duft ab. Langsam spürte Alex, wie die Anspannung des Tages von ihm abfiel.

Als er sich dem Eisenbahntunnel näherte, wurde die Luft kühler und feuchter. Der Tunneleingang war zu beiden Seiten von Felsgestein gesäumt, das mit leuchtend grünem Farn und Moos bewachsen war. In freudiger Erwartung zog Alex das Tempo ein wenig an und joggte auf den gähnenden Tunnelschlund zu. Er konnte das Licht von der anderen Seite sehen und dort einen entgegenkommenden Radfahrer ausmachen, also hielt er sich links, weil er annahm, dass hier die gleichen Verkehrsregeln galten wie auf den Straßen. Als er in den Tunnel hineinlief, merkte er zu spät, dass die solarbetriebene Beleuchtung nicht funktionierte, was bedeutete, dass er die Strecke im mittleren Teil quasi blind würde zurücklegen müssen. Er hoffte, dass der Boden nicht zu uneben war, denn er war nicht sonderlich versessen auf einen Ausflug ins örtliche Krankenhaus.

Er wurde langsamer, um sich an die Dunkelheit und den Untergrund zu gewöhnen, und hörte seinen eigenen Atem von den Tunnelwänden widerhallen. Sie waren feucht vom Kondenswasser, das auch am Boden Pfützen bildete. Langsam konnte Alex die

Unebenheiten der in den Fels geschlagenen Wände erkennen, die Konturen wurden nach und nach deutlicher, wie Geisterzüge aus längst vergangenen Zeiten. Ihm lief ein Prickeln über den Rücken, und unwillkürlich hielt er schneller auf das Licht zu. In der Ferne konnte er sehen, wie sich der Radfahrer näherte, doch es schien, als würde es endlos dauern. Er atmete schwerer und wartete auf den Augenblick, in dem die Dunkelheit dem Licht weichen würde.

Warum war er *wirklich* in Little Somerby?, fragte er sich beim Weiterlaufen. Was hoffte er, hier zu finden? Ging es wirklich um einen Neuanfang, oder versuchte er, sich an die Vergangenheit zu klammern, an Fragmente von Erinnerungen, die nicht einmal seine eigenen waren? War seine Entscheidung, eine Cider-Kelterei zu betreiben, bloß durch eine frühe Midlife-Crisis bedingt, oder glaubte er wirklich daran, dass er das Vorhaben zum Erfolg bringen könnte? Bereits nach einem einzigen Tag bei Carter's schwirrte ihm der Kopf vor lauter Fragen. Wie würde er sich wohl nach einigen Praktikumswochen fühlen?

Als er sich dem Tunnelausgang näherte und es allmählich heller wurde, wanderten seine Gedanken wieder zu Sophie. Ihr herzliches Lächeln und ihre leuchtend blauen Augen hatten dafür gesorgt, dass er sich sofort wohlgefühlt hatte. Sie hatte professionell gewirkt und war offensichtlich sehr kompetent, und nach dem heutigen Tag mit ihr hatte er nicht nur Neues gelernt, sondern auch Spaß gehabt. Als er endlich hinaus ins Sonnenlicht gelangte, kam ihm der Gedanke, dass Sophie ihm eine gute Freundin werden könnte; vielleicht sogar noch mehr. Aber es brachte nichts, solchen Fantasien nachzuhängen; er war nur bis Ende September in England, danach würde er mit seiner Firma alle Hände voll zu tun haben. Und abgesehen davon war sein letzter Streckenrekord im Hinblick auf Frauen auch nicht gerade rühmlich gewesen.

»Schwierig« war noch untertrieben. Wahrscheinlich war es gar nicht schlecht, dass er beschlossen hatte, nach dem Tod seiner Mutter auf Dates zu verzichten; er hatte schon genug um die Ohren, ohne dass er sich auch noch verliebte.

Alex beschleunigte sein Tempo nochmals, um Richtung Hauptstraße und zurück zum Dorfkern zu gelangen, ins Herz des Ortes, das, so fand er, das einzige Herz war, das ihn jetzt kümmern sollte. Er schob alle weiteren Gedanken beiseite und konzentrierte sich auf dem Rückweg zum B&B ganz darauf, den Jetlag abzuschütteln.

4

Die erste Woche von Alex' Praktikum verging überraschend schnell, und Sophie gewöhnte sich allmählich daran, ihn bei der Arbeit an ihrer Seite zu haben. Er war wissbegierig, stellte kluge Fragen und schien wirklich zuzuhören, wenn sie sie beantwortete. Ihr machte es sogar richtig Spaß, ihm etwas beizubringen. Über Privates hatten sie allerdings nicht viel gesprochen. Alex schien es vorzuziehen, nur über Geschäftliches zu reden, und Sophie hielt es ebenso. Sie war eher zurückhaltend, was ihr Privatleben betraf, umso mehr, seit sie sich von Mark getrennt hatte – der sich nach ihrer kurzen Begegnung hinter der Bühne am Berufs-Informationstag zum Glück nicht wieder gemeldet hatte. Eine Sache aber wollte sie doch zu gerne wissen: wie Alex das Rose Cottage B&B gefiel. Brendas Ruf eilte ihr voraus.

»Es ist in Ordnung«, lachte Alex. »Wenigstens habe ich keine lange Anfahrt. Ich fand es sinnvoller, mich für die Zeit meines Praktikums in Little Somerby einzuquartieren, als irgendwo weiter draußen zu wohnen und mir einen Mietwagen nehmen zu müssen.« Er sah Sophie an, die mit ihrem iPad in der Bürotür stand, um einen »Statuscheck« der Bottiche vorzunehmen, wie sie es nannte. Es ging um Daten wie Temperatur, Säuregehalt und Tanninspiegel, Gärparameter und dergleichen. Die Technik war so modern, dass die Werte aller achtundvierzig Tanks auf der Hauptfermentationsebene jederzeit auch von außerhalb überprüft werden konnten. Die aktuellen Zahlen waren rund um die Uhr online zugänglich. Von David, der phasenweise unter Schlaflosigkeit litt, wusste man, dass er sich durchaus auch mal nachts um drei einloggte, um die Werte zu prüfen und danach beruhigt einschlafen zu können.

»Aber das heißt auch, dass du hier festsitzt«, sagte Sophie. »Meinst du nicht, dass du Little Somerby irgendwann leid wirst?«

Alex lachte. »Ich bin in einem kleinen Dorf aufgewachsen, da bin ich es gewohnt, meilenweit zu laufen, um überhaupt irgendwohin zu kommen. Das macht mir nicht wirklich Sorgen.«

»Dann empfehle ich dir aber, dass du dir die App für den regionalen Busverkehr runterlädst, für den Fall, dass du mal in einen größeren Ort fahren möchtest. Und ich kann dich auch im Auto mitnehmen, wenn du zwischendurch mal einen Tapetenwechsel brauchst.«

»Danke«, entgegnete Alex, offenbar überrascht von ihrem Angebot. »Vielleicht komme ich darauf zurück.«

Sophie errötete. Bei ihrer ersten Begegnung hatte Alex' intensiver Blick sie aus dem Konzept gebracht, aber inzwischen hatte sie sich an seine Eigenheiten gewöhnt und konnte sogar mit ihm scherzen. Einige ihrer anderen männlichen Kollegen hätten ihr Angebot vermutlich als Anmache interpretiert. Alex hingegen schien ihre Worte so zu verstehen, wie sie gemeint waren.

»Und, was steht heute auf dem Plan?«, fragte er.

»Zuerst die üblichen Checks. Und dann hab ich noch was ganz Besonderes mit dir vor.« Sophie grinste. »Ich will prüfen, was bei dir bis jetzt hängen geblieben ist!«

»Ich werde dich bestimmt nicht enttäuschen«, sagte Alex schmunzelnd. »Solange du nicht verlangst, dass ich einen ganzen Dabinett esse – der eine Bissen gestern hat mir gereicht.«

Sophie lachte. Dabinett-Äpfel waren hervorragend geeignet, um einem Cider Säure hinzuzufügen, denn sie enthielten viele

Tannine, aber ansonsten waren sie ungenießbar, sie schmeckten herb und bitter, trotz ihrer appetitlich roten Färbung. Die Ernte für dieses Jahr war zwar noch nicht reif, doch es lagen immer noch ein paar vom Vorjahr im Kühllager, und sie hatte Alex gestern mit einem Exemplar einen ähnlichen Streich gespielt, wie David es vor Jahren, am Anfang ihrer Ausbildung, mit ihr gemacht hatte. Sie hatte damals nicht gemerkt, dass er sich einen Scherz mit ihr erlaubte, und beherzt versucht, den Apfel komplett aufzuessen, so todernst hatte David bei der ganzen Sache dreingeschaut. Heute, nach Jahren der Zusammenarbeit, war er für sie leichter zu durchschauen.

Nach einem bewusst neutralen Mittagessen in der Firmenkantine, um ihre Geschmacksknospen zu schonen, nahm Sophie Alex mit in die Scheune, wo sich die Cider-Holzbottiche befanden, um mit ihm die wöchentliche Verkostung der Vintage-Sorten vorzunehmen. Seit Gründung des Unternehmens war es Tradition, dass die Mischer mit Glaskrügen jedem Bottich Cider entnahmen, um zu prüfen, wie die sorgfältig abgestimmten Verschnitte sich entwickelten. Sophie hatte David bei dieser Aufgabe seit ihren Azubitagen assistiert, und es war stets ein Höhepunkt in ihrer Arbeitswoche.

Heute Nachmittag war David in einer Besprechung, daher gingen sie und Alex ohne ihn in die Scheune. Normalerweise war einer der Carter-Brüder bei der Verkostung anwesend, was aber seit ein paar Wochen nicht mehr der Fall war. Es war eine betriebsame Jahreszeit, und auch Sophie hatte es im Testen und Verkosten schon zur Meisterschaft gebracht.

»Pass beim Hochgehen auf«, warnte sie Alex, als sie zwischen den Bottichen hindurch zum Fuß der Stahltreppe gingen. »Man kann sich leicht erschrecken, und wenn man nicht aufpasst, schmiert man hin.«

»Hinschmieren?«, fragte Alex verständnislos.

Sophie grinste. »Hinfallen.«

Er lachte. »Danke für die Warnung.«

»Als David auf der Treppe mal den Halt verloren und sich das Steißbein geprellt hat, war er drei Wochen lang krankgeschrieben – wobei er mir trotzdem jeden Tag gemailt hat, um sicherzugehen, dass ich alles nach seinen Vorgaben erledige.«

»Hört sich ein bisschen nach einem Workaholic an«, bemerkte Alex trocken. Er hatte in der Woche, die er jetzt schon bei Carter's war, bisher wenig mit David zu tun gehabt, da er die meiste Zeit von Sophie angeleitet wurde. Und angesichts der Tatsache, dass David sich kaum je zu einem Lächeln hinreißen ließ, hatte Alex keinen Zweifel, dass der Mann seine Verpflichtungen sehr ernst nahm. Sophie hatte ihn vorgewarnt, dass David für seine nüchterne Art bekannt war, aber er hatte sich noch nicht ganz daran gewöhnt.

Alex befolgte Sophies Rat und hielt sich am Geländer fest, als er in seinen Stiefeln geräuschvoll die Metallstufen hinaufstieg. Von oben bekam er zum ersten Mal einen Eindruck von der vollen Größe der Bottiche, die die Scheune komplett ausfüllten. Man hatte hier eine ganz andere Perspektive; die Aussicht von oben auf alle siebzehn massiven Behältnisse hatte etwas Überwältigendes. Alex nahm einen tiefen Atemzug und ließ seinen Blick auf den Bottichen ruhen. Die Geschichte, die hier in der Luft lag, konnte man beinahe riechen. Er stemmte sich gegen den Ansturm von ungebetenen Gedanken und Gefühlen und schloss für einen Moment die Augen.

»Alles in Ordnung?«, fragte Sophie, sobald sie oben bei ihm angekommen war.

Alex öffnete sofort die Augen und versuchte, sein Gleichgewicht wiederzufinden. »Ja.« Er lachte nervös. »Mir ist nur ein wenig schwindlig.«

»Höhenangst?«, neckte ihn Sophie. »Dann versuch bloß nie, die Jakobsleiter in der Cheddar Gorge hochzusteigen! Fangen wir an?« Sie ging auf der Plattform zum ersten Bottich, dem sie eine Probe entnehmen wollten. »Das hält schon. Man kann auf die Abdeckungen steigen. Nur so kommt man überhaupt ran.«

Alex verfolgte, wie Sophie den Riegel der Abdeckung des ersten Eichenbottichs öffnete. Als der Saum ihres grauen T-Shirts hochrutschte und einen verlockenden Streifen blasser Haut über ihrer Jeans freigab, musste er sich beherrschen, um nicht hinzustarren. *Denk nicht mal dran*, sagte er sich selbst.

»Bist du bereit?« Sie wandte sich kurz zu ihm um. »Mal sehen, wie viel du von dem behalten hast, was ich dir diese Woche über Geschmack beigebracht habe.«

»Meine erste Verkostung?«, fragte Alex leichthin und war froh, etwas zu haben, was ihn vom Gefühlswirrwarr ablenkte, den dieser Ort in ihm hervorrief, der so mit Geschichte und Vergangenheit aufgeladen war. Und dann noch der Blick auf Sophies nackte Haut … Er war schließlich auch nur ein Mensch, musste er sich eingestehen.

Sophie grinste. »Kümmere dich nicht zu sehr um die Details. Sag mir einfach nur, wie du ihn findest.« Sie tauchte den Glaskrug in den Bottich und versenkte den Arm beinahe bis zum Ellbogen darin, um unter die oxidierte Schicht an der Oberfläche zu gelangen, dann goss sie den Inhalt in zwei Gläser. Sie reichte Alex eines davon und trank selbst absichtlich noch nicht.

Er hielt inne, dann hob er das Glas, um die Färbung zu begutachten. Es war ein tiefes, sattes Gold, und durch die Fermentation stiegen kleine träge Bläschen darin auf. Er führte das Glas zum Mund, nahm aber erst einen tiefen Atemzug, um den Geruch aufzunehmen. Der Cider hatte einen intensiven, eichenlastigen Duft, mit einem Hauch von Cognac, den ihm das Holz verliehen hatte; er roch nach warmen Sommertagen, Obstgärten und Somerset. Alex sog noch einmal das Aroma ein, setzte das Glas an die Lippen und ließ die perlende Flüssigkeit seine Zunge benetzen, wobei er den Mund leicht geöffnet ließ, damit der Cider atmen konnte.

»Wow«, sagte er. »Der ist echt gut.«

Sophie sah ihn gespannt an. »Und sonst?«

Beim Blick in ihre leuchtend blauen Augen spürte er Schmetterlinge im Bauch. »Vollmundig. Und man merkt schon, er entwickelt sich in die richtige Richtung.« Er nahm noch einen Schluck. »Vielleicht braucht er einen Tick länger? Etwas mehr Süße? Schmeckt noch leicht säuerlich.«

Sophie nickte. »Nicht schlecht.« Jetzt nahm auch sie einen Schluck aus ihrem Glas und bewegte die Flüssigkeit im Mund. »Wie lange würdest du sagen braucht er noch?«

»Vielleicht eine Woche?«

»Vielleicht.« Sophie stellte ihr Glas ab und lächelte. »Ich würde sagen, dass die Säure für den Markt in Großbritannien eigentlich ganz gut passt – die Briten mögen den Vintage Cider meist mit ein wenig mehr Biss, aber es wäre kein Problem, die Süße für den kanadischen Markt zu verstärken, wenn du glaubst, dass das nötig ist. Die Sorte Eloise könnte da gut geeignet sein – optimier die Rezeptur einfach so, dass es zu deinen Kunden passt.«

»Wird gemacht.« Alex nahm einen weiteren Schluck aus seinem Glas.

»Halt«, lachte Sophie. »Wir müssen heute noch fünf weitere Bottiche prüfen, und wenn du jedes Mal ein ganzes Glas trinkst, dann schmierst du beim Runtersteigen wirklich hin.«

Da hatte sie – angesichts seines tiefen Zugs vom Vintage Cider – durchaus recht, schließlich wollte er, wenn es sich vermeiden ließ, nicht die Treppe heruntersegeln wie David.

*

Später am Abend dachte Sophie auf ihrem Heimweg über die Planung für die nächsten Wochen nach – welche Sorten bald geerntet wurden und welche Mischungen angesetzt werden mussten –, als sie Alex beim Supermarkt die Straße überqueren sah. Bevor sie groß darüber nachdenken konnte, hob sie schon die Hand, winkte ihm zu und spürte, wie sie errötete. Wie idiotisch, ihm so übereifrig zuzuwinken!

Aber zu ihrer großen Erleichterung erwiderte Alex ihren Gruß und kam rasch auf sie zu.

»Hallo«, sagte er im Näherkommen. »Schöner Abend für einen Spaziergang.«

»Stimmt«, entgegnete Sophie. »Obwohl ich es nicht weit habe. Ich hab meiner Großmutter gesagt, dass ich heute bei ihr vorbeischaue.«

Alex ging neben ihr her, während sie in Richtung von Lily Hendersons Haus schlenderten. »Schön, dass ihr so nahe beieinander wohnt. Das erleichtert bestimmt vieles. Die Eltern meiner Mutter haben etwa zwanzig Meilen von uns entfernt gewohnt, also haben wir sie ziemlich oft besucht, aber die Eltern meines Stiefvaters lebten ziemlich weit im Norden, und wir haben sie nur in den Ferien länger gesehen.« Er blieb stehen und wirkte etwas unsicher, aber keineswegs unattraktiv, fand Sophie. »Tut mir leid«, sagte er. »Ich bin gerade einfach davon ausgegangen, dass ich mit dir zusammen spazieren gehen kann, ohne überhaupt zu fragen, ob das für dich okay ist.« Er schüttelte den Kopf über sich selbst. »Wo sind nur meine guten Manieren geblieben?«

»Das ist ein freies Land, die Straßen sind für alle da«, erwiderte Sophie freundlich. »Und wohin bist du unterwegs?«

Alex wirkte verlegen. »Ich brauch abends einfach mal ein bisschen Ruhe vor Brenda. Sie und ihr Mann sitzen gerne im Garten, was ja in Ordnung ist, aber sie redet wie ein Wasserfall, deshalb spaziere ich hier im Dorf herum. Es ist erstaunlich, wie weit man an einem englischen Sommerabend so gehen kann.«

Sophie prustete los und fragte sich, ob Alex sich der Zweideutigkeit seiner Worte bewusst war. »Seit du mir erzählt hast, dass du im B&B wohnst, hab ich mich gefragt, wie lange du es dort wohl aushalten würdest. Brenda ist hier in der Gegend berüchtigt dafür, dass sie nur im Schlaf den Mund hält, und manchmal wohl selbst dann nicht!« Sie runzelte die Stirn. »Aber du hast meine Großmutter noch nicht kennengelernt, stimmt's? Sie ist auch so jemand, der endlos reden kann.«

»Nein, ich glaube nicht. Obwohl ich vor ein paar Tagen abends eine ältere Dame gesehen habe, die einen Weimaraner ausgeführt hat – womöglich war sie das? Hast du nicht mal erwähnt, dass sie so einen hat?«

»Ja, genau. Barney ist nicht zu übersehen und, soweit ich weiß, auch der einzige Hund dieser Rasse hier im Dorf.« Sophie schwieg einen Moment und schmunzelte dann schelmisch. »Also, wenn du mitkommen und mal Hallo sagen möchtest, um Brenda ein wenig länger zu entkommen, meine Großmutter hat sicher nichts dagegen.«

Was sie nicht erwähnte, war, dass Lily binnen fünf Minuten wahrscheinlich mehr über Alex erfahren würde als Brenda innerhalb der ganzen letzten Woche; Lily hatte ein Talent dafür, Leute auszuquetschen.

»Bist du sicher, dass sie nichts dagegen hat?«, fragte Alex. »Ich will mich nicht aufdrängen.«

»Ach, Gran mag Gäste. Sie freut sich, neue Leute kennenzulernen.« *Und du bist ganz nach ihrem Geschmack*, fügte sie im Stillen hinzu, denn sie wusste, dass ihre Großmutter den Anblick gut aussehender Männer immer noch zu schätzen wusste.

»Also, wenn du wirklich meinst«, sagte Alex. »Es wäre nicht schlecht, Brenda zu entkommen, bis sie sich in den Schlaf gequatscht hat!«

»Ich kann dich ja wohl schlecht alleine durch die Straßen von Little Somerby streifen lassen, oder?« Sophie deutete nach links. »Und Grans Haus ist gleich hier. Sie hat einen sehr großen Garten, in den man flüchten kann.«

Mit diesen Worten öffnete sie die Gartenpforte und betrat den gepflasterten Weg zu Lily Hendersons Haustür.

5

Die Tür war nicht abgesperrt, da Lily den Besuch ihrer Enkelin erwartete, und Sophie und Alex wurden beim Eintreten von freudigem Gebell begrüßt. Barney, der Weimaraner, wuselte aufgeregt zwischen den beiden hin und her. Der riesige Vierbeiner mit dem grauen Fell und der Energie eines Kleinkinds mit Zuckerschock war über Sophies Besuch völlig aus dem Häuschen und fasziniert von ihrem Begleiter.

»Ruhig, Großer!«, sagte sie und warf Alex einen entschuldigenden Blick zu, als Barney mit seiner nassen Schnauze dessen Handfläche beschnupperte. »Tut mir leid, das macht er immer bei Besuchern.«

»Kein Problem«, lachte Alex und beugte sich zu Barney hinunter, um ihm die Ohren zu kraulen. »Er ist ein sehr schöner Hund.«

»Er mag Leute, die ihn mögen«, bemerkte Sophie, als sie sah, wie Barney sich unter Alex' Berührungen sofort entspannte.

»Mir fehlt ein Hund. Als Kind hatte ich einen Dobermann, aber seit ich in der Stadt wohne, habe ich keinen mehr. Vielleicht kann ich mir wieder einen anschaffen, wenn ich raus aufs Land ziehe.«

Wie ein Gastgeber auf vier Pfoten führte Barney Alex und Sophie durch den Flur und die Küche in den großen, gepflegten, von einer Mauer umgebenen Garten hinter dem Haus, wo Sophie rasch ihre Großmutter entdeckte. Lily stand neben einem der mit üppigen Englischen Rosen bepflanzten Beete, in der Hand eine Gartenschere, mit der sie ein paar Stiele für die Kristallvase abschnitt, die stets ihren Esstisch zierte. Sie trug einen großen Strohhut mit geschwungener Krempe, der ihr silbergraues Haar vor der immer noch kräftigen Sommersonne schützte, und eine lange Leinenbluse mit dazu passender cremefarbener Hose. Sie wirkte wie der Inbegriff von Eleganz, als sie die Rosen auf dem Gartentisch ablegte und dem Mann, der mit ihrer Enkelin und Barney gekommen war, eine blasse Hand mit dezent rosa lackierten Fingernägeln entgegenstreckte.

»Gran, das ist Alex«, sagte Sophie.

»Nett, Ihre Bekanntschaft zu machen, Alex«, begrüßte ihn Lily und betrachtete ihn eingehend. »Sophie hat mir viel von Ihnen erzählt. Sind Sie ein Alex oder ein Alexander?«

Alex lächelte. »Eigentlich bin ich ein Alexander, aber praktisch nur dann, wenn ich in Schwierigkeiten stecke.« Er schüttelte ihr die Hand. »Freut mich ebenfalls, Sie kennenzulernen, Ma'am. Und ich hoffe, Sophie hat nicht zu viel von mir erzählt.«

»Genug, dass ich neugierig geworden bin«, sagte Lily freundlich. »Und sosehr ich Ihre wunderbar altmodische Anrede schätze, nennen Sie mich doch bitte Lily.«

»Kann ich dir was zu trinken bringen, Alex?«, fragte Sophie hastig. Ihre Großmutter war trotz ihres Alters immer noch unverbesserlich, was Flirten anging. »Möchtest du auch was, Gran?«

»Ich geh uns eine Erfrischung holen.« Lily griff nach ihren Rosen. »Die muss ich ins Wasser stellen. Macht es euch gemütlich.« Sie deutete auf die Hollywoodschaukel am hinteren Ende des Gartens, bei der auch ein Holzstuhl und ein kleiner Tisch standen. »Setzen wir uns dahin.«

Sophie gelang es gerade noch so, nicht die Augen zu verdrehen, als Lily ihr einen vielsagenden Blick zuwarf. Seit Sophie und Mark sich getrennt hatten, hatte ihre Großmutter versucht, sie mit jedem auch nur ansatzweise infrage kommenden männlichen Wesen zu verkuppeln, doch Alex, der definitiv männlich war und ganz sicher infrage kam, musste in der rein geschäftlichen Zone bleiben und durfte keinesfalls in die Kategorie »Privat« rutschen.

»Wollen wir?«, unterbrach Alex ihre Gedankengänge und sah sie freundlich an, sodass Sophie ein wenig flau im Magen wurde. *So solltest du mich wirklich nicht anschauen,* dachte sie.

»Deine Großmutter ist offensichtlich keine Frau, mit der man sich anlegen sollte.«

»Du hast ja keine Ahnung«, erwiderte Sophie mit einem Schmunzeln. »Sie hat sich ständig mit Jack Carter gezofft, als er noch lebte – wegen der Wespen, die im Sommer aus seinem Obstgarten über den Zaun geflogen kamen und sich über ihre Rosen hermachten … und dabei waren sie befreundet!«

»Wirklich? Dann kannten sie sich bestimmt schon lange?«

»Seit ihrer Kindheit.«

»Wie war er denn so als junger Mann?«, fragte Alex, während sie durch den Garten schlenderten.

»Anscheinend ein Schürzenjäger. Schon mit einundzwanzig hatte er praktisch mit jedem Mädchen im Dorf angebandelt, dann lernte er Cecily kennen und heiratete sie sozusagen vom Fleck weg. Gran, die nur einen Kuss mit ihm zugeben will, war eine der wenigen Frauen, die sich von Jack nicht das Herz brechen ließen, zumindest behauptet sie das. Aber Dorftratsch macht aus einer Mücke schnell einen Elefanten. Besonders damals, als es weniger Zerstreuung gab.«

Alex schien in Gedanken versunken. »Er war bestimmt … ein interessanter Mensch.«

»Ach, du kennst das Dorfleben ja. Jeder weiß, was der andere tut, und zwar jederzeit. Darum ergreifen auch so viele Leute die

Flucht, sobald sie die Möglichkeit dazu haben! Jack und Gran gehörten einer Generation an, die nicht weggezogen ist, und daher weiß Gran fast alles über die Leute hier.«

»Ich werd's mir merken.« Alex sah Sophie nachdenklich an. »Du bist auch nicht gegangen.« Sie waren an der Hollywoodschaukel angelangt. Alex musste beim Hinsetzen tief in die Knie gehen, und die Schaukel quietschte unter seinem Gewicht. Als er seine Beine unter die schmale Sitzfläche schob, fiel Sophie wieder auf, wie lang sie waren, und sobald seine kurze Hose ein wenig hochrutschte, sah sie an seinem linken Knie eine helle Narbe. Schnell wandte sie den Blick ab.

»Ja, stimmt«, sagte sie und setzte sich neben ihn, denn Lily wollte bestimmt auf dem stabileren Gartenstuhl sitzen, obwohl die Sitzfläche der Schaukel für zwei Erwachsene, besonders zwei so große Personen wie sie und Alex, kaum genug Platz bot. Als Sophie sich etwas bewegte, berührte ihr Knie das von Alex, und sie zog ihr Bein hastig zurück. Die letzten Tage hatten sie sich viel miteinander unterhalten, aber sie waren nur Bekannte, und zumindest Sophie war ihre persönliche Distanzzone doch sehr wichtig. Vielleicht hatte es auch mit Alex' merkwürdig förmlichem Auftreten zu tun; seine reservierte Art war für sie immer noch etwas ungewohnt; wie er Abstand zu ihr hielt, ihr Türen aufhielt und nicht versuchte, sie bei jeder sich bietenden Gelegenheit aufzuziehen, anders als ihre übrigen männlichen Kollegen. Dass er sie nicht neckte, war angenehm, aber zugleich auch ein wenig merkwürdig.

»Warum?«, fragte Alex, der Sophies plötzliches Zurückschrecken vor dem Körperkontakt gar nicht bemerkt zu haben schien. »Was hat dich hier gehalten?«

»Nach meinem Abi hat mir Matthew Carter einen Job angeboten. Und die Lehre war toll. Im Gegensatz zu meinen Freundinnen wollte ich nie studieren, außerdem konnte ich dadurch sofort Geld verdienen, was für meine Mutter auf jeden Fall hilfreich war. Sie und ich haben zusammengewohnt, bis sie vor ein paar Jahren ihren neuen Partner Steve kennengelernt hat und mit ihm nach Südfrankreich gezogen ist.«

»Seht ihr euch oft?«

»Ab und zu besuche ich sie im Urlaub, aber ich bleibe gern hier und habe ein Auge auf Gran.« Ihre Mutter hatte dem Umzug nach Frankreich nur unter der Bedingung zugestimmt, dass Sophie im Haus wohnen bleiben und dafür sorgen würde, dass es Lily, ihrer Ex-Schwiegermutter, gut ging. Jetzt, mit dem Jobangebot von Martingtons, war die Situation natürlich etwas komplizierter, aber daran würde sie im Moment nicht denken.

»Gran hatte in den letzten Jahren ein paar gesundheitliche Probleme, und es muss jemand nach ihr schauen«, fuhr Sophie fort. »Als ich die Lehre zur Kellermeisterin begonnen habe, schien sich alles genau richtig zu fügen. Mum konnte endlich das tun, was sie wollte, ohne sich um Gran oder mich sorgen zu müssen. Sie standen sich immer sehr nahe, auch nach Dads Tod.«

»Das tut mir leid, das mit deinem Vater«, sagte Alex, aufrichtiges Mitgefühl in den Augen. »Es ist schwer, wenn man ein Elternteil verliert.«

»Danke. Als er starb, war ich noch klein, was es irgendwie einfacher macht. Ich vermute, das war der Grund, weshalb ich in der Nähe meiner Großmutter bleiben wollte, als ich begonnen habe zu arbeiten; einfach, damit ich sie weiter sehen kann.«

»Das verstehe ich. Aber wolltest du denn nie reisen? Ist das nicht der Traum aller Insulaner: von der Insel runterzukommen?«

Sophie musste lachen. »Ich habe die Insel, wie du es nennst, schon ab und zu verlassen. Aber dadurch, dass ich direkt nach der Schule einen Job angenommen habe, bin ich schnell erwachsen geworden. Viele meiner Freunde haben sich ein Jahr freigenommen, haben dann studiert und zahlen bis heute ihren Schuldenberg ab. Vor dem Reisen wollte ich genug Geld verdienen, um meinen Lebensunterhalt selbst zu finanzieren. Und durch meinen Beruf habe ich ohnehin eine Menge von der Welt gesehen. Ich habe Obstplantagen in Australien, den USA, in Holland besucht … die Kosten dafür hat Carter's übernommen.« Und dann gab es noch den verrückten, wilden Mädelsurlaub, den sie aus eigener Tasche bezahlt hatte. Sie beschloss aber, die Erlebnisse ihrer Zeit auf Ibiza und Kefalonia nicht zu erwähnen. Alex brauchte ja nicht alles zu wissen.

»Carter's hat also in dich und deine Ausbildung investiert?«, fragte Alex, und Sophie fiel erneut sein eindringlicher Blick auf.

»Ja. Matthew, oder eigentlich alle Carters, wollen ihre Leute fördern und wenn möglich auch halten. Es war immer ein Familienunternehmen; und heute gehören eben auch die Angestellten zur Familie. Besonders solche wie ich, die dort gleich nach der Schule angefangen haben.« Insgeheim fragte sich Sophie, was passieren würde, wenn die jetzige Leitung, Matthew und Jonathan Carter, der nächsten Generation die Zügel überreichen würde. Sie kannte Matthews Tochter Meredith nicht besonders gut und war sich nicht sicher, ob sie wirklich die Firma übernehmen würde, wenn sie alt genug dafür war.

Meredith Carter studierte im ersten Jahr Geschichte an der York University, der Alma Mater ihres Vaters, und hatte bis jetzt wenig Interesse daran gezeigt, zu Hause in Somerset etwas über Cider-Herstellung zu lernen. Manchmal fiel es Sophie schwer, in Bezug auf Meredith objektiv zu bleiben; sie selbst hatte zehn Jahre lang für eine Firma gearbeitet, die ihr am Herzen lag, wohingegen Meredith in die Familie hineingeboren worden war und zu gegebener Zeit sehr wahrscheinlich einfach die Leitung übernehmen würde. In gewisser Hinsicht nahm Sophie ihr das übel. Sie hatte nichts gegen sie persönlich, aber es ging ihr durchaus gegen den Strich, dass jemandem ein sehr erfolgreiches Unternehmen quasi von Geburts wegen in den Schoß fiel.

»Es ist schön zu hören, dass sie sich so gut um ihre Leute kümmern«, sagte Alex leise. Sophie wollte gerade antworten, als Lily mit einem Tablett aus dem Haus kam, darauf ein Krug selbst gemachte Limonade und drei Gläser sowie ein Teller mit Scones. »Darf ich Ihnen das abnehmen, Ma'am?«, fragte Alex und sprang auf.

»Danke, mein Lieber.« Lily warf Sophie mit hochgezogener Augenbraue einen Blick zu, als Alex sich zum Tisch drehte und das Tablett darauf abstellte. Mit den Lippen formte sie hinter seinem Rücken tonlos das Wort »Gentleman«. Sophie versuchte, es zu ignorieren.

»Also, Alex, ist das Ihr erster Besuch in England?« Lily schenkte ihnen drei Gläser Limonade ein, reichte Sophie und Alex jeweils eines und ließ sich dann auf ihren knarzenden Stuhl sinken.

Alex nahm einen Schluck von seinem Getränk, und Sophie bemerkte amüsiert, wie er sich nach Kräften bemühte, angesichts der unerwarteten Säure nicht das Gesicht zu verziehen. Die Limonade ihrer Großmutter war gewöhnungsbedürftig. »Nein, aber bei meinem ersten Besuch hier war ich noch sehr jung. Mom war ziemlich anglophil, und als ich zehn war, ist sie mit mir nach London geflogen, um mir die Sehenswürdigkeiten zu zeigen. Wahrscheinlich haben wir das besichtigt, was die meisten Touristen sich angucken, aber nachdem wir mit dem üblichen Programm durch waren, sind wir auch ein paar Tage in den New Forest gefahren. Ich habe mich in London verliebt und wollte immer mal zurückkommen, aber dann kamen das Leben und die Arbeit dazwischen.«

»Und was hat Ihnen am besten gefallen?«, fragte Lily.

»Der Hampton Court Palace. Ich interessiere mich sehr für Geschichte, und da hab ich mich direkt in die Vergangenheit zurückversetzt gefühlt.«

»Ja, und jetzt, wo Sie erneut in England sind, haben Sie vor wiederzukommen?«

»Ich hoffe, ich schaffe es. Es ist so schön, den Sommer über bei Carter's Cider zu arbeiten. Die Firma hat eine beeindruckend lange Tradition. Ich will so viel lernen wie möglich, solange ich hier bin.«

»Das werden Sie bestimmt«, bemerkte Lily trocken und mit einem merkwürdigen Gesichtsausdruck, wie Sophie auffiel. »Wenn Sie einen Einblick in die Geschichte des Ortes erhalten wollen, sitzt neben Ihnen genau die Richtige. Sophie weiß einfach alles über Carter's Cider – sie hat sogar vor den Schülern der Sekundarschule hier im Ort einen Vortrag gehalten.«

»Nur, weil Matthew Carter mich darum gebeten hat«, wandte Sophie ein. »Und man kann nicht gerade behaupten, dass sie besonders empfänglich dafür waren.« *Wobei die Geschichte über Jonathan, der jemanden in den Cider-Bottich geworfen hat, gut angekommen ist*, dachte sie sich.

»Wohl mehr am Cider-Trinken interessiert als daran, was über Cider zu lernen?«, fragte Alex amüsiert.

»Ja, so kann man es formulieren.« Sophie schmunzelte. »Aber wer weiß? Vielleicht haben wir in einem Jahr oder so ja ein paar neue Lehrlinge.«

»Ich denke schon«, sagte Alex. »Ich habe den Eindruck, es ist ein angesehenes Familienunternehmen und ein guter Arbeitgeber.«

»Ich kann mich nicht beschweren.« Sophie nippte an ihrer Limonade.

Eine Weile schwiegen sie. Alex nahm noch einen letzten Schluck von seiner Limonade und meinte dann mit einem Blick auf die Uhr: »Ich werde mal besser gehen.« Er stellte sein Glas auf den Tisch und erhob sich. Einen Moment lang stand er vor Sophie, die immer noch saß. Erneut zuckte sie beim Anblick der Narbe an seinem Knie zusammen und errötete, weil sie schon wieder seine Beine anstarrte. Sie musste das wirklich in den Griff bekommen.

»Vielen Dank für die Limonade, Lily«, sagte Alex und riss Sophie aus ihren Gedanken.

»Es war mir ein Vergnügen, Alex. Bitte schauen Sie doch unbedingt bald wieder vorbei. Sie können hinten rausgehen, wenn Sie möchten.« Sie deutete auf eine Pforte in der Gartenmauer. »Es ist eine kleine Abkürzung zurück zur High Street, und da Sie ja im Rose Cottage wohnen, sparen Sie sich ein paar Minuten.«

»Danke«, sagte Alex mit einem Lächeln und wandte sich dann noch einmal an Sophie. »Wir sehen uns Montag auf der Arbeit.«

»Ja, Punkt neun Uhr. Bis dann.«

Alex grüßte noch einmal zum Abschied und ging zum Gartentor, das sich mit einem Klicken hinter ihm schloss.

»Bei dem solltest du aufpassen«, bemerkte Lily, als sie ihr Glas auf dem Gartentisch abstellte.

»Was meinst du damit, Gran?« Sophie goss ihnen beiden den Rest der Limonade ein.

»Der verbirgt irgendwas.« Lily nahm ihr Glas in die Hand, die immer noch einen sicheren Griff hatte, hob es an die Lippen und sah ihrer Enkelin in die Augen. »Versteh mich nicht falsch, er ist sehr charmant und scheint sehr nett zu sein, aber er hat mehr im Ärmel versteckt als ein Zauberer bei einem Kindergeburtstag.«

»Oh, Gran!«, lachte Sophie. »Du denkst immer, alle führen etwas im Schilde. Was sollte Alex denn zu verbergen haben?«

»Er ist nicht bloß hergekommen, um etwas über Cider zu lernen, merk dir das. Das hätte er auch in Kanada haben können.«

Lily sah ihre Enkelin ruhig an. »Er ist aus einem anderen Grund hier.«

»Du hörst zu viel *The Archers.*« Lily hatte oft versucht, Sophie zu überreden, sich auch die BBC-Radio-Seifenoper anzuhören, doch die hatte sich geschworen, das schön bleiben zu lassen, bevor sie nicht mindestens dreißig war. Sie reichte ihrer Großmutter den Teller mit Scones, aber Lily winkte ungeduldig ab. Sophie zuckte mit den Schultern und griff zu. Alex hatte sich keinen Scone genommen, fiel ihr auf. Vielleicht hatte er sich noch nicht an die Kost in Südwestengland gewöhnt.

»Du musst mehr essen«, bemerkte Lily. »In letzter Zeit bist du ganz schön dünn geworden.«

»Von wegen«, murmelte Sophie und biss von ihrem Scone ab.

»Doch, das meine ich wirklich. Die Carter-Jungs lassen dich zu hart arbeiten. Und was diesen Produktionsleiter betrifft …«

»David ist in Ordnung.« Sophie legte den Scone zurück auf den Teller.

»Lass dir eins gesagt sein, Kind. Wenn Jack Carter noch leben würde, würde es hier ganz anders aussehen.«

»Ach, Gran.« Sophie wusste, dass ihre Großmutter eine Schwäche für den verstorbenen Chef von Carter's Cider gehabt hatte, und die beiden hatten über die Jahre so manches angeregte Gespräch geführt. Und mit Jacks Frau Cecily und Lilys Mann Seth hatten sie, als diese noch lebten, gelegentlich zum Bridgespielen zusammengesessen. »Die Dinge ändern sich. Und das müssen sie auch. Man muss mit der Zeit gehen.«

»Aber genug davon. Zurück zu deinem jungen Mann.« Bei diesen Worten blitzten Lilys Augen.

»Er ist nicht mein junger Mann«, protestierte Sophie. »Ich soll ihm nur was übers Geschäft beibringen. David wäre dafür besser geeignet gewesen, aber Matthew wollte, dass ich das übernehme.«

»Mach dich nicht schlechter, als du bist«, ermahnte sie Lily. »Du arbeitest jetzt schon über zehn Jahre dort. Ich würde behaupten, da weißt du fraglos eine ganze Menge übers Mischen und Verkosten. Falls Alex wirklich deswegen hier ist.«

»Wie meinst du das?«

»Denk an meine Worte.« Lily hob den Zeigefinger. »Dieser Junge will mehr als nur einen Crashkurs, wie man guten Cider mischt. Das sieht man ihm an, ein Blick in seine Augen genügt.«

Sophie schüttelte entnervt den Kopf. Ihre Großmutter witterte hinter allem ein Drama, ob es nun einen Anlass dafür gab oder nicht. Schon als Kind hatte es Sophie fasziniert, aber auch belustigt, dass ihre Großmutter der Ansicht war, das ganze Leben sei ein einziger Roman. »Ich glaube, du interpretierst da zu viel rein. Wie immer.«

»Du wirst schon sehen«, sagte Lily geheimnisvoll und sah einen Moment lang nachdenklich in die Ferne. »Die Zeit wird es zeigen.«

»Du hast wieder zu viel in deinen Romanen gelesen, Gran«, neckte Sophie ihre Großmutter. »Weißt du, das Leben ist keine dramatische Liebesgeschichte. Nicht jeder hat etwas zu verbergen, und nicht jeder braucht einen Prince Charming.«

»Du gibst also zu, dass er charmant ist?«

»Gran! Ich muss mit ihm zusammenarbeiten. Ich kann mir solche Gedanken nicht erlauben.«

Lily verkniff sich eine Bemerkung dazu und nahm wieder einen Schluck von ihrer Limonade. »Die Gedanken sind frei«, sagte sie schließlich. »Immerhin wirst du die nächsten ein, zwei Monate mit ihm zusammenarbeiten. Und er ist ein ziemlich gut aussehender Kerl. Besser als der letzte, mit dem du zusammen warst. Und er hat so gute Manieren.«

»Kein Kommentar. Also, kann ich noch irgendwas für dich tun, bevor ich nach Hause gehe?«

»Ich bin immer noch sehr wohl in der Lage, alles zu tun, was zu erledigen ist«, entgegnete Lily knapp. »Du machst dir zu viele Sorgen.«

»Ich weiß doch, dass du das kannst. Aber wo ich schon mal hier bin, ist es doch nur naheliegend, zu fragen.«

»Geh du nach Hause und gönn dir deinen Schönheitsschlaf, Kind. Wenn du dem kanadischen Traummann am Montag wieder bei der Arbeit begegnest, sollst du schließlich so gut aussehen wie möglich.«

Sophie stand auf, um ihrer Großmutter einen Abschiedskuss zu geben. Lily war wirklich unverbesserlich.

6

Alex' Zeit in Little Somerby verstrich beunruhigend schnell. Er hatte schon so viel Neues gelernt, musste aber ständig daran denken, dass er in ein paar Monaten wieder in Kanada sein würde, und er hatte noch immer keine Idee, wie er den zweiten, persönlicheren Grund ansprechen sollte, aus dem er hierher nach Little Somerby gereist war. Je länger er bei den Carters war und mit den Kollegen zusammenarbeitete, besonders mit Sophie, desto besser gefiel es ihm und desto schwerer wurde es, den richtigen Moment abzupassen, um die Wahrheit zu sagen.

Und das war noch nicht alles. Er fühlte sich zunehmend zu Sophie hingezogen. Ihre Leidenschaft und ihr Enthusiasmus für ihren Beruf, ihr Bestreben, neue Rezepturen zu entwickeln und neue Impulse für die Cider-Produktion zu setzen – es war, als verkörperte sie den Geist des Unternehmens, dem er mit seiner eigenen Firma nacheifern wollte. Wenn er nur ein paar von ihren Ideen in Flaschen abfüllen und mit nach Hause nehmen könnte! Es war aber nicht nur ihre Begeisterung für Cider, die ihm gefiel. Sie war freundlich, warmherzig, klug und definitiv attraktiv. Obwohl er sich ursprünglich vorgenommen hatte, von romantischen Beziehungen die Finger zu lassen, hatte er sich in zuversichtlicheren Momenten überlegt, ob er sie um ein Date bitten sollte, aber was, wenn sie Nein sagte? Das könnte dann wirklich eine unangenehme Situation ergeben, denn schließlich betreute sie ihn als Praktikanten. Und, was noch beängstigender war: Was, wenn sie Ja sagte? Würde er mit einer neuen Beziehung klarkommen, zumal mit einer Fernbeziehung auf solche Distanz? Traute er sich das zu? Sophie war zu anständig, um mit ihr zu spielen.

Bald würde er jedoch in die anderen Bereiche des Unternehmens Einblick erhalten: Matthew hatte vorgesehen, dass er jeweils ein paar Tage in den unterschiedlichen Abteilungen verbringen würde, und dabei würde Alex auch ihn ein, zwei Tage bei der Arbeit begleiten, deshalb konnte er es vielleicht riskieren. Aber wozu? Ende September würde er zurückfliegen, und Sophie war hier im Team unabkömmlich. Was würde es bringen? Er war nicht der Typ für Urlaubstechtelmechtel, und er wollte unter den gegebenen Umständen nichts Ernstes mit Sophie beginnen.

»Heimweh?«, fragte Sophie, als sie ins Büro kam und ihn vor sich hin starren sah.

Alex schreckte aus seinen Gedanken hoch. »Tut mir leid. Ich versuche nur, alles zu verarbeiten, was du mir zu lesen gegeben hast. Ich soll gleich in der Abfüllung arbeiten, und von den ganzen technischen Beschreibungen für die Apparaturen schwirrt mir der Kopf.«

»Bei dem Lärm dort wird es nicht besser werden, es sei denn, du trägst einen Gehörschutz! Jedes Mal, wenn ich da reinmuss, klingeln mir die Ohren.«

»Ich werd dran denken.« Alex richtete seinen Blick wieder auf die Unterlagen. »Ich weiß nicht, wie ich das alles noch in meinen Kopf kriegen soll.«

»Ich würde mir keine Sorgen machen. Ich mag vielleicht dein Wissen über Cider testen, aber die Jungs auf der Abfüllebene erwarten von dir wahrscheinlich bloß, dass du zuschaust. Und vielleicht bei einem Fließbandstau Hand anlegst, wenn nötig.«

»Da fällt mir ja ein Stein vom Herzen.«

»Also, wenn du dich gar nicht richtig auf all die Informationen und Zahlen konzentrieren kannst, warum vertrittst du dir nicht ein wenig die Beine und machst früher Mittagspause? Ich muss noch ein wenig Papierkram erledigen, und du könntest ein bisschen frische Luft bestimmt gut gebrauchen«, schlug Sophie vor. »Vielleicht setzt du dich später wieder ran?« Sie schaute auf ihre Armbanduhr. »Es ist sowieso schon fast Mittag.«

»Ja, okay.« Alex kam gerade ohnehin nicht mehr weiter, und etwas frische Luft würde ihm guttun, bevor er in die fabrikmäßig organisierte Abfüllung gerufen wurde. »Sehen wir uns später?«

»Ja, ich bin hier.«

Als er das kleine Büro verließ und hinaus auf den Hof trat, bemerkte er, dass in dem neuesten Gebäude auf dem Gelände, dem Museum und Archiv, Licht brannte. Das Haus beherbergte eine Sammlung aller Dokumente und Fotografien, die Matthews Frau Anna kurz nach ihrer Heirat in Cowslip Barn, dem Haus der Familie Carter, aus den Teekisten vom Dachboden zutage gefördert hatte. Von plötzlicher Neugier getrieben, beschloss Alex, dort einmal einen Blick hineinzuwerfen. Zwar war das Museum offiziell noch nicht für Besucher geöffnet, doch er dachte sich, als quasi Angestellter könne er sein Glück versuchen, und betrat den mit viel Holz und Glas errichteten Bau.

Was er sah, war beeindruckend. Das speziell für den Museumszweck entworfene Gebäude lag nur einen Steinwurf vom Cider-Laden auf dem Grundstück entfernt, und die Eichenbalken und das Glas verliehen ihm auch von innen eine elegante und ehrwürdige Aura. Hier war die gesamte Geschichte der Familie Carter zusammengetragen, von den Anfangstagen unter Samuel Carter – der noch mit einer hölzernen Cider-Presse im Schuppen gearbeitet hatte – bis hin zu dem modernen Unternehmen, das Jonathan und Matthew jetzt führten. Überall waren Fotos und Gegenstände, die die lange Geschichte der Familie auf beeindruckende und berührende Weise dokumentierten.

Die Fotogalerie mit den jüngeren Generationen zog Alex' Blick auf sich. An der Wand hingen Bilder von Jonathan und Matthew, die wie eine Reise in die Vergangenheit angeordnet waren. Zunächst sah man die beiden als junge Männer, dann als Teenager und schließlich als Schulkinder. Auf manchen Fotos posierten sie im Apfelgarten, auf anderen hielten sie mit Cider gefüllte Krüge in den Händen. Auf einigen der Bilder stand ihr Vater Jack Carter neben ihnen, und mit zunehmendem Alter der Fotografien war Jack Carter allein zu sehen.

Ein Bild, das Alex sofort ins Auge fiel, war in den frühen 1980er-Jahren entstanden. Jack stand in einem deutlich kleineren Laden, ein Glas Cider in der Hand, und plauderte mit einem der Bauern aus Somerset, die mit ihren Traktoren häufig die Farm aufsuchten. Er lächelte und schien ganz in seinem Element zu sein. Alex sah sich den Gesichtsausdruck des Mannes genauer an. Das Bild war sorgfältig inszeniert, ein für die Öffentlichkeit eingefangener Moment – ein Foto, das einen bestimmten Eindruck von einem Mann erwecken sollte, von einem Mann, der weit tiefgründiger gewesen war, als ein viele Jahre alter Schnappschuss vermitteln konnte.

»Hallo! Kann ich Ihnen behilflich sein?«

Die Stimme riss ihn aus seinen Gedanken, und eine große, schlanke, dunkelhaarige junge Frau schlüpfte durch die Tür.

»Hallo«, antwortete Alex. Von der Größe und Haarfarbe her konnte es sich nur um Matthews Tochter Meredith handeln. »Tut mir leid, dass ich hier reingeschlichen bin – ich wollte einfach nur sehen, wie weit die Ausstellung gediehen ist.«

Die junge Frau streckte ihm die Hand entgegen. »Meredith Carter – für die meisten einfach Merry. Ich komm gerade nur kurz vorbei, um vor meiner Schicht im Cider Kitchen noch ein paar Dinge ins Archiv zu bringen.« Meredith jobbte während der vorlesungsfreien Zeit, wie schon als Schülerin, im Restaurant auf dem Gelände von Carter's Cider. Das Aushängeschild des Betriebs wurde von ihrem Onkel Jonathan und ihrer Tante Caroline geführt. Es florierte von Tag zu Tag mehr und zog Gäste von nah und fern an, die die Qualitätsprodukte aus Somerset kosten wollten, wie auch den Cider von Carter's. »Sie … du bist Alex, oder?«, fuhr Meredith fort. »Und kommst aus Kanada? Dad hat mir erzählt, dir gehört eine Cider-Farm in Vancouver.«

Alex lächelte. Sophie hatte ihn vorgewarnt, dass bald jeder wissen würde, wer er war und weshalb er hier war; so funktionierte der Buschfunk in Little Somerby.

»Das stimmt. Freut mich, dich kennenzulernen, Merry.«

»Ebenso.« Sie überlegte einen Moment. »Büffelst du gerade für den Fall, dass Sophie und David dein Wissen abfragen?«

»So was in der Richtung.«

Meredith war ihrem Vater vom Aussehen und von ihrer Art her so ähnlich, dass es beinahe unheimlich war. Sein Blick fiel auf den Pappordner in ihren Händen. »Sind das auch Ausstellungsstücke?«

Meredith grinste breit. »Na ja, ich muss sie heute rahmen und in die Sammlung einpflegen – willst du schon mal einen exklusiven Blick darauf werfen?«

»Gern«, erwiderte Alex. Er hatte noch etwas Zeit, bis er in der Abfüllung sein musste, und war neugierig, worum es sich handelte. Er ging zu dem großen Holztisch, auf dem Meredith die Dokumente und Fotografien auszubreiten begann.

»Meine böse Stiefmutter Anna geht viele der Dokumente und Bilder immer noch durch, mit einigem Perfektionismus, aber diesen Sommer hat sie eine Menge Zeug aus den frühen Achtzigern sortiert. Sie ist besessen davon herauszufinden, wie Dad als Kind und Jugendlicher war, denn sie haben zwar nicht weit voneinander entfernt gewohnt, haben sich aber erst vor nicht allzu langer Zeit richtig kennengelernt. Schau mal.« Auf den ersten Blick schien der Ordner vor allem weitere Fotos zu enthalten, aber auch den einen oder anderen Brief. Alex nahm ein paar Aufnahmen in die Hand, bevor sein Blick auf merkwürdige Weise von einer bestimmten Fotografie angezogen wurde.

»Das sind wohl deine Großmutter und dein Großvater«, sagte er leise.

Meredith nickte kurz und begann, Klebepads zurechtzuschneiden, um die Bilder zum Rahmen auf Karton zu befestigen. »Granny ist gestorben, als ich noch klein war; ich kann mich nicht wirklich an sie erinnern. Sie und Granddad waren vierzig Jahre verheiratet, bevor sie starb. Das Bild wurde an ihrem Hochzeitstag aufgenommen.« Sie machte sich wieder daran, die anderen Stücke zu sortieren.

Alex betrachtete das Foto, auf dem Jack und Cecily Carter vor Obstbäumen zu sehen waren. Beide strahlten vor Freude und waren sehr festlich gekleidet: Jack trug einen eleganten Anzug, und Cecily hatte Blumen im Haar. »Sie haben im Apfelgarten geheiratet?«, fragte er, mehr sich selbst als Meredith.

»Wie? Ach, nein – da fand nur die Hochzeitsfeier statt. Sie hatten damals offenbar nicht viel Geld, aber das Fest war noch Jahre danach Gesprächsthema. Dad und Anna haben sich vor ein paar Jahren an genau derselben Stelle das Jawort gegeben. Granddad war wirklich ein Partylöwe, bis zu seinem Tod.« Nachdenklich fügte sie hinzu: »Er fehlt mir immer noch.«

»Kann ich mir vorstellen.«

»Was?«, fragte Meredith, die Alex nur mit halbem Ohr zugehört hatte, während sie einen der Briefe überflog, für die sie einen Platz im Museum finden musste. Sie sah auf und lächelte. »Ich hoffe, es gefällt dir hier. Du scheinst dich sehr schnell eingelebt zu haben. Sophie hat erzählt, sie sei von deinem feinen Gaumen beeindruckt.«

»Danke. Ich muss noch eine Menge lernen, aber Sophie ist eine großartige Lehrerin.«

Meredith sah ihn nachdenklich an. »Ihr harmoniert gut miteinander. Ich glaube, das hilft.«

Alex grinste. »Sie hat sehr viel Geduld mit mir. Ich stelle bestimmt unheimlich viele Anfängerfragen.«

»Ich vermute, das wird sie nicht weiter stören. Sie kennt sich wirklich sehr gut aus. Ich würde sogar behaupten, sie weiß besser Bescheid als Dad oder mein Onkel Jonathan, wenn es darum geht, einen ordentlichen Cider zu mischen. Granddad hat sehr gern mit ihr zusammengearbeitet. Er hat sie immer seinen *Schützling* genannt, was David etwas auf die Nerven ging. Aber Granddad schien sich Sachen leisten zu können, die sich kein anderer hätte erlauben dürfen. Ich glaube, so war er einfach.«

»Na ja, sie hat mir jedenfalls schon sehr viel geholfen.« Alex versuchte, die Unterhaltung wieder auf Jack Carter zu lenken. »Dein Großvater war wohl ein echter Apfelexperte?«

»Japp«, gab Meredith zur Antwort. »Wenn es nach Dad gehen würde, hätten wir unser Cider-Sortiment um die Hälfte reduziert, aber Granddad wollte ständig was Neues ausprobieren, neue Nutzungsarten für die Obstgärten finden. Selbst als er in Rente ging, hat er weiter an den Verkostungen teilgenommen und sich bei den Verschneidern herumgetrieben. Es grenzte ein wenig an Besessenheit.«

»Es lag ihm eben im Blut«, sagte Alex nachdenklich. »Wahrscheinlich konnte er nicht anders.«

»Dad wusste von Anfang an, dass er ein Teil der Firma sein würde«, fuhr Meredith fort. »Er hat versucht, auszubrechen, zumindest für eine Weile, aber letztlich ist er dann doch hierher zurückgekommen.« Sie seufzte. »Ich vermute, so wird es mir auch gehen. Ich kann studieren, was ich will, die Firma wartet auf mich.«

»Ist es denn das, was du dir wünschst?«

Meredith schaute ihn mit ihren leuchtend blauen Augen ernst an. »Ich weiß nicht. Es ist spannend, aber es macht mir auch echt Angst. Was, wenn ich diejenige bin, die das Unternehmen an die Wand fährt? Was, wenn ich nicht mit Herzblut dabei bin? Was, wenn ich es einfach nicht kann?« Ein wenig beschämt über ihr offenes Geständnis gegenüber einem Fremden, blickte Meredith wieder auf den Tisch mit den Fotos und Briefen hinunter.

»Tu, was dein Herz dir sagt«, meinte Alex leise. »Wenn du wirklich in dem Geschäft arbeiten möchtest, dann solltest du die Chance ergreifen. Wenn nicht, dann wird deine Familie es verstehen. Es klingt so, als hätte dein Vater in jungen Jahren eine schwere Entscheidung treffen müssen und als würde er es verstehen, wenn du einen anderen Weg einschlägst.«

»Ist dein Entschluss, ins Cider-Geschäft einzusteigen, denn das, was *du* willst?«, fragte Meredith. Alex spürte, dass sie nicht weiter über ihre eigenen Zweifel und Ängste sprechen wollte.

Er nickte. »Jura war immer meine erste Liebe, und dieser Weg hat mir interessante Erfahrungen gebracht. Aber was ich jetzt mache … dass ich woandershin ziehe, ein neues Projekt starte, das ist für mich, als hätte ich meine wahre Heimat gefunden. Und zu lernen, wie man Cider herstellt … mit dem Wissen, dass ich diese Kenntnisse nutzen kann, um bei mir in Kanada etwas Neues, Aufregendes auf die Beine zu stellen … das fühlt sich irgendwie richtig an. Als würde ich endlich das tun, was meine Bestimmung ist.«

»Du klingst genau wie Dad!«, lachte Meredith. »Er hat auch einen Juraabschluss, aber als Granddad einen Herzinfarkt hatte, ist er zurückgekommen, um die Leitung der Firma zu übernehmen.« Sie sah ihn nachdenklich an. »Mit deiner Leidenschaft für Cider hättest du dich mit Granddad wahrscheinlich super verstanden.« Sie reichte ihm ein weiteres Foto, das sie zum Rahmen auf Karton befestigt hatte. »Da war er etwa in deinem Alter.«

Alex' Herz machte einen Satz. Jack schien sich in den Obstgärten tatsächlich ganz wie zu Hause zu fühlen. Der Meister auf dem Gebiet der Cider-Herstellung fügte sich ebenso natürlich in die Landschaft ein wie die Äpfel an den Bäumen. Alex räusperte sich und gab Meredith das Foto zurück. »Gut aussehender Typ«, witzelte er.

Meredith lachte. »Und das wusste er auch. Er war ein notorischer Charmeur, selbst im Alter. Offenbar hatte er in seiner Jugend hier im Ort einen ziemlichen Ruf weg. Aber als er und Grandma sich kennenlernten, hat sie das überhaupt nicht beeindruckt. Granddad musste sich ganz schön anstrengen, um sie zu erobern, aber es ist ihm allem Anschein nach gelungen – immerhin waren sie vierzig Jahre lang verheiratet.« Sie lächelte traurig.

»Dann waren sie wohl glücklich?«

»Also, Dad hat mal eine Anspielung gemacht, dass Granddad nicht ganz der mustergültige Ehemann gewesen sein könnte, für den ihn alle hielten – aber hier gibt es wirklich extrem viel Klatsch und Tratsch. Ich stelle mir gern vor, dass er immer noch Freude am Flirten hatte, aber vielleicht war es auch nicht mehr als das.«

Alex schwieg. Meredith war ein nettes Mädchen, das, wie es schien, große Stücke auf ihren Großvater hielt und offenbar selbst einige Schwierigkeiten hatte, ihren Platz in der Familiendynastie zu finden. Für ein Gespräch mit ihrer Familie war sie noch nicht bereit, ihre Zerrissenheit war spürbar und erinnerte ihn an seine eigene. Es war nie leicht, der Wahrheit ins Auge zu blicken, dachte er bei sich. Er hoffte, wenn es so weit war, würde er dafür bereit sein.

7

Immer noch ein wenig durcheinander, machte sich Alex nach der Arbeit auf den Weg zum Rose Cottage B&B. Die Unterkunft an sich gefiel ihm zwar, doch die ständige Anwesenheit der neugierigen Brenda und ihres Mannes Roy war mit der Zeit schon etwas lästig. Seit dem Abend, als Alex Sophie auf ihrem Nachhauseweg begegnet war und sie ihn Lily vorgestellt hatte, hatte er es sich zur Gewohnheit gemacht, sich im Stationmaster, dem Pub im Dorf, in Ruhe einen Drink zu genehmigen, in der Hoffnung, Sophie wieder zu begegnen. Es erschien ihm unpassend, sie während der Arbeitszeit um ein Date zu bitten, aber er verspürte doch den Wunsch, mehr mit ihr zusammen zu sein. Seine Unterhaltung mit Meredith hatte ihm auch viel Stoff zum Nachdenken gegeben. Sich auf der Suche nach dem eigenen Weg im Leben hin- und hergerissen zu fühlen, konnte offensichtlich Leute jeden Alters treffen.

Er war so tief in Gedanken versunken, dass er nicht bemerkt hatte, wie ihn seine Füße wie von selbst vor die Pforte von Lily Hendersons Grundstück getragen hatten. Als er ein Geräusch hörte, das verdächtig nach dem Versuch klang, einen benzinbetriebenen Rasenmäher zu starten, gefolgt von Lilys leisem Fluchen, war Alex' Neugier geweckt. Nach kurzem Zögern reckte er sich, um über die Steinmauer zu spähen, und erblickte Lily, tatsächlich über einen großen Rasenmäher gebeugt, der offensichtlich seinen Dienst verweigerte. Ohne lange zu überlegen, ob sie über seinen unangemeldeten Besuch wohl erfreut sein würde, öffnete er das Gartentor.

»Mrs Henderson, kann ich Ihnen helfen?«, fragte er und schritt auf sie zu.

»Oh, Alex, Sie hier? Das ist aber schön.« Lily richtete sich mühsam auf. »Was kann ich für Sie tun?«

»Ich glaube, die Frage ist eher, was ich für Sie tun kann«, erwiderte Alex freundlich und reichte ihr den Gehstock, den sie an die Gartenmauer gelehnt hatte. »Soll ich mir den mal anschauen?« Er deutete auf den Rasenmäher.

»Ach, ich komme schon zurecht«, sagte Lily leichthin, aber ihr Blick sprach Bände. Alex hob eine Augenbraue. »Also gut. Mit dem verflixten Ding habe ich normalerweise nichts zu schaffen, aber mein Gärtner hat sich leider den Rücken verknackst und kann schon seit zwei Wochen nicht vorbeikommen, um hier zu mähen«, gab sie zu und seufzte. »Ich hatte die Nase voll von dem Anblick, und da habe ich mir gedacht, ich versuche es mal selbst.«

»Also, ich könnte ihn mir ja mal anschauen«, bot Alex erneut an und hockte sich ins Gras, um den Motor zu überprüfen. »Wenn ich ihn zum Laufen bringe, soll ich dann den Rasen für Sie mähen?«

»Das wäre aber ausgesprochen freundlich von Ihnen. Das heißt, sofern Sie an einem so schönen Abend wie heute nichts anderes zu tun haben.«

Alex schüttelte den Kopf. »Ich wollte in der Bar ein Bier trinken, ich meine, im Pub, aber das kann warten.«

»Wenn das so ist, werde ich Ihnen anschließend was zu trinken bringen. Ich habe bestimmt eine Flasche Weißwein im Kühlschrank.«

»Hört sich gut an.« Alex richtete sich wieder auf, nahm die Zugleine und brachte den Motor nach ein paar Fehlstarts mit wenigen Handgriffen zum Laufen. Lily hatte im Eifer des Gefechts vergessen, den Benzinhahn zu öffnen. Kurz darauf mähte er akkurate Streifen ins Gras, was er überraschend entspannend fand.

»Danke, dass Sie sich um meinen Rasen gekümmert haben, Alexander«, sagte Lily, als er den Mäher ausschaltete. Sie hatte auf der kleinen Terrasse bei der Gartenpforte ein Glas Wasser mit Eiswürfeln und eine Flasche Wein auf den Tisch gestellt. »Da werde ich heute Nacht besser schlafen können. Sosehr ich Sophies Angebot schätze, dieses Monstrum zu bedienen, denke ich doch, dass manche Aufgaben besser von Männerhand erledigt werden.«

»Das sollte Sophie wohl lieber nicht zu Ohren kommen!« Alex grinste. »So, wie ich sie bis jetzt kennengelernt habe, ist sie bestens in der Lage, ihren Mann zu stehen.«

»Ja, ich weiß«, seufzte Lily. »In diesem derart männerdominierten Geschäft hat sie sich sehr gut geschlagen, aber die Vorstellung, dass sie den Rasen mäht, gefällt mir trotzdem nicht. Ich selbst habe es nur versucht, weil ich nicht mehr ertragen habe, wie es hier aussah!« Sie lachte. »Es ist wie mit dem Staubsaugen: Je länger man es aufschiebt, desto öfter muss man daran denken. Natürlich …« – sie machte eine bedeutungsvolle Pause – »… ist der Rasenmäher eine gute Ausrede, um nicht an meinem aktuellen Manuskript zu arbeiten, das bis August fertig sein muss.«

»Ich kenne Aufschieberitis nur zu gut!«, erwiderte Alex. »All die Nächte, die ich als Anwalt Fallzusammenfassungen geschrieben habe – das war verrückt. Kann ich denn sonst noch etwas für Sie tun, wo ich schon mal hier bin?«

»Im Moment nicht, aber danke. Also, haben Sie in den nächsten paar Tagen etwas vor? Ich weiß aus eigener Erfahrung, dass Little Somerby ein wenig eng werden kann, wenn man nicht ab und zu rauskommt!«

Alex nahm einen Schluck Wein. »Nein, noch nichts Bestimmtes. Außer, dass ich morgen bei Matthew Carter zum Essen eingeladen bin, und ich hatte vor, dieses oder nächstes Wochenende nach Bristol zu fahren – Sophie meinte, das Bristol Museum sei einen Besuch wert, und das Red Lodge Museum soll eine Art Geheimtipp sein.«

»Oh, das Essen mit Matthew und seiner Familie wird Ihnen gefallen, das sind allesamt so liebenswerte Menschen.« Lily schaute Alex forschend an, und er fühlte sich plötzlich unbehaglich. Er war froh, als sie weitersprach. »Und was Sophie betrifft, sie wäre in Bristol eine exzellente Stadtführerin. Warum rufen Sie sie nicht an und fragen, ob sie Lust hat mitzukommen?«

»Ach, ich bin sicher, sie hat bestimmt was Besseres zu tun. Und wahrscheinlich ist sie es schon leid, mich ständig an ihrer Seite zu haben.«

»Unsinn!«, schnaubte Lily. »Sie mag Bristol sehr, und sie kommt viel zu wenig raus. Wobei Sie ihr nicht sagen dürfen, dass ich das gesagt habe. Sie hat ziemlich gelitten, nachdem sie und dieser Mark Simpson getrennte Wege gegangen sind. Ich bin sicher, ein schöner Nachmittag in der Stadt wäre genau das, was ihr der Arzt verordnen würde.«

Alex hatte das deutliche Gefühl, gerade in eine bestimmte Richtung gelenkt zu werden. »Mrs Henderson, versuchen Sie etwa, mich mit Ihrer Enkelin zu verkuppeln? Ich glaube nicht, dass Sophie Romanzen am Arbeitsplatz gutheißt.«

»Ach, davon würde ich mich an Ihrer Stelle nicht abschrecken lassen!«, entgegnete Lily. »Seit der Sache mit Mark ist sie fast gar nicht rausgekommen. Ich sage es Ihnen ganz offen, mein Lieber, wenn ich fünfzig Jahre jünger wäre, würde ich Sie selbst um ein Date bitten.« Als Alex in lautes Gelächter ausbrach, schwieg sie einen Moment. »Sophie braucht ein wenig Ablenkung, und Sie sollten rausfahren und sich ein paar Sehenswürdigkeiten anschauen, solange Sie sich noch auf dieser Seite des Atlantiks befinden. Die Zeit verfliegt so schnell, und ehe Sie sichs versehen, sitzen Sie wieder im Flieger nach Kanada.«

»Wohl wahr.« Alex schenkte ihnen beiden kalten Weißwein nach. »Aber vielleicht ist es etwas zu kurzfristig, um Sophie zu fragen. Sie hat ganz sicher andere Pläne.«

»Fragen kostet doch nichts. Apropos, ich hätte da eine Idee.«

»Ach ja?«

»Für wie lange haben Sie Ihr Zimmer im Rose Cottage gebucht?«

»Bis morgen Abend. Brenda hält es gerne recht informell und hat vorgeschlagen, dass ich wochenweise buche.«

»Also, Sie können nicht die ganze Zeit über dort wohnen«, sagte Lily. »So nett es bei ihr auch sein mag, günstig ist es nicht, selbst wenn man es steuerlich absetzen kann, und so, wie Sie aussehen, nutzen Sie Brendas großartiges Frühstücksangebot wohl nicht allzu häufig. Sonst hätte sich Ihr Bauchumfang inzwischen verdoppelt.«

Alex lachte herzlich. Er mochte Lilys direkte Art; sie erinnerte ihn an seine eigene Großmutter. »Vielleicht haben Sie recht. Aber kennen Sie jemanden, der über den Sommer einen Untermieter aufnehmen würde?«

»Na ja, ich habe ein einigermaßen geräumiges Zimmer mit eigenem Bad, das allerdings nicht unmittelbar daneben liegt, sondern eine halbe Treppe tiefer. Wenn Sie den Gedanken ertragen könnten, morgens mit mir am Frühstückstisch zu sitzen, sind Sie herzlich willkommen.« Lily zwinkerte ihm zu. »Und da ich es normalerweise an Studenten am Langford Veterinary College gleich hier die Straße runter vermiete, ist der Preis deutlich erschwinglicher als der bei Brenda.«

»Das ist ein sehr freundliches Angebot, Mrs Henderson. Aber sind Sie sicher, dass Sie den Sommer über einen Gast bei sich wohnen haben wollen? Ich muss schließlich jeden Tag lange arbeiten und stehe auch sehr früh zum Joggen auf. Ich möchte Sie ungern stören.«

»Ach, da machen Sie sich mal keine Sorgen«, winkte Lily ab. »Ich würde mich über die Gesellschaft freuen, und um ehrlich zu sein, mir fehlt jemand im Haus, seit der letzte Tiermedizinstudent vor ein paar Wochen ausgezogen ist. Sie würden die Lücke zwischen dem Ende der Vorlesungszeit und dem nächsten akademischen Jahr bestens ausfüllen, vorausgesetzt, Sie können mit einer geblümten Bettdecke und ein paar meiner Bücher im Regal leben.«

»Also, vielen Dank«, sagte Alex. »Sehr gern. Und es klingt, als hätte ich dann auch schon genug Lesestoff!«

»Sie zählen vermutlich nicht zu meiner Zielgruppe, denn ich schreibe Liebesromane, doch Sie dürfen gern darin schmökern, wenn Sie möchten.« Lily seufzte. »Man sollte meinen, nach einunddreißig Romanen würde mir das Schreiben leichter fallen, aber bedauerlicherweise scheint es jedes Jahr schwerer zu werden.«

»Ich bin sicher, Sie kriegen das schon hin«, erwiderte Alex, den Lilys Produktivität beeindruckte. »Es muss wohl Ihre Leidenschaft sein.«

»Na ja, nach dem Tod meines Sohnes habe ich etwas gebraucht, um auf andere Gedanken zu kommen.« Lily lächelte, aber sie konnte ihren Schmerz nicht völlig verbergen. »Das Schreiben war für mich eine Flucht aus dem Alltag, und wie sich herausgestellt hat, bin ich darin gar nicht so schlecht.« Sie schwieg einen Moment, als würde sie um Fassung ringen. »Natürlich warte ich immer noch auf den lukrativen Vertrag über Filmrechte, aber bis dahin soll mir das Schreiben für meine Leser genügen.« Sie schüttelte kaum merklich den Kopf, als wollte sie damit die schmerzlichen Erinnerungen loswerden, und füllte ihre Gläser wieder auf. »Also, wann wollen Sie einziehen?«

»So bald es Ihnen recht ist«, antwortete Alex, und erst dann wurde ihm klar, dass er gar nichts dazu gesagt hatte, dass Lilys verstorbener Sohn Sophies Vater gewesen sein musste. Es schien, als hätten sie alle große Verluste erlitten.

Lily erhob sich von ihrem Stuhl und griff nach ihrem mit Schnitzereien verzierten Gehstock. »Ich zeige Ihnen das Zimmer vorsichtshalber vorher.«

»Nicht nötig, Mrs Henderson«, wandte Alex ein, der sofort aufgesprungen war. »Ich bin sicher, es ist wunderbar, und so nett es auch im Rose Cottage ist, es wird ein gutes Gefühl sein, mein Bett wieder selbst zu machen und nicht bei der Rückkehr in die Unterkunft festzustellen, dass jemand anderes das besser kann!«

»Ah ja, Brenda und ihre berühmten Krankenhausecken!«, lachte Lily. »Sie war früher Krankenschwester in der Psychiatrie, und so was prägt einen. Oft hat sie auch gewitzelt, dass ihre Erfahrungen nützlich sind, wenn sie mit ihren, äh, exzentrischeren Gästen zurechtkommen muss. Aktuelle Gäste natürlich ausgenommen.«

Alex lächelte zurück und war erleichtert, nun eine Möglichkeit gefunden zu haben, um Brenda und ihrem endlosen Small Talk zu entkommen. Bei Lily zu wohnen würde wesentlich mehr Spaß machen, und hoffentlich würde es ihm Gelegenheit geben, mehr Zeit mit Sophie zu verbringen. Obwohl er immer noch Zweifel daran hatte, ob es gut wäre, eine Fernbeziehung zu beginnen, spürte er, wie es ihn mehr und mehr zu ihr hinzog.

8

Nach einem gemütlichen Samstagmorgen, an dem sie endlich wieder einmal ausgeschlafen hatte, ein wenig Hausarbeit um die Mittagszeit und einem Skype-Telefonat mit ihrer Mutter, die sie zu überreden versuchte, Urlaub zu nehmen und sie in Südfrankreich zu besuchen, beschloss Sophie, sich im Dorf mit ein paar Zutaten für einen ruhigen Abend auf dem heimischen Sofa einzudecken. Sie hatte sich eine Serie auf Netflix ausgesucht, die sie an diesem Wochenende bingewatchen wollte, und ihr fehlten dafür noch Wein, Pizza und Eis. Da sie sowohl das Frühstück als auch das Mittagessen ausgelassen hatte, knurrte ihr Magen. Nach dem Einkauf hatte sie kurz bei Lily vorbeigeschaut und war nun auf dem Rückweg von ihrer Nachmittagsrunde mit Barney, als sie auf der High Street ein bekanntes Gesicht entdeckte. Nach seinen Shorts und dem T-Shirt zu urteilen, musste er gerade vom Joggen kommen. Sophie fragte sich, ob sie auf die andere Straßenseite wechseln sollte, um ihm nicht im Weg zu sein, aber als er sich näherte, entdeckte er sie und nahm seine Ohrhörer heraus.

»Hallo«, begrüßte er sie, als er bei ihr angelangt war. »Schöner Nachmittag.«

»Stimmt.« Sophie deutete auf Barney. »Vorhin war es noch zu heiß, um ihn auszuführen, daher habe ich Gran angeboten, jetzt mit ihm Gassi zu gehen, wo es sich etwas abgekühlt hat.« Barney stand neben ihr und hechelte, erschöpft vom Sprint auf der Strawberry Line, doch als Alex ihm die Hand vor die Schnauze hielt, drückte er seine feuchte Hundenase dagegen und schnüffelte daran.

»Ach, Barney!« Sophie schüttelte den Kopf. »Du sollst doch den anderen nicht immer so überschwänglich zeigen, wie sehr du sie magst.«

Alex lachte und kraulte den Weimaraner hinter den Ohren, der wiederum den Kopf an seinem Oberschenkel rieb. »Guter Junge. Barney ist ungefähr so groß wie Prince, der Dobermann, den ich als Kind hatte.«

»Lass dich aber nicht täuschen«, schnaubte Sophie. »Er ist richtig faul, genauso faul, wie er groß ist. Was gar nicht schlecht ist, weil Gran nicht mehr so viele Spaziergänge mit ihm schafft. Ich gehe mit ihm raus, wenn ich kann, aber etwas mehr Bewegung täte ihm wohl gut, damit er nicht noch dicker wird.«

»Wie viel Bewegung braucht er denn?«

»Ach, gerade mal eine halbe Stunde am Tag. Aber er schafft auch mehr, wenn man ihn fordert.«

Alex kraulte immer noch Barneys großes, traurig wirkendes Hundegesicht, und der Vierbeiner freute sich unbändig über die Streicheleinheiten, trotz seiner Grabesmiene. Merkwürdigerweise wurde Sophie ein bisschen eifersüchtig. Alex hatte wirklich schöne Hände. Sie versuchte, ihm stattdessen ins Gesicht zu schauen, aber auch das brachte sie durcheinander. Offensichtlich war es schon zu lange her, dass sie ein Date gehabt hatte; sie musste sich am Riemen reißen.

»Ich würde ihn schon ausführen«, sagte Alex. »Ich geh fast täglich joggen, und es wäre eine gute Gelegenheit, die Gegend hier besser kennenzulernen.«

»Ich bin mir sicher, Gran würde die Hilfe zu schätzen wissen. Wobei du einplanen solltest, dass Weimaraner recht eigenwillig sein können und nicht jedem gehorchen. Barney hat manchmal ein sehr selektives Gehör.«

»Ich werd's mir merken«, erwiderte Alex. »Und da ich ja ab morgen mit ihm unter einem Dach wohne, ist es das Mindeste, was ich tun kann.«

»Du hast also beschlossen, Grans Angebot anzunehmen?« Insgeheim war Sophie gar nicht überrascht. Lily konnte sehr überzeugend sein, wenn sie sich einmal etwas in den Kopf gesetzt hatte, und offensichtlich hatte sie an Alex Gefallen gefunden. Als Sophie vorbeigekommen war, um Barney abzuholen, hatte Lily ihr erzählt, dass sie Alex für die Zeit seines Praktikums als Hausgast haben würde. Angesichts dieser Neuigkeit hatte Sophie ein flaues Gefühl im Magen verspürt; die Aussicht, dass sich ihre und Alex' Wege nicht nur bei der Arbeit kreuzen würden, verunsicherte sie ein wenig. War es unprofessionell, wenn sie über den geschäftlichen Kontakt hinaus auch privat mit ihm zu tun hatte?

»Deine Großmutter ist eine Meisterin der Überredungskunst«, bemerkte Alex mit einem Lächeln und warf einen Blick auf seine Armbanduhr. »Ich muss weiter, sonst komme ich zu spät zum Abendessen.«

»Wohin soll's denn gehen?«, fragte Sophie und verfluchte sich im nächsten Moment für ihre Neugierde. Das ging sie nun wirklich nichts an.

»Matthew hat mich zu sich zum Essen eingeladen. Da sollte ich mich als Praktikant wohl von meiner besten Seite zeigen.«

»Ich würde mir keine Sorgen machen«, beruhigte ihn Sophie. »Er hat drei Kinder und einen Hund, und so, wie ich ihn kenne, wird es eher ungezwungen zugehen.«

»Ich muss jedenfalls noch eine Flasche Wein besorgen«, sagte Alex. »Ich frag mich, ob sie im Weinladen wissen, was er gerne trinkt.«

Sophie lachte. »Er ist ziemlich gut mit Kelli befreundet, also wahrscheinlich schon.«

»Äh, also, wo wir gerade von Einladungen sprechen ...«, begann Alex und wirkte plötzlich nervös.

»Ja?« Bei diesem Themenwechsel bekam Sophie ein noch flaueres Gefühl im Magen.

»Würdest du ... gern mal mit mir was trinken gehen?«

Ihr Magen schlug plötzlich Purzelbäume. Sie brauchte einen Moment, um sich zu fassen.

»Kein Problem, wenn nicht«, fuhr Alex schnell fort. »Es war nur so ein Gedanke. Aber ich will nicht, dass es unsere Beziehung belastet. Schließlich müssen wir ja zusammen arbeiten.«

Sophies Verstand riet ihr, seine Einladung höflich abzulehnen; die Sache würde zu nichts führen, selbst wenn sie ein oder zwei Dates hätten, und die Vermischung von Arbeit und Privatem war noch nie eine gute Idee gewesen. Doch ihr Herz klopfte aufgeregt, und sie fühlte sich geschmeichelt. So, wie ihr Körper auf Alex reagierte, war das ein sehr deutliches Signal, dass sie sich zu ihm hingezogen fühlte. Und außerdem würde eine Ablehnung ihre Beziehung erst recht belasten; zumindest für eine gewisse Zeit. Vielleicht war es besser, die Einladung anzunehmen, und wenn es nach einem Drink nicht passte, konnten sie sich ja einigen, für die Zeit von Alex' Aufenthalt in England einfach nur Kollegen zu bleiben.

Sie holte tief Luft, und bevor ihre Vernunft siegen konnte, wagte sie den Sprung ins kalte Wasser. »Also, was das Ausgehen mit Arbeitskollegen angeht, bin ich ziemlich zurückhaltend.« Als sie sah, wie ein Schatten über sein Gesicht huschte, sprach sie schnell weiter. »Aber ich würde gern mit dir was trinken gehen. Wir können ja nächste Woche was ausmachen und schauen, wie es so läuft? Denn jetzt musst du dich ja beeilen.« *So viel zu deiner Pro-*

fessionalität, dachte sie. Ein Date-Angebot, und sie knickte schneller ein als ein Schilfrohr im Wind.

»Alles klar. Ich freue mich drauf.« Alex lächelte ihr ein letztes Mal zu und joggte dann weiter.

Sophie blieb mit dem an der Leine ziehenden Barney zurück. Sie spürte ihr Herz immer noch hämmern, atmete tief durch und fragte sich, wie sie sich die nächsten paar Tage verhalten sollte. Mit Alex zu arbeiten war das eine, ihn in der Freizeit zu treffen brachte hingegen eine völlig neue Dimension in die Sache. Sie hoffte, es würde sie nicht in eine unangenehme Lage bringen, zumal er ja auch noch bei ihrer Großmutter einzog. Was, wenn ihr ohnehin so verletztes Herz einen weiteren Schlag verkraften müsste? Sie war sich nicht sicher, ob sie nach der Trennung von Mark mit einer weiteren Enttäuschung zurechtkommen würde.

9

Eine Dreiviertelstunde später, nachdem er geduscht, sich umgezogen und eine Flasche Rotwein besorgt hatte, war Alex unterwegs nach Cowslip Barn, Matthew Carters weiß getünchtem Bauernhaus. Kelli, die beste Sommelière von Little Somerby und Besitzerin des örtlichen Weinladens, hatte sich bei der Frage, was der Chef von Carter's gerne trank, als große Hilfe erwiesen, und zu Alex' Erleichterung hatten er und Matthew einen ähnlichen Geschmack. Er hatte eine Flasche vollmundigen Tinamou Cabernet Sauvignon ausgewählt und hoffte, der Wein würde zum Essen passen, das Matthew oder seine Frau gekocht hatten.

Als er sich über die Einfahrt Cowslip Barn näherte, lag Grillgeruch in der Luft, und aus dem Garten hinter dem Haus waren Stimmen zu hören: ein kleines Kind, das fröhlich vor sich hin brabbelte, ein etwas älteres, das ebenso fleißig plapperte, und dann Matthews tiefe, volltönende Stimme. Alex konnte nicht ganz verstehen, was er sagte. Dann lachte plötzlich jemand laut auf, was ihn unvermittelt innehalten ließ. *Eine glückliche Familie*, dachte er, *eine stabile Familie*. Wie er so etwas seit dem Tod seiner Mutter und der Krankheit seines Stiefvaters vermisste.

Er schob diese Gedanken beiseite und ging zum großen, hölzernen Gartentor, das nicht abgeschlossen war, trat hindurch und hoffte, die Carters würden es ihm nachsehen, dass er einfach so hereinplatzte. Er bezweifelte jedenfalls, dass sie die Türklingel draußen gehört hätten. Als er den Garten betrat, brachte ihn das Bild der Vollständigkeit und der Einheit, das die Familie bot, beinahe aus dem Gleichgewicht.

Im hinteren Teil des Gartens saß Matthews Stieftochter Ellie auf einer Schaukel, die am kräftigen Ast einer Eiche hing. Ihre Mutter Anna gab ihr den nötigen Anschwung. Matthew stand am Gasgrill und trank gerade einen Schluck Lager aus der Flasche, während er das Fleisch wendete. Der eineinhalb Jahre alte Jack, ihr Jüngster, benannt nach seinem Großvater väterlicherseits, mit rotblondem Schopf und braunen Augen, krabbelte in einiger Entfernung vom Grill im Gras herum. Von allem um sich herum begeistert, zog er einen grünen Holzdinosaurier an einer roten Schnur hinter sich her und steuerte auf Anna und Ellie zu. Die Einzige, die fehlte, war Meredith.

»Hallo, Alex«, sagte Matthew, stellte sein Bier auf dem Gartentisch ab und kam ihm entgegen, um seinen Gast zu begrüßen.

»Ich hoffe, es stört euch nicht, dass ich einfach ums Haus gegangen bin. Ich dachte, ihr würdet die Klingel bestimmt nicht hören.« Alex' Handflächen waren ärgerlicherweise sofort feucht geworden, und bevor er Matthew die Hand gab, wischte er sie an seiner Jeans ab.

»Überhaupt nicht«, antwortete Matthew. »Die Türklingel funktioniert schon seit Jahren nicht mehr. Wir mögen es so – das hält unerwünschten Besuch fern!«

Alex lachte ein bisschen zu laut und war erleichtert, als Matthew Anna zu ihnen herüberrief. Sie kam zur Terrasse und fasste auf dem Weg den kleinen Jack bei der Hand.

»Das ist Anna, meine bessere Hälfte.« Matthew lächelte seiner Frau zu und nahm den kleinen Jack auf den Arm, damit er den Gast besser sehen konnte. »Und das ist Jack, unser Jüngster.«

»Nach deinem Vater benannt«, bemerkte Alex, ohne groß nachzudenken.

»Genau. Leider ist er gestorben, ohne dass sie sich kennengelernt haben, aber der Kleine scheint das Ebenbild seines Großvaters zu sein, nicht nur, was das Aussehen angeht, sondern auch vom Temperament her.«

Anna lachte. »Ja, er hat auf jeden Fall den Charme deines Vaters geerbt, unverkennbar!« Sie strich dem Kind eine Locke aus der Stirn. »Und da drüben auf der Schaukel, das ist seine große Schwester Ellie.« Sie lächelte der Sechsjährigen liebevoll zu, die höher und höher schaukelte und jedes Mal jauchzte, wenn sie hoch in die Luft schwang. »Und wie ich gehört habe, hast du Merry schon kennengelernt?«

Alex nickte. »Wir haben uns ein wenig unterhalten, als sie ein paar Exponate in die Museumssammlung gebracht hat. Ist sie heute Abend auch dabei?«

Matthew schüttelte den Kopf. »Sie hat, äh, was anderes vor. Sie war ein bisschen ausweichend, wo und mit wem sie etwas unternimmt, aber, wie meine Frau mich immer wieder erinnert: Sie ist jetzt neunzehn, und wir sollten sie nicht an die Kette legen.«

Alex grinste. »Das ist sicher nicht so leicht als Vater.«

»Das kann man wohl sagen.« Matthew deutete auf die Bierflaschen, die in einem Eimer mit Eiswürfeln auf der Terrasse standen. »Bedien dich nur. Das Essen ist in etwa zehn Minuten so weit.«

»Danke.« Alex bückte sich nach einem Bier und überreichte Matthew die Weinflasche. Er musste darauf achten, nicht zu viel zu trinken, sonst rutschte ihm womöglich etwas heraus, was er besser für sich behalten sollte.

Matthew nickte beifällig, als er das Etikett sah. »Du hast wohl mit Kelli gesprochen?«

»Sie hat mich in die richtige Richtung gelotst«, gab Alex mit einem Grinsen zu.

»Das zeigt mir, dass ich in dem Laden etwas zu viel Zeit verbringe«, lachte Matthew selbstironisch. »Aber es ist praktisch, ein Geschäft im Dorf zu haben, wo sie den Geschmack der Kunden kennen.« Er stellte die Flasche auf den Tisch. »Ich öffne sie mal, dann kann der Wein atmen, und nach dem Bier trinken wir ein Glas, in Ordnung?« Er deutete in Richtung Tisch. »Setz dich doch.«

»Danke«, antwortete Alex erneut. Für den Augenblick war er erleichtert, dass der Druck weg war, und er schaute zu, wie Ellie, offensichtlich des Schaukelns müde, durch den Garten hüpfte und sich auf den Stuhl ihm gegenüber plumpsen ließ.

»Hallo«, begrüßte er sie.

Plötzlich ganz schüchtern, lächelte das Mädchen verlegen, sagte aber nichts. Sie nahm sich eine Scheibe von dem dick mit Butter bestrichenen Weißbrot, das auf dem Tisch stand, und kaute darauf herum, während sie Alex nachdenklich ansah. Der versuchte es noch einmal. »Hattest du heute einen schönen Tag in der Schule?«

Ellie schluckte den Bissen Brot herunter, und nachdem sie beschlossen hatte, dass Alex es wert war, sich mit ihm zu unterhalten, nickte sie. »Ja, danke. Wir machen ein Projekt über die Römer.«

»Wirklich?«, fragte Alex interessiert. »Und was hast du schon alles gelernt?«

»Sie haben mit den Fingern gegessen.« Ellie nahm sich noch eine Scheibe Brot.

»Nicht zu viel, Schatz«, rief Anna. »Sonst ist kein Platz mehr fürs Abendessen.«

Ellie verdrehte die Augen merkwürdig teenagerhaft und legte die Brotscheibe auf den Teller vor sich. »Okay, Mum.«

Matthew hatte damit begonnen, die Servierteller mit dem Grillfleisch zu beladen, und als er sie zum Gartentisch brachte, sprang Alex auf. »Komm, ich helf dir«, bot er an, nahm ihm einen Teller ab und stellte ihn in die Tischmitte.

»Wow«, staunte Ellie, als Alex vor ihr stand. »Du bist ja so groß wie mein Daddy Matthew!«

Alex wurde es flau im Magen. Selbst die harmloseste Bemerkung eines Kindes reichte schon, um ihn nervös zu machen.

»Ellie hat recht«, stimmte Anna zu und lachte. »Ihr seid fast gleich groß. Wobei vermutlich jeder groß aussieht, wenn man sechs ist!« Es schien, als wollte sie noch etwas sagen, dann überlegte sie es sich aber offenbar anders.

»Setz dich doch, Alex«, forderte Matthew ihn auf, als er zum Tisch zurückkehrte. »Und bedien dich, sonst ist alles weg, bevor du zum Zug kommst!«

Alex bewunderte den reich gedeckten Tisch, voll mit Brot, Salaten, frisch gegrilltem Fleisch und sogar Pudding zum Nachtisch. »Wunderbar sieht das alles aus.«

»Soll ich was für Merry zurückstellen?«, fragte Anna.

»Wenn du meinst«, sagte Matthew unbeteiligt. »Ich bin aber nicht sicher, wann sie zurückkommt.«

»Sie hat gesagt, sie will unbedingt mit ihren Freundinnen ausgehen. Und ich weiß, dass sie Izzy kaum gesehen hat, seit sie hier ist, also werden sie wohl einige Zeit brauchen, um sich auf den neuesten Stand zu bringen.«

»Es ist ja toll, dass sie immer noch zu ihren Schulfreundinnen Kontakt hält, selbst jetzt, wo sie studiert«, bemerkte Alex, der die Unterhaltung am Laufen halten wollte. »Sie hat mir gestern erzählt, sie überlege, was sie nach ihrem Abschluss machen will.«

Matthew lachte. »Lass mich wissen, wenn sie sich für irgendwas entscheidet. Sie hält sich in der Hinsicht sehr bedeckt, wie auch in Bezug auf ihre Verabredungen.«

»Ach, sie hat es nicht weiter ausgeführt«, erwiderte Alex hastig, denn er wollte nicht den Eindruck erwecken, die Tochter seines Chefs habe ihm irgendwelche weltbewegenden Dinge anvertraut. »Nur, dass sie sich Gedanken über ihre Optionen macht.«

»Also, sie weiß, dass wir sie unterstützen werden, ganz gleich, wie sie sich entscheidet.« Matthew nahm die Weinflasche, füllte drei Gläser und reichte Alex eines. »Und, wie gefällt dir nun die Arbeit?«

Bevor Alex antwortete, nahm er einen Schluck Wein, der, ganz wie erhofft, genau seinen Geschmack traf. »Bis jetzt ist es großartig.« Das war auf jeden Fall unverfänglich. »Sophie hat mir gezeigt, wie der Hase läuft – sie ist eine sehr gute Lehrerin.«

»Sie ist eine der begabtesten Verschneiderinnen im Cider-Geschäft«, stimmte Matthew ihm zu. »Wir hoffen, dass sie noch lange bei uns bleibt.«

»In einem Unternehmen von dieser Größe gibt es so viel zu lernen.« Alex biss von seinem gegrillten Hähnchenschenkel ab. »Vier Monate reichen gar nicht, um alles aufzunehmen.«

»Du kannst gern mit uns in Kontakt bleiben, wenn du wieder in Kanada bist«, bot Matthew an. »Es wäre interessant, mitzuverfolgen, wie du das, was du hier gelernt hast, in deine Arbeit drüben in British Columbia einfließen lässt.« Er griff nach seinem Weinglas und sah Alex nachdenklich an. »Vielleicht fliege ich ja mal rüber – um mir was von dir abzuschauen.«

Alex lachte. »Ich weiß nicht, was ich dir über Cider-Herstellung beibringen könnte, das du und deine Familie nicht schon wisst!«

»Wir sind immer offen für neue Ideen. Aber genug vom Geschäftlichen. Was machst du denn so, wenn du nichts über Äpfel lernst?«

Alex brauchte einen Moment, bevor er antworten konnte. Es gefiel ihm überhaupt nicht, dass er derart aufpassen musste, was er diesem Mann gegenüber preisgab, der ihn so herzlich bei sich zu Hause empfangen hatte, doch es war wichtig, den richtigen Moment abzupassen. »Wie du weißt, war ich bis vor einem halben Jahr Anwalt für Gesellschaftsrecht«, sagte er und hoffte, das wäre ziemlich neutrales Terrain. »Aber als meine Mutter krank wurde, habe ich beschlossen, dass es an der Zeit ist, ihren Traum zu verwirklichen: raus aufs Land zu ziehen und etwas Naturverbundeneres zu machen. Natur haben wir in British Columbia genug, und es schien mir der richtige Moment, um der Stadt den Rücken zu kehren.«

»Matthew hat auch Jura studiert«, warf Anna ein.

»Es ist eine verführerische Herrin«, bemerkte Matthew mit einem bedauernden Lächeln. »Ich wäre beinahe selbst Anwalt geworden, aber es sollte nicht sein.« Er hatte ein gutes Angebot von einer großen Kanzlei in Nordengland ablehnen müssen, als Jack, sein Vater, einen Herzinfarkt erlitten hatte und sein Unternehmen an seinen älteren Sohn übergeben musste, bevor die beiden dafür bereit gewesen waren. Obwohl Matthew vor ein paar Jahren seinen Frieden damit gemacht hatte, fragte er sich hin und wieder immer noch, wie es gewesen wäre, wenn er ein paar Jahre lang seinen eigenen Weg hätte gehen können. Deshalb war es ihm so wichtig, dass Meredith sich die Zeit nahm, die sie brauchte, bevor sie langfristige Entscheidungen in Bezug auf ihre Karriere traf. Ob sie in das Familienunternehmen einstieg oder nicht, Matthew wollte, dass sie das Gefühl hatte, tun zu können, was sie wirklich wollte.

»Die Arbeit als Anwalt war großartig«, antwortete Alex. »Doch letztlich war der Wunsch, aufs Land zu ziehen, stärker. Es war an der Zeit für etwas Neues.«

»Ja, ein größeres Kontrastprogramm als die Sanierung einer alten Cider-Farm gibt es kaum!«, sagte Anna. »Das ist sicher allerhand Arbeit.«

Alex lachte. »Sie war eine Bruchbude, als ich sie übernommen habe, aber langsam wird es besser. Wir hoffen, nächstes Jahr im Spätsommer mit der Produktion beginnen zu können, sofern alles nach Plan läuft.«

»Und da wären wir wieder beim Cider«, lachte Matthew. »Man könnte uns wirklich für besessen halten.«

»Kein Kommentar«, sagte Anna mit hochgezogener Augenbraue. Matthews Leidenschaft für den Familienbetrieb war legendär. Sie bemerkte eine ähnliche Begeisterung in Alex' Blick, als er davon erzählte.

Das Abendessen verging wie im Flug, während sie sich angeregt unterhielten, und bald schon saß Alex auf einem der Gartenstühle auf dem Rasen und nippte an seinem zweiten Glas Wein. Anna hatte sich entschuldigt, weil sie Jack und Ellie ins Bett bringen musste, daher waren Matthew und er nun allein und genossen die immer noch warmen Strahlen der Abendsonne.

»Es ist wirklich schön hier«, sagte Alex, während er sich im Garten umsah und zum großen weißen Bauernhaus blickte, das durch das Licht der langsam untergehenden Sonne leicht rosa wirkte.

»Danke«, antwortete Matthew. »Das Haus hat meinem Urgroßvater gehört, und es ist Teil des Familienbetriebs. Meiner ersten Frau hat es nicht besonders gefallen, und bevor ich Anna kennengelernt habe, war es durch meine Männerwirtschaft ganz schön heruntergekommen, aber nach unserer Heirat hat sie ihm ihren eigenen Stempel aufgedrückt. Meredith ist heilfroh, dass das Dach über unseren Köpfen nicht mehr einzustürzen droht.«

»Das Wohnhaus auf meiner Farm ist noch in ziemlich marodem Zustand. Was kein großes Problem ist, solange es warm ist, aber vor dem Winter wird noch einige Arbeit nötig sein, wenn ich die Kälte überstehen will. Gerade ist ein Handwerker dort, der versucht, die schlimmsten Schäden zu beheben, bevor das Wetter umschlägt.«

»Mutig von dir, ihn das machen zu lassen, während du hier bist«, bemerkte Matthew. »Ich bin nicht sicher, ob ich jemandem über gut viertausend Meilen Entfernung vertrauen würde.«

»Er ist ein alter Freund von mir. Und ich hab ihm ein paar Liter Cider aus der ersten Charge versprochen, falls er das Haus bis zum Herbst hinbekommt.«

»Das gefällt mir!« Matthew lachte. »Mein Urgroßvater hat seine Arbeiter früher auch mit Cider entlohnt!«

Eine Weile lang saßen sie schweigend nebeneinander und warteten darauf, dass Anna wiederkam. Aus dem offenen Fenster von Ellies Zimmer hörte man, wie sie ihrer Tochter eine Gutenachtgeschichte vorlas und das kleine Mädchen protestierte, dass sie noch gar nicht müde sei.

Matthew hob eine Augenbraue. »Sechs Jahre, und führt sich auf wie sechzehn«, sagte er, als aus Annas beruhigender Stimme eine Spur mütterlicher Ärger herauszuhören war. »Sie denkt, sie blickt voll durch.«

»Meine Nichte ist genauso. Meine ältere Schwester meint, ich soll mir das eine Warnung für die Zukunft sein lassen.«

»Steht denn so etwas an?«

Alex lachte. »Nicht, sofern da nicht was im Busch ist, von dem ich nichts weiß!« Dann, als ihm klar wurde, was er da gesagt hatte, bekam er Herzklopfen. »Ich meine, äh, daheim in Kanada wartet niemand auf mich.«

Matthew räusperte sich. »Tut mir leid, es geht mich ja nichts an.«

»N-nein, kein Problem«, sagte Alex, dessen Herz immer noch unangenehm heftig pochte. »Um ehrlich zu sein, war ich bis jetzt von der Arbeit so in Beschlag genommen, dass ich nicht wirklich viele Gedanken an Familiengründung verschwendet habe.« Er schaute bedauernd in sein halb leeres Weinglas. »Und wenn es dann mit Adelaide's losgeht, bleibt mir bestimmt erst mal keine Zeit für irgendwas anderes.«

»Ich würde es nicht kategorisch ausschließen.« Matthews Gesicht hellte sich auf, als Anna endlich wieder zu ihnen stieß. »Solche Dinge ergeben sich manchmal, wenn man es am wenigsten erwartet.«

Alex schmunzelte. Sophie hatte ihm detailliert erzählt, wie der zuvor so reservierte Geschäftsführer von Carter's Cider sich Hals über Kopf in die Inhaberin des Dorfcafés verliebt hatte, nachdem beide schwere persönliche Krisen durchlebt hatten. Nach allem, was sie erzählt hatte, war es in Somerset wohl die Liebesgeschichte des Jahrzehnts. So, wie die beiden sich ansahen, hatte Alex keinen Zweifel daran, dass sie einander innig verbunden waren und sich liebten. Gerade jetzt hatte er jedoch genug damit zu tun, sich auf Adelaide's zu konzentrieren. Aber er musste zugeben, dass Sophie ihm ein bisschen öfter im Kopf herumspukte, als professionell war. Besonders seit sie quasi zugestimmt hatte, etwas mit ihm trinken zu gehen. Wahrscheinlich war die Luft von Somerset nicht ganz unschuldig daran; sie war schwer vom süßen Duft von Geißblatt und frisch gemähtem Gras.

Matthew wollte ihm die Weinflasche reichen, doch Alex schüttelte den Kopf. »Ich denke, ich muss dann mal los. Morgen ziehe ich in eine andere Unterkunft, und ich muss zusehen, dass ich bis dahin alles gepackt habe.« Außerdem, dachte er bei sich, waren heute Abend mehrere emotionale Beinahe-Unfälle passiert; es wäre nicht auszudenken, was geschähe, wenn der Alkohol ihm die Zunge noch mehr löste.

Matthew stand auf, um ihn zu verabschieden. »Danke, dass du vorbeigekommen bist«, sagte er, während sie Richtung Gartentor gingen.

»Danke für das wunderbare Essen. Man speist nicht jeden Tag mit dem Chef zu Abend!«

Matthew lachte. »Wie gesagt, meine Tür steht dir immer offen.« Er schüttelte Alex die Hand und klopfte ihm zum Abschied auf die Schulter. »Wenn du irgendetwas brauchst, gib einfach Bescheid.«

»Mach ich.« Alex spürte die Wärme, die von Matthews Hand ausging, und für einen schmerzhaften Moment hätte er ihm am liebsten alles erzählt. In Matthews Blick lagen Freundlichkeit und Verständnis für die Kraftanstrengung, die erforderlich war, um Adelaide's zum Laufen zu bringen. Aber für heute musste er seine Geheimnisse noch für sich behalten. Er verließ Cowslip Barn und fühlte sich dabei so hin- und hergerissen wie schon lange nicht mehr.

10

Am darauffolgenden Montagmorgen fütterte Anna gerade den kleinen Jack und hielt Ellie dazu an, sich mit dem Frühstück zu beeilen, als Meredith verstohlen durch die Küchentür schlüpfte und sich schweigend einen Kaffee machte. Mit dem Rücken zu ihrer Stieftochter setzte Anna ihre Versuche fort, Jack in seinem Hochstuhl mit dem Weetabix zu füttern, bevor er in die Kita gebracht werden musste. Meredith hatte sich an diesem Wochenende, nachdem sie Samstag bei ihrer Freundin Izzy übernachtet hatte, nicht viel blicken lassen. Am Sonntag war Anna so damit beschäftigt gewesen, ein paar sommerliche Leckereien für den Little Orchard Tea Shop zu backen und die beiden Kleinen zu bespaßen, dass sie auf das Kommen und Gehen ihrer Stieftochter nicht besonders geachtet hatte.

»Ist es gestern spät geworden?«, fragte sie, während die Kaffeemaschine surrte und mahlte.

»Nicht besonders«, antwortete Meredith. »Aber ich wollte dich und Dad nicht stören.«

Ihr Tonfall klang irgendwie merkwürdig. Eine Sekunde lang überlegte Anna, ob sie mit ihr schimpfen sollte, weil sie zu tief ins Glas geschaut hatte, aber ihre Stieftochter trank eigentlich kaum Alkohol und würde sich bestimmt keine Exzesse leisten. Anna drehte sich zu ihr um und sah jetzt erst ihre roten Augen und ihr blasses Gesicht.

»Was ist los, Liebes?«, fragte sie Meredith, die immer noch auf ihren Kaffee wartete, und legte ihr einen Arm um die Schultern. »Hast du dich mit Izzy gestritten?«

Meredith schüttelte den Kopf. »Nein, das ist es nicht.«

»Komm«, sagte Anna. »Setz dich mal.«

Meredith ließ sich von ihr an den Küchentisch führen. Als Matthew in die Küche platzte – er kaute noch an der Scheibe Toast, die er sich fünf Minuten zuvor gemacht und in sein Arbeitszimmer mitgenommen hatte –, warf Anna ihm einen warnenden Blick zu.

»Soll ich Jack und Ellie wegbringen?«, fragte er, als er sah, dass es seiner Tochter nicht gut ging.

»Ja, das wäre großartig. Du musst Jack nur noch die Zähne putzen, und Ellie sucht ihre Schuhe.«

»Kommt, ihr beiden!« Matthew hob Jack aus dem Hochstuhl und strich Ellie übers Haar, um sie zum Aufbrechen zu bewegen. Anna seufzte dankbar auf. Matthew war morgens ein Geschenk des Himmels, besonders, wenn etwas Unerwartetes geschah, und Meredith brauchte jetzt ganz offensichtlich Aufmerksamkeit und Zuwendung.

»Erzähl mal, was passiert ist«, sagte Anna sanft, sobald Matthew mit den beiden Kleinen die Küche verlassen hatte.

»Ich hab Samstagabend eine Textnachricht bekommen«, begann Meredith mit zittriger Stimme und schniefte. »Flynn hat mit mir Schluss gemacht. Er hat eine andere kennengelernt.«

Anna wollte es kaum glauben. Flynn O'Connell war schon zu Schulzeiten Merediths Freund gewesen. Ihre Beziehung hatte es ausgehalten, dass sie beide in unterschiedlichen Ecken Englands zur Uni gingen, wie auch einen Autounfall vor ein paar Jahren, nach dem Meredith mit einer schweren Kopfverletzung im Krankenhaus gelandet war. »Ach, Merry.« Anna umarmte ihre Stieftochter, der nun die Tränen kamen, sicher nicht die ersten, seit die Textmitteilung eingegangen war.

»Ich hätte es kommen sehen sollen.« Meredith schniefte wieder, und Anna reichte ihr mit der freien Hand ein Taschentuch aus der Box auf dem Küchentisch. Meredith schnäuzte sich geräuschvoll. »Wenn ich ehrlich bin, war er schon komisch, als ich den Studienplatz in York angenommen hab.«

»Ach, Schatz, das konntest du doch nicht wissen«, versuchte Anna, sie zu trösten. Sie strich Meredith eine Haarsträhne zurück, die ihr vor die Augen gefallen war. »Und es ist unglaublich schwer, eine Beziehung über solch eine große Entfernung aufrechtzuerhalten. Ihr macht beide so viele neue Erfahrungen.«

»Willst du damit sagen, dass es nur eine Frage der Zeit war?«

»Nicht ganz, aber Menschen verändern sich nun mal. Besonders in deinem Alter.«

Meredith schüttelte den Kopf. »Es ist halt einfach schwer, weil er für mich in so vielen Dingen der Erste war.« Bei der Erinnerung röteten sich ihre Wangen, und sie lachte kurz auf. »Das weißt du natürlich. *Dieses* Gespräch werde ich nie vergessen.« Meredith umarmte Anna. »Ich bin so froh, dass ich es mit dir und nicht mit Dad geführt habe – er wäre vermutlich direkt mit einem Gewehr zu Flynn rübermarschiert!«

Anna schüttelte den Kopf. »Ich glaube, er hat es sich denken können. Er wollte nur sicher sein, dass dir nichts passiert.« Sie erwähnte nicht, dass sie Matthew damals diskret informiert hatte, als Meredith und Flynn ihre Beziehung nicht lange nach besagter Unterhaltung auf die nächste Ebene gehoben hatten – und obwohl er besorgt gewesen war, hatte er diesen Lauf der Dinge akzeptiert. Solange Meredith vorsichtig war, hatte er gesagt.

»Darüber muss ich mir jetzt wohl eine Weile lang keine Sorgen machen«, antwortete Meredith.

»Nimm dir Zeit, um es zu verarbeiten«, riet Anna ihr verständnisvoll. »Es wird leichter, glaub mir.«

Meredith versuchte zu lächeln. »Ich weiß, es ist nicht so wie … wie das, was du mit Ellies Dad erlebt hast, aber es tut trotzdem weh.« Wieder kamen ihr die Tränen.

Anna zog Meredith noch fester an sich und ließ sie weinen. Sie hatte einmal Matthew gegenüber gesagt, dass man in Merediths Alter alles so viel intensiver erlebte. Leider auch ein gebrochenes Herz. Es war für Meredith als Neunzehnjährige eine unvermeidliche Erfahrung, und es war schwer. Glücklicherweise hatte sich Flynn während seiner vorlesungsfreien Zeit zum Arbeiten nach Frankreich verzogen, somit bestand keine Gefahr, dass Meredith ihm diesen Sommer in Little Somerby über den Weg laufen würde.

Gerade als Anna ihrer Stieftochter ein weiteres Taschentuch reichen wollte, kam Matthew noch einmal in die Küche. Er hatte die beiden Kleinen bereits ins Auto gesetzt. Erst schaute er Meredith an, dann traf sein Blick Annas, und da seine Frau beinahe unmerklich den Kopf schüttelte, verkniff er sich seine Frage. Stattdessen ging er zu seiner Tochter und küsste sie auf die Haare.

»Wenn das Büro anruft, kannst du Jen bitte ausrichten, dass ich mit Joe Flanagan im Royal Orchard bin?«

»Ja, klar«, sagte Anna überrascht. »Ich hatte ganz vergessen, dass Joe diese Woche mit der Arbeit anfängt. Gott, wie die Zeit vergeht.«

Meredith schaute ihren Vater an. »Joe Flanagan? Den hab ich schon seit Ewigkeiten nicht mehr gesehen. Was macht er denn jetzt?«

Matthew grinste. »Tja, entgegen dem Wunsch seines Vaters arbeitet er als Baumchirurg. Paddy wollte, dass er studiert, aber Joe hat darauf bestanden, bei Jim zu arbeiten, und jetzt hat er hier seinen ersten Auftrag bekommen. Die Gärtnertruppe vom Obstgarten wird ihm zeigen, wie der Hase läuft, und die nächsten paar Tage wird er im Royal Orchard Bäume beschneiden. Jim will, dass er so schnell wie möglich ein Gefühl dafür bekommt.«

»Ich mach mich mal besser fertig«, sagte Meredith, wieder an Anna gewandt. »Ich hab heute Mittag eine Schicht im Cider Kitchen.«

»Kommst du zurecht?«, fragte Anna. »Ich kann immer noch Caroline anrufen und dich entschuldigen, weil es dir nicht gut geht.«

»Ich schaff das schon. Das bringt mich auf andere Gedanken.« Caroline hatte Meredith über den Sommer zusätzlich zu den paar Abendschichten, die sie seit ihrem Urlaub zu Hause sowieso schon übernommen hatte, noch weitere Schichten im Restaurant angeboten. Das Geschäft lief immer besser, und jetzt, wo sie wochentags auch Frühstück servierten, brauchten sie mehr Unterstützung, um die vielen Gäste bewirten zu können. Meredith stand auf, schnäuzte sich noch einmal und verließ die Küche, um sich fertig zu machen.

Matthew sah ihr besorgt hinterher. »Was ist mit ihr?«

»Es hat sie schwer getroffen«, sagte Anna. »Flynn hat sich von ihr getrennt. Aber sie meinte, sie hätte es kommen sehen müssen. Ich denke, es war unvermeidlich, wo sie doch so weit voneinander entfernt studieren.«

»Soll ich nach der Arbeit einen Becher Eis mitbringen?«, fragte Matthew. »Ich erinnere mich noch, was du zu mir gesagt hast, als das mit ihr und Flynn anfing – dass Eis zu gegebener Zeit hilfreich sein würde.«

»Darüber wird sie sich bestimmt freuen. Im Moment scheint sie zum Glück normal zu essen.«

»Wenn nötig, leere ich eins der Cider-Fässer und fülle es mit dem Zeug.« Etwas ernster fügte er hinzu: »Ich wünschte, ich könnte sie vor Liebeskummer bewahren. Ich weiß, der Gedanke ist dumm, aber ich kann es nicht ertragen, sie leiden zu sehen.«

»Sie wird damit auf ihre Weise klarkommen, mit der Zeit. Das Einzige, was wir tun können, ist, für sie da zu sein.«

»Du hast recht, wie immer.« Matthew sah auf die Armbanduhr. »Ich fahr mal besser los und bringe Jack und Ellie weg.« Er seufzte. »Ich hab auch Alex gesagt, dass ich ihm heute den Royal Orchard zeige, und Joe muss eingearbeitet werden.«

»Ich dachte, du wolltest dich etwas mehr zurücknehmen«, tadelte ihn Anna. »Musst du wirklich auch noch dahin? Kann das nicht jemand anderes machen?«

Matthew grinste. »Ich hab Paddy versprochen, ein Auge auf Joe zu haben. Aber es wird nicht lange dauern. Ich habe heute erst am späten Vormittag Meetings, und es ist doch schön, ein Weilchen an die frische Luft zu kommen. Bis später.«

Anna legte den Kopf in den Nacken, sodass er sich hinunterbeugen und sie küssen konnte. »Bis später.« Sie nahm sich vor, ihrer Stieftochter so viel liebevolle Zuwendung zu geben, wie sie brauchte, und hoffte, dass im Little Orchard Tea Shop heute noch ein paar Stück Kuchen übrig bleiben würden, die sie Meredith mitbringen konnte.

11

Die nächste Woche verging in Windeseile, und im Nu war es wieder Samstagfrüh. Sophie hatte besonders viel zu tun gehabt, weil Mitte August die ersten Eloise-Äpfel geerntet werden sollten, womit die Ernte- und Press-Saison bei Carter's eingeläutet wurde. Wenn die süßeste von Carter's Apfelsorten gewaschen und nach und nach gepresst wurde, lag immer ein honigschwerer Duft in der Luft, und das Aroma der Früchte würde später einen harmonischen Kontrast zu dem alkoholischen Kick des fertigen Eloise-Ciders bilden. Für Sophie war es ein wunderbarer Moment, wenn die Äpfel angeliefert wurden, noch am Anfang ihres Weges vom Baum in die Flasche. Sie hatte versucht, Alex nicht zu sehr davon vorzuschwärmen, aus Sorge, er könnte sie für verrückt oder von Äpfeln besessen halten, aber die für sie schönste Zeit des Jahres stand nun definitiv bevor. Das Besondere an den Eloise-Äpfeln war, dass sie schon im Spätsommer reif wurden und nicht erst im Herbst, aber das hieß auch, dass sie bereits verarbeitet waren, wenn ab September die schwereren, festeren Sorten eintrafen.

Wie gewöhnlich schaute Sophie morgens bei Lily vorbei, aber ihr war bewusst, dass sie dort auch Alex über den Weg laufen konnte, der inzwischen bei ihrer Großmutter wohnte. Sie hatte ein paar Tortenstücke von Bird's Bakery dabei. Lily machte sich morgens gern einen starken Kaffee, um die Wirkung ihres abendlichen Kräuterlikör-Schlummertrunks aufzuheben, und war in dem Alter, wo »keine von diesen Diäten auch nur das Geringste bewirkt, Schatz«, daher sagte sie zu Kuchen nie Nein. Lily begrüßte sie herzlich, und als sie mit dem Kaffeekochen fertig war – unter Verwendung einer Kaffeekanne, die sie seit den 1970ern ihr Eigen nannte (»diese neumodischen Automaten und Kapseln kommen mir nicht ins Haus«) –, setzten sie sich ins Wohnzimmer, nippten an ihrem Kaffee und ließen sich die Vanilleschnitten schmecken, die Sophie diese Woche ausgesucht hatte.

»Die haben den besten Kuchen in ganz Somerset«, sagte Lily, während sie mit der Gabel ein Stück Tortenboden aufspießte. Nachdem sie den Bissen gegessen hatte, schenkte sie Sophie Kaffee und Sahne nach und reichte ihr die Tasse. »Also, was gibt es Neues, meine Liebe?«

»Nichts Besonderes. Das meiste von der Arbeit hat dir Alex bestimmt schon erzählt, und so viel ist diese Woche auch gar nicht passiert.« Letzten Sonntag hatte Alex in Brendas B&B ausgecheckt und sich bei Lily im Gästezimmer einquartiert, wo er sich als der ideale Hausgast entpuppt hatte. Sophie hatte schmunzeln müssen, als Lily ihr Dienstag früh eine SMS geschickt und darin die guten Manieren ihres neuen Gastes gepriesen hatte, der darauf bestand, Barney vor der Arbeit auszuführen und die Spülmaschine auszuräumen, wenn er abends heimkam.

»Was ist mit diesem Jobangebot von Martingtons Cider? Hast du da schon eine Entscheidung getroffen?«

»Noch nicht«, antwortete Sophie ausweichend. »Aber ich hab mit ihnen einen Termin Ende Oktober vereinbart, wenn die Erntesaison vorbei ist.«

»Es klingt nach einer großen Chance. Ich frage mich allmählich, was dich davon abhält, ihnen sofort zuzusagen.«

»Ach, ich weiß nicht, Gran.« Sophie erhob sich von Lilys viel zu gemütlichem Wohnzimmersessel. »Ehrlich gesagt bin ich ratlos, was ich tun soll. Bei Martingtons haben sie mir ein großartiges Angebot gemacht, vielleicht kriege ich so eins nie wieder, aber ich bin einfach nicht sicher, ob es auch wirklich das ist, was ich will.« Sie trug ihre Kaffeetasse in die Küche. »Soll ich noch einen Kaffee machen?«

»Nein danke, meine Liebe, aber könntest du mal kurz für mich nach oben laufen und mir meine Lesebrille holen? Ich hab sie gestern Abend nach dem Korrekturlesen auf dem E-Reader neben dem Bett liegen lassen und ganz vergessen, sie heute früh mit runterzunehmen.« Lily war mit ihrem aktuellen Liebesroman in den letzten Zügen, und seit sie das Gerät für sich entdeckt hatte, hatte sie es sich zur Gewohnheit gemacht, ihre Manuskripte darauf zu lesen, weil ihr die Fehler dabei eher auffielen.

»Na klar«, sagte Sophie. Während sie die Treppe ins Obergeschoss hinaufeilte, konnte sie Wasser in den Leitungen rauschen hören. Alex musste vom Jogging zurückgekehrt sein, bevor sie gekommen war. Er hatte ihr erzählt, dass er wochentags vor der Arbeit immer eine Runde ums Dorf lief; offenbar machte er das nun auch an den Wochenenden. Als sie den Treppenabsatz erreichte, schaute sie auf ihr Telefon. Ihre Großmutter beschwerte sich regelmäßig, wenn Sophie in ihrer Gesellschaft zu oft auf ihr Handy sah, und daher nutzte sie die Gelegenheit und scrollte schnell durch ihren Instagram-Feed. Sie war dabei völlig in Gedanken und lief direkt in Alex hinein, der gerade aus dem Gästebad kam. Vor Schreck ließ Sophie das Telefon fallen und hob die Hände, um den Zusammenstoß abzufangen, wobei sie seine warme, sehr feuchte nackte Haut berührte.

»Hey!«, lachte Alex. »Ganz schön viel Betrieb hier heute früh. Entschuldigung.«

Sophie ließ sofort die Hände sinken und war wie erstarrt. Sie stand dicht an dicht vor Alex, der nur mit einem der weichen Handtücher ihrer Großmutter bekleidet war, das er sich um die Hüften geschlungen hatte. Er war noch nass vom Duschen und hatte das gelockte Haar nach hinten gestrichen, und ihr fiel sofort sein muskulöser Oberkörper auf. Zudem hing das Handtuch so tief, dass Sophie den oberen Teil einer hellen Blinddarmnarbe sehen konnte, die von Alex' Bauch Richtung Hüfte verlief, und außerdem seine langen Gliedmaßen und das feine dunkle Haar auf seiner Brust, das sich verdichtete und dann, etwas tiefer, verlockend unter dem Handtuch verschwand. Das Blut schoss ihr in die Wangen; sein Anblick festigte ihren Entschluss nicht gerade, privat nicht zu viel Zeit mit ihm zu verbringen.

»Entschuldigung«, murmelte sie und ging einen Schritt zurück. »Ich war mit meinem Handy beschäftigt. Ich bin nur hochgekommen, um Grans Brille zu holen.«

»Kein Problem.« Diesmal klang Alex' Lachen ein wenig nervös. »Hier, das ist dir runtergefallen.« Er bückte sich und hob Sophies Smartphone auf. Sie verspürte unwillkürlich den Wunsch, sein Handtuch möge sich lösen, und ihr kamen noch unpassendere Dinge in den Sinn, da hob er den Kopf, schaute sie mit seinen dunkelbraunen Augen freundlich von unten her an und reichte ihr das Telefon. Sie standen immer noch zu dicht beieinander, als dass es Sophie hätte kaltlassen können. Sie trat ein Stück zur Seite und sah Alex nun wieder ins Gesicht, anstatt seinen halb nackten Körper anzustarren. Zeitgleich machte Alex jedoch einen Schritt in dieselbe Richtung, und so standen sie wieder direkt voreinander. Sophie spürte die Wärme, die sein Körper ausstrahlte, und musste der Versuchung widerstehen, mit dem Finger die Narbe an seinem Bauch nachzufahren.

»Tut mir leid, ich … äh … wir sehen uns unten, okay?«, sagte sie, als sie sich endlich wieder in den Griff bekam. Sie wandte sich zur Treppe, um hinunterzugehen.

»Sophie?« Alex klang leicht amüsiert.

»Ja?«

»Wolltest du nicht noch die Brille für deine Großmutter holen?«

»Ja, klar. Hab ich ganz vergessen.« Mit geröteten Wangen und gesenktem Blick eilte sie an ihm vorbei ins Schlafzimmer ihrer Großmutter. Als sie die Tür hinter sich schloss, sah sie Alex im Gästezimmer verschwinden, und der Anblick seines muskulösen Rückens ließ ihr Herz höher schlagen. Sophie atmete tief durch. Sie war sich bewusst, dass sie Alex attraktiv fand; alles andere wäre auch schwer nachvollziehbar gewesen, wo sie doch bei der Arbeit so viel Zeit zusammen verbrachten und er nun einmal unglaublich gut aussah. Aber ihm körperlich so nahe zu sein hatte sie wirklich aus dem Gleichgewicht gebracht. Sie hatte solches Herzklopfen, dass sie befürchtete, es könnte von den Wänden des Flurs widerhallen, und sie bekam den Anblick dieses Mannes, wie er nur mit einem Handtuch bekleidet vor ihr gestanden hatte, nicht aus dem Kopf. Davon, was sich darunter verbarg, ganz zu schweigen. Und als wäre das noch nicht genug, hatte ihr Smartphone offensichtlich beim Herunterfallen ein Foto von ihm geschossen, und jetzt hatte sie in ihrer Bildergalerie eine ziemlich verschwommene Aufnahme von seinem Oberkörper. *Die sollte ich wirklich löschen*, überlegte sie, ohne es zu tun.

»Ach, verdammt noch mal!«, dachte Sophie und merkte erst im Nachhinein, dass sie es auch laut ausgesprochen hatte. Sie hoffte, dass Alex seine Zimmertür geschlossen hatte; ihm zu erklären, dass er der Grund für ihren Ausbruch gewesen war und nicht etwa die unauffindbare Brille ihrer Großmutter, würde ihr einige Schwierigkeiten bereiten, denn die Brille lag natürlich genau dort, wo Lily gesagt hatte. Sie nahm sie vom Nachttisch und eilte die Treppe hinunter, ehe sie Alex ein zweites Mal begegnen konnte. Vor einem erneuten Aufeinandertreffen mit ihm musste sie sich unbedingt wieder fangen.

»Ist alles in Ordnung?«, fragte Lily, als Sophie zurück ins Wohnzimmer kam. »Du hast so gerötete Wangen.«

»Ja«, antwortete Sophie kurz angebunden. Es hätte ihr gerade noch gefehlt, dass sie ihrer Großmutter weitere Munition lieferte. »Hier ist deine Brille.«

Lily nahm sie dankend entgegen und blickte dann zu Barney hinunter, der zu ihren Füßen eingeschlafen war. »So viel Bewegung, wie Alex ihm abverlangt, ist er nicht gewohnt«, bemerkte sie. »Aber ich bin mir sicher, es tut ihm gut. Er ist ein ganz Feiner.«

Sophie überlegte einen Moment, ob Lily damit Alex oder den Hund meinte, fragte aber nicht nach, da Ersterer gerade ins Wohnzimmer kam. Er war jetzt passender gekleidet, trug sandfarbene Cargoshorts und ein schwarzes T-Shirt, aber sein Haar war immer noch feucht. Sophie spürte, wie sie beim Gedanken an ihren Zusammenstoß im Obergeschoss wieder rot wurde.

»Wie war deine Joggingrunde, mein Lieber?«, fragte Lily. Die beiden hatten sich aufs Du geeinigt, seit Alex bei ihr eingezogen war.

»Gut, danke«, sagte Alex freundlich an sie beide gerichtet.

Bitte lächle nicht auf diese Art, ging es Sophie durch den Kopf. Es machte ihn unwiderstehlich.

»Hast du irgendwelche Pläne für den Nachmittag?« Lily streichelte Barney den samtigen grauen Kopf, den er inzwischen auf ihren Schoß gelegt hatte.

»Vielleicht fahre ich nach Bristol und schau mir ein paar Sehenswürdigkeiten an. Zur vollen Stunde fährt doch ein Bus in der High Street ab, oder?«

»Ja, die Pläne hattest du letztes Wochenende erwähnt, wenn ich mich recht erinnere.« Lily sah ihre Enkelin an. »Hast du denn heute Nachmittag schon was vor, meine Liebe?«

Sophie biss sich auf die Unterlippe, denn sie war wegen der plötzlichen Aufmerksamkeit irgendwie gereizt. »Nein, nicht wirklich«, musste sie zugeben. Im Garten sitzen und sich sonnen zählte wohl nicht.

»Warum fährst du dann nicht mit Alex zusammen in die Stadt? Ich bin sicher, du wärst eine gute Fremdenführerin. Neulich meintest du doch, du wolltest dir die neue Ausstellung im Bristol Museum anschauen.«

»Alex hat mich diese Woche wohl schon mehr als genug bei der Arbeit gesehen.« Sophie lachte nervös, als sie ihn anblickte. War das bloß ein höfliches Lächeln, oder war es ihm peinlich, dass Lily ihn in diese Lage brachte? Vielleicht hatte er es sich auch anders überlegt, er hatte sie ja schließlich kein zweites Mal gefragt, ob sie zusammen etwas trinken gehen wollten.

»Überhaupt nicht«, erwiderte Alex, immer noch ein Lächeln auf den Lippen. »Aber ich würde es verstehen, wenn es dir so ginge. Schließlich muss es irgendwann lästig sein, meine vielen Fragen zu beantworten.«

»Ja, du stellst tatsächlich viele Fragen«, räumte Sophie ein. »Aber mir macht es Spaß, dir was beizubringen.«

Alex lachte. »Da bin ich ja erleichtert. Willst du denn heute Nachmittag mitkommen?«

Sophie spürte, wie sie errötete, sowohl wegen der Aussicht, einen Nachmittag mit ihm zu verbringen, als auch, weil sie nichts vorgehabt hatte und sich wie eine Langweilerin vorkam. Sie gab es ungern zu, doch seit ihrer Trennung von Mark war ihr Privatleben verkümmert. Viele ihrer gemeinsamen Freunde waren Pärchen und hatten, als Sophies Beziehung in die Brüche gegangen war, nicht so ganz gewusst, wie sie sich verhalten sollten.

»Ja, gern«, willigte sie schließlich ein. »Gran hat recht, ich wollte das Museum schon seit einer Weile besuchen, und es wäre schön, hier mal rauszukommen.« Sie warf einen Blick auf ihre Armbanduhr. »Ich schau nur kurz zu Hause vorbei und hol meine Handtasche. Wollen wir uns an der Bushaltestelle treffen?«

»Ja, prima. Ich freu mich schon.«

»Amüsiert euch, Kinder«, sagte Lily, als Sophie ihr einen Abschiedskuss auf die Wange drückte. Hätte Alex nicht danebengestanden, hätte sie mit ihrer Großmutter wegen des vielsagenden Blicks, den sie ihr zuwarf, geschimpft, aber sie beschloss, es diesmal durchgehen zu lassen. Es war ja schließlich nicht verboten, mit einem Arbeitskollegen den Nachmittag zu verbringen, oder?

12

An einem warmen Sommertag wie diesem war Bristol ein wunderbarer Anblick. Sophie konnte sich nicht erinnern, wann sie das letzte Mal den Bus dorthin genommen hatte, aber sie hatte Alex' Pläne nicht über den Haufen werfen wollen und ihm daher nicht angeboten, sie mit dem Auto in die Stadt zu fahren. Außerdem konnte man so am Nachmittag ein kühles Pint in einem der vielen Pubs am Hafen oder draußen im Freien in Clifton Down genießen, ohne dass man sich wegen der Rückfahrt Gedanken machen musste. Als der Bus ins Stadtzentrum von Bristol rumpelte und Sophie die Hängebrücke von Clifton erblickte, die sich über die Avon Gorge spannte, überlegte sie, welche Route sie durch die Stadt nehmen sollten. Es gab so viel zu sehen, und sie wollte Alex gern ihre Lieblingsplätze zeigen und ihm vermitteln, wie viel sie ihr bedeuteten.

Als hätte er ihre Gedanken gelesen, wandte sich Alex, der eben noch aus dem Busfenster geschaut und die Brücke bewundert hatte, zu ihr und fragte: »Wo sollen wir loslegen? Ich geb mich ganz in deine Hände.«

Sophie schob den Gedanken beiseite, wie es wohl wäre, Alex' Körper unter den Händen zu spüren, besonders seit ihrer Begegnung auf dem Flur heute früh. »Also, wenn wir die Park Street hochlaufen, können wir zum Red Lodge Museum und zum Bristol Museum gehen und dann einen Spaziergang in den Downs machen, wenn du möchtest.«

»Ja, klingt gut. Und vielleicht finden wir irgendwo was, wo wir mittagessen können.«

»Ja, da gibt's viele Möglichkeiten. Einige Pubs zum Beispiel, oder wir könnten auch eine Brasserie ausprobieren – das Browns oder das Pinkmans sind gut.« Sie spürte ihr Telefon in der Handtasche vibrieren und holte es hervor, ohne groß nachzudenken.

»Alles okay?«, fragte Alex, als er sah, wie Sophie die Stirn runzelte.

Sie zögerte etwas zu lange, ehe sie antwortete. »Alles in Ordnung.« Sie wollte ihr Telefon nicht komplett ausschalten, für den Fall, dass Lily sie zu erreichen versuchte, aber sie stellte die Vibration ab. Auf diese Nachricht würde sie nicht antworten, weder heute noch später. Warum schrieb Mark ihr immer noch Textnachrichten? Hatte sie sich bei ihrer letzten Begegnung nicht deutlich genug ausgedrückt?

»Also …« Sophie konzentrierte sich wieder auf die Gegenwart. »Wir steigen einfach beim Aquarium aus, okay?«

»Klingt super«, sagte Alex.

Bald schon näherte sich der Bus der Haltestelle, und Sophie drückte den Stopp-Knopf. Während sie die Treppe vom Oberdeck hinuntergingen, verlangsamte der Bus die Fahrt und kam dann ruckartig zum Stehen, sodass Sophie gegen Alex' Rücken taumelte. »Tut mir leid«, entschuldigte sie sich leise und ging eine Stufe zurück, um den Abstand zwischen ihnen wieder zu vergrößern.

»Kein Problem«, erwiderte Alex unbekümmert.

Sophie hatte ein flaues Gefühl im Magen. *Reiß dich zusammen, Mädchen*, dachte sie.

Der Tag war wunderbar sonnig, und die sandsteinfarbenen Häuser auf dem Weg Richtung Park Street wirkten freundlich und einladend. Sie kamen an der Stadtbibliothek vorbei und gingen weiter zum College Green, wo Studenten auf dem Rasen picknickten, sich lachend unterhielten oder auf den freien Flächen Frisbee spielten. Zwei hechelnde Hunde wollten von der Leine gelassen werden und zogen ihre Besitzer zu dem Springbrunnen, der sich vor dem Portal der City Hall befand, und in der Luft hing der verlockende Duft von Kaffee und Streetfood. Sophie knurrte der Magen, es schien eine Ewigkeit her, dass sie mit Lily die Torte gegessen hatte.

»Es ist eigentlich fast zu schön, um sich drinnen aufzuhalten, aber wir sollten wirklich das Red Lodge Museum besichtigen«, meinte sie zu Alex. »Es ist nicht nur ein prachtvolles Gebäude, dort gibt es auch einen ganz besonderen Kräutergarten.« Sie deutete auf die Park Street, wo sich der Verkehr drängte. »Gehen wir doch da rüber und beginnen mit dem Red Lodge, oder was meinst du?«

»Alles klar«, erwiderte Alex.

Sie überquerten die Straße und spazierten durch eine kleine Kopfsteinpflastergasse, bis sie das Gartentor des Red Lodge erreichten. Den Garten konnten sie bereits riechen, bevor sie ihn sahen. Die warme Sommerluft war erfüllt vom verlockenden Duft von Thymian, Rosmarin und Geißblatt, und als Sophie das schmiedeeiserne Tor öffnete, hätte der Kontrast dieses Reigens an Farben und Düften zu der städtischen Umgebung nicht größer sein können.

»Ich dachte, hier könnten wir testen, wie fein deine Nase inzwischen geworden ist«, neckte ihn Sophie, als sie den gepflasterten Weg entlanggingen. »Früher war der Garten deutlich größer, dieser Teil hier ist übrig geblieben.«

Der verbliebene Teil des Gartens war geometrisch angelegt, mit schmalen, von Hecken gesäumten Pfaden, die die üppig bepflanzten Beete voneinander trennten. Sophie streckte die Hand aus und rieb die Blätter eines hell-silbergrünen Krauts mit rauer Blattoberfläche zwischen Daumen und Zeigefinger. »Erkennst du das hier?«, fragte sie, pflückte ein Blatt ab und reichte es Alex. Als er daran schnupperte, berührten sich für einen Moment ihre Finger.

»Das ist leicht. Salbei.«

»Und die Sorte?«, forderte Sophie ihn heraus.

Alex runzelte die Stirn. »Gibt es etwa mehrere?«

Sie musste lachen. »Natürlich. Das hier ist Gewürz-Salbei. Blüht selten, macht sich aber sehr schön in so einem Garten wie dem hier, und er riecht wunderbar.«

Sie beugte sich über eine der üppig blühenden Englischen Rosen an der rückwärtigen Gartenmauer. Die Blumen standen in voller Blüte, und ihr Duft kontrastierte mit dem des Salbeis und ließ Sophie an lange Sonnentage denken und an den süßen prickelnden Eloise-Cider von Carter's, eine der Sorten, auf die sie besonders stolz war, weil sie an der Rezeptur mitgewirkt hatte. Dieser Cider sorgte dafür, dass man von einem warmen Nachmittag träumte, den man gemeinsam mit einem geliebten Menschen verbrachte. Aus diesem Grund empfahl sich maßvoller Konsum, falls man danach noch etwas Wichtiges vorhatte.

Sophie richtete sich auf und kam wieder in die Gegenwart zurück. Als sie merkte, dass Alex sie intensiv anblickte, wurde sie rot. »Ist was?«, fragte sie und merkte, dass es leicht defensiv klang.

Alex lächelte und schüttelte den Kopf. »Nichts. Es ist nur …«

»Nur was?«

»Immer, wenn du an etwas riechst oder etwas verkostest, hast du diesen speziellen Gesichtsausdruck. Das ist mir schon bei der Arbeit aufgefallen. Als würden dich diese Sinneseindrücke in eine komplett andere Welt katapultieren. Du scheinst einfach abzudriften, als wärst du ganz woanders.« Er wandte verlegen den Blick ab. »Entschuldigung. Ich wollte nicht, dass du dich unbehaglich fühlst.«

»Ganz und gar nicht«, antwortete Sophie, um die eigenartige Stimmung zu zerstreuen. »Ich fühle mich geschmeichelt, dass du dem solche Aufmerksamkeit widmest. Dem Prozess der sensorischen Prüfung, meine ich.«

Alex erwiderte ihr Lächeln. »Zeig mir doch den Rest vom Museum, und dann überlegen wir, wohin wir als Nächstes gehen.«

Sophie nickte, erleichtert, dass er sie nicht mehr so eindringlich ansah. »Das Haus ist nicht besonders groß, es wird nicht lange dauern, aber es hat eine sehr interessante Vergangenheit. Warte, bis du siehst, was sich in einem der Räume im Erdgeschoss befindet!«

Sie stieg die Stufen zum Eingang hinauf, gefolgt von Alex, und hatte beim Eintreten wieder ihr inneres Gleichgewicht gefunden. An solch einem warmen Tag mit so wunderbaren Düften in der Luft vorsichtig zu sein, würde jedoch einiges an Willenskraft erfordern. Romantik lag in der Luft.

Als sie die kühle Eingangshalle mit dem Marmorboden betraten, empfing sie der sehr englische Geruch einer Mischung von Holzpolitur und Staub. Die offene Halle führte zur Linken in einen Raum mit einer eher ungewöhnlichen Sehenswürdigkeit. Sophie ging vor und bedeutete Alex, ihr zu folgen.

»Traust du dich, darauf zu gehen?«, neckte sie ihn und deutete vor sich auf den Boden. Dort eingelassen war ein Brunnenschacht aus dem sechzehnten Jahrhundert von etwa einem Meter Durchmesser und beinahe zwölfeinhalb Metern Tiefe, der 2010 bei Sanierungsarbeiten entdeckt worden war. Vor Jahrhunderten war er bei der Errichtung eines Anbaus ins Haus integriert worden und bildete nun, kunstvoll beleuchtet und mit dickem Glas abgedeckt, einen Bestandteil des Raumes. Schulkinder, Studenten und andere Besucher forderten sich immer wieder gegenseitig heraus, die Glasplatte zu betreten und dem Schwindel zu trotzen.

»Das ist wirklich stark«, sagte Alex und beugte sich über den Schacht, um besser hinunterblicken zu können. »Wenn du dich traust, gehe ich auch rauf!«

Sophie lachte. »Ein echter Gentleman, der Dame den Vortritt zu lassen.« Sie trat in die Mitte der Glasplatte und winkte ihn heran. »Komm schon, du Angsthase!«

Alex schaute in die Tiefe, schüttelte den Kopf und machte einen Schritt nach vorn. »Bist du sicher, dass die zwei Leute aushält?«

»Was willst du damit sagen?« Sophie ging einen kleinen Schritt zurück, sodass sie beide über der von Glas bedeckten Schachtöffnung stehen konnten. Mit einem weiteren Blick nach unten meinte sie: »Ja, wirklich, das wäre schon ein tiefer Sturz, wenn das Glas doch brechen sollte.«

Ein leises Hüsteln hinter ihnen verriet, dass sich noch jemand im Raum befand. »Da würde ich mir keine Sorgen machen«, sagte die Museumswärterin. »Das hält weit mehr aus als Sie beide.«

»Klingt nach einer Herausforderung«, scherzte Alex. Er wagte sich noch einen Schritt vor, sodass er nun neben Sophie in der Mitte der Glasplatte stand. Ihr lief ein Schauer über den Rücken, weil sie so dicht beieinanderstanden, es weckte die Erinnerung an ihren Zusammenstoß in Lilys Flur.

»Ja, stimmt tatsächlich«, sagte Alex, als die Frau ihnen zulächelte. »Es scheint uns auszuhalten.«

Aber ich halt's nicht mehr aus, dachte Sophie. Wieder stand sie dicht an dicht mit Alex. Plötzlich wurde ihr unbehaglich, und sie trat von der Glasplatte herunter. »Komm, hier drinnen gibt es noch eine Menge zu sehen, besonders wenn du auch noch zum Georgian House möchtest.«

Alex schritt über den Brunnenschacht und grinste. »Na ja, du bist meine Stadtführerin, da mach ich mal besser, was du sagst.« Sie verließen das Brunnenzimmer und gingen die Treppe nach oben, um den Rest des Red Lodge zu besichtigen. Sophie stellte dabei fest, wie sehr es ihr gefiel, ihre Freizeit mit Alex zu verbringen; sie wollte diesen Tag auf jeden Fall ganz auskosten.

13

Nachdem sie diese Woche ihre Schichten im Cider Kitchen wie auf Autopilot hinter sich gebracht hatte, hatte sich Meredith mit ihren Lieblingssorten von Chew-Moo's-Eis getröstet, die ihr Vater gekauft und im Tiefkühlfach deponiert hatte. Sie wusste, das war seine Art, seine Anteilnahme zu zeigen, und hatte ihn dafür gedrückt. Außerdem hatte Anna für Donnerstag einen Filmabend inklusive Popcorn auf dem heimischen Sofa vorgeschlagen, was Merediths Stimmung deutlich aufgehellt hatte. Sie war froh, dass ihr Vater Anna geheiratet hatte, denn sie hatte die entzweite Familie Carter wieder zusammengeführt – mit ihrer Geduld, ihrer Freundlichkeit und ihrer emotionalen Intelligenz. Meredith wollte sich gar nicht ausmalen, wie ihr Vater auf die Neuigkeit reagiert hätte, dass sie und Flynn sich getrennt hatten – vermutlich hätte er ihr gut gemeinte, aber wirklich lausige Ratschläge gegeben. Oder zur Jagdflinte gegriffen. Meredith war froh, dass Flynn den Sommer in Frankreich verbrachte – so musste sie nicht befürchten, ihm über den Weg zu laufen, ehe sie dafür bereit war. Per SMS abserviert zu werden war zwar hart gewesen, aber immerhin hatte sie ihm dabei nicht gegenüberstehen müssen.

Sie hatte auch besser geschlafen als erwartet und war am Samstagmorgen, eine Woche nachdem er mit ihr Schluss gemacht hatte, fit und bereit für eine weitere Schicht im Cider Kitchen. Allerdings bekam sie immer noch kein Frühstück herunter. So verließ sie das Haus, ohne vorher etwas gegessen zu haben, und nahm die übliche Route quer über das Gelände der Cider-Farm. Sie war zwar etwas früh dran, aber Caroline störte es nicht, wenn sie vor Schichtbeginn eintraf. Meredith war derart in Gedanken versunken, dass sie die drei Baumchirurgen nicht bemerkte, die immer noch an den größeren Bäumen im Royal Orchard zugange waren. Normalerweise arbeiteten sie samstags nicht, doch es gab viel zu tun, und als selbstständige Dienstleister schoben sie ein paar Überstunden ein.

Während der für die Produktion genutzte Baumbestand auf dem etwa fünfzig Hektar großen Grundstück in fein säuberlichen Reihen gepflanzt war und regelmäßig auf die standardisierte Höhe und Breite getrimmt wurde, war der Royal Orchard bewusst urwüchsiger gehalten. Er war ein lebendiges Monument, das an die Vergangenheit von Carter's Cider erinnerte. Etwa zwei Dutzend Apfelsorten wuchsen dort, von denen manche über die Jahre immer seltener geworden waren. Mischungen mit Äpfeln aus dem Royal Orchard wurden hin und wieder in kleinen Chargen produziert, aber in erster Linie sollte der Garten ein Denkmal sein. Alle paar Monate kamen Baumchirurgen und kümmerten sich um den Bestand, damit die Bäume auch den nächsten Frühling erlebten.

Meredith fielen die hellgelben Hinweisschilder am Eingang des Royal Orchard nicht auf, und so ging sie, mit gesenktem Kopf und den Blick auf ihre Füße gerichtet, wie üblich mitten durch den Garten. Über ihr Handy hörte sie eine Playlist mit lauten Songs, die sie auf andere Gedanken bringen sollten. Erst als ein großer Ast buchstäblich vor ihren Füßen zu Boden krachte, sah sie erschrocken auf. Sie zog die Ohrhörer heraus, trat einen Schritt zurück und hörte direkt über sich in der Baumkrone jemanden rufen: »Was zum Teufel machst du da unten? Hast du die Schilder nicht gesehen?«

Für einen Augenblick war Meredith von der Sonne geblendet, die durch das Geäst des alten Baumes schien. Sie konnte das Gesicht des Baumchirurgen nicht richtig erkennen – was sie aber sah, waren zwei lange Beine in Jeans und Stiefeln, darüber ein Klettergurt, in dem ein ziemlich knackiger Hintern steckte, und außerdem hielt der Mann, nicht gerade zu ihrer Beruhigung, eine riesige, noch laufende Kettensäge in den Händen.

»Entschuldigung«, brummelte sie. »Aber bevor Sie den Ast absägen und mich beinahe enthaupten, hätten Sie ja mal gucken können, ob hier unten jemand langläuft.«

»Ich hab gerufen, als ich dich gesehen hab«, rief der Baumchirurg. »Aber du hast wohl so laut Musik gehört, dass du's nicht mitgekriegt hast. Vielleicht solltest du das Ding in Zukunft leiser stellen.«

Der herablassende Ton des Mannes machte Meredith wütend. Aber sie war überrascht, als er die Kettensäge ausschaltete, sie an einem Haken an seinem Gürtel befestigte und sich ein Stück weit abseilte, sodass er direkt über ihr hing. Nun, wo sie das grelle Sonnenlicht nicht mehr blendete, kam er ihr nämlich irgendwie bekannt vor.

»Du erinnerst dich wohl nicht mehr an mich?« Ein paar blaue Augen, so strahlend wie ihre eigenen, schauten auf sie herab. Immer noch an den starken oberen Ästen des ältesten Baums im Royal Orchard angeseilt, grinste der Mann sie spöttisch an.

Meredith war irritiert von seiner Unbefangenheit, und vor allem ärgerte sie sich über sich selbst, dass sie so auf seinen Hintern in der engen Jeans geglotzt hatte; wobei man zugeben musste, dass sich dieser Hintern jetzt, wo der Kerl sich von diesem blöden Baum abgeseilt hatte, auch ziemlich genau vor ihrer Nase befand und sie kaum wegschauen konnte.

»Helfen Sie mir auf die Sprünge«, sagte sie kühl, aber innerlich war sie alles andere als gelassen.

»Mein Dad und deiner sind noch immer gut befreundet.« Er rückte den Gurt zurecht und ließ sich zu Boden gleiten. Grinsend streckte er ihr die Hand entgegen. »Aber du warst ja eine Weile weg, da überrascht es mich nicht, dass du mich nicht wiedererkennst. Ich bin Joe Flanagan.«

Meredith blieb vor Staunen der Mund offen stehen. Als sie Joe Flanagan zuletzt gesehen hatte, war er sechzehn gewesen, ein schlaksiger, pickliger Typ mit rotem Haar von einem so leuchtenden Ton, dass es sich jedes Mal, wenn er errötete, mit seiner Gesichtsfarbe biss, was ziemlich oft vorkam, wie Meredith sich erinnerte. Jetzt, vier Jahre später, war er größer, breiter gebaut, und die Pickel waren verschwunden. Er strahlte Selbstbewusstsein aus und wirkte dadurch deutlich attraktiver. Sein Haar war immer noch rot, aber jetzt hatte er einen Haarschnitt, der ihm viel besser stand.

»Boah«, platzte es aus ihr heraus, »du hast dich aber … verändert.« Sie verfluchte sich innerlich für ihre unbeholfene Reaktion und spürte, wie ihr das Blut in die Wangen schoss.

»Während du immer noch ganz dieselbe zu sein scheinst. Ich hab dich sofort erkannt. Die Tochter des Chefs ist zurückgekommen, um ihren Platz im Familienimperium einzunehmen. Ganz wie früher, selbst in dem Punkt, dass dich deine Sicherheit oder die von anderen nicht im Geringsten kümmert.«

»Du bist doch derjenige, der mich mit dem idiotischen Ast fast einen Kopf kürzer gemacht hätte!«, gab Meredith zurück. Sie war nicht in der Stimmung, sich von einem Baumchirurgie-Lehrling etwas sagen zu lassen.

»Aha. Jetzt rennst du wohl sofort zu deinem Daddy und verpetzt mich?«, meinte Joe höhnisch.

Meredith war empört. »Das ist ganz schön herablassend. Warum denkst du so was von mir?«

Joe lachte. »Dein Daddy hat dich seit deiner Geburt darauf vorbereitet, die Firma hier zu übernehmen. Wahrscheinlich ist es jetzt so weit, hab ich recht?«

»Was geht das dich an?«, schnaubte Meredith. »Du kennst mich überhaupt nicht.«

»Ich kenn deinen Typ, das reicht mir.«

»Was soll das heißen?«

»Frag doch deinen Freund. Ich bin sicher, er wird dir alles erzählen.« Mit diesen Worten ging er davon, und Meredith blieb sprachlos und betroffen zurück. Während sie ihren Weg zum Restaurant fortsetzte, fragte sie sich, was sie wohl getan haben mochte, dass Joe Flanagan so abweisend gewesen war. Vielleicht war der Ast als Warnung gedacht gewesen, überlegte sie. Aber als Warnung wovor?

Als Meredith beim Cider Kitchen ankam, hörte sie laute Stimmen, eine Männerstimme und eine, die unverkennbar die einer Frau war, und sie wusste, wem diese Stimmen gehörten. Zögernd blieb sie vor der Eingangstür stehen. Das Lokal auf dem Gelände von Carter's Cider war eine ehemalige historische Scheune, die vor ein paar Jahren umgebaut worden und nun ein beliebtes Ausgehziel war. Meredith seufzte. *Nicht schon wieder*. Tante Caroline und Onkel Jonathan hatten sich in letzter Zeit oft gestritten, und nicht nur auf die übliche schnippische Art. Was immer da zwischen ihnen schwelte, schien tiefer zu gehen, schmerzhafter zu sein. Meredith hoffte, sie würden sich nach gerade einmal einem Ehejahr nicht schon wieder trennen.

»Nein, *du* verstehst hier was nicht, Jonathan«, sagte Caroline, als Meredith die Tür aufdrückte. »Verdammt noch mal, manchmal komme ich mir vor, als würde ich mit einer Wand reden.«

»Klingt für mich nicht überzeugend, wo du doch die letzten achtundvierzig Stunden *fast gar nicht* mit mir geredet hast«, konterte Jonathan, der hinter der Bar das Besteck für den Mittagstisch sortierte. »Ich kann schließlich keine Gedanken lesen, Caroline.«

»Das verlangt auch keiner von dir. Ich brauch nur ein bisschen Freiraum, das ist alles. Aber das ist offenbar schon zu viel verlangt, verdammte Scheiße.« Caroline hatte nicht bemerkt, dass Meredith hereingekommen war, und ging die Treppe nach oben ins Zwischengeschoss über dem Gastraum. Dann knallte eine Tür.

»Hallo, Onkel Jonno«, sagte Meredith heiter, um die Spannung im Raum zu lösen.

»Merry, Schatz.« Jonathan legte das Besteck geräuschvoll auf den Tresen. »Wie geht's dir?«

Meredith fielen die dunklen Ringe unter seinen Augen auf, und sie machte sich Sorgen um ihren Onkel. Sie hatte so lange gehofft, dass er sein Glück finden würde, und konnte den Gedanken nicht ertragen, dass es jetzt womöglich in Gefahr war.

»Gut, danke«, antwortete sie und war in gewisser Hinsicht froh, dass das Gespräch sie von ihrem Liebeskummer ablenkte. »Und dir?« Sie warf einen kurzen Blick zum Zwischengeschoss, wo Caroline eben verschwunden war.

»Oh, bei uns ist alles okay«, sagte Jonathan, aber sein Lächeln war nicht so fröhlich wie sonst. Meredith nahm es ihm nicht ab, aber da sie selbst seelisch angeschlagen war, beschloss sie, ihren Onkel nicht danach zu fragen. Was auch immer der Grund für den Streit zwischen den beiden sein mochte, sie hoffte, er und Caroline würden eine Lösung finden. Schließlich hatten sie in ihrer Beziehung schon einigen ungeheuren Widrigkeiten getrotzt; unter anderem hatte ein unangenehmer alter Bekannter von Caroline sie bedroht und war fest entschlossen gewesen, ihr neues Leben in Little Somerby zu zerstören – ohne Erfolg. Meredith war sich sicher, worum es auch ging, am Ende würde sich alles wieder einrenken.

14

Später am Samstagnachmittag schlenderten Sophie und Alex zu den Downs, mit einer braunen Papiertüte, die frisch belegte *panini* aus einem der Delis in der Park Street enthielt, und einer Plastiktüte mit reichlich Mineralwasser und zwei Flaschen kaltem Lager, genau das Richtige, um damit an einem Sommertag den Blick auf die großartige Hängebrücke von Clifton zu genießen.

»Bristol ist wirklich eine schöne Stadt«, sagte Alex, als sie den langen steilen Anstieg die Park Street und dann die Whiteladies Road hinauf hinter sich hatten.

»Ja, finde ich auch«, stimmte Sophie ihm zu. »Wobei diese Schönheit natürlich ihren Preis hatte.« Die Stadt hatte eine lange und problematische, mit dem Sklavenhandel verflochtene Geschichte. Die mit ihm verbundenen Gewinne hatten bei der Errichtung von vielen der schönen Gebäude, die sie am Vormittag besichtigt hatten, eine Rolle gespielt. Das Georgian House war beispielsweise mit dem Geld erbaut worden, das der Besitzer mit Zuckerrohrplantagen auf den Westindischen Inseln erwirtschaftet hatte. Von dieser unschönen Vergangenheit hatte sich die Stadt schon seit Langem distanziert, wovon auch die Pero's Bridge am Hafen als jüngstes Denkmal für die Toten und die menschlichen Tragödien jener Zeit zeugte.

»Natürlich«, antwortete Alex. »Schließlich hat John Cabot für die Britische Krone viele neue Gebiete entdeckt. In der Schule haben wir im Geschichtsunterricht eine ganze Menge über die britische Kolonialgeschichte gelernt.«

Sie näherten sich jetzt den Downs. Auf ihrem Weg oberhalb der Avon Gorge konnten sie über den Fluss zur Clifton-Hängebrücke blicken.

»Wollen wir uns hier zum Mittagessen hinsetzen?«, fragte Sophie. Sie war zwar körperlich relativ fit, doch sie waren schon eine Weile unterwegs, und ihr war nach einer Verschnaufpause.

»Gern.« Alex deutete auf eine der Bänke, von der aus man über die ganze Länge der Avon Gorge blicken konnte. »Ist der Ausblick genehm?«

Sophie grinste. Es war ein sehr romantisches Plätzchen für ein Mittagessen, und trotz ihrer Bedenken, Berufliches und Privates zu vermischen, hatte ihr die Stadterkundung mit Alex bis jetzt jede Menge Spaß gemacht.

Während sie die *panini* aßen, versuchte Sophie, sich auf die Aussicht zu konzentrieren und weniger auf ihren Begleiter. Trotz des atemberaubend schönen Panoramas ertappte sie sich ständig dabei, wie sie zur Seite schielte, auf Alex' lange Beine und seine Cargoshorts, den trainierten Bizeps, der sichtbar wurde, sobald sein T-Shirt-Ärmel ein Stück hochrutschte, und seine großen Hände, mit denen er gerade nach der zweiten Hälfte seines Mittagssnacks griff.

»Das war eine richtig gute Idee«, sagte Sophie zwischen zwei Bissen. »Gran rät mir immer wieder, ich soll das Beste aus meinen freien Tagen machen und ausnutzen, dass wir in der Nähe von so einer wunderbaren Stadt wohnen, aber ich vermute, es ist wie so oft: Wenn irgendwas vor der Haustür liegt, dann fährt man nicht hin.«

»Das muss was typisch Britisches sein. Bei uns in Kanada findet man die Einheimischen auch auf den Touristenpfaden. Aber wenn man von so viel Geschichte umgeben ist wie ihr, betrachtet man das hier vielleicht als selbstverständlich.«

»Ja, vielleicht«, überlegte Sophie. »Ich meine, ich wohne drei Meilen von der Cheddar Gorge entfernt und war erst einmal, als Teenager, in den Höhlen.«

Alex räusperte sich. »Wie wär's, wenn wir die mal zusammen besuchen, bevor ich zurückfliege? Wobei es nicht gerade so klingt, als wärst du da eine gute Führerin.«

Sophie knuffte ihn spielerisch in den Oberarm. »Ich wette, ich weiß immer noch mehr über die Cheddar Gorge als du!«

»Wirklich?« Alex hob eine Augenbraue. »Erzähl doch mal.«

»Ähm, also …« Sophie versuchte verlegen, Zeit zu schinden. »Es gibt dort … viele Höhlen. Und in manchen wurde früher Käse gelagert.«

»Na super!«, sagte Alex ironisch. »Ich hab das Gefühl, ich kenne sie jetzt in- und auswendig!«

Sophie musste lachen. »Also, wie wär's, wenn wir sie nächsten Samstag gemeinsam erkunden?«

»Ja, gern.« Alex hatte die Stimme gesenkt und blickte ihr auf eine leicht verunsichernde Art tief in die Augen. »Ich finde, heute ist ein sehr schöner Tag.«

»Finde ich auch«, sagte Sophie ebenso leise. »Es ist schon eine Ewigkeit her, dass ich so viel Spaß hatte.«

Sie schwiegen für einen Moment, und die Atmosphäre zwischen ihnen war wie elektrisch aufgeladen. Sophies Hand näherte sich der von Alex, die zwischen ihnen auf der Bank ruhte, und sie spürte seine Wärme, als er kaum merklich, den Kopf leicht schräg geneigt, näher an sie heranrückte. Sein Atem streifte ihre Haut, und ihr Herz schlug schneller. Gleich würde er sie küssen. Trotz ihrer Bedenken, was das für ihre Arbeitsbeziehung bedeuten könnte, öffnete sie erwartungsvoll die Lippen. Und genau in dem

Moment schrillte die Titelmelodie der *Muppet Show* los und zerriss die Stille.

Sophie zuckte zusammen und fluchte innerlich. Sie hatte sich so nach diesem Kuss gesehnt. Alex rückte wieder etwas von ihr ab und signalisierte wortlos, dass alles in Ordnung war, sie hätten ja *Zeit*. Als Sophie sah, dass es ein Anruf von Lily war, ging sie ran.

»Hallo, Gran. Ist alles in Ordnung? Soll ich dir was aus der Stadt mitbringen?« Bei Lilys Antwort bekam Sophie einen gehörigen Schreck. »Du meine Güte. Wie? Nein, erzähl mir alles, wenn ich bei dir bin. Ich bin gleich da. Ja, mach dir keine Sorgen. Ich lass Barney raus, oder vielleicht kann auch Alex helfen. Brauchst du was von zu Hause? Okay, ich bin gleich da.«

Mit zitternden Fingern legte sie auf und starrte wortlos das Telefon an.

»Was ist? Ist was mit Lily?« Alex' besorgte Frage riss sie aus ihren Gedanken.

»Wir müssen sofort zurückfahren.« Nicht nur Sophies Hände zitterten, sondern auch ihre Stimme. »Gran ist schwer gestürzt. Sie haben sie ins Weston General gebracht.«

15

Alex und Sophie nahmen schließlich ein Taxi zurück ins Dorf, die zusätzlichen Kosten waren ihnen egal. Auf der Heimfahrt, die endlos zu dauern schien, quälten Sophie furchtbare Sorgen. Lily war am Telefon recht vage geblieben, sie hatte lediglich gesagt, dass sie auf der Straße in der Nähe von ihrem Haus gestürzt sei und die Ärzte einen Beckenbruch vermuteten. Sophie wusste, dass ihre Großmutter nicht gern telefonierte, daher war es nicht überraschend, dass sie nicht ins Detail gegangen war, aber sie befürchtete dennoch das Schlimmste. Ein schwerer Beckenbruch würde Lily für einige Zeit außer Gefecht setzen, und Sophie konnte sich nur zu gut vorstellen, wie ungeduldig ihre Großmutter werden würde, wenn sie gezwungen war, kürzerzutreten. Verordnete Bettruhe würde sie nicht nur empören, sondern auch frustrieren.

Als sie, in Little Somerby angekommen, mit Sophies Wagen bei ihrer Großmutter zu Hause vorbeifuhren, um das Nötigste für Lily zu packen, hatte Sophie den verpassten Kuss mit Alex auf der Bank mit der schönen Aussicht schon beinahe vergessen.

»Kommst du zurecht?«, fragte er sanft, als er sah, wie angespannt sie war und wie sehr ihre Hände zitterten.

»Ja, ich hoffe nur, dass mit Gran alles gut wird.« Sophie blinzelte nervös. »Ich fahre dann mal besser gleich zum Krankenhaus. Kannst du auf Barney aufpassen und später mit ihm eine Runde drehen?«

»Na klar.«

Bei ihrer Ankunft hatten sie Barney in den Garten hinter dem Haus gelassen, und jetzt lag er dort gemütlich auf den warmen Pflastersteinen und freute sich am Sonnenschein, ohne etwas von den Dramen um sich herum mitzubekommen. »Aber ruf mich an, sobald du weißt, wie es Lily geht, und gib mir Bescheid, wenn ich sonst noch was tun kann.«

»Mach ich.« Sophie wollte sich gerade zum Gehen wenden, doch Alex fasste sie sanft am Arm.

»Bist du in der Verfassung, dich hinters Lenkrad zu setzen?«

»Ich schaff das schon, wirklich«, versicherte ihm Sophie. »Und ich bin froh, dass du hier bist und ein Auge auf Barney hast. Ich muss einfach nur wissen, was passiert ist. So ein Sturz sieht Gran überhaupt nicht ähnlich. Sie ist doch so stolz darauf, dass ihr Gleichgewichtssinn für ihr Alter noch richtig gut ist.« Sophie machte sich ernsthaft Sorgen. Was, wenn Lily jetzt anfing abzubauen? Solange sie denken konnte, war ihre Großmutter eine starke Frau gewesen. Was, wenn sie nun gebrechlich wurde? Sie versuchte, einen kühlen Kopf zu bewahren, und eilte zu ihrem Wagen. Sie war dankbar, dass sie nach dem Besuch im Krankenhaus wenigstens nicht auch noch zu Barney zurückhetzen musste. Dass Alex bei Lily wohnte, war ein Riesenglück. Erst als sie den Motor anließ und in den Rückspiegel schaute, um Alex noch einmal zu sehen, verspürte sie aufs Neue eine Sehnsucht im Herzen; ihr war, als hätten sie sich heute Nachmittag auf einer bedeutsamen Schwelle befunden.

*

»Wirklich, der ganze Wirbel ist völlig unnötig. Mir geht es gut.« Lily setzte sich mühsam im Krankenbett auf und wirkte beinahe verärgert. »Ich verstehe nicht, warum die mich hierbehalten wollen. Ich mache mir viel mehr Sorgen um Barney.«

»Barney ist gut versorgt«, beruhigte Sophie ihre Großmutter und reichte ihr das Glas Wasser, um das sie gebeten hatte. »Und nicht nur heute. Alex wird morgens und abends mit ihm Gassi gehen, und ich schaue in meinen Mittagspausen bei dir daheim vorbei und lass ihn raus, bis du wieder nach Hause darfst. Und vielleicht auch noch etwas länger.«

»Unsinn.« Lily trank einen großen Schluck. »Es ist nur eine kleine Prellung, ich bin bald wieder auf den Beinen.«

»Erst mal müssen wir den Röntgenbefund abwarten«, entgegnete Sophie und bemerkte nach einem Blick auf die Uhr: »Hoffentlich kommt der Arzt bald.«

»Musst du noch irgendwohin?«

»Nein, natürlich nicht. Aber ich hab Mum versprochen, sie anzurufen, sobald wir wissen, was mit dir ist, und ich würde sie gern beruhigen.«

»An deiner Stelle würde ich sie einfach jetzt anrufen. Wahrscheinlich entlassen sie mich heute Abend schon wieder.« Lily ließ sich auf die gestärkten Kissen zurücksinken. »Und das will ich auch hoffen. Ich kann es nicht ausstehen, in einem fremden Bett zu schlafen.«

Im selben Moment wurde die Zimmertür geöffnet, und ein Arzt, etwa Mitte fünfzig, kam mit ernster Miene herein. »Mrs Henderson? Schön, dass Sie es sich gemütlich gemacht haben.«

»So gemütlich, wie es geht«, brummte Lily. »Aber *zu* gemütlich nun auch wieder nicht. Ich denke, ich brauche mich gar nicht erst einzuleben, denn ich werde heute Abend nach Hause fahren.«

Der Arzt sah in die Krankenakte. »Ich fürchte, das wird nicht gehen«, sagte er knapp. »Die Röntgenaufnahmen zeigen eine Fraktur am rechten hinteren Beckenring, dort, wo Sie auf dem Boden aufgekommen sind, das heißt, Sie werden mindestens ein paar Tage bei uns bleiben und Bettruhe einhalten müssen.«

»Lächerlich!«, blaffte Lily. »Ich bin fit wie ein Turnschuh. Da muss Ihnen ein Fehler unterlaufen sein.« Mühsam versuchte sie, sich erneut aufzurichten, aber als sie die Beine über die Bettkante schwingen wollte, konnte sie den Schmerz nicht überspielen.

»Bleiben Sie liegen«, bremste sie der Arzt. »Sonst richten Sie am Ende noch mehr Schaden an.« Er schaute wieder in die Akte. »Wenn Sie ein, zwei Tage hierbleiben, die Schmerzmittel wie verordnet einnehmen und versprechen, es ruhig angehen zu lassen, werden wir Sie entlassen. Aber wenn Sie sich übernehmen, riskieren Sie zusätzliche Komplikationen.«

»Und was dann?«, fragte Lily herausfordernd. »Ich habe einen Hund, der ausgeführt werden muss, und einen Abgabetermin für mein nächstes Buch.« Ihre Fans forderten bereits lautstark den neuen Roman ein.

»Versuchen Sie, aktiv zu bleiben«, antwortete der Arzt, »aber in den ersten sechs Wochen nur mit Krücken oder einem Gehgestell. Wir können Ihnen Physiotherapie anbieten, das würde Ihre Beweglichkeit fördern.«

»Ich werde doch kein Gehgestell benutzen«, protestierte Lily.

»Gran«, ermahnte Sophie ihre Großmutter, »vielleicht solltest du es einfach ausprobieren. Vielleicht hilft es dir ja.«

»Seh ich etwa so aus, als würde ich so ein Ding benutzen?«, fragte Lily aufmüpfig. »Ich steh noch lange nicht mit einem Bein im Grab.«

Sophie wollte das nicht weiter in Anwesenheit des Arztes diskutieren und schwieg. Solange Lily einwilligte, ein paar Tage im Krankenhaus zu bleiben, war es wohl besser, sich auf das Wesentliche zu konzentrieren.

»Um sechs kommt eine Schwester mit Ihrer nächsten Dosis Schmerztabletten«, sagte der Arzt. »Und morgen früh schaue ich wieder nach Ihnen. Wir haben Ihnen keinen Katheter gelegt, rufen Sie also das Pflegepersonal, wenn Sie eine Bettpfanne benötigen, und morgen werden wir sehen, ob Sie aufstehen dürfen.«

»Du lieber Himmel.« Lily verdrehte die Augen.

Sophie tat ihre Großmutter leid. Sie war stets auf ihre Unabhängigkeit bedacht und konnte es nicht ertragen, auf jemand anderen angewiesen zu sein. Dass man ihr Bettruhe verordnete, musste niederschmetternd für sie sein. Aber immerhin hatte Lily ein Einzelzimmer in der Waterside Suite bekommen, sodass sie beim Schlafen nicht von Mitpatienten gestört werden würde.

»Ich werde mal Mum anrufen«, sagte Sophie. Dann schwieg sie einen Moment. »Gran …«

»Ja, meine Liebe?«

»Du hast gesagt, dass Barney mit einem anderen Hund aneinandergeraten ist. Kannte er den Hund denn nicht? Ich meine, so eine Reaktion sieht ihm doch gar nicht ähnlich.« Weimaraner waren für ihre Lebhaftigkeit bekannt, besonders wenn sie ihre Herrchen oder Frauchen beschützen wollten, aber impulsives und aggressives Verhalten war untypisch für sie. Sophie konnte sich nicht erinnern, wann Barney zuletzt beim Spazierengehen verrückt gespielt hatte. Sowohl mit Leine als auch ohne verhielt sich der Vierbeiner wie ein echter Gentleman.

Lily zögerte, und Sophie bemerkte in ihrem Gesicht eine Regung, die ihre Großmutter rasch zu verbergen versuchte.

»Was ist los, Gran?«, fragte sie sanft. »Du kannst es mir sagen. Wenn ein anderer Hund beteiligt war, dann sollte das angezeigt werden.«

Lily schüttelte den Kopf. »Wenn ich der Meinung wäre, dass das etwas bringt, würde ich es tun. Aber das ist nicht der Fall.« Sie konnte Sophie nicht recht in die Augen schauen. »Es ist besser, wir vergessen die Angelegenheit.«

»Warum, wo du doch hier im Krankenhaus gelandet bist?«, fragte Sophie lauter als beabsichtigt. Als sie sah, wie erschrocken Lily war, entschuldigte sie sich sofort. »Ich bin einfach nur wütend, dass du deshalb jetzt solche Schmerzen hast.«

»Es ist wirklich nicht so schlimm. Und du erzählst mir ja schon seit Ewigkeiten, ich soll langsamer machen.« In Lilys Tonfall war nun wieder ein Anflug ihres gewohnt trockenen Humors wahrnehmbar.

»So was hab ich damit aber nicht gemeint.« Sophie nahm Lilys kalte Hand. »Ich dachte eher an mehr Urlaub.«

»Na ja, vielleicht ist das hier genau die Auszeit, die ich brauche«, scherzte Lily.

»Das ändert aber nichts daran, dass da draußen ein aggressiver Hund herumläuft, der auch noch andere verletzen kann«, erwiderte Sophie beharrlich. »Was, wenn beim nächsten Mal noch Schlimmeres passiert? Was, wenn du diesem Hund mit Barney noch mal begegnest? Bist du sicher, dass du ihn dann zurückhalten kannst?«

»Sophie, ich weiß, du glaubst, dass Barney inzwischen zu kräftig für mich ist, aber er wird allmählich alt, genauso wie ich. Das war für ihn ein völlig untypisches Verhalten.« Lily sah ihre Enkelin wieder an. »Und ich bin dankbar, dass ihr beide, du und Alex, euch jetzt um ihn kümmert, während ich … hier festsitze.«

»Du weißt doch, das ist kein Problem«, beruhigte sie Sophie und fragte sich dabei, was sie davon halten sollte, dass Lily »du und Alex« gesagt hatte. Sie waren ja schließlich kein Paar, trotz der Situation auf der Bank heute Nachmittag. »Ich mach mir nur Sorgen um dich, das ist alles. Und du hast mir noch immer nicht verraten, wem der Hund eigentlich gehörte.«

Das Schweigen dauerte so lange, dass es selbst zwischen Lily und Sophie, die sich so nahestanden, unangenehm wurde. »Na ja«, begann Lily, als keine von beiden es länger aushielt. »Ich vermute, du erfährst es ohnehin bald durch die Gerüchteküche.«

»Wer war es, Gran?«, fragte Sophie, diesmal sanfter.

»Mark mit seinem Hund Jimmy.«

Sophie war, als hätte sie der Schlag getroffen. »Was?«

»Jetzt weißt du, warum es mir lieber wäre, wenn wir die Sache auf sich beruhen ließen. Du hast ihn gerade erst aus deinem Leben gestrichen, und ich möchte nun wirklich nicht der Grund sein, weshalb du wieder mit ihm zu tun hast. Daher bitte ich dich freundlich, dich nicht weiter darum zu kümmern und nach vorne zu schauen, Sophie.«

»Wie kann ich das auf sich beruhen lassen, Gran?«, fragte Sophie ungläubig. »Wo du doch im Krankenhaus liegst? Was um Himmels willen ist passiert?«

Lily seufzte schwer. »Ich hab mit Barney seine Mittagsrunde gedreht, und wir waren gerade auf dem Rückweg in der High Street. Barney war ziemlich geschafft, denn Alex hatte ihn schon morgens ausgeführt, aber ich wollte vor die Tür kommen und frische Luft schnappen, daher dachte ich, er könnte mit mir doch einen kurzen Spaziergang über die Strawberry Line machen. Jedenfalls war ich nur noch knapp fünfhundert Meter von zu Hause entfernt, als ich Mark und Jimmy die Straße entlangkommen sah. Du weißt, wie kleine Hunde manchmal auf Barney reagieren.« Jimmy war eine merkwürdige Mischung aus verschiedenen aggressiven, kleinen Rassen und hatte ein dementsprechendes Temperament.

»Wie kleine Männer«, sagte Sophie mit einem traurigen Lächeln. »Sie müssen anderen was beweisen.«

Lily schmunzelte kurz. »So in etwa. Jedenfalls wollte ich die Straßenseite wechseln, aber es war zu viel Verkehr, und direkt am Zebrastreifen parkten diese verdammten Autos, deshalb hab ich es nicht mehr rübergeschafft. Mark kam mit Jimmy angejoggt, der nicht angeleint war, und weil Mark Ohrhörer in den Ohren hatte, hat er uns erst bemerkt, als er mit uns fast auf gleicher Höhe war. Jimmy ist ja so schon aggressiv, und als er sich Barney näherte, begann er zu knurren. Und der arme alte Barney wusste nicht, was tun. Es war mein Fehler, ich hätte sofort mit ihm aus dem Weg gehen müssen, aber ich konnte nicht schnell genug reagieren. Und im nächsten Moment ist Jimmy Barney an die Gurgel gegangen, und Barney hat versucht, ihn abzuschütteln. Er hat dabei vermutlich ganz vergessen, dass ich am anderen Ende der Leine war und nicht Alex, und so bin ich auf dem Pflaster gelandet.«

»Und was hat Mark währenddessen gemacht?«, fragte Sophie.

»Er ist vorbeigejoggt, ohne mit der Wimper zu zucken, aber als er den ganzen Tumult mitbekam, hat er sich umgedreht, allerdings zu spät, um zu sehen, wie alles passiert ist. Er kam zurück und half mir auf, aber er hat nur den Schluss des Gerangels mitbekommen, als Barney mit aufgestelltem Nackenfell versucht hat, Jimmy mit den Zähnen am Genick zu packen, und er nahm wohl an, dass Barney angefangen hätte. In der Situation dachte ich, mein Sturz wäre halb so wild gewesen, aber zu Hause habe ich gemerkt, dass die Schmerzen schlimmer waren als zuerst gedacht, und da habe ich meinen Hausarzt angerufen, der sofort einen Krankenwagen angefordert hat.«

»Also, Mark ist mit diesem aggressiven Köter davonspaziert und hat gedacht, Barney hätte das alles verursacht.« Sophie seufzte. »Mal wieder typisch. Immer gibt er den anderen die Schuld.«

»Ich will nicht, dass du was unternimmst«, sagte Lily. Plötzlich sah sie sehr alt und sehr, sehr müde aus. »Du bist gerade erst über die Sache mit Mark hinweg, und ich will nicht der Grund dafür sein, dass ihr noch mal miteinander reden müsst. Es ist nichts allzu Schlimmes passiert. In ein paar Tagen bin ich wieder ganz die Alte, und Barney geht es abgesehen von der Bisswunde im Nacken gut. Es lohnt sich nicht, die Sache weiterzuverfolgen.«

»Das denkst du vielleicht jetzt, aber was ist, wenn das noch mal passiert?«

»Darüber machen wir uns dann Gedanken, wenn es so weit ist«, wiegelte Lily ab. »Für den Augenblick, mein Schatz, sage ich dir, du sollst es auf sich beruhen lassen.«

Sophie war klug genug, sich nicht mit einer alten Frau zu streiten, die im Krankenhaus lag, aber in ihrem Inneren brodelte es. Als hätte Mark ihr Leben nicht schon genug durcheinandergebracht, jetzt hatte er es auch noch geschafft, dass ihre Großmutter sich einen Beckenbruch zugezogen hatte. Warum konnten manche Menschen einfach so durchs Leben gehen und dabei ihren Mitmenschen gedankenlos schaden? Sophie war ziemlich wütend auf Mark, und wieder einmal ging ihr durch den Kopf, was für ein Glück es doch war, dass sie sich getrennt hatten.

16

Nachdem Sophie ihrer Mutter am Telefon von Lilys Arztgespräch berichtet hatte, konnte sie sie schließlich überzeugen, dass es nicht nötig war, sich in den nächsten Flieger nach Großbritannien zu setzen. Außerdem schärfte sie Lily ein, dass sie im Krankenhaus bleiben musste, bis die Ärzte sie entließen. Anschließend fuhr sie erschöpft nach Hause, wo es ihr leer und einsam vorkam. Sophie brauchte wirklich Gesellschaft, doch ihr war nicht danach, den ganzen Abend im Stationmaster auf einem Barhocker rumzusitzen und ihre Sorgen im Alkohol zu ertränken. Als sie gerade beschlossen hatte, sich mit Netflix und Nutellatoast zu trösten, klingelte ihr Handy.

»Hallo«, meldete sich Alex. Er klang besorgt. »Passt es gerade?«

Sophie war der Hals wie zugeschnürt. »Ich bin wieder zu Hause, falls du das meinst.«

Er schwieg einen Moment. »Alles okay?«

»Nicht wirklich.«

»Dann solltest du jetzt nicht allein sein.«

»Ich hab doch meine Katze«, sagte Sophie und lachte kläglich. »Obwohl sie ziemlich sauer ist, dass sie noch kein Futter bekommen hat, und deshalb wahrscheinlich den ganzen Abend auf meinem Bett schmollen wird.«

Alex lachte leise. »Das hab ich nicht gemeint.« Wieder entstand eine Pause. »Hör mal, wie wär's, wenn ich mit Barney rüberkomme? So kann er deiner Katze Gesellschaft leisten, und wir können besprechen, wie wir deine Großmutter nach ihrer Entlassung aus dem Krankenhaus dazu kriegen, dass sie sich nicht übernimmt.«

Sophies Herz schlug schneller. »Ja, das wäre schön.« Sie hatte das Gefühl, als wäre nach dem heutigen Beinahekuss auf der Bank zwischen ihnen noch etwas offen, auch wenn das jetzt eine Ewigkeit her zu sein schien.

»Hast du einen Lieblingswein, den ich bei Kelli besorgen kann?«, fragte Alex. »Falls du welchen möchtest.«

»Was zu trinken wäre toll. Ich bin aber kein so guter Weinkenner wie Matthew, ich würde mich einfach über was Knochentrockenes und Prickelndes freuen.«

»Wird erledigt.«

Als Sophie aufgelegt hatte, fragte sie sich, ob sie unter anderen Umständen nun wie eine Flipperkugel umhergeflitzt wäre und versucht hätte, sich für den Abend mit Alex präsentabel zu machen. Jetzt schaffte sie es gerade mal, sich in aller Eile die Haare zu bürsten und die Zähne zu putzen. Sie beschloss, sich nicht umzuziehen, denn Alex würde das natürlich bemerken, er hatte sie ja tagsüber schon gesehen. Sie trug ein wenig von ihrem Lieblingsparfum auf und schaute in der Speisekammer nach, ob zum Sekt genug zu knabbern da war, und fand tatsächlich zwei Chipstüten, deren Inhalt sie in Schüsseln schüttete. Dann setzte sie sich und wartete auf Alex.

Lange brauchte sie sich nicht zu gedulden. Er war offenbar sehr darauf bedacht, sie nicht länger allein vor sich hin grübeln zu lassen, und stand bereits zwanzig Minuten später vor der Tür. Es beruhigte sie, dass auch er sich nicht extra schick gemacht hatte und immer noch die Shorts und das T-Shirt trug, das er bei ihrem Ausflug nach Bristol angehabt hatte. In der einen Hand hielt er eine Flasche Sekt, in der anderen Barneys Leine. Der Hund wirkte brav und machte den Eindruck, als hätte er deutlich mehr Bewegung gehabt als üblich. Zur Begrüßung hob er bloß müde die Schnauze, um Sophie zu beschnuppern.

»Ich hab beschlossen, dass er heute noch mal rausmusste!«, sagte Alex, nachdem Sophie eine Bemerkung über den völlig erschöpften Hund gemacht hatte. »Und ich glaube, wir sind deutlich weiter gelaufen, als er es gewohnt ist.«

»Ich hab dich ja gewarnt, er ist faul«, sagte Sophie schmunzelnd. Barney trottete ins Wohnzimmer und ließ sich mit einem dramatischen Seufzer auf den Teppich vor der Terrassentür sinken, die Sophie offen gelassen hatte, da es noch immer drückend heiß war.

»Er kommt mit der Hitze nicht gut zurecht.« Alex beobachtete liebevoll den kraftlosen Vierbeiner. Als wäre er gedanklich woanders gewesen, schien ihm plötzlich der Sekt einzufallen. Er zeigte Sophie die Flasche, die offensichtlich direkt aus dem Kühlschrank der Weinhandlung kam und deren Hals von kleinen Kondensperlen bedeckt war. »Hier, ich hoffe, der ist trocken genug.«

Sophie sah sich die Flasche Cava an. »Sieht super aus. Ich besorg uns mal zwei Gläser.« Sie ging in die Küche, um zwei Sektflöten vom obersten Regalbrett im Küchenschrank zu holen. Die Gläser waren ein Geschenk ihrer Großmutter zum einundzwanzigsten Geburtstag gewesen, und sie hatten acht Jahre sorgsame Behandlung überstanden. Sie waren aus Edinburgher Kristallglas; Lily war felsenfest davon überzeugt, dass man guten Sekt nur aus kristallenen Gläsern trinken sollte, und Sophie hatte sich, wann immer möglich, daran gehalten. Beim Gedanken an Lily, die gerade allein in ihrem Krankenhausbett lag, musste Sophie Tränen wegblinzeln. Sie tröstete sich mit dem Gedanken, dass Lily dort vermutlich gerade den Plot ihres nächsten Bestseller-Romans austüftelte, anstatt sich wegen ihres Unfalls zu grämen.

Als sie ins Wohnzimmer zurückkam, entfernte Alex gerade die Folie vom Flaschenhals und ließ den Korken ploppen, sichtlich bemüht, Barney keinen Schrecken einzujagen. Er goss den Sekt in die Gläser und reichte Sophie eins davon. Sie ging damit zum Sofa, setzte sich und bedeutete Alex, es ihr gleichzutun.

»Also, wie geht's dir?«, fragte er, als auch er saß.

Sophie nippte an ihrem Sekt und genoss den erlesenen Geschmack des trockenen Schaumweins, der sie von ihren Gefühlen ablenkte. »Mir geht es gut. Wir müssen uns eher um Gran sorgen.« Ihre Hand begann zu zittern, daher stellte sie ihr Glas auf dem Beistelltisch ab. »Ich kann es einfach nicht fassen.«

»Wie kam es denn zu dem Sturz?«

Als Sophie die Geschichte erzählte, verdüsterte sich Alex' Miene, erst vor Schreck, dann vor Wut. Und als sie berichtete, dass Lily die Sache begraben wollte, schüttelte er fassungslos den Kopf.

»Aber sie hätte noch weit schlimmere Verletzungen davontragen können. Dieser Mark sollte seinem Hund zumindest einen Maulkorb oder so anlegen. Was ist, wenn das noch jemand anderem passiert?«

Sophie seufzte. »Ich hab versucht, sie zu überzeugen, aber sie will nichts mehr mit ihm zu tun haben. Sie weiß, wie es mich mitgenommen hat, als Mark und ich uns getrennt haben. Ich vermute, sie glaubt, mich zu schützen, indem sie es nicht weiterverfolgt.«

»Und wie denkst du darüber?«, fragte Alex so einfühlsam, dass Sophie wieder Tränen in die Augen stiegen.

»Ich will, dass er dafür geradestehen muss, auch wenn wir mal zusammen waren.«

»Warum habt ihr euch denn eigentlich getrennt? Wenn es in Ordnung ist, dass ich das frage.«

Plötzlich verspürte Sophie nach dem heutigen Tag, nach all den Sorgen um Lily, das Bedürfnis, jemandem ihr Herz auszuschütten und von den tieferen Gründen für die Trennung von Mark zu erzählen. Alex' dunkelbraune Augen blickten sie verständnisvoll an, und als er seine Hand ausstreckte und sie auf ihre legte, fühlte sie sich merkwürdig ruhig und geborgen.

»Als Mark und ich uns getrennt haben, ging es mir ziemlich mies«, begann Sophie leise. »Ehrlich gesagt war der Grund für das Ende unserer Beziehung nicht nur, dass er mit Jenna rumgevögelt hat. In den Monaten davor war ich nicht gerade angenehme Gesellschaft.«

»Das kann ich gar nicht glauben. Also, dass du unangenehme Gesellschaft sein könntest.«

»Nein. Du verstehst nicht«, erwiderte Sophie mit einem gequälten Lächeln und schluckte schwer. »Nicht mal Mum oder Gran wissen davon. Tatsächlich habe ich es bislang niemandem erzählt.«

Alex griff erneut nach ihrer Hand. »Schon okay. Du musst mir nichts erzählen, wenn du nicht willst. Ich bin dir deshalb nicht böse.«

»Es ist nicht so, dass ich es dir nicht sagen will.« Sie spürte die Wärme von Alex' Hand, die ihre umschloss, und war dankbar dafür. »Es ist nur so schwer, das Ganze wieder hochkommen zu lassen. Ich vermute, ich hab das alles gar nicht richtig verarbeitet, sondern einfach nur verdrängt. Und als dann klar war, dass Mark fremdging, schien es mir einfacher, wütend auf ihn zu sein, als zuzugeben, dass ich mich eigentlich schon viel früher aus der Beziehung zurückgezogen hatte.«

Alex sah sie an, und im Abendlicht wirkten seine Augen noch dunkler als sonst. Sie hatten beide nicht aufstehen wollen, um die Lampen im Wohnzimmer anzuschalten, und jetzt brach langsam die Dämmerung an. »Ich bin für dich da, Sophie«, sagte er leise.

Sie holte tief Luft und machte sich dafür bereit, es laut auszusprechen. Die Sache hatte sie beinahe ein Jahr lang für sich behalten und zu vergessen versucht, und sie hatte sich eingeredet, damit wäre es abgeschlossen, aber jetzt, wo Alex bei ihr war, wollte sie ganz offen zu ihm sein.

»Ein paar Monate bevor Mark und ich uns getrennt haben, hab ich gemerkt, dass ich schwanger war. Es war völlig ungeplant. Ich hatte kurz vorher eine Lebensmittelvergiftung, und meine Pille hat mich nicht ausreichend geschützt. Ich war unvorsichtig geworden, ich hatte sie schon so viele Jahre genommen, dass ich einfach davon ausgegangen bin, es würde schon alles gut gehen. Ist es aber nicht.« Sie schüttelte den Kopf, überrascht, dass sie so sachlich darüber reden konnte, wo es doch damals so schwer für sie gewesen war.

»Mark und ich waren schon seit etwa anderthalb Jahren ein Paar, und obwohl wir beide nicht über Familiengründung gesprochen hatten, schien es doch darauf hinauszulaufen. Es hätte mich überrascht, wenn wir nicht früher oder später zusammengezogen wären. Jedenfalls war mein Zyklus immer so regelmäßig wie ein Uhrwerk. Als mir klar wurde, was los war, war ich erschrocken, aber nicht besonders besorgt. Wenn Mark nicht für das Baby da sein wollte, dann hätte ich es auch allein großgezogen. Mum hatte immer wieder Anspielungen auf ein mögliches Enkelkind gemacht, und obwohl ich sicher nicht die ideale alleinerziehende Mutter gewesen wäre, wusste ich, dass ich zurechtkommen würde. Und dann, gerade als ich anfing, mich an den Gedanken zu gewöhnen, hatte ich in der zehnten Woche eine Fehlgeburt. Ich hatte Mark nichts von der Schwangerschaft gesagt – ich weiß auch nicht so genau, warum. Vielleicht war mir tief in meinem Inneren klar, dass es zwischen uns nicht klappen würde, und deshalb hab ich es für mich behalten. Versteh mich nicht falsch …« Sie sah Alex an, der ihr aufmerksam zuhörte. »Ich hätte es ihm bald darauf gesagt, aber dann habe ich das Kind verloren, und es schien nicht mehr viel Sinn zu ergeben. Die Fehlgeburt war nicht gerade angenehm, aber körperlich ging es mir schon bald wieder gut. Ich war nur etwa eine Woche lang krankgeschrieben und hab erzählt, ich hätte eine Magenverstimmung. Niemand hat weiter nachgefragt.«

Sie lachte bitter. »Sosehr ich Mum vermisse, es war wirklich ziemlich praktisch, dass sie jetzt in Marseille lebt. Es war nicht schwer, so zu tun, als sei ich einfach nur krank. Gran hat sich vermutlich gefragt, warum ich sie nicht besucht habe, aber ich hab ihr Textnachrichten geschrieben und vorgetäuscht, ich hätte einen schrecklichen Magen-Darm-Infekt und wolle sie nicht anstecken. Ich glaube, sie hat nichts geahnt.«

»Das überrascht mich«, bemerkte Alex, der Lily für extrem scharfsinnig hielt.

»Jedenfalls hatte ich nach der ganzen Sache nicht viel … Lust, falls du verstehst, was ich meine, und das hat Mark zunehmend frustriert. Ich kann es ihm wirklich nicht zum Vorwurf machen, obwohl ich mir gewünscht hätte, er hätte mir Zeit gegeben, mich ihm zu öffnen, in meinem eigenen Tempo. Ich konnte nicht darüber reden, weißt du. Ich war so geschockt: Erst hatte ich herausgefunden, dass ich schwanger war, hatte mich an die Vorstellung gewöhnt, und dann, plötzlich, war alles vorbei, bevor es richtig angefangen hatte. Ich glaube, wenn ich mehr Zeit gehabt hätte, dann hätte ich es ihm sagen, mit ihm darüber sprechen können, aber es kam nun mal so, dass er sich anderswo umgeschaut hat, und da haben wir uns getrennt.«

»Das entschuldigt immer noch nicht, dass er dich betrogen hat.« Alex blickte zur Seite, aber Sophie war sich sicher, in seinen Augen etwas Unergründliches gesehen zu haben, ehe er sich fasste und sie wieder ansah. »Es tut mir so leid, dass du das alleine durchmachen musstest.«

Sophie schüttelte den Kopf. »Ich weiß, es klingt hart, aber vielleicht war es das Beste so. Ich weiß nicht, warum ich die Fehlgeburt hatte; möglicherweise war das Kind geschädigt oder es hat sonst etwas nicht gestimmt, mit mir. Dann sucht man natürlich Antworten im Internet, aber es gibt keine eindeutigen Erklärungen. Und vielleicht waren Mark und ich einfach nicht füreinander bestimmt.«

»Das kann durchaus sein«, sagte Alex mit belegter Stimme. Er zog Sophie an sich und nahm sie behutsam in die Arme, und einen langen, wunderbaren Moment lang genoss sie seine Nähe. »Mir tut es jedenfalls leid wegen des Babys. Ein Kind allein großzuziehen ist keine Kleinigkeit, das weiß ich, weil meine Mutter mich anfangs auch allein aufgezogen hat, aber ebenso hart ist es, ein Kind vor der Geburt zu verlieren.«

»Danke«, flüsterte Sophie in den weichen Stoff von Alex' T-Shirt. »Ich hab mir einfach gedacht, ich muss vollkommen ehrlich zu dir sein. Ehrlichkeit ist mir so wichtig wie kaum etwas anderes, und als ich mit Mark nicht darüber sprechen konnte, da ist alles in die Brüche gegangen. Ich will nicht, dass mir das noch mal mit jemandem passiert.« Sie löste sich aus seiner Umarmung und sah ihm tief in die Augen. »Was auch immer geschieht, Alex, ich verspreche dir, ich werde dich nie anlügen.«

Lag es am letzten Licht der untergehenden Sonne, oder wirkte Alex plötzlich nervös? Vielleicht war sie zu sehr vorgeprescht, aber nach allem, was sie ihm gerade erzählt hatte, wollte sie ganz offen sein. Schließlich befanden sie sich immer noch auf der Schwelle zu etwas Neuem; sie hatten sich zwar noch nicht einmal geküsst, doch die Ereignisse dieses Nachmittags hatten ihrer Beziehung eine neue Qualität verliehen. »Alles okay mit dir?«, fragte sie. »Ich hab dich doch nicht etwa verschreckt?«

Alex lächelte kurz. »Alles okay. Und nein, du hast mich überhaupt nicht verschreckt.« Er hob die Hand und strich ihr über die Wange. »Ich war wohl nur einen Moment lang woanders. Als du von Kindern gesprochen hast, da musste ich an Mom denken.«

»Nach allem, was du von ihr erzählt hast, muss sie eine großartige Frau gewesen sein«, sagte Sophie sanft und war erleichtert über den Themenwechsel. »Sie fehlt dir bestimmt sehr.«

Alex nickte. »Ja.« Für einen Moment ballte er die Hand, die auf der Sofalehne lag, zur Faust. »Manchmal werde ich einfach wütend, weil sie gestorben ist, bevor sie erleben konnte, wie ich diesen Traum mit dem Apfelgarten verwirkliche. Jahrelang wollte sie, dass ich den Schritt wage und von der Juristerei ins Cider-Handwerk wechsle; sie hat mir sogar angeboten, mir das nötige Geld zu borgen, aber das habe ich abgelehnt. Ich dachte immer, dafür wäre noch Zeit genug. Ich dachte, sie und mein Stiefvater Harry könnten sich im Alter auf dem Kleinbauernhof zur Ruhe setzen und ich hätte dann eine eigene Familie und könnte mich um sie kümmern. Der Krebs hat mir meine Mutter zu früh genommen, sie war noch zu jung. Und ich vermute, ich habe es noch nicht verarbeitet.« Er fuhr sich mit der Hand über die Augen, dann blickte er Sophie wieder an.

»Das tut mir sehr leid. Aber ich bin sicher, sie wäre unglaublich stolz auf das, was du bisher erreicht hast und wie hart du arbeitest, um diesen Traum wahr werden zu lassen.«

»Das sage ich mir auch gern«, erwiderte Alex leise.

Einen Moment lang waren sie jeder in seine eigenen Gedanken versunken. Schließlich brach Sophie das Schweigen. »Sag ruhig, wenn du nicht darüber reden magst, aber du erwähnst oft deinen Stiefvater. Hast du Kontakt zu deinem leiblichen Vater?« Beinahe hätte sie »zu deinem Vater« gesagt, aber sie wusste, dass Alex Harry als seinen Vater betrachtete, als den Mann, der ihn großgezogen hatte, und so wählte sie ihre Worte entsprechend.

Alex rutschte unbehaglich auf dem Sofa herum. »Nein«, antwortete er schließlich. »Mom hat nie viel über ihn gesprochen.«

»Weißt du, ob er noch lebt?«

»Er ist vor einiger Zeit gestorben. Über die Jahre hat mir Mom zwar ein bisschen über ihn erzählt, aber ich hatte nie das Bedürfnis, ihn ausfindig zu machen. Und jetzt ist es sowieso zu spät.« Alex griff nach der Flasche Cava, die auf dem Couchtisch vor ihnen stand, und schenkte ihnen nach.

»Bist du nicht neugierig herauszufinden, ob du weitere Verwandtschaft hast?«

Alex schwieg sehr lange. »Vielleicht irgendwann mal«, sagte er dann und reichte Sophie ihr Glas. »Aber fürs Erste bin ich voll und ganz damit beschäftigt, so viel wie möglich über das neue Geschäft zu lernen.«

»Gut, aber denk dran, was du gerade über das Aufschieben meintest. Stell dir vor, du hättest Verwandte da draußen in der Welt, die dich gern kennenlernen würden!«

Alex schüttelte den Kopf. »Ich glaube nicht, dass ich im Moment dafür bereit wäre.«

»Tut mir leid. Ich spreche einfach aus, was mir gerade im Kopf herumspukt, ohne richtig nachzudenken. Es ist deine Entscheidung, wann und wie du das machst und ob überhaupt.«

»Kein Grund, dich zu entschuldigen.« Alex lehnte sich wieder zurück. Sophie zögerte einen Augenblick, dann rutschte sie näher an ihn heran. Hätte sie ihm ins Gesicht geschaut, hätte sie gesehen, wie seine Gefühle im Widerstreit miteinander lagen. Eine Weile lang saßen sie aneinandergeschmiegt da, aber jeder hing seinen eigenen Gedanken nach.

Etwas später, als die Nacht schon hereingebrochen war, stand Alex auf. »Ich glaube, ich sollte dann mal.«

Sophie richtete sich auf. Sie fühlte sich von ihrem Gespräch erschöpft, aber auch erleichtert. Das Komische war, dass es ihr so natürlich vorgekommen war, mit Alex auf dem Sofa zu kuscheln, dass sie beinahe vergessen hatte, wie es am Nachmittag auf der

Bank zwischen ihnen geknistert hatte. Die Vertrautheit zwischen ihnen wuchs so unglaublich schnell. Erneut fiel ihr auf, dass sie sich immer noch nicht geküsst hatten.

»Danke, dass du vorbeigekommen bist«, sagte sie und rutschte zur Seite, sodass Alex aufstehen konnte. »Ich hätte mir nie träumen lassen, dass ich heute Abend so viel über diese Dinge reden würde.«

»Mir geht's genauso«, sagte Alex freundlich lächelnd. »Weißt du, Sophie …«

»Ja?«

»Es war wirklich ein anstrengender Tag, aber ich bin irgendwie froh, dass ich hier war und ihn mit dir erleben konnte.«

Sie lächelte zurück. »Ich bin auch froh, dass du hier warst.« Sie sah auf die Uhr. »Ich werde morgen früh nach Gran schauen. Ich denke, wir müssen das Cottage für ihre Heimkehr vorbereiten.« Sie schluckte. »Kannst du mir dabei helfen?«

»Ja, klar.«

Sophie führte Alex zur Haustür, wo sie beide stehen blieben, unsicher, was nach den Geständnissen des Abends jetzt passieren würde.

»Wir sehen uns morgen«, sagte Alex zum Abschied. Er nahm den müden Barney an die Leine und küsste Sophie auf die Wange. »Versuch, etwas zu schlafen.«

Sie spürte seine warmen Lippen auf ihrer Haut, und es kribbelte in ihrem Nacken. Sie hatte den plötzlichen Impuls, ihn leidenschaftlich zu küssen, fürchtete aber, die Magie des Augenblicks zu zerstören. Alex' Zurückhaltung war gar nicht so leicht einzuordnen.

»Werd ich. Du aber auch.«

Als er gegangen war, lehnte sich Sophie gegen die geschlossene Haustür und atmete tief durch. In ihrem Innern herrschte ein Wirrwarr von Gefühlen, doch sie war zu erschöpft, um sich gedanklich damit zu beschäftigen, und beschloss, es für heute gut sein zu lassen. Morgen war noch genug Zeit, alles zu analysieren.

17

Alex war kurz nach elf Uhr bei Sophie aufgebrochen. Die Sonne war zwar schon untergegangen, aber das Licht hatte noch den für Sommernächte in Somerset typischen warmen, rauchig grauen Ton. Sophie und er hatten besprochen, wie sie Lilys Cottage so herrichten konnten, dass sie bis auf Weiteres nicht ins Obergeschoss hinaufgehen musste, und Sophie wollte ihrer Großmutter den Plan am nächsten Tag im Krankenhaus unterbreiten. Die Besuchszeit war von zehn bis zwölf Uhr, und danach würde sie bei Lily zu Hause vorbeischauen und dort mit Alex das Gästezimmer im Erdgeschoss in ein provisorisches Schlafzimmer umwandeln.

Mit vereinten Kräften gelang es ihnen, den Raum für Lilys Bedürfnisse einzurichten, und es dauerte nicht einmal so lange, wie Sophie erwartet hatte. Nachdem sie die Tagesdecke zurechtgezogen und die Kommode aus dem Zimmer geschafft hatten, weil sie so dicht an der Tür gestört hätte, schaute Sophie auf die Uhr. »Das lief ja gut«, sagte sie.

»Stimmt.« Alex war vom Möbelrücken etwas rot im Gesicht. »Und wir sind weit vor der Zeit fertig, Lily wird ja erst in ein paar Tagen entlassen.«

»Danke für deine Hilfe. Ich wette, mit so was hast du nicht gerechnet, als du dich bei Gran eingemietet hast!«

»Freut mich doch, wenn ich mich nützlich machen konnte. Aber ich muss zugeben, jetzt würde ich wirklich gern frische Luft schnappen.« Er schwieg einen Moment und wirkte ein wenig nervös. »Hast du heute noch was vor?«

Sophie schüttelte den Kopf. »Bis aufs Gassigehen mit Barney hab ich nichts weiter geplant.«

»Was hältst du dann davon, mir die Cheddar Gorge zu zeigen? Ich weiß, wir hatten gesagt, wir fahren erst nächstes Wochenende dahin, aber wir könnten sie uns doch genauso gut heute ansehen. Du hast mir ja schon einiges darüber erzählt.«

Sophie lachte. »Okay, abgemacht. Und Barney können wir mitnehmen, Hunde sind dort überall erlaubt.«

Der Vierbeiner, der im neu eingerichteten Zimmer herumlief und alles beschnüffelte, hob den Kopf, als sein Name fiel.

»Klingt gut.«

»Wenn du willst, kann ich fahren.«

»Wenn das okay für dich ist?«

»Klar. Ich geh nur schnell nach Hause und hol den Wagen. In zwanzig Minuten hier?«

»Ja, prima. Da bleiben mir also zwanzig Minuten, um im Internet noch ein paar Dinge über die Höhlen rauszufinden, weil meine Fremdenführerin ja so spitzenmäßig informiert ist!«, erwiderte Alex lachend.

Sophie grinste, tat ihm aber nicht den Gefallen, darauf zu antworten.

*

»Ich weiß, das sind nicht unbedingt die Rocky Mountains, aber es hat seinen Charme«, bemerkte Sophie, als sie die Straße hochliefen, die sich durch die Cheddar Gorge schlängelte. Zu beiden Seiten erhoben sich die uralten, märchenhaft wirkenden Felsen, die dafür sorgten, dass es in der Schlucht selbst an heißen Tagen relativ kühl war, und durch deren Inneres sich unzählige tiefe, düstere Höhlen und Grotten zogen. Trotz der vielen Touristen klangen die Geräusche durch die hohen Felswände gedämpft, und während Sophie und Alex die Straße zum Eingang der Gough's Cave hinaufgingen, erschien ihnen dieser Ort, wenngleich gut besucht, ganz friedlich.

»Wirklich schön ist das hier.« Alex legte den Kopf in den Nacken, um die Felsformationen in ihrer vollen Größe zu bewundern. »Und wir hätten keinen besseren Tag für die Besichtigung erwischen können.« Er sah wieder zu Sophie und fing ihren Blick auf, ehe sie wegschauen konnte. »Würde es dir was ausmachen, wenn ich … äh …«

»Was?«, fragte Sophie verlegen, weil er sie dabei ertappt hatte, wie sie ihn beobachtete.

Alex räusperte sich nervös. »Darf ich deine Hand nehmen?«

Sophie lachte. »Also Alex, du bist mir ja einer. Ist diese Höflichkeit bei dir angeboren, oder haben sie euch was ins Trinkwasser getan?«

Er musste grinsen. »Bin ich jetzt etwa ein Schuft, weil ich frage?«

»Ich geb dir sehr gern meine Hand«, antwortete sie und ließ sie in seine gleiten. Sie passte perfekt hinein, und sobald ihre Handflächen sich berührten, spürte Sophie ein elektrisierendes Prickeln. Alex' Griff war warm und gab ihr das Gefühl von Sicherheit. Es fühlte sich stimmig an.

Etwas näher zusammengerückt, setzten sie ihren Weg die Straße hinauf fort. Sophie ließ aus Nervosität eine Bemerkung dazu fallen, dass die einzelnen Läden in den Sommermonaten wohl ihr bestes Geschäft machten, und versuchte, nicht ständig daran zu denken, wie gut sich Alex' Hand anfühlte. Als sie an den Lion Rock Tea Rooms vorbeigingen, überlegte Sophie, ob sie vorschlagen sollte, nach der Erkundung der Schlucht oder dem Aufstieg über die Jakobsleiter dort zu einem zweitem Frühstück einzukehren, doch sie war sich nicht sicher, ob Barney sich bei einem gedeckten Tisch brav verhalten würde. Weimaraner waren bekannt für schlechte Manieren, wenn Essen im Spiel war.

Als Alex und Sophie den Eingang zur Gough's Cave oben an der Straße erreichten, wo sich in pittoresker Lage eine Filiale von Costa Coffee befand, wandte sie sich an ihren Begleiter. »Wir könnten da hoch und oben auf den Felsen entlanglaufen oder eine Höhlentour mitmachen, oder beides. Was wär dir am liebsten?«

»Wie wär's mit beidem? Wir haben noch den ganzen Nachmittag. Womit würdest du gern anfangen?«

»Dann gehen wir zuerst in die Höhlen. Das wird nicht lange dauern, und wir kommen aus der Hitze raus. Und wenn du dann immer noch möchtest, können wir die Jakobsleiter hochsteigen.«

»Klingt super.«

Kurz darauf hatten sie ihre Tickets gekauft und wanderten durch die Höhlen der Cheddar Gorge mit ihren imposanten Tropfsteinen. Obwohl Sophie nun seit fast dreißig Jahren nur ein Dorf weiter wohnte, hatte sie die Höhlen bisher erst einmal besucht, und sie war genau wie Alex von den vielfältigen Formen der Stalaktiten und Stalagmiten beeindruckt. Die dunklen Ecken und Winkel machten es zwar nicht allzu behaglich, aber als sie zum sogenannten King Solomon's Temple kamen, verschlug es ihr förmlich den Atem.

»Als ob die Zeit stillstehen würde«, murmelte sie und blickte hinauf zur Decke der riesigen Höhle. »Und wir sind alle nur ein winziger Teil von etwas viel Größerem.«

»Es ist wirklich schön«, sagte Alex leise. Sanft drehte er sie um die eigene Achse, sodass sie mit dem Rücken zu ihm stand. »Siehst du das da?« Er zeigte auf eine beeindruckende Stalaktitenformation, die an Orgelpfeifen erinnerte.

»Ja.« Wie verzaubert von dem Moment und dem Ort drehte Sophie sich langsam zu Alex um. »Gleich wird das Licht ausgeschaltet«, sagte sie leise. »Dann siehst du, was echte Dunkelheit ist, hier unter der Erdoberfläche.«

Alex lächelte. »Na, dann sollten wir uns mal bereit machen.«

»Ja.«

Der Angestellte, der für diesen Teil der Höhlen zuständig war, rief eine Warnung, und die Eltern der zwei kleinen Kinder, die immer noch ehrfurchtsvoll zur bizarr geformten Höhlendecke aufschauten, nahmen ihren Nachwuchs an den Händen. Sophie rückte ein wenig näher an Alex heran.

Nur Sekunden später ging die Beleuchtung aus, und sie spürte Alex' weiche, warme Lippen auf ihren. Sie öffnete ihre Lippen leicht, erforschte mit der Zunge seinen Mund und strich ihm mit einer Hand durch sein seidig weiches dunkles Haar. Ein Kuss, der sich absolut natürlich anfühlte; es war, als hätte sie ihr ganzes Leben auf Alex gewartet. Sie schmiegte sich an ihn und spürte seinen Körper durch sein T-Shirt und seine Shorts, und als der Kuss inniger wurde, breitete sich ein Kribbeln in ihrem Körper aus. Plötzlich sehnte sie sich nach mehr. Als sie bemerkte, dass das Licht wieder anging, und die Augen öffnete, sah sie, dass Alex seine noch geschlossen hatte. Seine Wimpern waren lang und dunkel, und sie verspürte den brennenden Wunsch, mit ihm zu verschmelzen. Da er nur widerstrebend von ihr abrückte, war sie sich sicher, dass er das ähnlich empfand.

»Tut mir leid«, flüsterte er ihr ins Ohr. »Das war nicht gerade höflich.«

»Ach, das würde ich so nicht sagen«, flüsterte Sophie zurück. Sie hatte weiche Knie und war überrascht, wie sehr sie sich wünschte, dass Alex sie noch einmal küssen würde. Sie hoffte, dieser Kuss war der erste von vielen gewesen. Dass Alex ihr immer noch so nah war, brachte sie zusätzlich aus dem Gleichgewicht, und Hitze stieg in ihr auf.

»Soll das heißen, ich darf noch mal?«, fragte Alex und knabberte zärtlich an ihrem Ohrläppchen. Sie spürte seinen warmen Atem an ihrem Hals.

»Es wäre jedenfalls nicht besonders höflich, wenn du jetzt damit aufhörst. Aber vielleicht sollten wir uns etwas Abgeschiedeneres suchen.« Sie hatte aus dem Augenwinkel gesehen, dass neben der Familie auch eine Gruppe sehr interessiert wirkender deutscher Touristen, überwiegend Jungs im Teenageralter mit ihren Eltern, zu ihnen gestoßen war.

»Da hast du recht«, sagte Alex leise und legte den Arm um sie. »Sollen wir?«

»Über der Schlucht gibt's auch eine Menge ruhiger Plätzchen«, bemerkte Sophie. Unvermittelt hatte sie ein zutiefst erotisches Bild vor sich, wie sie beide sich auf dem Felsplateau liebten, und schüttelte es hastig ab. Geküsst zu werden war das eine, aber wegen Erregung öffentlichen Ärgernisses eine Festnahme zu riskieren etwas ganz anderes. Vielleicht sollte sie sich ein bisschen mit dem kalten Wasser in der Höhle abkühlen, nur für den Fall.

Sie verließen das Höhlensystem und gingen zur Jakobsleiter, zweihundertvierundsiebzig in den Fels gehauenen Stufen, die beinahe senkrecht die Felswand hinaufführten. Selbst Barney keuchte und schnaufte, als sie oben angekommen waren. Aber die Aussicht war die Mühe wert. Hand in Hand spazierten Sophie und Alex über die Felsen oberhalb der Schlucht, von denen aus man auf die Touristen hinunterblicken konnte, die die Straße entlangliefen. Über die Somerset Levels konnte man bis zum Glastonbury Tor schauen und nach Westen aufs Meer. Das satte Grün der

Felder der Somerset Levels schien sich in endlose Weiten fortzusetzen.

»Das ist unheimlich schön«, sagte Sophie, völlig überwältigt von dem Panorama, das sich ihnen bot. »Unbegreiflich, dass ich nicht öfter hierhergekommen bin.« Der laue Wind über der Schlucht wehte ihr eine Haarsträhne ins Gesicht, doch bevor sie sie wegstreichen konnte, kam Alex ihr zuvor. Instinktiv neigte sie den Kopf und küsste seine Handfläche. Wieder überkam sie eine überwältigende Welle des Begehrens. Vielleicht war es die emotionale Achterbahnfahrt der letzten Tage, mit Lilys Unfall und ihrer eigenen Beichte, doch sie hatte plötzlich das Gefühl, dass sie mit diesem Mann etwas wagen wollte, um herauszufinden, wohin das führte.

Alex' Hand zitterte, als Sophie sie mit den Lippen streifte, und instinktiv zog er sie näher an sich, sodass ihre Körper sich berührten und ihre Gesichter nur Zentimeter voneinander entfernt waren.

»Küss mich so wie gerade in der Höhle«, sagte Sophie voller Verlangen.

»Nichts lieber als das.« Alex zog sie eng an sich.

Diesmal hätten Sophies Knie beinahe nachgegeben, auch wenn sie auf den Kuss vorbereitet gewesen war. Sie ließen sich ganz auf die Zärtlichkeiten ein, während ihnen der Wind durchs Haar wehte und die Sonne ihre Rücken wärmte. Barney legte sich, ausnahmsweise einmal ganz ruhig, erschöpft zu ihren Füßen nieder. Sophie strich Alex über den Nacken, schmiegte sich an ihn und spürte die Hitze in ihrem Körper, und er presste sie voller Verlangen an sich.

Schließlich beschloss Barney, als Anstandswauwau einzuschreiten, und drängte sich zwischen sie.

Sophie musste lachen, als der Weimaraner spielerisch an ihrem Handgelenk knabberte, doch sie verstand den Wink mit dem Zaunpfahl und löste sich von Alex. »Barney, du frecher Kerl!«

Alex lachte ebenfalls und tätschelte Barney die Flanke. »Ich glaube, er will uns sagen, dass ihm langweilig ist.«

»Na, dann sorgen wir mal dafür, dass er sich komplett verausgabt«, schmunzelte Sophie. Nachdem sie sich kurz vergewissert hatte, dass keine Tiere oder kleinen Kinder in der Nähe waren, die ein Hund von Barneys Größe verängstigen könnte, ließ sie ihn von der Leine. Barney zischte los und jagte in großen Kreisen über den Fels, wobei er Sophie und Alex gut im Auge behielt, um sicherzugehen, dass sie ihn nicht zurücklassen würden.

Nachdem sie etwa eine halbe Stunde lang gelaufen waren, beschlossen sie, dass nun der Moment für einen Kaffee gekommen war. Sie riefen Barney zu sich und stiegen die Leiter hinunter, um eine kurze Pause einzulegen. Dieser Nachmittag war auf dem besten Weg, unvergesslich zu werden, dachte Sophie, während ihre Lippen noch immer von Alex' Kuss kribbelten. Sie fragte sich, was die Nacht wohl bereithalten mochte.

*

Nachmittags schauten sie bei der Cheddar Gorge Cheese Company vorbei, um etwas vom Aushängeprodukt des Dorfs zu erstehen, und unterwegs auf der Straße von Axbridge nach Cheddar hielten sie an einem Verkaufsstand am Straßenrand an, wo man, wie Sophie steif und fest behauptete, die besten Erdbeeren in ganz England bekam. Später, nachdem Sophie den Wagen vor ihrem Haus geparkt hatte, gingen sie noch zum Stationmaster und verbrachten den Abend im Pub, um sich weiter zu unterhalten und einander besser kennenzulernen. Nach den Ereignissen der letzten Tage wollten sie ihre gemeinsame Zeit so gut wie möglich nutzen.

»Also, wenn du nicht gerade Cider herstellst oder als Staranwalt arbeitest, was machst du dann in deiner Freizeit?«, fragte Sophie, die nach einem Glas von Carter's Vintage Cider bereits die entspannende Wirkung des Alkohols spürte.

»Na ja ...« Alex lehnte sich in einem der bequemen Gartenstühle im Biergarten des Pubs zurück und schaute zum Himmel, der langsam dunkler wurde. »Als ich noch jünger war, bin ich ziemlich auf Motorräder abgefahren. Ich hab stundenlang in der Garage an Motoren rumgeschraubt, sie auseinandergenommen und wieder zusammengebaut ...«

»Also echter Männerkram«, neckte ihn Sophie.

Alex musste grinsen. »Kann man so sagen. Mom war davon nicht besonders begeistert, vor allem, weil ich nach dem Schrauben immer im ganzen Haus Ölflecken hinterlassen habe. Aber durch die Bastelei an den Maschinen haben mein Stiefvater Harry und ich uns angefreundet. Als er mit Mom zusammenkam, war ich zuerst ziemlich sauer und davon überzeugt, dass er mich aus der Familie drängen wollte, doch an den Motorrädern rumzuwerkeln, das hat uns zusammengeführt. Das erste Motorrad haben wir gekauft, als ich zwölf war, und ich bin damit hinter dem Haus rumgefahren und wollte mit der Maschine unbedingt raus auf die Straße. Damit hat es angefangen.«

»Klingt, als hätte er auf diese Art Zugang zu dir gefunden.« Sophie nahm nachdenklich einen Schluck Cider. »Und, fährst du noch?«

Alex schüttelte den Kopf. »Schon lange nicht mehr.«

»Warum?«, fragte Sophie, deren Neugier vom zweiten Glas Vintage befeuert wurde.

Alex' Schweigen schien ewig zu dauern. Er schaute noch ein Weilchen zum Abendhimmel hinauf, ehe er sie wieder ansah. »Aus dem einzigen Grund, der mich zum Aufhören bringen konnte. Ich hatte einen Unfall. Einen ziemlich schweren.« Sein Blick wanderte zu seinem linken Knie, wo die weiße Narbe, die

Sophie schon aufgefallen war, die Innenseite seines Oberschenkels hochführte.

»Wie ist das passiert?«, fragte sie und war versucht, die Narbe mit der Fingerspitze zu berühren.

Alex senkte die Stimme ein wenig. »Ich war zwanzig und hatte gerade College-Ferien. Meine damalige Freundin hat die Ferien mit mir bei Mom und Harry verbracht. Wir hatten plötzlich total Lust auf Chips, und der Laden war gute fünfzehn Meilen weit weg. Es war ein warmer Tag, und ich war dumm; wir sind aufs Motorrad gestiegen, an dem ich in diesem Sommer rumgebastelt hatte. Ich wusste, dass die Bremsen nicht einwandfrei funktionierten. Harry und ich hatten seit Ferienbeginn versucht rauszufinden, wo das Problem lag, aber wir haben es nicht richtig hinbekommen.«

»Ich vermute mal, es ging nicht gut aus.« Sophie griff nach Alex' Hand.

»Genau. Auf der Rückfahrt sind wir zu schnell in eine Kurve reingefahren. Die Bremsen haben laut geknallt, und wir wurden beide vom Rad geschleudert. Glücklicherweise war sonst niemand auf der Straße. Wären wir etwas schneller unterwegs gewesen, hätten wir uns weit schlimmere Verletzungen zugezogen. Mich hat es eindeutig übler erwischt; ich hatte meine Schutzausrüstung meiner Freundin Jo gegeben, sodass sie nicht ernsthaft verletzt wurde. Dafür bin ich dankbar. Den Rest der Ferien hab ich im Krankenhaus verbracht, und das nächste Semester bin ich auf Krücken rumgelaufen.« Er lachte zerknirscht. »Danach habe ich Mom hoch und heilig geschworen, nie wieder auf ein Motorrad zu steigen.«

»Und hast du das Versprechen gehalten?«

Alex lächelte. »Ja. Um ehrlich zu sein, hatte ich danach irgendwie auch keine Lust mehr. Und dann haben Jo und ich uns nach

Weihnachten getrennt, was wahrscheinlich auch in Ordnung war.« Sein Blick wanderte zu seinem Knie. »Die Narbe ist eine ständige Mahnung, keine dummen Risiken einzugehen, obwohl ich wahrscheinlich das bislang größte Risiko meines Lebens eingegangen bin, indem ich hierhergekommen bin. Schließlich …« Er führte den Satz nicht zu Ende, sondern nahm hastig einen Schluck aus seiner Flasche Eloise.

Sophie spürte, dass Alex sich zurückhielt. Der Mann war ihr ein Rätsel; manchmal hatte sie das Gefühl, ihn langsam richtig kennenzulernen, und dann war da wieder seine kanadische Reserviertheit. »Was wolltest du sagen?«, fragte sie, als er sie schließlich ansah.

»Ach, nichts«, entgegnete er, aber in seinen braunen Augen stand etwas anderes geschrieben. »Der viele Cider bringt schmerzhafte Erinnerungen zurück – im wahrsten Sinne des Wortes!« Er streckte das Bein mit der Narbe aus, und Sophie hatte das Gefühl, als wollte er die Unterhaltung beenden. Sie drängte ihn nicht weiter, schließlich brauchte er ihr nichts zu erzählen, was er lieber für sich behalten wollte. Sie kannten sich ja immer noch kaum. Obwohl sie sich ihm gegenüber durchaus geöffnet hatte, indem sie ihm von dem Verlust ihres Babys erzählt hatte. Sie wünschte, er würde dasselbe tun.

Nachdem sie sich vom Pub gemächlich auf den Heimweg gemacht hatten, standen sie bald vor Sophies Haustür. »Das war heute ein wunderschöner Tag«, sagte er, als sie stehen geblieben waren.

»Das finde ich auch. Möchtest du … noch auf einen Kaffee reinkommen?«

Alex wirkte plötzlich sehr ernst. »Wenn ich ehrlich bin, ja«, sagte er leise. »Und ich würde so gern noch viel mehr. Aber ich will dich nicht drängen. Sophie, du bist so eine bemerkenswerte

Frau. Ich möchte, dass das Timing stimmt. Und ich will nicht, dass morgen früh bei der Arbeit eine komische Situation entsteht.«

»Gibt es eigentlich irgendeine Tageszeit, zu der du kein Gentleman bist?«, fragte Sophie. Offen gesagt, wenn es nach ihr gegangen wäre, dann hätte sie ihn ins Haus und direkt die Treppe hochgeschleift, aber leider hielt sie sich doch zurück. Schließlich kannten sie einander noch nicht lange, und irgendwie hatte sie immer noch furchtbare Angst davor, jemanden zu nahe an sich heranzulassen, nach allem, was sie mit Mark erlebt hatte. »Wahrscheinlich hast du recht. Wir haben keine Eile.« Sie stellte sich auf die Zehenspitzen und küsste ihn lange. »Wir sehen uns morgen bei der Arbeit.«

»So viel ist sicher«, sagte Alex mit heiserer Stimme. »Und danke für den wunderbaren Tag.«

»Dir auch«, erwiderte Sophie. Dann schaute sie Alex hinterher, der sich auf den Weg zu Lilys Cottage machte, einen ziemlich erschöpften Barney an seiner Seite, und spürte beim Gedanken an ihr Wiedersehen ein Kribbeln im Magen. Der morgige Tag würde definitiv interessant werden.

18

Leck!«

Beinahe hätte Sophie ihr iPad fallen lassen, von dem sie gerade die aktuellen Werte für die Verschnitte abgelesen hatte. Normalerweise war der Hinweis auf undichte Stellen hier auf der Ebene mit den Tanks gleichbedeutend mit ihrem schlimmsten Albtraum. Aber wie sich herausstellte, war es noch schlimmer als vermutet. »Was?«

Laura sah ihre Freundin nachdenklich an und hob die Augenbraue. »Du und die kanadische Sahneschnitte wurdet gestern Abend im Pub gesichtet, praktisch vom ganzen Dorf, und zwar bei einem Date. Also, raus mit der Sprache.«

»Keine Ahnung, wovon du redest«, murmelte Sophie und spürte, wie ihre Wangen rot wurden; sie war sich bewusst, dass Alex irgendwo in der Nähe sein musste, womöglich auch noch in Hörweite.

»Ah ja. Laut Emma Leadbetter, die nach ihrer Schicht im Cider Kitchen auch dort war, habt ihr gemütlich unter einem dieser Heizschirme im Innenhof gesessen. Also: Was läuft da zwischen euch?«

»Nichts«, sagte Sophie leise. Laura war eine notorische Tratschtante, und das Letzte, was Sophie jetzt gebrauchen konnte, war Druck vonseiten ihrer Kollegen. Sie wusste immer noch nicht, wie Lily sich auf lange Sicht von der Verletzung erholen würde, und ihre Mutter hatte beim gemeinsamen Skype-Telefonat beinahe die Krise bekommen und, obwohl sie sich nicht einmal in England befand, bis spät in die Nacht versucht, Dinge zu regeln, die Sophie und Alex bereits geregelt hatten. Außerdem konnte man nach zwei Küssen, einer gemeinsamen Runde mit dem Hund und ein paar Pints im Pub noch lange nicht von einer Beziehung sprechen.

»Laut Emma hat es aber ganz anders ausgesehen«, beharrte Laura. Glücklicherweise rettete der Signalton für eine auf dem iPad eingegangene Nachricht Sophie vor weiteren Fragen. Sie wischte über den Bildschirm und war erleichtert zu lesen, dass sie und David spontan an einem Meeting mit der Vertriebsleitung teilnehmen sollten. Sie überlegte, worum es dabei wohl gehen mochte, entschuldigte sich und ging. Auf dem Weg zu David hoffte sie inständig, dass Laura ihre Taktik nicht änderte und versuchte, über Alex an weitere Informationen zu gelangen. Wenn sie ihm zusetzte, könnte das seine Höflichkeit und seine diplomatische Art wirklich strapazieren.

»Irgendeine Idee, worum es geht?«, fragte Sophie David, dem sie im Hof zwischen den Scheunen und der Abfüllung begegnete.

»Keine Ahnung«, erwiderte David kurz angebunden. Er mochte es nicht, wenn seine gewohnten Abläufe gestört wurden, und ein Treffen mit dem Vertrieb kam selten vor. In der Regel machten die Produktion und der Vertrieb jeweils ihr eigenes Ding und kamen nur zusammen, wenn es für beide Abteilungen relevant war. David hatte wenig Zeit für Marketingstrategien und Werbung übrig; er wollte einfach nur den bestmöglichen Cider herstellen. Sophie war ebenso begeistert von ihrem Handwerk, zeigte sich aber für Anregungen aus anderen Abteilungen der Firma etwas offener als er. Vor ein paar Jahren hatte sie sogar bei einer landesweiten Fernsehwerbekampagne für Carter's mitgewirkt. Auch wenn die langwierigen Vorbereitungen für jede Szene des Werbespots ermüdend gewesen waren und Sophie vom ständigen Lächeln für die Kamera das Gesicht geradezu geschmerzt hatte, war es doch eine nette Erfahrung gewesen. Und hatte ihr einen gewissen Ruhm beschert, wie sie in den darauffolgenden Wochen bei Besuchen des örtlichen Pubs an ein paar freundlichen, wissenden Blicken gemerkt hatte. Vielleicht wollte der Vertrieb jetzt etwas Ähnliches mit ihr besprechen?

Als sie ins Büro der Vertriebsabteilung kamen, wartete dort bereits Jonathan Carter. Sie fragte sich, wieso er sie mit ihrer Anwesenheit beehrte – wahrscheinlich würde alles nur eine Feedback-Sitzung werden. Manchmal wollte das Vertriebsteam seine neuesten Erkenntnisse aus der Marktforschung persönlich bekannt geben.

»Danke, dass ihr gekommen seid«, begrüßte sie Tom Edmundson, der Vertriebsleiter, als sie und David eintraten. »Kaffee?«

»Gern.« Sophie nahm die Tasse, die man ihr umgehend reichte, dankbar entgegen. Am Abend zuvor hatte sie ein oder zwei Pint mehr als sonst getrunken, besonders für einen Sonntag, und ein Koffeinkick war genau das, was sie jetzt brauchte.

Als sie am Konferenztisch Platz nahmen, kam Tom gleich zur Sache. »Ich werde eure Zeit nicht lange in Anspruch nehmen.« Er deutete auf die Ausdrucke, die vor ihnen lagen. »Dadrin steht das meiste von dem, was ich mit euch besprechen muss, aber ich wollte erst einmal bei euch nachfragen, bevor wir voll einsteigen.«

Sophie schaute auf die ordentlich zusammengehefteten Blätter vor sich. *Royal West Country Show*, war darauf zu lesen. *Promo-Stand von Carter's Cider*. Seltsam, dachte Sophie. Es war eine der größten Landwirtschaftsschauen im Südwesten des Landes, die an vier Tagen gegen Ende Juli stattfand und auf der sich Firmen präsentierten, Gratisproben unter die Leute brachten und Markenwerbung betrieben, und normalerweise kümmerte sich der Vertrieb darum – wobei an den Tagen, an denen Lokalpolitiker vorbeischauten, auch einer der Carter-Brüder anwesend war. Als Verkoster hatten Sophie und David mit der ganzen Angelegenheit praktisch nichts zu tun.

Dieses Jahr schien es allerdings anders geplant zu sein. Tom begann mit der Erläuterung der neuen Strategie, mit der man die Massen zum Getränkestand locken wollte. »Wir laufen dieses Jahr Gefahr, von den kleinen Cider-Manufakturen ausgestochen zu werden, denn überall im West Country werden neue Kleinstkeltereien für Cider gegründet, und sie haben auf der Schau ein ganzes Zelt für sich, wo sie ihre Produkte präsentieren und Werbung machen können. Daher wollen wir auf das Motto ›Zurück zu den Wurzeln‹ setzen.« Er sah David und Sophie an, ehe er fortfuhr. Davids Miene war so ausdruckslos wie immer, aber Sophie, die ihn schon lange kannte, war sich sicher, ein kaum merkliches Zucken seiner Mundwinkel wahrgenommen zu haben. Es war schon lange her, dass Carter's sich eine Manufaktur hatte nennen können, wo doch der Export boomte und täglich Tausende Fässchen vom Gold Cider in die ganze Welt geliefert wurden.

»Und deshalb wollen wir einen von euch beiden dorthin schicken, und zwar für die gesamte Dauer der Schau, sofern das möglich ist.« Tom blickte auf seine Notizen. »Sophie, wie ich weiß, betreust du gerade Alex Fraser bei seinem Praktikum hier. Möchtest du mit ihm hinfahren und ihm zeigen, wie so eine englische Landwirtschaftsschau abläuft? Da siehst du auch gleich, was er schon von dir gelernt hat, und du hast Gelegenheit, ein bisschen Öffentlichkeitsarbeit zu betreiben.« Er musste grinsen. »Und wer weiß, vielleicht erkennen dich die Leute nach dieser Fernsehwerbung von vor ein paar Jahren ja sogar wieder.«

Sophie ärgerte sich, dass sie errötete, als Alex' Name fiel, und auch, als Tom die TV-Werbung erwähnte. »Okay«, sagte sie und hoffte, dass ihre glühenden Wangen nicht zu sehr auffielen. »Wir würden also jeden Tag hinfahren? Und wie ist das mit dem Aufbau vom Stand?«

»Ach, hab ich das noch nicht erwähnt?« Tom schaute wieder auf seine Notizen und dann zu Jonathan, der sich lässig auf seinen Stuhl gefläzt hatte. »Eine alte Freundin von Jonathan hat gerade ein Business für Glamping, also Luxus-Camping, gegründet, gleich bei den Mendip Hills, und sie hätte gern etwas Publicity, daher stellen sie und ihr Mann uns für die Dauer der Schau ein paar mit allem Komfort ausgestattete Ausstellungsjurten zur Verfügung. Tagsüber werden sie zum Teil fürs Publikum geöffnet sein, damit die Besucher sich darin umschauen können, also würde ich an eurer Stelle keine besonderen Wertsachen mitnehmen, aber nachts habt ihr sie für euch, wenn ihr nicht jeden Tag runterpendeln wollt.«

»Klingt super«, sagte Sophie. »Und wer fährt sonst noch mit?«

»Nur ihr beide. Wobei Jonathan irgendwann auch mal vorbeischauen wird, und ich komme wahrscheinlich einen Tag mit unserer neuen Handelsvertreterin Steph runter, um ihr zu zeigen, wie so was läuft. Sie ist erst kürzlich ins West Country gezogen und war noch nie bei der Schau, von daher geht es für sie darum, das einmal mitzuerleben. Du und Alex könnt ein paar Vorführungen und Verkostungen durchführen, und sie kann dann gleich sehen, wie solche Aktionen ablaufen.«

Sophie hatte ein flaues Gefühl im Magen. Vier Tage lang mit Alex zusammen den ganzen Tag über an der frischen Luft Cider zu verkaufen, das versprach eine intensive Erfahrung zu werden. Wie würden sie damit klarkommen, so lange zusammen zu sein? Und was war mit Lily? Käme sie während Sophies Abwesenheit in ihrem Cottage allein zurecht?

»Ich müsste da noch ein paar Dinge abklären«, sagte Sophie, die merkte, dass Tom eine Entscheidung von ihr erwartete. »Kann ich dich heute vor Feierabend noch mal sprechen?«

»Natürlich. Gib einfach Bescheid, wenn du was brauchst, damit wir das so umsetzen können, und nächste Woche treffen wir uns, um noch ein paar Details zu besprechen.« Tom legte seine Unterlagen auf den Tisch und erhob sich. »Die Schau beginnt an einem Mittwoch und geht bis Samstag. Ich werde dafür sorgen, dass du für die Zeit von deinen Pflichten hier entbunden wirst. David, kannst du Sophie ein paar Tage entbehren?«

»Bleibt mir ja nichts anderes übrig«, erwiderte David knapp.

»Prima. Ich maile euch so bald wie möglich die Einzelheiten zu. Das werden ein paar anstrengende Tage, aber bestimmt habt ihr auch viel Spaß. Die Aussteller dort wissen, wie man eine gute Party schmeißt, sobald die Tagesgäste weg sind, es wird also sicher … denkwürdig.«

Sophie hoffte, dass »denkwürdig« nicht bedeutete, »wegen persönlicher Blamage unvergesslich«.

Später, auf dem Weg zu den Tanks, fragte David: »Ist es auch wirklich okay für dich, nur mit Alex zusammen da hinzufahren? Du warst eben ein bisschen still da drinnen.«

Sophie war von seiner Fürsorge gerührt. »Das ist schon okay. Und wenn ich keine Lust habe, dort zu übernachten, kann ich ja abends heimfahren.« Vielleicht wäre das sowieso notwendig, wenn sie niemanden fand, der regelmäßig nach Lily schauen konnte.

»Du packst das schon, Mädchen«, antwortete David. Bei jedem anderen hätte Sophie sich von oben herab behandelt gefühlt, aber David kannte sie, seit sie achtzehn war. Sie wusste, dass er immer ihre Interessen im Blick gehabt hatte, und obwohl er nicht wissen konnte, was erst kürzlich in ihrem Leben passiert war, musste er ihre Verletzlichkeit gespürt haben. Sie war dankbar für die freundliche Nachfrage. Im Laufe der Jahre war David ihr ein ziemlich guter Vaterersatz geworden. Gleich am Tag nach Lilys Sturz hatte sie ihm davon berichtet, als sie morgens ins Büro gekommen war, und sie wusste, dass er ein Auge auf sie hatte und versuchte, es ihr heute etwas einfacher zu machen.

»Na, dann geh ich mal besser zu Alex und eröffne ihm, dass er das große Los gezogen hat!«, witzelte sie, um die Situation zu entspannen.

»Er wird gar nicht wissen, wie ihm geschieht«, sagte David, der wieder sein Pokerface aufgesetzt hatte. »Dann bis später im Büro.«

»Ja, bis bald«, antwortete Sophie und fragte sich, wie Alex wohl auf die Neuigkeit reagieren würde. Sie hoffte, dass die Dienstreise keine Probleme für ihre Arbeitsbeziehung nach sich zog. Und was die andere Beziehung zwischen ihnen betraf … wer konnte schon wissen, was es für Auswirkungen haben würde? Dann war da natürlich auch noch die Sache mit Lily. Und wer würde Barney ausführen, wenn Alex und sie auf der Veranstaltung arbeiteten? Plötzlich wusste sie nicht mehr, ob es wirklich so eine gute Idee war, zur Royal West Country Show zu fahren.

Beim Mittagessen eröffnete Sophie Alex die Neuigkeit. Er hatte den ganzen Vormittag bei den Jungs in der Abfüllung gearbeitet. Dass sie ihn nicht sofort hatte sprechen können, hatte sie noch nervöser gemacht, aber sie nahm ihren Mut zusammen, holte sich in der Kantine ein Sandwich und ein Getränk und entdeckte ihn draußen auf einer der Bänke, von denen aus man in den Royal Orchard blickte.

»Wie war bis jetzt dein Tag?«, fragte sie und setzte sich neben ihn.

»Gut, danke. Aber ich glaube, von heute Vormittag werde ich Gehörschäden zurückbehalten! Selbst mit Ohrschützern ist da drinnen ein Wahnsinnslärm.«

»Ich geh da nur rein, wenn es sich nicht vermeiden lässt«, lachte Sophie. »Die Ruhe in der Hauptscheune ist mir weit lieber.«

»Mir geht's genauso.«

Einige Momente saßen sie da und aßen schweigend ihr Mittagessen. »Ich hatte heute früh ein Meeting mit Tom vom Vertrieb«, begann Sophie und nahm einem Schluck aus ihrer Dose Cola Light. »Du und ich, wir machen eine Vergnügungsfahrt.«

Alex schaute sie fragend an. »Was meinst du damit?«

Sophie musste grinsen. »Na ja, eine Reise. Dienstlich. Wir fahren zur Royal West Country Show.«

»Klingt nicht schlecht. Und was heißt das genau?«

»Also, normalerweise ist das nur eine Sache für den Vertrieb, aber dieses Jahr will die Firma auch das Verschneiden und die Firmentradition herausstellen, deshalb fahren wir runter und bieten dort Verschneide- und Verkostungsaktionen an und rühren ein wenig die Werbetrommel. Du weißt schon, Gäste anlächeln, ein paar Kostproben verteilen, alles in Firmenkleidung. Bist du dabei?«

Alex grinste. »Könnte Spaß machen. Und wo genau findet das statt?«

»Gleich hinter Shepton Mallet. Das ist von hier aus etwa eine Autostunde entfernt, mitten im echten Somerset.«

Alex sah sie fragend an. »Wie meinst du das?«

»Du denkst vielleicht, hier ist es ländlich, aber wart erst mal ab, bis du an den Somerset Levels vorbei bist und richtig in die Pampa kommst. Als ich bei Carter's angefangen habe, hat David mich mal auf eine Tour zu den kleineren Cider-Produzenten dort mitgenommen, und das hat mir wirklich die Augen geöffnet, auch wenn ich hier in dieser Grafschaft aufgewachsen bin: Kleinbauernhöfe mitten im Nirgendwo, die aussehen, als gehörten sie noch ins letzte Jahrhundert. Aber dort findet auch erstaunlich viel Innovation statt. Die Royal West Country Show ist die Gelegenheit, beides kennenzulernen.«

»Klingt spannend«, sagte Alex. »Also, muss ich mir da einen Wagen mieten oder so?«

»Nur, wenn du unbedingt willst. Ich nehme dich gern mit, und wir haben auch eine, äh, Unterkunft für die Dauer der Schau, wenn wir möchten. Alternativ können wir jeden Tag hinpendeln.«

»Was für eine ›Unterkunft‹?«

»Jurten«, sagte Sophie. »Zwei Jurten. Eine für dich und eine für mich. Hast du Erfahrungen mit Glamping?«

Alex wusste nicht, wovon sie sprach. »Nein … Was ist das genau?«

»Camping, aber anders, als du es vielleicht kennst. Zelte gehören schon dazu, aber auch richtige Betten, ein Kühlschrank und wahrscheinlich auch Teppiche. Es wird dir super gefallen.«

»Klingt wie Camping ohne alles, was Camping ausmacht«, bemerkte Alex scherzhaft. »Aber man soll ja nicht voreilig urteilen, also warten wir's ab.«

»Das ist wahrscheinlich das Beste«, stimmte Sophie ihm schmunzelnd zu. »Und wenigstens können wir uns nach einem langen Tag gemütlich aufs Ohr hauen.«

»Hoffentlich«, sagte Alex.

Sophie sah auf die Uhr. »Also, ich geh dann mal besser wieder zu den Tanks. Gib einfach Laut, wenn du dich entschieden hast, dann sag ich Tom noch heute Nachmittag Bescheid.«

»Mach ich. Ich lasse es dich bald wissen.«

»Keine Eile.« Sophie war erleichtert, dass sie gehen konnte. Die Beziehung zu Alex befand sich in einem sensiblen Stadium; sie waren Kollegen, aber jetzt auch etwas mehr als einfach nur Freunde. Was würden drei Nächte bei der Royal West Country Show für sie bereithalten?

19

Solange sie nicht zu viel nachdachte, ging es Meredith gut. Nach dem Aufstehen las sie vormittags für die Uni ein oder zwei Kapitel aus einem Buch von ihrer Literaturliste, prüfte, ob es neue Exponate für das Familienmuseum gab, und machte sich dann auf den Weg zu ihrer Schicht im Cider Kitchen. Solange sie ihren Gedanken nicht freien Lauf ließ, ging es ihr definitiv, absolut, *total* gut. Sie hatte sogar freiwillig angeboten, eine Schicht im Little Orchard Tea Shop zu übernehmen, wobei die Erinnerungen an Flynns und ihre gemeinsamen Besuche dort ihr ein wenig zu schaffen gemacht hatten, sodass sie gleich wieder gehen musste, sonst hätten ihre Tränen Annas köstliche Biskuitküchlein verdorben. In *dem* Moment war es ihr zugegebenermaßen nicht ganz so gut gegangen.

In ihrer Freizeit hielt sie sich im Dorf und der näheren Umgebung auf und versuchte, Geduld mit sich zu haben. Sie hegte keine Hoffnungen, dass ihr Liebeskummer über Nacht verschwinden würde. Es war das erste Mal, dass sie ein gebrochenes Herz hatte, und sie war sich ziemlich sicher, es würde auch nicht das letzte Mal sein. Wie sich herausstellte, tat es ihr gut, mit Rosa, ihrem Pony, lange, gemütliche Ausritte zu unternehmen. Während der Vorlesungszeit war das Pferd im Stall einer Freundin in Lower Langford untergestellt gewesen, anderthalb Meilen von Little Somerby entfernt, aber da sie drei Monate hier bleiben würde, hatte sie beschlossen, Rosa den Sommer über nach Hause zu holen. Ihr Vater hatte vorsichtig angedeutet, man solle Rosa doch verkaufen, wo Meredith so selten in Little Somerby war, aber zu diesem Schritt konnte sie sich nicht durchringen. Rosa gehörte ihr seit ihrem zwölften Lebensjahr, und sie beabsichtigte, das Pony bis an sein Lebensende zu behalten. Resigniert hatte Matthew schließlich aufgegeben; so, wie Rosa sich hielt, würde sie noch leben, bis Meredith dreißig war, mindestens.

Nachdem Meredith sie eines Morgens für einen frühen Ausritt zurechtgemacht hatte, trabten sie locker über das Grundstück der Cider-Farm, da erblickte sie jemanden, der ihr mit raschen Schritten durch die Obstplantage entgegenkam. Sie brachte Rosa zum Stehen, rutschte mit einem merkwürdigen Gefühl aus dem Sattel und wartete, bis er sie erreicht hatte. Sie erinnerte sich noch an die letzte Begegnung im Royal Orchard und war hin- und hergerissen, ob sie doch wieder aufsteigen und ihn ignorieren oder nicht von der Stelle weichen und versuchen sollte, reinen Tisch zu machen.

»Hallo«, sagte Meredith vorsichtig, als Joe Flanagan in Hörweite war. Da er nicht antwortete, schob sie nach: »Wie läuft's im Obstgarten?«

»Gut«, entgegnete Joe einsilbig.

Meredith spürte, wie Wut in ihr aufstieg. »Ich will ja bloß höflich sein. Ich dachte, unsere Väter sind immerhin gute Freunde, da sollten wir vielleicht versuchen, uns wie zivilisierte Menschen zu benehmen. Selbst wenn du mich mit einem Ast umbringen wolltest.«

»Nein danke«, sagte Joe. »Entschuldige mich, aber ich muss arbeiten.« Er wollte an ihr vorbei, doch Meredith hatte den starken Willen und den noch stärkeren Gerechtigkeitssinn ihres Vaters geerbt und wollte die Sache nicht auf sich beruhen lassen.

»Meinst du nicht, du solltest mir mal sagen, was ich eigentlich verbrochen habe, dass du so wütend auf mich bist?«, fragte sie und stellte sich ihm in den Weg. In einer Hand hielt sie Rosas Zügel, und sie würde nicht zögern, Joe wenn nötig mit dem Pony den Weg zu versperren. »Ich meine, du warst mir gegenüber an dem Nachmittag im Garten ganz schön abweisend.«

»Du kriegst aber auch gar nichts mit, oder?«, fuhr Joe sie an. Er war offenbar wenig beeindruckt vom Pferd und seiner Reiterin und versuchte nochmals, an ihr vorbeizugehen, aber Meredith ließ es nicht zu. »Ich muss arbeiten.«

»Ach, komm schon, Joe. Das wird jetzt echt albern. Sag mir einfach, warum du so sauer auf mich bist. Soweit ich weiß, war ich immer höflich zu dir.«

»Ja, wirklich sehr höflich«, griff Joe herablassend ihre Worte auf. »Du, dein feiner Freund und deine ganze feine Clique – macht einen auf nett und lacht dann hinter unserem Rücken über den Abschaum von der Gesamtschule im Dorf.«

»Nein!«, sagte Meredith und wurde lauter. »Das stimmt doch gar nicht. Und ich hatte auch Freunde, die auf deine Schule gegangen sind.«

»Ach, meinst du etwa die, die dein Vater zu deinen Geburtstagen eingeladen hat, nur weil sie die Kinder seiner Mitarbeiter waren? Dass ich nicht lache.«

»Was weißt du denn schon?«, fuhr Meredith ihn an. Joes schroffer Ton hatte sie getroffen. »Du hast ja eh nie viel mit mir geredet. War ich dir etwa zu vornehm? Meinst du nicht, das ist auch 'ne Art von Dünkel?«

»Du checkst es wohl nicht, oder?« Joe blieb stehen und pflückte ein einzelnes verwelktes Blatt von einem der Bäume, die den Weg säumten.

»Was checke ich nicht? Warum redest du nicht einfach Klartext, statt nur blöde Andeutungen zu machen?« Meredith fasste Joe am Arm und drehte ihn zu sich herum. In der anderen Hand hielt sie immer noch Rosas Zügel, und sie musste an sich halten, diese nicht loszulassen, damit das Pony Joe auf den Fuß trat, so gemein, wie er zu ihr war.

»Warum fragst du das nicht deinen Freund?«, blaffte Joe. »Sicher kann er eine Menge dazu sagen.«

Meredith brannten die Augen, vor Liebeskummer und wegen Joes verletzender Worte. »Er ist nicht mehr mein Freund. Wir sind nicht mehr zusammen.«

Joe hörte auf, mit dem Zweig in seiner Hand herumzuspielen. »Ich würde ja gern sagen, dass es mir leidtut«, erwiderte er, nun etwas leiser. »Aber es tut mir nicht leid. Er war ein Arsch.«

»Wie kannst du so was sagen? Du kennst ihn doch gar nicht.«

»Ach ja?« Joe drehte sich wieder zu Meredith und sah ihr fest in die Augen. »Weißt du noch, damals im Rugbyklub vor ein paar Jahren, im Sommer? Du warst mit ihm und allen deinen *Freunden* da, aber musstest um zehn wieder daheim sein, sonst hätte sich dein Vater Sorgen gemacht. Flynn hat dich nach Hause begleitet. Alles sehr toll. Bis er und seine Kumpels zurückgekommen sind. Ich hatte mit ein paar von meinen Leuten Fußball gespielt, und wir wollten gerade heimgehen. Sie haben uns in eine Ecke gedrängt und totale Scheiße gelabert, als würde ihnen der Klub gehören. Haben uns immer wieder gefragt, ob wir gegen sie spielen wollen, aber wir wussten, dass sie auf Stress aus waren. Die hielten sich für was Besseres. Schließlich hatten wir die Schnauze voll, und als wir gegangen sind, sind sie auf uns los. Mein Freund Louis hatte gerade ein neues Handy zum Geburtstag bekommen und hatte es hinten in der Hosentasche. Seine Mutter hatte monatelang dafür gespart. Dein toller Freund hat es sich gekrallt, und er und seine Kumpels haben es vom einen zum anderen geworfen. Einer hat es nicht gefangen, und beim Runterfallen hat es den Bildschirm geschrottet. Aber das hat ihnen noch nicht gereicht.

Flynn ist zum Handy gegangen, und ich dachte, er würde es aufheben und Louis zurückgeben, aber stattdessen ist er draufgetreten. Sie haben es nicht mal aufgehoben, sind einfach abgezogen. Wahrscheinlich haben sie keinen Gedanken dran verschwendet, was das Ding gekostet hat – wenn euch was kaputtgeht, bittet ihr Privatschüler bestimmt einfach nur Mummy und Daddy, dass sie euch ein neues Teil kaufen, aber bei Louis war das was anderes. Er war total am Boden zerstört, weil er wusste, seine Mutter würde die Krise kriegen, wenn sie mitbekam, dass es kaputt war.«

Joe schwieg einen Moment, als wollte er Merediths Reaktion abschätzen. »Als sie abgehauen sind, hab ich Flynn hinterhergerufen, und er hat sich nur kurz umgedreht und gelacht. Wenn ich Louis nicht festgehalten hätte, wäre er denen nach und auf sie los, aber ich wusste, dass er gegen Flynn und seine Leute nichts ausrichten konnte. Das waren alle Spitzen-Rugbyspieler und ein Jahr älter als wir. Wir hätten keine Chance gegen sie gehabt.«

Meredith schüttelte den Kopf. »Das hast du dir ausgedacht. Flynn würde so was nie tun.«

»Warum soll ich mir so was ausdenken?«, fragte Joe nüchtern. »Was hätte ich davon? Ich dachte nur, du solltest wissen, dass dein Freund nicht der coole Typ ist, für den du ihn hältst.«

»Er ist nicht mehr mein Freund«, wiederholte Meredith. »Wir haben uns zu Beginn der Ferien getrennt.«

»Also, wenn es mir nicht scheißegal wäre, würde ich mich für dich freuen. Nicht, dass es mich was angehen würde.«

»Stimmt, du hast recht«, schoss Meredith zurück, von Joes Verachtung getroffen. »Es geht dich nichts an. Und du arbeitest jetzt zwar für meinen Vater, aber das heißt nicht, dass du verpflichtet wärst, mit mir zu reden. Darum lässt du mich ab jetzt wohl besser in Frieden.« Mit diesen Worten wandte sie sich zum Gehen. Ihr schwirrte der Kopf, während sie versuchte zu verarbeiten, was sie gerade erfahren hatte. Wie hatte Flynn so etwas tun können? Er war immer so fürsorglich und lieb gewesen. Sie hatte nie erlebt, dass er sich anderen gegenüber so benommen hätte. Aber der Vorfall hatte laut Joe vor ein paar Jahren stattgefunden, sie waren damals alle noch jünger gewesen. Es fiel ihr schwer, das gerade Gehörte mit dem Bild, das sie von ihrem jetzt Ex-Freund hatte, zu vereinbaren, und da ihr die Lust auf einen längeren Ausritt vergangen war, führte sie Rosa zurück nach Cowslip Barn. Es konnte natürlich sein, dass Joe gelogen hatte, aber warum sollte er? Was würde ihm das bringen? Und irgendetwas an der Art, *wie* er es erzählt hatte, die Entrüstung und die Wut in seinem Tonfall, verriet ihr, dass er die Wahrheit gesagt hatte. Verwirrt und noch unglücklicher als zuvor, wurde sie das Gefühl nicht los, dass sie etwas wiedergutzumachen hatte.

20

Anna hatte nach der Mittagszeit gerade den letzten Tisch im Little Orchard Tea Shop abgeräumt, als Jonathan den Kopf zur Tür hereinsteckte. Vor der Versöhnung mit seinem Bruder Matthew war er im Café Stammgast gewesen und hatte stets am Tisch beim Erkerfenster gesessen, um dort an seinem Laptop zu arbeiten. Anna betrachtete den Platz immer noch als seinen, auch wenn Jonathan inzwischen wieder sein altes Büro in der Cider-Farm bezogen hatte. Annas Mann Matthew war Haupteigentümer von Carter's Cider, seit Jonathan im Frühling diesen Jahres seinen Teil des Unternehmens, den er von seinem Vater Jack geerbt hatte, im Tausch für das Cider Kitchen samt dem Grundstück, auf dem das Restaurant sich befand, an ihn abgetreten hatte. Kurz darauf hatte Jonathan das Cider Kitchen in seiner Gesamtheit, das Grundstück, das Gebäude und die Marke, seiner Frau Caroline geschenkt, um seiner Liebe zu ihr Ausdruck zu verleihen. Die beiden hatten das Lokal vom ersten Tag an gemeinsam geführt, wobei die Buchhaltung von Carter's Cider festgestellt hatte, dass die Ausgaben für Geschirr exponentiell gestiegen waren, seit das Paar Vollzeit zusammenarbeitete. Entweder war Jonathan sehr ungeschickt, oder bei ihren Auseinandersetzungen flogen ab und an auch mal die Teller.

»Hallo, Fremder!«, rief Anna, während sie das letzte schmutzige Geschirr in die Küche trug. »Lange nicht gesehen.«

»Hallo, mein Schatz«, rief Jonathan zurück und setzte sich an den Tisch beim Erkerfenster. Sobald Anna aus der Küche zurückkam, fiel ihr auf, dass ihr Schwager nicht so munter wirkte wie sonst und auch nicht mit seinem Handy beschäftigt war, sondern einfach nur, das Kinn in die Hand gestützt, aus dem Fenster sah, als wäre er gedanklich ganz woanders.

»Alles in Ordnung?«, fragte sie.

Jonathan zuckte zusammen und setzte dann ziemlich verspätet sein gewohntes Lächeln auf. »Tut mir leid, Anna, ich war gerade meilenweit weg von hier.«

»War's da wenigstens interessant?«

Jonathan lachte. »Nein, nicht wirklich.« Schlagartig wirkte er wieder ernst. »Hör mal … hättest du vielleicht fünf Minuten Zeit für ein Gespräch?«

Mit einer Handbewegung zeigte Anna in den sonst leeren Gastraum. »Nach dem Mittagsansturm ist jetzt erst mal Ruhe, und meine Stammgäste für den Nachmittagstee kommen erst in etwa einer Stunde. Soll ich uns zwei Kaffee machen, und du erzählst mir, was du auf dem Herzen hast?«

»Gute Idee.« Während Anna ihnen an der glänzenden Barista-Maschine zwei Kaffee zubereitete, begann Jonathan zu erzählen. »Ich wollte mal deine Einschätzung hören.«

»Worum geht's?«

Jonathan seufzte. »Um Caroline.«

Anna war froh, dass der Milchaufschäumer ziemlich laut war; das verschaffte ihr Zeit, um sich eine diplomatische Antwort zu überlegen. Seit Jonathan und Caroline verheiratet waren, hatte sie schon mehrmals die Vermittlerin spielen müssen, und für ihren Geschmack kam es allmählich etwas zu häufig vor. Die Ehe war für Jonathan wie auch für Caroline eine Herausforderung, und zunächst hatte Anna es darauf zurückgeführt, dass die Situation für das Paar neu war, doch inzwischen würde sie eher behaupten, dass es an der nicht ganz einfachen Wesensart der beiden lag. Normalerweise hatte Anna eine Engelsgeduld, aber es gefiel ihr nicht, zwischen die Fronten zu geraten.

»Was ist denn diesmal los?«, fragte sie, als die Milch fertig war.

»Nichts«, seufzte Jonathan. »Und genau das ist das Problem.«

»Wie meinst du das?«

»Caroline geht in letzter Zeit ziemlich auf Distanz. Immer, wenn ich versuche, mich ihr zu nähern, zieht sie sich zurück. Allmählich glaube ich, sie könnte ...« Er brach ab, offenbar wollte er seine Befürchtungen nicht aussprechen. »Hat sie dir irgendwas erzählt?«, fuhr er fort, als Anna ihm einen dampfend heißen Caffè Latte vorsetzte.

»Nein. Gar nichts.« Sie überlegte einen Moment. »Obwohl du recht hast, sie hat sich tatsächlich ein wenig rargemacht. Normalerweise kommt sie mindestens einmal in der Woche bei uns vorbei, wenn Ellie von der Schule zurück ist, aber das letzte Mal ist jetzt schon etwa drei Wochen her. Ich hab gestern kurz mit ihr gesprochen, da hat sie hier im Café reingeschaut, aber sie ist nicht lange geblieben.«

»Also, irgendwas ist da im Busch«, beklagte sich Jonathan. »Ich meine, das ist so wie damals, als wir uns kennengelernt haben. Und nicht auf eine gute Art. Ich hab das Gefühl, sie verschließt sich mir gegenüber, und ich hab keine Ahnung, wieso. Hat sie dir ganz sicher nichts gesagt?«

»Ganz ehrlich, Jonathan, ich glaube, du führst dieses Gespräch mit der Falschen«, sagte Anna sanft. »Meinst du nicht, du solltest mit Caroline reden?« In dem einen Jahr, das die beiden nun verheiratet waren, hatte sie ihnen diesen Rat schon des Öfteren gegeben, aber offensichtlich war die Botschaft noch nicht angekommen.

»Ja, sicher, du hast recht«, seufzte Jonathan. »Das Problem ist nur, jedes Mal, wenn ich das versuche, findet sie irgendeinen Vorwand, um das Thema zu wechseln. Es ist so schwer, sie zu verstehen. Selbst jetzt, wo ich mit ihr verheiratet bin, hab ich manchmal das Gefühl, sie ist ein Buch mit sieben Siegeln.«

»Du kennst ihre Vergangenheit. Es fällt ihr schwer, anderen zu vertrauen. Und sie war so lange auf sich allein gestellt, da ist es kaum überraschend, dass sie sich immer noch daran gewöhnen muss, dich an ihrer Seite zu haben.«

Jonathan schüttelte entschieden den Kopf. »Nein. Vor einem Jahr hätte ich das als Erklärung gelten lassen. Wahrscheinlich auch noch vor einem halben Jahr, aber jetzt nicht mehr. Sie weiß, dass ich total verrückt nach ihr bin und für sie durchs Feuer gehen würde. Warum redet sie bloß nicht mit mir?«

»Das musst du sie fragen, nicht mich«, ermahnte Anna ihn freundlich. »Wenn subtiles Nachfragen nicht funktioniert hat, dann musst du eben direkter sein. Sie ist ein komplizierter Mensch, Jonathan. Genau wie du. Wenn du glaubst, dass etwas nicht stimmt, hast du vermutlich recht damit.«

»Ich würde dich ja gern fragen, ob du noch mal mit ihr sprichst, aber da wär ich wohl ein Drückeberger, oder?«

Anna schmunzelte. »Tut mir leid, das Gespräch musst du schon selbst mit ihr führen.«

»Warum hat mich niemand gewarnt, dass es so schwer ist, verheiratet zu sein?«, grummelte Jonathan und nahm einen weiteren Schluck von seinem Milchkaffee.

»Hätte es irgendeinen Unterschied gemacht, wenn wir was gesagt hätten?«

»Wahrscheinlich nicht. Bloß scheint bei dir und Matthew alles so einfach zu sein.«

»Ach, glaub mir, wir haben auch unsere schwierigen Momente«, winkte Anna ab. »Aber letztendlich ist jede Ehe für die Außenstehenden ein Mysterium. Man kann nur sein Bestes tun und so viel Liebe geben wie möglich. Und ich weiß, wie sehr du Caroline liebst.«

»Ja, ich liebe sie über alles. Und das macht die ganze Sache so frustrierend für mich.«

»Red mit ihr, anstatt hier rumzusitzen und es mir zu erzählen.«

»Okay, Chefin.« Jonathan trank seinen Kaffee aus und erhob sich. »Danke fürs Zuhören.«

»Jederzeit«, antwortete Anna und trug die Kaffeetassen zurück zum Tresen. »Halte mich auf dem Laufenden.«

»Mach ich.« Mit diesen Worten verließ Jonathan das Café.

Anna sah ihm hinterher und versuchte, ihre Besorgnis beiseitezuschieben. Was auch immer Caroline so bedrücken mochte, Anna hoffte, sie würde erkennen, wie sehr Jonathan sie liebte, und sich ihm anvertrauen. Jonathan hatte es verdient.

21

Nach einem arbeitsreichen Tag machte sich Sophie auf den Heimweg. Sie wollte am Abend zu Lily ins Krankenhaus fahren und daher nicht zu lange zu Hause Zwischenstation machen. Und sie musste auch noch mit ihrer Mutter telefonieren, denn die hatte beschlossen, nach Little Somerby zu kommen, um nach Lily zu schauen. Ihr Besuch konnte eine Lösung für die logistischen Probleme sein, vor die sich Sophie durch die Royal West Country Show gestellt sah. Wenn sie ihre Mutter überzeugen konnte, für die Dauer der Schau hierzubleiben, hätte Lily jemanden, der während Sophies Abwesenheit ein Auge auf sie haben konnte. Sophie hoffte, ihre Mutter würde darauf eingehen. Obwohl Jane Henderson schon über fünfundzwanzig Jahre verwitwet war, hing sie immer noch sehr an ihrer Schwiegermutter und machte sich große Sorgen um sie, seit sie von deren Unfall erfahren hatte. Sophie stellte ihre Handtasche auf dem Küchentisch ab und wollte sich noch frisch machen, ehe sie ins Krankenhaus fuhr, und nach dem Besuch dort würde sie ihre Mutter kontaktieren. Gerade als sie dabei war, sich die Haare zu bürsten, klingelte es an der Haustür.

»Ich komme runter«, rief sie durch das offene Schlafzimmerfenster. Sie konnte nicht sehen, wer vor der Tür wartete, da die Person unter dem Vordach der Veranda stand und auch nicht geantwortet hatte. Sie hoffte, wer auch immer es war, würde sie nicht lange aufhalten, und eilte ins Erdgeschoss. Als sie die Haustür öffnete, traf sie fast der Schlag, und wieder einmal wünschte sie sich, sie hätte die alte, massive und fensterlose Haustür gegen eine mit Glaseinsatz austauschen lassen.

»Was willst du?«, fragte Sophie, während Mark Simpson einen Schritt auf sie zuging.

»Mit dir reden.«

»Du hast vielleicht Nerven, hier aufzuschlagen!« Sie wollte die Tür schließen, aber Mark streckte eine Hand aus und hinderte sie daran.

»Bitte, Sophie, darf ich es dir wenigstens erklären?«

»Was erklären?« Sophie spürte, wie Wut in ihr aufstieg, obwohl sie sich zu beherrschen versuchte. »Wie du mit deinem verdammten Köter meine Großmutter ins Krankenhaus gebracht hast?«

»Sophie.« Mark versuchte, an ihr vorbei ins Haus zu gelangen, aber sie blieb in der Türöffnung stehen. Sie und Mark waren gleich groß, sodass sie, anders als bei Alex, nicht zu ihm hochschauen musste. »Ja, dumme Geschichte, die da passiert ist. Komm schon, lass mich rein, bevor noch die Nachbarn aufmerksam werden.«

»Ich geb dir fünf Minuten. Und dann fahr ich zu meiner Großmutter, die wegen dir im Weston General liegt.«

»Ich weiß, du bist wütend auf mich.« Als wäre er zu Hause, schlenderte Mark durch den kühlen Flur ins Wohnzimmer. Er war ja oft genug bei ihr gewesen und kannte sich in ihrem Haus aus, aber dennoch wurmte es sie. »Und an deiner Stelle wäre ich auch wütend. Ich hab eine Menge Fehler gemacht, Soph, und der Unfall mit Jimmy war nur einer von vielen.«

»Fehler?«, wiederholte Sophie. »Meine Großmutter liegt deinetwegen im Krankenhaus. Und ich würde es kaum als Fehler bezeichnen, dass du es hinter meinem Rücken mit deiner Verwaltungsangestellten getrieben hast. Ein übles Klischee, ja, aber auf jeden Fall deutlich mehr als ein Fehler.«

»Das mit deiner Großmutter tut mir wirklich leid. Die Hunde sind beide aufeinander losgegangen, und Jimmy mag keine großen Artgenossen.«

»Ach, und damit ist es okay, oder was?«, schnaubte Sophie empört. »Mark, sie hat einen Beckenbruch, und das wird sie vielleicht monatelang außer Gefecht setzen. Und dir tut es *leid*. Das reicht nicht, verdammt noch mal. Und jetzt, wo du dich entschuldigt hast, kannst du abziehen. Und halt deinen blöden Köter von Barney fern.«

»Ich möchte auch über uns beide sprechen, Soph.«

»Es gibt kein ›uns beide‹«, zischte Sophie. »Jetzt schon gar nicht mehr.«

»Hey, komm schon. Wir wissen doch, dass die Sache mit Jenna nichts Ernstes war. Sie wusste es, ich wusste es, und wenn du mal ganz ehrlich bist, dann weißt du es auch.« Er zuckte mit den Schultern. »Ich hab einen Fehler gemacht.« Mit diesen Worten ließ er sich auf das gemütliche Sofa mit dem Patchwork-Bezug fallen, das den Großteil von Sophies Wohnzimmer einnahm. Das Sofa, auf dem Alex sie gestern Abend umarmt und auf dem sie sich sicher und geborgen gefühlt hatte. Sophie wollte nicht, dass die Erinnerung jetzt getrübt wurde, und so blieb sie stehen. »Soph, du fehlst mir.«

»Ja und?«, fragte sie, trotz ihres Entschlusses, nicht auf ihn einzugehen. »Mehr hast du mir nach all den Monaten nicht zu sagen?«

Mark schaute sie von unten herauf an, und der Blick seiner klaren blauen Augen war so fest, dass Sophie intuitiv wusste, ihr Ex-Freund hatte noch etwas anderes auf der Agenda. »Nicht ganz«, gab er zu.

»Worum geht es dann?«

»Ich wollte dich vor diesem Kerl warnen, deinem Kollegen. Ich weiß, dass du ihn auch außerhalb der Arbeit getroffen hast.«

»Und was hat das mit dir zu tun?«, gab sie wie aus der Pistole geschossen zurück.

»Dieser Alex, so heißt er doch? Der Typ, der extra für das Praktikum bei Carter's über den Großen Teich geflogen ist.«

»Na und?«, blaffte Sophie ihn an. »Das geht dich gar nichts an.«

»Sophie, hör mir zu«, sagte Mark ernst. »Ich glaube nicht, dass er der ist, der er zu sein behauptet.«

»Ach, wirklich?«, fragte Sophie verächtlich. »Ich dachte, du hättest hier das Monopol aufs Lügen.«

»Soph, ich meine es ernst.« Mark erhob sich vom Sofa und kam auf sie zu. »Er hat sich in der Gegend von Jonathan Carters Haus rumgetrieben, du weißt schon, dem Cottage, wo Jack Carter vor seinem Tod gewohnt hat, und gestern Abend im Pub hat er Vern und Emma Leadbetter über die Carters ausgefragt. Anscheinend ist er fast besessen von ihnen, und ich wäre nicht überrascht, wenn er so was wie Industriespionage betreibt. Dass er gar kein Cider-Farmer ist. Oder er arbeitet für die Konkurrenz oder so.«

»Und was kümmert dich das?«, rief Sophie, die inzwischen stinksauer war. »Ich bin dir doch gar nicht wichtig, wie man an deiner kleinen Nummer mit Jenna gesehen hat.«

»Ich will einfach nicht tatenlos dabei zusehen, wie du in Schwierigkeiten gerätst. Ich meine, stell dir mal vor, er kippt hinter deinem Rücken was in die Cider-Tanks! Oder vielleicht will er sich nur dein Vertrauen erschleichen, um die Firma von innen heraus zu zerstören. Hast du daran mal gedacht?«

»Ich glaube, du hast zu viele schlechte Netflixserien geschaut. Alex ist einer der ehrlichsten und anständigsten Menschen, die ich kenne. Und was ich privat mache, geht dich rein gar nichts an. Seit du mich hintergangen hast, hast du jedes Recht verloren, dich in mein Leben einzumischen, sei es privat oder beruflich. Also verpiss dich gefälligst und lass mich in Ruhe.«

»Denk einfach drüber nach, Soph«, beharrte Mark. »Ich weiß, du bist gerade nicht gut auf mich zu sprechen, aber ich erzähle dir das, weil du mir immer noch wichtig bist. Sei einfach vorsichtig, okay?«

»Mark, raus!«

Endlich schien er zu begreifen und ging zurück in den Flur. »Es tut mir wirklich leid, Sophie«, sagte er, während er aus der Tür trat, die sie ihm aufhielt. »Alles. Aber bitte, denk darüber nach, was ich dir gesagt habe.«

Schweigend sah Sophie ihm hinterher. Sie konnte nicht fassen, was der Kerl sich erlaubte. Er hatte sie betrogen und besaß die Dreistigkeit, jetzt bei ihr auf der Matte zu stehen und ihr vorschreiben zu wollen, mit wem sie ausging. Ganz zu schweigen davon, dass seine verdammte Töle Lily ins Krankenhaus gebracht hatte. Hätte Alex dieses Gespräch gerade mitbekommen, dachte sie, hätte er sich kaputtgelacht. Sie griff nach ihrem Handy, das sie im Flur abgelegt hatte, als sie mit Mark zur Tür gegangen war, und sah, dass sie eine Textnachricht von Alex bekommen hatte. Erfreut schrieb sie ihm zurück. Ja, nach ihrem Besuch bei Lily hatte sie den Abend frei. Sie verschickte die Nachricht, zog sich ein frisches Top an und fuhr zum Krankenhaus.

22

Jonathan musste an diesem Abend ziemlich lange warten, bis er unter vier Augen mit Caroline sprechen konnte. Er hatte sich allmählich Sorgen gemacht, zumal Emma Leadbetter, Souschefin und in Teilzeit im Service tätig, nochmals anrief und fragte, wo Caroline blieb.

Als er hörte, wie die Haustür geöffnet wurde, lief er in den Flur und war erleichtert, aber auch beunruhigt, dass seine Frau heimgekommen war.

»Wo warst du?«, fragte er. Sie sah müde und gestresst aus und war ungewöhnlich blass. »Emma hat den ganzen Nachmittag über angerufen. Gino hat heute Abend frei, und sie macht die Küche. Du bist für den Service eingeteilt, das steht doch im Dienstplan. Emma hat schon befürchtet, dass sie Gino Bescheid geben und selbst in den Service wechseln muss, besonders, wo heute Abend die Gruppe gebucht hat.«

»Tut mir leid«, sagte Caroline. »Ich hab mich im Dienstplan vertan und dachte, heute wäre mein freier Abend. Und mir ging's auch nicht besonders gut.«

»Alles in Ordnung?«, fragte Jonathan besorgt. »Ich meine, kannst du heute Abend arbeiten?«

Caroline nickte. »Das geht schon. Ich brauchte nur ein bisschen … frische Luft.« Sie wich seinem durchdringenden Blick aus und trat nervös ans Erkerfenster im Wohnzimmer.

»Was ist denn los, Caroline?«, fragte Jonathan, jetzt sanfter. »Du bist schon seit Wochen irgendwie komisch.« Er ging auf sie zu, aber sie wich ihm aus. Frustriert seufzte er. So lief es schon einige Zeit zwischen ihnen, immer, wenn er sich ihr näherte, schien sie sich weiter zurückzuziehen. Er hatte es satt, und er vermisste seine Frau.

»Mir geht's gut«, versuchte Caroline, ihn zu beschwichtigen, aber ihr Lächeln wirkte gezwungen. »Wirklich, ich bin nur nicht so ganz auf dem Damm. Ich ruf gleich Emma an und sag ihr, ich komm später rüber.« Plötzlich begannen ihre Hände zu zittern, und sie wurde ganz bleich. »Entschuldige«, murmelte sie und hastete ins Badezimmer.

Jonathan hielt sie nicht zurück, obwohl er das Gefühl hatte, kein bisschen schlauer zu sein, was das merkwürdige Verhalten seiner Frau anging. Die Vorstellung, Caroline könnte wieder in alte Verhaltensmuster abrutschen, vor allem, was eine ganz bestimmte Gewohnheit anging, bereitete ihm Angst. Sie hatte früher einmal ziemlich viel Kokain geschnupft, und auch wenn das wohl wirklich der Vergangenheit angehörte, schien sie der dunkle Schatten der Sucht manchmal immer noch zu verfolgen. Bis vor Kurzem war Jonathan sich sicher gewesen, dass Caroline weiterhin clean war, aber sie wurde zunehmend fahriger, sodass seine Besorgnis wuchs. Als er hörte, dass sie aus dem Badezimmer kam, ging er zu ihr. »Dir geht's nicht gut, stimmt's?«, fragte er sanft. »Caroline, bitte sag mir, was mit dir los ist.«

Ihre Augen waren gerötet, und plötzlich glühten ihre Wangen, was bei ihrem bleichen Gesicht ungesund aussah. Jonathan hoffte inständig, sie würde ihm nicht eröffnen, dass sie der Droge wieder verfallen war. »Komm«, sagte er. »Setz dich zu mir.« Er nahm ihre Hand und ging mit ihr ins Wohnzimmer, wo sie sich auf dem Sofa niederließen. »Bitte sag mir, was dich bedrückt.«

Caroline schluckte schwer und schüttelte den Kopf. Tränen liefen ihr über die Wangen. »Ich weiß nicht, wie ich es dir sagen soll ...«

»Was sagen?«, fragte Jonathan, der weiter ihre Hand hielt. »Ich bin es, Caroline. Du kannst mir alles erzählen.«

»Jonathan, ich hab solche Angst ...«

Er zog Caroline an sich, sodass ihr Kopf an seiner Brust ruhte. »Du brauchst vor nichts Angst zu haben. Ich bin der Beinahe-Ritter in glänzender Rüstung, weißt du nicht mehr?« Als er Caroline kennengelernt hatte, war Jonathan ein ziemlicher Frauenheld gewesen und hatte sich zum ersten Mal in seinem Leben bis über beide Ohren verliebt.

Caroline schüttelte den Kopf. »Du verstehst mich nicht.«

»Dann erklär's mir.«

Es schien eine Ewigkeit zu dauern, bis sie sich aus seiner Umarmung löste und Jonathan fest in die Augen sah.

»Ich hatte schon seit ein paar Wochen meine Vermutungen, und dann, als die Übelkeit dazukam, war es für mich klar.« Sie schwieg einen Moment und nickte, als Jonathan begriff. »Ich bin schwanger.«

Jonathan brachte vor Überraschung kein Wort heraus. Stattdessen schloss er seine Frau fest in die Arme. »Das ist eine wunderbare, großartige Neuigkeit.« Als er sie wieder losließ und sie anblickte, schien sie nicht gerade überzeugt zu sein, dass etwas Wunderbares, wirklich Großartiges passiert war. »Oder etwa nicht? Du siehst nicht so aus, als würdest du dich freuen.«

Caroline biss sich auf die Unterlippe. »Doch, schon. Abgesehen davon, dass mir jeden Tag stundenlang schlecht ist, bin ich total aufgeregt und freue mich. Ich kann mir im Moment nichts Besseres für uns beide wünschen. Es ist nur ...«

»Was? Machst du dir Sorgen wegen dem Cider Kitchen? Wir können für die Mutterschutz-Zeit einen Manager einstellen, das ist kein Problem, das können wir uns doch leisten.«

»Nein, darum geht's nicht.« Caroline rückte von ihm weg. »Als mir der Gedanke kam, ich könnte schwanger sein, hab ich angefangen, im Internet zu recherchieren. Ich wollte wissen, was Kokain für die Schwangerschaft bedeutet. Ob es dem Baby schaden kann. Und ich hab wirklich Angst, Jonathan. Was, wenn ich zu früh schwanger geworden bin? Was, wenn das Baby von dem ganzen Kokain, das ich genommen hab, Schäden davonträgt?« Sie vergrub das Gesicht in den Händen.

Schweigend umarmte Jonathan seine Frau. Schon lange hatte er sie nicht mehr so aufgelöst erlebt, und er wusste nicht, was er sagen sollte. Wie konnte er ihr versichern, dass alles gut werden würde, wo er doch selbst keine Antwort auf ihre Frage wusste?

Schließlich lösten sie die Umarmung, und er sah ihr in die Augen. »Das ist lange her«, sagte er leise, »und ich bin mir sicher, das Kokain von damals wird keine Auswirkungen mehr haben.«

»Ach, bist du jetzt etwa Arzt oder was?«, schnaubte Caroline.

Jonathan war erleichtert, dass ihr Kampfgeist offenbar zurückgekehrt war. »Nein, Schatz, aber ich weiß das eine oder andere über schlechte Angewohnheiten. Und wenn du dazu mal einen Arzt fragen möchtest, dann wird er oder sie dir sicher sagen, dass du dir keine Sorgen zu machen brauchst. Du bist doch schon seit Jahren clean, oder?«

»Ja. Es ist nur, nachts kreisen meine Gedanken ständig darum, und ich kann nicht aufhören, mir Sorgen zu machen.«

»Ich geh mit dir zum Arzt, wenn du bereit bist«, sagte Jonathan liebevoll. »Einfach, damit du beruhigt sein kannst.«

Carolines Unterlippe zitterte. »Versprochen?«

»Auf jeden Fall.« Jonathan wischte mit der Fingerspitze eine Träne von ihren Wimpern. »Ich werde immer für dich da sein, Caroline. Das weißt du.« Dann sah er auf seine Uhr. »Nur heute Abend nicht.«

»Was?«

Jonathan schmunzelte. »Also, mir ist bewusst, dass du mein Talent für den Service nicht gerade hoch einschätzt, aber wir können doch nicht zulassen, dass du dich vor unseren Gästen übergibst, oder? Ich übernehm heute Abend deine Schicht.« Er hob die Hand, als Caroline widersprechen wollte. »Emma kann mich briefen. Wahrscheinlich wäre sie imstande, ihre beiden Jobs gleichzeitig zu erledigen und dabei noch einen Kopfstand zu machen, aber ich glaube, heute Abend ist sie besser in der Küche aufgehoben. Du bleibst hier, legst die Füße hoch, und ich komm nach Hause, sobald ich kann.«

»Sicher?«

»Absolut.« Jonathan half Caroline beim Aufstehen. »Ab in die Badewanne mit dir, entspann dich. Bis später.« Er drückte ihr einen Kuss auf die Stirn. »Nicht zu fassen, wir bekommen ein Baby.« Anna würde vor Freude ganz aus dem Häuschen sein, dachte er sich, während Caroline nach oben ging. Und jetzt, wo er nicht mehr so furchtbare Angst um seine Frau hatte, war er es auch.

*

Am anderen Ende des Dorfes ließ sich Anna, die soeben den kleinen Jack nach einem Albtraum beruhigt hatte, neben Matthew aufs Sofa fallen. Er legte ihr einen Arm um die Schultern, und sie kuschelte sich zufrieden an ihn und versuchte dabei ohne Erfolg, ein Gähnen zu unterdrücken.

»War viel zu tun heute?«, fragte Matthew und spielte gedankenverloren mit Annas Pferdeschwanz.

»Ach, im Café war's wie immer. Aber Jonathan ist nachmittags vorbeigekommen. Er schien mir etwas bedrückt wegen Caroline.«

»Schon wieder?« Matthew runzelte die Stirn. »In letzter Zeit sind sie ganz schön oft aneinandergeraten. Und er ist auch irgendwie komisch.«

»Vielleicht solltest du mal mit ihm reden«, schlug Anna vor. Als Matthew sanft über ihren Nacken strich, lief ihr ein Prickeln über den Rücken.

»Er weiß, wo er mich findet, wenn er mich braucht«, murmelte Matthew und gab ihr einen Kuss auf den Scheitel. »Und ich denke, wir könnten Interessanteres tun, als über meinen Bruder zu reden.«

Annas Herz schlug schneller, weil Matthew die Stimme verführerisch gesenkt hatte und sein unwiderstehlicher West-Country-Akzent seine magische Wirkung auf sie ausübte. Sie hob den Kopf und gab ihm einen langen Kuss, der mit der Zeit intensiver wurde, sodass alle Gedanken an Jonathan und Caroline in den Hintergrund rückten.

»Du bist ein verdammt guter Küsser«, flüsterte Anna, als ihre Lippen sich nach einer Weile voneinander lösten. Sie drehte sich ein wenig herum, sodass sie Matthew in die Augen schauen konnte. Obwohl die Lachfältchen in seinen Augenwinkeln, seit sie sich kennengelernt hatten, zahlreicher geworden waren und sein Haar inzwischen eher silbern als schwarz war, schaffte er es immer noch, ihr weiche Knie und Schmetterlinge im Bauch zu bereiten.

»Du bist aber auch nicht übel«, entgegnete er, küsste sie wieder und zog sie auf dem alten Chesterfield-Sofa auf seinen Schoß, sodass sie rittlings auf ihm saß. »Wollen wir früh ins Bett?«, fragte er zwischen zwei Küssen.

»Am besten sofort!«, kam ein belustigter Kommentar von der offenen Wohnzimmertür her.

Matthew und Anna schreckten zusammen und lachten. »Wir haben dich gar nicht reinkommen hören«, sagte Anna zu Meredith, die ihnen süffisant zuwinkte.

»Das hab ich gemerkt. Ich, äh, verzieh mich dann wohl besser wieder.«

Matthew lachte. »Nicht nötig. Wir wollten sowieso gerade ins Bett.« Er erhob sich vom Sofa, sobald Anna von ihm heruntergestiegen war, und ging zu seiner Tochter, um ihr das Haar zu zerzausen, so wie früher, als sie noch klein gewesen war. »Gute Nacht.«

»Es will schon was heißen, wenn die eigenen Eltern ein aktiveres Liebesleben haben als man selbst«, grummelte sie, aber, wie Anna wusste, ohne Groll. »Seht nur zu, dass ihr es nicht übertreibt, sonst weckt ihr noch Ellie oder Jack auf.«

»Warum nur fühle ich mich gerade wie ein ungezogener Teenager?«, fragte Anna kopfschüttelnd beim Hinausgehen und gab Meredith einen Gutenachtkuss.

23

In derselben Woche wurde Lily aus dem Krankenhaus entlassen. Die Ärzte hatten sie in Anbetracht ihres Alters weiter beobachten wollen. Zähneknirschend hatte Lily dem zugestimmt, vor allem, weil sie ihrer Familie nicht zur Last fallen wollte, solange sie noch nicht im buchstäblichen Sinne wieder auf die Beine gekommen war. Was das Gehgestell anging, blieb sie eisern und ließ es links liegen, aber sie hatte eingeräumt, dass ein medizinischer, auf ihre Größe einstellbarer Gehstock eine gute Idee wäre.

»Gott sei Dank gibt es den National Health Service!«, hatte sie gesagt, als sie von Sophie am frühen Abend abgeholt wurde. »Wobei ich schon sagen muss, das Einzelzimmer war jeden Penny wert.« Lily litt unter Schlafproblemen, und so war sie froh gewesen, dass sie sich ein paar Nächte in der Waterside Suite hatte leisten können.

Nachdem Sophie ihrer Großmutter das neu eingerichtete Zimmer im Untergeschoss gezeigt und Alex dafür gesorgt hatte, dass sich Barney bei einem langen Abendspaziergang ordentlich verausgabt hatte, hatte sie sich gedanklich wieder mit der bevorstehenden Royal West Country Show beschäftigt, zu der sie und Alex schon in ein paar Tagen fahren würden. Sophie freute sich auf die Veranstaltung; es war eine nette Abwechslung vom beruflichen Alltag. Allerdings hätte sie lügen müssen, wenn sie behauptete, sie würde sich nicht auch darauf freuen, dort Zeit mit Alex zu verbringen. Sie konnte die Küsse – in den Höhlen der Cheddar Gorge, bei ihr zu Hause auf dem Sofa und vor ihrer und Lilys Haustür – einfach nicht vergessen. Ihr Körper verlangte nach mehr, und wenn sie ehrlich war, auch ihr Herz und ihr Kopf.

Jane Henderson war einen Tag vor Beginn der Landwirtschaftsschau nachmittags mit dem Flieger aus Marseille angereist, und nachdem Sophie ihre Mutter vom Flughafen abgeholt und dafür gesorgt hatte, dass sie sich bei ihr richtig angekommen fühlte, dachte sie selbst ans Packen. Zum ersten Mal seit Lilys Sturz hatte Sophie jetzt, wo Jane in Little Somerby war und sich um ihre Schwiegermutter kümmern würde, das Gefühl, sich auf ein paar Tage mit Alex freuen zu können; selbst wenn sie in der Zeit arbeiten mussten.

Der Mittwoch, Sophies und Alex' Anreisetag, begann ohne ein Wölkchen am Himmel, und Sophie überlegte, ob sie die Gummistiefel wirklich einpacken sollte. Wie das Glastonbury Festival war auch die Landwirtschaftsschau dafür bekannt, dass man dort in verregneten Sommern durch den Schlamm waten musste, aber dieses Jahr war die Erde aufgrund der spärlichen Regenfälle knochentrocken und rissig, daher konnte sie die Stiefel wohl getrost zu Hause lassen. Den Hauptanteil der Witze von Laura und ihren anderen Kolleginnen und Kollegen wegen des »schmutzigen Kurzurlaubs« mit Alex hatte Sophie abbekommen, und am Ende des Arbeitstages war sie nach all den Kommentaren fix und fertig gewesen. Sie konnte es den anderen kaum zum Vorwurf machen, denn offenbar hatte sie nach ihrem Ausflug zur Cheddar Gorge fast jeder im Dorf mit Alex zusammen im Pub gesehen. Manchmal wünschte sie sich, irgendwo anders zu wohnen, wo das Leben etwas anonymer war.

Nachdem sie sich noch um ein paar letzte unerledigte Angelegenheiten im Büro gekümmert hatte, griff sie zum Handy und schickte Alex eine kurze Textnachricht. Er arbeitete diese Woche drüben beim Versand, daher war sie ihm seit ein paar Tagen kaum begegnet, zumindest bei der Arbeit. Seit Lily aus dem Krankenhaus zurück war, hatten sie die Abende bei ihr verbracht und nicht viel Zeit zu zweit gehabt. Sie hatten vereinbart, sich um zehn auf dem Mitarbeiterparkplatz zu treffen. Die Fahrt nach Shepton Mallet würde etwa eine Stunde dauern, und so blieben ihnen noch gute zwei Stunden zum Akklimatisieren, bevor sie um zwei Uhr am Stand von Carter's stehen mussten.

»Und, bist du startklar?«, fragte sie Alex, als er zu ihrem Wagen kam.

»Ich denk schon«, antwortete er und wuchtete seine Reisetasche in den offenen Kofferraum. »Ich bin froh, dich dabeizuhaben, für den Fall, dass mir die Besucher schwierige Fragen stellen!«

Sophie lachte. »Ganz ehrlich, die meisten wollen nur den Unterschied zwischen Cider-Äpfeln und den Apfelsorten zum normalen Verzehr wissen und ein paar Gratisproben abgreifen. Das kriegst du allemal hin.«

Ihre Fahrt nach Shepton Mallet verlief vergleichsweise unspektakulär. Spannend wurde es erst, als sie sich dem Ausstellungsgelände näherten. Das fast hundert Hektar große Areal wurde das ganze Jahr über für verschiedene Sport- und Landwirtschafts-Events genutzt, doch die Royal West Country Show war das absolute Highlight. Mit ihrem viertägigen Programm, bei dem Landmaschinen, Kaltblutpferde, regionale Delikatessen, englische Landkleidung und handgefertigte Wanderstäbe in Hülle und Fülle präsentiert wurden, bildete sie den Inbegriff des ländlichen Lebens in der Grafschaft Somerset, und keine andere Schau konnte ihr das Wasser reichen. Sophie erinnerte sich, sie als Kind regelmäßig besucht zu haben und von den Dancing Diggers – den riesigen kanariengelben Landmaschinen, die waghalsige Manöver vollführten – sowie den Kaltblütern gleichermaßen beeindruckt gewesen zu sein.

Als sie durch das Tor an der Zufahrt bogen und der Beschilderung zum »Ausstellerbereich« folgten, sah Sophie endlose Reihen mit Wohnwagen, Pferdeboxen und Zelten.

»Bin ich froh, dass wir unsere Unterkunft nicht mitbringen mussten!«, witzelte sie, als sie an einem Pärchen vorbeifuhren, das offenbar hitzig darüber diskutierte, wie ihr Zelt richtig aufzustellen sei. Jonathan hatte Sophie und Alex versichert, dass die Jurten bei ihrer Ankunft bereits fertig aufgebaut sein würden.

Alex deutete grinsend aus dem Beifahrerfenster. »Sieht so aus, als wär das da unsere.«

Nachdem sie das handgeschriebene Schild entdeckt hatte, auf dem zu lesen war: »Somerset Glamping heißt Carter's Cider herzlich willkommen«, steuerte Sophie den Wagen vom Feldweg auf die Wiese und parkte. Erst beim Aussteigen wurde ihr bewusst, dass da tatsächlich und ganz eindeutig bloß *eine* Jurte stand. Ihr wurde flau im Magen. Sie waren doch im richtigen Teil des Campingplatzes, oder etwa nicht?

Wie auf Kommando vibrierte ihr Handy, da eine E-Mail eingegangen war. Sie scrollte eilig durch den Text, und ihr flaues Gefühl im Magen wurde noch intensiver.

»Alles okay?«, fragte Alex, der um den Wagen herum zu ihr gekommen war.

»Ich hab gerade eine Mail von Tom bekommen. Er sagt, es tue ihm leid, aber mit der zweiten Jurte habe es ein Problem gegeben. Beim Auspacken ist den Leuten das Zelttuch gerissen, über die ganze Rückwand, und dadurch haben wir nur eine. Sie haben uns zur Entschuldigung eine Flasche Champagner in den Kühlschrank gestellt.«

»Ich bin sicher, wir kommen schon klar«, sagte Alex, runzelte dann aber die Stirn. »Also, nur wenn es okay für dich ist, dir das Zelt mit mir zu teilen? Wenn nicht, können wir ja auch abends heimfahren.«

Sophie lächelte nervös. In Wahrheit war der Gedanke, sich die Jurte mit Alex zu teilen, verlockend und Furcht einflößend zugleich, aber sie wusste auch, dass hier bei der Royal West Country Show die Atmosphäre an den Abenden einzigartig war und sich das Bleiben lohnen würde, und schüttelte daher den Kopf. »Uns wird schon was einfallen. Wir können uns immer noch was überlegen, wenn es so weit ist.«

Alex schmunzelte. »Gut.« Er öffnete den Kofferraum und nahm ihre beiden Reisetaschen heraus. »Wollen wir mal einen Blick reinwerfen?«

Während sie zur Jurte gingen, hoffte Sophie, dass dort zwei Einzelbetten stehen würden, gleichzeitig aber wünschte sie sich ebenso sehr ein riesiges, gemütliches Kingsize-Bett. Mit zitternden Fingern löste sie die Schnüre, mit denen der Türvorhang der Jurte verschlossen war, und trat hinein. Die Schlafsituation war mit einem Blick zu erfassen, und Sophie musste schlucken. Mitten in der Jurte stand ein stattliches, sehr breites, schmiedeeisernes Bett mit einem Patchworkquilt als Tagesdecke.

»Interessant!«, sagte sie zu Alex, der nach ihr die Jurte betreten hatte.

Der blickte sich amüsiert um. »Kann man wohl sagen«, stimmte er ihr zu. »Ich hab zwar keine Ahnung, aber läuft das hier in England wirklich unter Camping?«

Neben dem großzügigen Bett, das Sophie so in Verlegenheit gebracht hatte, befanden sich in der Jurte noch ein Esstisch, ein Kühlschrank und ein ausnehmend schicker Campingkocher. Auf dem Zeltboden lagen mehrere Teppiche.

»Das ist das erste Mal, dass ich ein Zelt mit Kühlschrank und Esstisch sehe«, witzelte Alex, als Sophie ihre Tasche auf eine der Reisetruhen fallen ließ, die im hinteren Teil der Jurte standen. Er deutete auf die Rauchöffnung im hohen Zeltdach. »Und wer will Ende Juli einen Holzofen benutzen?«

»Hast du gar nichts über das Wetter in Somerset gelernt?«, zog ihn Sophie auf. »Hier kann es nachts ziemlich frisch werden, selbst im Sommer.«

Alex, der in British Columbia häufig bei Temperaturen von minus zehn Grad und darunter gecampt hatte, sparte sich einen Kommentar.

Sophie lachte nervös. »Also, es ist nicht ganz so wie früher bei den Zelturlauben mit der Familie, aber zumindest können wir nach einem langen Arbeitstag an einer richtigen Matratze horchen.« Sie schaute noch einmal zum Bett und spürte, wie ihre Wangen glühten.

Alex folgte ihrem Blick und bemerkte nun endlich das große Schlafmöbel. Unschlüssig schaute er weg, dann grinste er, denn er hatte außerdem, etwas abseits, eine Chaiselongue entdeckt. »Sieht so aus, als wäre das dann meine.«

»Sei nicht albern!«, sagte Sophie. »Wenn du willst, wechseln wir uns ab.«

»Das können wir ja später immer noch klären.«

Trotz der wachsenden Vertrautheit zwischen ihnen hatten sie beide jetzt, als sie tatsächlich zusammen in der Jurte standen, nicht recht den Mut, offen auszusprechen, was sie dachten, und Sophie war sehr froh, dass sie das Thema erst einmal auf Eis legten. Seit ihrer Trennung von Mark hatte sie ihr Bett nur mit ihrer Katze geteilt, und sie wusste nicht genau, wie sie dazu stand, eins mit Alex zu teilen, auch wenn sie ihn attraktiv fand. Was, wenn sie noch nicht bereit war? Manchmal kam es ihr so vor, als wäre ihre

Fehlgeburt sehr lange her, und manchmal so, als wäre es erst gestern gewesen, und ihre Gefühle waren immer noch ein einziges Durcheinander. Verunsicherte sie die Vorstellung, die Beziehung mit Alex auf eine neue Ebene zu bringen, oder hatte dieses Gefühl gar nichts mit Alex zu tun? Was, wenn sie ihn an sich heranließ und nicht damit zurechtkam? Sie schalt sich innerlich, dass sie gedanklich so abdriftete, und versuchte, sich wieder vor Augen zu führen, weshalb sie eigentlich hier auf der Schau waren. Alles andere würde erst einmal warten müssen.

»Wir lassen unsere Sachen mal besser hier und gehen rüber zum Stand«, schlug sie vor. »Es geht bald los, und bis dahin muss alles vorbereitet sein.«

Alex nickte. »In Ordnung.«

Und so verschoben sie die Klärung der Schlafsituation auf später und verließen die Jurte Richtung Ausstellungsbereich. Unterwegs informierte Sophie Alex über die Details, die ihr Tom am Vortag geschickt hatte. »Der Stand wurde gestern Abend schon aufgebaut, wir müssen nur noch mal alles überprüfen. Zu verschiedenen Uhrzeiten bieten wir Verkostungen an; ich glaube, das erste Mal um halb drei, und dann im Stundentakt, aber es geht eigentlich nur darum, Proben auszuschenken, mit den Leuten zu reden und die Marke zu repräsentieren.«

»Komplizierte Fragen zum Verkosten und Verschneiden würde ich dann an dich weiterreichen, wenn du einverstanden bist«, sagte Alex und schmunzelte. »Ich hab zwar viel von dir gelernt, aber du hast mir immerhin zehn Jahre an Erfahrung voraus.«

Sophie lächelte zurück. »Ich bin sicher, du wirst keine Schwierigkeiten haben.« Sie reichte ihm ein Clipboard mit Stichpunkten zu den geläufigsten Verschnitten, die Carter's für die Mainstream-Cider-Sorten verwendete, und auch die Namen von ein paar selteneren Apfelsorten für die etwas ausgefalleneren Getränke. Von allen hatten sie Fässer und Flaschen vorrätig, aus denen sie die nächsten Tage über Proben ausschenken und mit denen sie Verkostungs-Wettbewerbe veranstalten konnten.

»Denk aber dran, dass du beim Verkosten nicht mittrinkst«, warnte ihn Sophie, »sonst muss ich dich noch in die Jurte zurücktragen.«

»Ich werd's mir merken.«

Am ersten Nachmittag der Veranstaltung hatten sie alle Hände voll zu tun. Wegen des warmen Wetters schien fast jeder beim Cider-Zelt stehen zu bleiben, um die Produkte von Carter's zu probieren. Sophie wurde pausenlos mit neugierigen Fragen gelöchert, und der direkte Kontakt mit den Besuchern machte ihr Spaß. Ab und zu sah sie zu Alex hinüber, um zu schauen, wie er zurechtkam. Auch er wurde von den Leuten in Beschlag genommen, und anscheinend hatte er ebenso viel Freude an der Arbeit wie sie selbst.

»Alles okay?«, hakte sie nach, als sie beide gerade ein besonders interessiertes Paar um die siebzig verabschiedet hatten, das eine ganze Weile lang verschiedene Sorten an der improvisierten Bar verkostet hatte.

»Alles in Ordnung, danke. Und ich glaube, ich hab heute Nachmittag von manchen Besuchern genauso viel gelernt wie sie von mir.«

»Na ja, wir meinen es ja auch durchaus ernst, wenn wir sagen, dass den Leuten hier der Cider im Blut liegt«, lachte Sophie. »Jeder besitzt einen Apfelbaum und kann eine Anekdote dazu erzählen.«

Genau in dem Moment kamen zwei Frauen ins Zelt geschlendert und liefen auf den Stand von Carter's zu. Sie unterhielten sich angeregt und schauten immer wieder zu Sophie und Alex hinüber. Sophie lächelte in sich hinein; Alex hatte sich wirklich als Besuchermagnet erwiesen, zumindest was weibliche Cider-Fans betraf, und diese beiden bildeten da keine Ausnahme. Als sie sich näherten, bekam Sophie einen Teil ihres Gesprächs mit.

»Ist er nicht.«

»Doch, ich sag's dir …«

»Und, warum fragst du ihn dann nicht?«

»Möchten Sie eine Kostprobe?«, sprach Sophie die beiden an und deutete auf die vor ihr stehenden Flaschen. »Welche Sorte darf ich Ihnen anbieten?«

»Vielen Dank, meine Liebe, aber wir möchten von dem Herrn bedient werden.« Die Brünette der beiden lächelte schelmisch. »Und wenn er schon dabei ist, kann er uns gleich noch verraten, wie es der Firmenchef geschafft hat, sich so gut zu halten.« An Alex gewandt, fuhr sie fort: »Was ist Ihr Geheimnis, mein Lieber? Ihre Haare sind etwas länger als auf dem Foto auf der Website, aber es steht Ihnen gut.«

Täuschte sich Sophie, oder war Alex gerade kurz zusammengezuckt? Im nächsten Moment schien er wieder entspannt und schenkte den beiden Damen ein freundliches Lächeln.

»Es tut mir leid, aber ich bin nicht der Chef, ich bin bloß Praktikant.«

Die andere Frau lachte etwas ordinär. »Na, Sie haben aber einen starken Akzent. Und Sie sind der bestaussehende Praktikant, der mir je begegnet ist. Woher kommen Sie denn?« Sie hatte offensichtlich schon genug intus, um auf Taktgefühl verzichten zu können, und wedelte mit einem Fünfpfundschein für zwei Flaschen Eloise.

Alex nahm das Geld entgegen. »Aus Kanada, Ma'am. Viel Spaß noch auf der Schau.«

»Haben Sie Lust, sich uns anzuschließen?«, fragte ihre Begleiterin. »Wir können Sie rumführen und Ihnen die Attraktionen hier zeigen.«

»Das ist wirklich ein sehr nettes Angebot, aber ich muss arbeiten«, entgegnete Alex. »Einen schönen Tag Ihnen noch.«

Während die beiden Arm in Arm davonzogen, wandte sich Alex zu Sophie, die ihn komisch ansah.

»Was ist?«, fragte er.

»Matthew wäre geschmeichelt, dass sie dachten, er wäre noch so jung«, sagte sie und grinste.

Alex drehte sich weg, und eine Sekunde lang glaubte sie, etwas Falsches gesagt zu haben. Aber gleich darauf erwiderte er: »Totaler Blödsinn. Ich finde nicht, dass ich jung wirke. Sie müssen sich mich schöngetrunken haben.«

Sophie musste lachen. »Oder, in diesem Fall, jung«, scherzte sie. »Wobei ihnen dein Anblick wohl wirklich gefallen hat.«

Alex ging ein Stück näher zu Sophie, nahm ihre Hand und drückte sie. »Ist doch egal«, sagte er leise. »Ich hab nur Augen für dich.«

Sophies Magen schlug Purzelbäume. Sie hatten noch nicht weiter über die Schlafsituation gesprochen, doch im Moment erschien es ihr sehr unwahrscheinlich, dass einer von ihnen die Nacht auf der Chaiselongue verbringen würde.

Der Rest des Nachmittags und der Abend vergingen in Windeseile, und ehe sie sichs versahen, war die Sommernacht angebrochen, und sie schlenderten zusammen zurück zur Jurte. Sie hatten den Abend mit ein paar anderen Ausstellern aus der Cider-Branche in der Bar auf dem Veranstaltungsgelände verbracht und waren beide vom Alkohol entspannt, fanden aber noch problemlos den Weg zum Zelt. Es war ein erfolgreicher Tag gewesen, und sie hatten das Gefühl, ihren Job als Botschafter für Carter's Cider heute prima gemacht zu haben, doch nun war es wirklich Zeit zum Ausruhen.

Sophie schnürte den Zelteingang auf, trat in die Jurte und dachte an den langen Tag, den sie morgen vor sich hatten. Alex blieb in der Türöffnung stehen. Die Nacht war klar, und am abendlichen Himmel funkelten die ersten Sterne. Über ihnen war das Sternbild des Schwans zu sehen, und während es immer dunkler wurde und ein Dreiviertelmond aufging, wurde das Kreuz des Nordens noch deutlicher sichtbar.

»Eine wunderschöne Nacht«, sagte er, den Blick zu den Sternen gerichtet. »Daheim in Kanada habe ich früher oft hinter unserem Haus gezeltet, manchmal auch im Winter. Mom fand das gar nicht gut, sie hatte Sorge, ich könnte mich verkühlen, aber mir hat es Spaß gemacht, mir meinen Schlafsack zu schnappen und unterm Sternenzelt zu schlafen.«

Sophie ging zurück zum Eingang und blieb neben Alex stehen. »Früher hab ich immer, wenn ich nicht zu Hause war, den Schwan am Himmel gesucht«, sagte sie mit Blick zum Nachthimmel. »Daheim sah es nämlich so aus, als stünde er direkt über dem Haus meiner Mutter, und ich hab gehofft, dass er sie beschützt, während ich weg bin. Natürlich hat sie jetzt ihr neues Leben in Frankreich und braucht den Schwan nicht mehr.« Sie musste schmunzeln. »Klingt wahrscheinlich ziemlich dumm, oder?«

Alex sah sie an. »Überhaupt nicht.« Er schluckte und griff nach ihrer Hand. »Nach dem Tod meiner Mutter habe ich manchmal die Sternbilder am Himmel gesucht, die ich schon als Kind vom Garten aus gesehen habe. Einmal, als sie mit mir draußen gezeltet hat, hat Mom sie mir gezeigt und erklärt, und jetzt suche ich sie jedes Mal, wenn ich nachts allein bin. Irgendwie ist das so, als wäre sie noch bei mir.«

Sophie drückte seine Hand. »Ich bin sicher, sie würde sich darüber freuen«, sagte sie leise. »Wenn man sich die Sterne anschaut, hat man das Gefühl, nicht allein zu sein, ganz egal, wo man sich befindet.«

Alex drehte den Kopf, und seine Augen glänzten im Mondschein.

»Was ist?«, fragte sie leise.

»Du siehst im Mondlicht wunderschön aus. So schön, dass ich diesmal nicht mal um Erlaubnis fragen werde, ob ich dich küssen darf.« Er legte seine Hand sanft auf ihre Wange und küsste Sophie.

Ihre Knie wurden weich, und begierig erwiderte sie seinen Kuss. Sie standen in der offenen Jurtentür, schmiegten ihre Körper aneinander und stolperten schließlich ins Zelt.

»Das wollte ich schon den ganzen Tag über machen«, keuchte Alex. »Dich die ganze Zeit über in meiner Nähe zu haben und gleichzeitig unerreichbar … da wollte ich dich einfach nur hierherschleifen und küssen.«

Sophie lachte aufgeregt. »Mir ging's genauso.«

Die solarbetriebene Lichterkette, die an dem Holzgerüst der Jurte befestigt war, erfüllte das Zelt mit einem warmen, einladenden Lichtschein. Sophie löste sich aus Alex' Armen und nahm ihn bei der Hand. »Komm«, sagte sie zärtlich und führte ihn zum Bett. »Wenn du mich noch mal so küsst, will ich dabei liegen.« Sie setzten sich auf die weiche Matratze, und Sophie übernahm die Führung und drückte Alex auf die Daunenkissen am Kopfende des schmiedeeisernen Bettes. Genüsslich und erwartungsvoll beugte sie sich über ihn, um ihn zu betrachten und schließlich zu küssen. Auf seinen Lippen schmeckte sie einen letzten Hauch vom Cider, den Alex getrunken hatte. Sie setzte sich rittlings auf ihn, fuhr mit einer Hand durch sein dunkles Haar, und als er leise aufstöhnte, sie an sich zog und seine Hüften an sie drückte, wuchs ihr Begehren. Sekunden später befand sie sich unter ihm, und er strich ihr mit den Fingern durch das Haar und küsste sie, als sei es ihr letzter gemeinsamer Augenblick auf Erden.

»Warte«, sagte Alex leise, als sie ihren Kuss unterbrachen. »Ich will nicht, dass du denkst, du müsstest das tun.« In dem warmen Licht wirkten seine Augen beinahe schwarz. Sophie lächelte, als sie ihn wieder an sich zog und küsste.

»Ich *will* es aber«, sagte sie sanft. »Hast du das etwa noch nicht bemerkt?« Alle Sorgen des Tages schienen plötzlich wie weggeblasen. Vielleicht lag es am Cider, vielleicht aber fühlte sich auch erstmals seit Langem wieder etwas einfach richtig an. Jedenfalls sehnte sie sich danach, diesen Mann und seinen Körper heute Nacht gründlich kennenzulernen.

»Doch, ich hab's bemerkt«, entgegnete Alex mit vor Verlangen rauer Stimme. »Und es gefällt mir.«

»Gut.« Sophie rückte ein Stück nach oben, sodass sie auf gleicher Höhe lagen. Sie küsste ihn aufs Neue, ließ ihre Lippen langsam zu seinem Hals wandern und knabberte lustvoll an seiner Haut, bis er sie noch enger an sich zog.

»Oh Gott, Sophie«, murmelte er zwischen den Küssen. »Du hast ja keine Ahnung, was du mit mir machst.« Er strich ihr durchs Haar und wanderte mit den Händen über ihren Körper, sie streiften ihre Brüste und glitten weiter hinab zu ihren Hüften, wo er eine Hand zwischen ihrer Jeans und ihrem taillierten dunkelblauen Shirt ruhen ließ. Seine warme Berührung auf ihrer nackten Haut verursachte ihr wohlige Schauder. Sie griff nach seinem T-Shirt, das im Bund seiner Jeans gesteckt hatte, und zog es hoch, womit sie Alex ein weiteres leises Stöhnen entlockte.

»Ich will dich so sehr, Alex«, flüsterte sie, während sie mit den Fingerspitzen über seine Hüften strich und dann seine Wirbelsäule hinaufwanderte und den Körper erforschte, der ihre Fantasie seit ihrer Begegnung vor dem Badezimmer im Haus ihrer Großmutter beflügelte. Ihr war völlig egal, dass sie, wenn er sie weiter so leidenschaftlich küsste, morgen von seinen Bartstoppeln wunde Wangen haben würde; wäre es nach ihr gegangen, hätte er ewig so weitermachen können.

Alex ließ sich von Sophie das T-Shirt ausziehen, und sein muskulöser Oberkörper, der nun zum Vorschein kam, sah genauso aus wie an jenem Morgen bei Lily auf dem Treppenabsatz. Seine trainierten Oberarme waren trotz der Sommersonne immer noch blass, aber der Anblick befeuerte ihre Lust weiter. In Windeseile zog sie sich ihr Oberteil über den Kopf, und Alex küsste sie aufs Schlüsselbein und streichelte die Rundungen ihrer Brüste unter ihrem fuchsiafarbenen BH. Diesmal war sie diejenige, die aufstöhnte, als seine warmen Finger sie durch den feinen Spitzenstoff liebkosten, und dann spürte sie wieder sein Gewicht auf ihrem Körper.

»Du hast wundervolle Hände«, flüsterte sie zwischen den Küssen. »Ich will sie spüren, überall.«

Alex rückte ein wenig von ihr ab, um sie zu betrachten, und sein Blick war so eindringlich, dass Sophie beinahe das Herz stehen blieb. »Bist du sicher?«, fragte er sanft. »Ich will dich zu nichts drängen.«

»Seh ich so aus, als ob du mich zu was drängst?«, entgegnete sie schwer atmend und mit gerötetem Gesicht. »Ich will dich spüren … ganz.«

Das brauchte sie Alex nicht zweimal zu sagen. Er verlagerte sein Gewicht, um seinen Gürtel zu öffnen, streifte seine Jeans ab und ließ Sophie Zeit, es ihm gleichzutun. Nach dem sonnigen Tag war es in der Jurte immer noch angenehm warm, und so schob sie die Daunendecke und das Laken vom Bett. Sie trug noch BH und Höschen, und Alex legte sich zu ihr, nur mit seinen Boxershorts bekleidet. Als sich ihre beinahe nackten Körper berührten, durchzuckte es Sophie wie ein elektrischer Schlag.

»Oh Gott«, stöhnte Alex. »Danach sehne ich mich seit dem Augenblick, als ich dir begegnet bin.«

»Das wär wohl ein bisschen unangemessen gewesen«, murmelte Sophie und dachte amüsiert an ihre erste Begegnung in der Firma, auf der Filtrationsebene. »Wahrscheinlich wärst du gefeuert worden, bevor du überhaupt angefangen hättest!«

Alex lachte. »Aber es stimmt.« Er ließ seine Hand seitlich an ihrem Oberkörper entlanggleiten, strich über ihre geschwungene Taille, bis er den Saum ihres Höschens erreichte. Er glitt mit den Fingern unter den Gummi und begann sie zu streicheln und zu liebkosen, bis Sophie warm und feucht geworden war. Irgendwie schaffte sie es, sich den Slip abzustreifen, öffnete die Schenkel und stöhnte auf, als er mit seinen warmen Fingern in sie eindrang, sodass es in ihrem ganzen Körper pulsierte.

»Gefällt dir das?«, flüsterte er ihr ins Ohr. Er fuhr mit einem angenehmen, stetigen Rhythmus fort, und seine Berührungen sandten Wellen der Lust durch ihren Körper. Vor verzweifelter Begierde wölbte sie ihm ihren Körper entgegen.

»Oh, Gott, ja«, flüsterte sie atemlos und spürte, wie sie sich dem Höhepunkt näherte. Sie erstarrte unter seiner Berührung und keuchte atemlos, als die Woge sie übermannte.

Alex stützte sich auf einen Ellbogen und betrachtete sie. »Sieht so aus, als hättest du das gebraucht.«

»Kann man wohl sagen«, erwiderte Sophie leise. Sie fühlte sich unfassbar entspannt. »Aber noch mehr will ich dich in mir spüren.« Sie fuhr mit einer Hand über seinen Bauch und in seine Baumwollboxershorts, wo seine Erregung unmissverständlich zu spüren war. Sobald sie begann, ihm mit den Händen Lust zu verschaffen, ließ er sich auf die Kissen sinken und gab sich ganz ihren Berührungen hin.

»Oh«, keuchte er. »Du machst das so gut.« Er hob die Hüften, als sie den Druck ihrer Finger erhöhte, und sie spürte, dass er gleich kommen würde. Sie streifte ihm die Boxershorts ab, sodass er nackt vor ihr lag und seine stolz aufgerichtete Männlichkeit sich ihr entgegenreckte.

Zum Glück hatte sie immer noch ein Kondom in der Geldbörse, mehr aus Gewohnheit denn aus konkreter Erwartung, und sie beugte sich aus dem Bett, um sie aus ihrer Schultertasche zu fischen. Alex sah sie an. »Bist du sicher?«, flüsterte er ein letztes Mal. Dann zog er sie grinsend wieder aufs Bett, sodass sie sich anschauten.

»Mehr als jemals zuvor«, antwortete Sophie. »Und du?«

»Absolut.«

Sophie lag wieder unter ihm, als er ihre Schenkel öffnete und in sie eindrang. Ihn in sich zu spüren, groß und hart, war zutiefst erregend. Sie hielt den Atem an, als er sich zu bewegen begann, zunächst langsam, und dann brachte er sie mit tiefen Stößen noch einmal zum Höhepunkt. Während sie von ihrem zweiten Orgasmus überwältigt wurde, spürte sie, wie er die Stellung veränderte und ebenfalls kam. Während ihn die Lust übermannte, sah sie ihm in die Augen.

Schwer atmend ließ er sich auf sie sinken, immer noch in ihr.

»Du fühlst dich so gut an«, sagte er und hob den Kopf, um ihr in die Augen zu blicken.

»Du auch«, erwiderte Sophie. Nach einem letzten Kuss, bei dem sie noch vereinigt waren, glitt Alex sanft aus ihr und schmiegte sich an sie. Sie legte den Kopf auf seine Brust und fühlte sich in seinen Armen zufrieden und geborgen.

24

Am nächsten Morgen erwachte Sophie gegen vier Uhr. Die Sonne ging gerade auf, und die Lämpchen der Solar-Lichterkette leuchteten nur noch schwach. Sie hatten ineinander verschlungen geschlafen, Sophie hatte ein Bein um das von Alex gelegt. Eigentlich hätte sie einen Kater bekommen müssen, doch sie fühlte sich unglaublich gut und merkwürdig ruhig, während sie zum Jurtendach hinaufblickte. Mit Alex zu schlafen, hatte sich so richtig angefühlt wie mit niemand anderem zuvor.

Sie brauchte einen Moment, bis ihr klar wurde, dass sie allein im Bett lag. Die frühe Morgenluft war kühl, und während sie langsam wach wurde, bemerkte sie, dass der Türvorhang der Jurte nicht ganz geschlossen war. Sie schwang die Beine aus dem Bett, zog sich ihr T-Shirt über, ging zum Eingang und schaute hinaus. Dort saß Alex auf einem Stuhl, den er mit nach draußen genommen hatte. Er trug T-Shirt und Boxershorts und hielt das Gesicht in die Strahlen der aufgehenden Sonne.

»Hallo«, flüsterte Sophie, während sie auf dem taufeuchten Gras auf ihn zuschritt.

»Hallo. Ich hab dich doch hoffentlich nicht geweckt?«

Sophie schüttelte den Kopf. »Nein, ich bin vom Licht wach geworden. Und ich, äh, muss mal aufs Klo.« Hinter den Zelten war ein mobiles Toilettenhäuschen. Wer duschen wollte, musste etwas weiter Richtung Ausstellungsgelände gehen.

»Als die Sonne aufging, konnte ich nicht mehr schlafen. Ich dachte mir, ich genieße den Anblick ein bisschen, bevor der Tag richtig losgeht«, sagte Alex.

»Vielleicht leiste ich dir Gesellschaft, wenn ich zurück bin.« Als Sophie wieder zur Jurte kam, saß Alex immer noch draußen. Er wirkte so in sich ruhend, wie sie ihn noch nicht erlebt hatte; und sie hoffte, dass sie der Grund dafür war.

Sie holte den anderen Campingstuhl aus dem Zelt und ließ sich darauf sinken. Einen Moment saßen sie schweigend nebeneinander, ohne dass die Stille unangenehm gewesen wäre. Die höher steigende Sonne tauchte den Himmel in einen leuchtenden Rosaton, der Alex' braune Augen noch wärmer wirken ließ. »Komm her«, forderte er sie sanft auf, streckte eine Hand aus und half ihr beim Aufstehen, um sie auf seinen Schoß zu ziehen. Er umfasste ihre Wange und küsste sie lange und voller Leidenschaft. Überrascht genoss sie den Moment, bis sie sich schließlich aus der Umarmung löste.

»Wow«, sagte sie leise. »So sollten wir öfter den Tag beginnen.«

»Muss an der frischen Luft liegen«, erwiderte Alex mit leicht kratziger Stimme und wirkte mit einem Mal ernster, als würde ihn etwas beschäftigen.

»Was ist?«

»Ich möchte, dass du weißt … Also, letzte Nacht, das war was Besonderes. Es war unglaublich.« Er schwieg einen Moment, und Sophie war sich nicht sicher, ob es am rosafarbenen Licht der Morgensonne lag oder ob Alex errötete. »Seit meine Mutter gestorben ist, war ich wohl in einer Art Erstarrung gefangen … und letzte Nacht hatte ich das Gefühl, endlich daraus ausgebrochen zu sein.« Als er Sophies fragenden Blick sah, fügte er hastig hinzu: »Aber ich will keinen Druck auf dich ausüben, Sophie. Ich reise Ende September nach Hause.«

Sie war überrascht, wie traurig sie wurde, als er es laut aussprach. Natürlich hatte sie von Anfang an gewusst, dass sein Praktikum nur vier Monate dauern würde, aber irgendwie hatte sie es geschafft, diese Tatsache zu verdrängen, seit sie sich privat trafen. Natürlich würde er nach Vancouver zurückkehren; die Frage war: Was bedeutete das für sie?

Sie berührte Alex' Wange und spürte seine Bartstoppeln unter der Handfläche. Ihre Lippen kribbelten bei der Erinnerung an seinen Kuss. »Ich weiß, was du meinst. Seit Mark und ich … also, seitdem hab ich gedacht, ich könnte nie wieder jemanden so nahe an mich heranlassen. Und dann bist du gekommen, und plötzlich sind wir hier und teilen uns in dieser Jurte ein Bett.« Sie lachte. »Dass ich mir gestern deswegen noch Sorgen gemacht habe!«

»Aber was ist mit morgen und nächster Woche, und dem Tag, an dem ich abreisen muss? Sophie, was auch immer in den nächsten paar Wochen passiert, du musst wissen, dass du mir viel bedeutest.«

Sophie lachte erneut etwas nervös. »Klingt ja ganz schön düster. Was meinst du denn, was passieren wird?«

Alex schüttelte den Kopf. »Nichts«, sagte er hastig. »Aber du weißt schon … manchmal entwickeln sich die Dinge anders, als man denkt. Ich hätte ja auch nie im Leben geglaubt, dass ich dich finden würde.« Er zog sie an sich.

Als sie ihre Umarmung wieder lösten, sah Sophie auf die Armbanduhr, die sie gestern, als sie sich schlafen gelegt hatten, vergessen hatte abzulegen. »Wir sollten langsam in die Gänge kommen. Wenn es so wird wie gestern, dann werden uns die Leute heute ganz schön auf Trab halten.«

Alex nickte. »Ich geh mal duschen. Es sei denn, du willst als Erste?«

»Nein, geh du zuerst. Offen gesagt hab ich nichts dagegen, noch mal eine halbe Stunde ins Bett zu verschwinden, bevor der Tag richtig losgeht.«

»In Ordnung. Und wahrscheinlich sind die Duschen um fünf Uhr noch nicht so überlaufen.«

»Da wär ich mir nicht so sicher! Manche von diesen jungen Bauernburschen haben wahrscheinlich gar nicht geschlafen – die brausen sich einfach nur kalt ab und gehen dann wieder an ihren Stand!«

Alex musste lachen. »Na, mal sehen!« Er holte sein Handtuch und seinen Kulturbeutel und zog los. Sophie sah ihm mit einer Mischung aus Begehren und Neugier hinterher. Der Mann mit den nicht ganz geraden Beinen war wirklich ein Bild für die Götter, aber seine Worte gingen ihr nicht mehr aus dem Kopf. »Was auch immer in den nächsten Wochen passiert« – was mochte er damit gemeint haben? Sie konnte den Gedanken nicht abschütteln, dass er womöglich etwas vor ihr verbarg, und sie hatte Angst, verletzt zu werden. Sie hatte sich ihm gegenüber verwundbar gemacht; nicht nur gestern Nacht, sondern von dem Moment an, in dem sie beide eine echte Verbindung zueinander aufgebaut hatten. Würde er am Ende des Sommers einfach aus ihrem Leben verschwinden und sie mit ein paar schönen Erinnerungen und einem gebrochenen Herzen zurücklassen?

25

Allmählich wurde es Meredith zu langweilig, in ihrer Freizeit hauptsächlich Trübsal zu blasen oder Texte von ihrer Literaturliste für den Herbst zu lesen, und so beschloss sie am Donnerstagabend, dass es an der Zeit war, das Haus einmal nicht der Arbeit wegen zu verlassen, sondern um unter Leute zu gehen. Da sie sich noch nicht so recht bereit dafür fühlte, sich die ganze Nacht um die Ohren zu schlagen, textete sie Rosie, ihrer besten Freundin aus Schulzeiten, um zu fragen, ob sie Lust auf ein, zwei Drinks im Stationmaster hätte. Rosie freute sich auf ein Wiedersehen und die Aussicht, Neuigkeiten auszutauschen, und so zog sich Meredith ein frisches T-Shirt an, kämmte sich die langen dunklen Haare und machte sich auf den Weg.

»Wird nicht allzu spät«, rief sie Anna zu, als sie ihr im Flur begegnete. »Ich bin nur mit Rosie verabredet, wir gehen was trinken.«

»Hast du was gegessen?«, fragte Anna besorgt.

»Ich hab wirklich keinen Hunger, aber wenn ich welchen kriege, bestell ich mir was im Pub.« Meredith wusste, dass Anna sich Gedanken machte und nur ihr Bestes wollte.

Sie beeilte sich, zum Stationmaster zu kommen, aber als sie durch die Tür des Pubs trat und sich suchend nach Rosie umschaute, stellte sie fest, dass ihre Freundin offenbar noch nicht da war. Die meisten Gäste saßen draußen im Biergarten, unter Sonnenschirmen vor der immer noch kräftigen Sonne geschützt, und tranken eisgekühlten Cider. Als sie zur Bar rüberging, erblickte sie ausgerechnet den Menschen, dem sie, mit Ausnahme von Flynn, am wenigsten über den Weg laufen wollte. Er unterhielt sich gerade mit einem Barmann, während er darauf wartete, dass der Rest seiner Bestellung fertig wurde, und da er Jeans und sein grünes Poloshirt von der Arbeit trug, war er offenbar direkt nach Feierabend in den Pub gekommen: Joe Flanagan.

Meredith fluchte innerlich, als ihr klar wurde, dass es zu spät war, einen großen Bogen um ihn zu machen und das andere Ende der Bar anzusteuern, ohne dass sie wie eine totale Idiotin rüberkam. Besonders, wo der Barkeeper sie bereits entdeckt und ihr ein Zeichen gegeben hatte, dass er ihre Bestellung als Nächstes aufnehmen würde. Sie atmete tief durch, beschloss, Joe einfach zu ignorieren, und ging an den Tresen.

»Alles okay?«, fragte Joe, als der Barmann ihm zwei weitere Pints rüberschob.

Meredith schaute geradeaus, fest entschlossen, nicht mit ihm zu reden. Sie hatte heute Abend keine Lust, sich wieder zu streiten.

Offensichtlich überrascht über ihr Schweigen, unternahm Joe einen zweiten Versuch. »Hör mal, es tut mir leid. Ich hätte gestern im Gespräch mit dir nicht ausrasten sollen. Das alles ist schließlich schon eine Ewigkeit her.« Er deutete auf sein Glas. »Darf ich dir einen Drink ausgeben?«

Meredith zögerte einen Augenblick, aber sie war nie besonders nachtragend gewesen, und Joes Entschuldigung war entwaffnend. Er hatte recht; er hätte den Streit nicht anfangen sollen, aber vielleicht hatte er gute Gründe gehabt. Sie wandte sich ihm zu und blickte in seine strahlend blauen Augen, die jetzt so viel ruhiger wirkten als bei ihrer Begegnung im Garten vor einer Woche. Er sah sie nervös an und wartete ganz offensichtlich auf eine Antwort.

»Okay, danke. Entschuldigung angenommen«, erwiderte sie. »Und mir tut es auch leid. Ich hatte keine Ahnung, was damals passiert ist. In manchen Menschen kann man sich ganz schön täuschen.« Als der Barkeeper zu ihr kam, sagte sie: »Für mich ein Caffrey's Irish Ale, bitte.«

Joe hob eine Augenbraue. »Eigenartige Getränkewahl für einen Sommerabend.«

Meredith lachte. »Das hab ich in letzter Zeit oft getrunken. In den Wintern oben im Norden ist es ganz nützlich, das wärmt von innen, und so bin ich auf den Geschmack gekommen.«

Als sie beide ihre Getränke bekommen hatten, entstand ein leicht unbehagliches Schweigen, das Joe schließlich brach. »Ähm, ich bin mit ein paar Kumpels hier. Wenn du willst, kannst du dich gern zu uns setzen.«

Meredith lächelte. »Danke, aber ich, äh … treff hier heute eine Freundin. Rosie hat mir gerade geschrieben und Bescheid gesagt, dass sie ein bisschen später kommt, wie immer. Ich werd uns mal einen Tisch sichern und auf sie warten. Aber danke für das Angebot.«

»Kein Problem. Man sieht sich.«

»Klar. Bis dann.«

Sie trennten sich, Joe ging zu einem Tisch im hinteren Teil des Pubs, an dem bereits zwei junge Männer saßen, und Meredith zu einem Tisch direkt am Fenster, wo sie nach Rosie Ausschau halten konnte. Es war ein warmer Abend, und das Lüftchen, das durch die offene Tür hereinwehte, war angenehm. Sie beobachtete, wie Joe sich setzte, und spürte, dass ihre Wangen rot wurden, als einer von seinen Freunden in ihre Richtung deutete. Sie sah, wie Joe den Kopf schüttelte und irgendetwas sagte, bevor er sich setzte. *Wahrscheinlich erzählt er seinen Kumpels, was für ein Snob ich doch bin*, dachte sie voll Bitterkeit, schalt sich selbst aber sofort für diesen Gedanken. Gerade eben hatte er sich bei ihr entschuldigt, und sein Vater war immerhin der beste Freund ihres Dads. Ja, vielleicht hatten sie als Teenager nicht viel miteinander zu tun gehabt, aber sie konnte sich noch daran erinnern, wie sie als Kinder zusammen gespielt hatten. Es war nicht fair, so schlecht von ihm zu denken.

In diesem Moment platzte Rosie durch die Eingangstür und marschierte schnurstracks auf Merediths Tisch zu.

»Sorry!«, keuchte sie. »Nach Feierabend sind wir im Stau stecken geblieben – irgendein Unfall in der Nähe vom Flughafen –, und ich musste noch die Arbeitsklamotten loswerden.« Während der vorlesungsfreien Zeit hatte Rosie einen Job in einer Filiale von Costa Coffee in Bristol, der sie manchmal ziemlich schlauchte, manchmal aber auch richtig aufgedreht machte, je nachdem, wie viel Kaffee sie selbst im Lauf des Tages konsumiert hatte.

»Kein Problem.« Meredith nahm einen Schluck von ihrem Ale.

»Du hast dir also schon was bestellt«, bemerkte Rosie und deutete auf das Bier.

»Hatte ich gar nicht vor. Joe Flanagan hat's mir spendiert.«

»Echt?« Rosie hob überrascht eine Augenbraue.

»Schau mich nicht so an«, beschwerte sich Meredith. »Es war als Entschuldigung gedacht.«

»Und wofür muss sich Joe Flanagan bei dir entschuldigen?«, fragte Rosie mit einem schelmischen Grinsen.

Meredith errötete. »Ach, Schnee von gestern.«

»Ach ja?«

»Ja. Joe ist ein netter Typ, das ist alles.«

»Du weißt schon, Merry – der beste Weg, über jemanden hinwegzukommen, und so weiter.« Mit anerkennendem Blick sah Rosie zu Joe und seinen Freunden hinüber. »Vielleicht ist es langweilig, den Sommer zu Hause zu verbringen, aber vielleicht gibt es auch ein paar gute Gründe, hier im Dorf abzuhängen.«

»Danke, lass mal«, murmelte Meredith und schaute in ihr Bier, das dieselbe Farbe hatte wie Joe Flanagans Haar. »Joe ist nicht mein Typ.«

»Ja, also, vielleicht solltest du mal dein Beuteschema ›nerdiger Musiker‹ hinterfragen, wenn ich so an Flynn denke«, entgegnete Rosie. »Ich wette, mit Joe könnte man eine Menge Spaß haben.«

»Solltest du dir nicht lieber was zu trinken bestellen?« Meredith nahm einen großen Schluck Bier. »Und wo du schon mal zur Bar gehst, kannst du mir gleich noch eins mitbringen.« Wenn Rosie beschlossen hatte, ausführlich zu bequatschen, welches die besten Typen im Dorf waren, würde es ein langer Abend werden, und Meredith war definitiv nicht in Stimmung für das Thema. Sie litt nach wie vor unter der Trennung von Flynn; nichts hätte ihr fernerliegen können, als darüber nachzudenken, mit jemand anderem auszugehen.

Rosie sah noch immer zu Joe und seinen Freunden hinüber, die Gruppe war inzwischen geschlossen zur Bar gegangen. »Bin gleich wieder da«, sagte sie und war schon unterwegs zum Tresen.

Meredith versuchte, sie nicht weiter zu beachten, aber ihr Blick wanderte ständig Richtung Bar, wo Rosie, die große, blonde, selbstsichere Rosie, sofort die Aufmerksamkeit von Joe und seinen Freunden auf sich zog. Es dauerte nur wenige Augenblicke, da war sie schon mit ihnen im Gespräch, strahlte sie an und nickte. Als Joe mit ihr zu reden begann, versetzte es Meredith einen kleinen Stich. Doch als er zu ihr herüberschaute, war sie beruhigt. Joe durfte schließlich mit Rosie sprechen, wenn er wollte, oder? Und Rosie durfte sich mit Joe unterhalten. Sie beschloss, dass ihren Gefühlen im Moment nicht zu trauen war, und griff nach ihrem Handy. Auch diesmal war sie enttäuscht, weil keine Nachricht von Flynn eingegangen war. Seit ihrer Trennung hatte er sich nicht mehr bei Meredith gemeldet. Überraschend war aber, dass es längst nicht mehr so wehtat, wie sie erwartet hatte.

26

Nachdem Sophie und Alex den ganzen Donnerstag damit beschäftigt gewesen waren, bei der Royal West Country Show Cider zu verkaufen und ihre Produkte anzupreisen, übernahm am Freitagnachmittag Jonathan Carter den Stand, sodass sie ein paar Stunden freihatten, die sie nutzen konnten, um sich den Rest der Schau anzusehen. Während sie Hand in Hand an den Verkaufsständen und Buden mit allerlei Landkleidung, regional produzierten Lebensmitteln wie der beliebten Yeo Valley Eiscreme sowie Gartenmöbeln und Reit- und Pferdebedarf vorbeischlenderten, merkte Sophie, wie der Stress von ihr abfiel. Sie hatte die Ausstellung schon ein paar Jahre lang nicht mehr besucht, und es machte ihr Spaß, sich wieder einmal auf dem Gelände umzuschauen.

»Echt toll hier«, sagte Alex, als sie zur Hauptarena kamen, wo die Polizeipferde fürs Schaulaufen aufgewärmt wurden. »Die erinnern mich an die Mounties zu Hause.«

»Die gibt's bei euch noch?«, lachte Sophie. »Ich meine, ich weiß noch, dass Mum früher, als ich Kind war, total besessen war von dieser einen Fernsehsendung, in der es um einen Mountie ging, aber ich hab irgendwie angenommen, dass die berittene Polizei eher für Repräsentationszwecke eingesetzt wird als im Alltag.«

»Na klar gibt's die noch. Wobei Pferde heutzutage nicht mehr ihr einziges Transportmittel sind.« Grinsend flüsterte er ihr ins Ohr: »Hast du womöglich ein Faible für rote Uniformen?«

Sophie lachte. »Das möchtest du gern wissen, was?«

»Sieh mal einer an, ihr scheint euch ja ausgezeichnet zu amüsieren«, unterbrach eine sehr unwillkommene Stimme ihre Unterhaltung. »Ich dachte, ihr wärt zum Arbeiten hier, Soph, und nicht zum Turteln.«

Sophie erstarrte, und schlagartig wurde ihr übel. »Was machst du denn hier?«, fragte sie Mark, der sich durch die Menge einen Weg zu ihnen bahnte.

»Ich arbeite hier im Verkauf«, antwortete er mit einem freudlosen Lächeln. »Mark Simpson«, fügte er hinzu und hielt Alex seine etwas schmutzige Hand hin, die dieser aber ignorierte. Sophie spürte, wie angespannt er war.

»Ich weiß, wer Sie sind«, sagte Alex mit düsterer Miene und legte schützend einen Arm um Sophie. »Bitte entschuldigen Sie uns.«

»Aber nicht doch, Kumpel. Ich wollte doch nur Hallo sagen.«

»Und das haben Sie gerade getan.« Alex wandte sich wieder an Sophie. »Wir sollten zurück zum Stand gehen.«

Sophie nickte, doch Alex' unwirsche Reaktion auf Mark hatte sie verunsichert. Das war merkwürdig, wo er doch sonst so höflich und reserviert war. »Ja, gehen wir.«

»War nett, dich hier gesehen zu haben, Soph«, rief Mark ihnen hinterher. »Schreib mir 'ne Nachricht, wenn du zurück bist, okay?«

Beim Weitergehen fragte Sophie leise: »Alles in Ordnung, Alex?«

Er nickte. »Ja.« Aber seine Anspannung ließ das Gegenteil vermuten. Er schwieg, bis sie am Stand von Carter's angelangt waren, und den Rest des Nachmittags waren sie dann mit dem Verkauf von Cider und dem Ausschank von Proben beschäftigt, sodass Sophie ihm keine weiteren Fragen stellen konnte. In gewissem

Sinne war seine Reaktion auf Mark für sie nachvollziehbar, schließlich wusste sie, dass er Lily mochte, und Mark war ja schuld an ihrem Sturz. Und vielleicht, so überlegte sie, hatte Alex auch das Gefühl, sie beschützen zu müssen, nach allem, was sie mit Mark erlebt hatte. Sie war bloß überrascht, dass er sich derart von seinen Gefühlen hatte übermannen lassen, wo er sich doch sonst immer so unter Kontrolle hatte. Sie hoffte, sie konnte ihn später dazu bringen, sich ihr zu öffnen, und den Rest des Nachmittags konzentrierte sie sich auf die Gespräche mit den Besuchern.

*

Als sie abends zur Jurte zurückgingen, beschloss Sophie, dass Direktheit die beste Wahl war. Alex hatte auf dem gesamten Weg zu ihrer Unterkunft geschwiegen, und Sophie war jetzt definitiv beunruhigt.

»Mir geht's gut«, antwortete er, als sie nach seinem Befinden fragte. »Es war ein langer Tag.«

Sophie zwang sich zu einem Lächeln und hoffte, sie könnte ihm helfen abzuschütteln, was ihn seit ihrer Begegnung mit Mark beschäftigte, worum auch immer es sich handeln mochte. Sie umarmte ihn und legte den Kopf für einen Kuss in den Nacken, doch selbst als sie sich an ihn schmiegte, merkte sie, dass er gedanklich woanders war.

»Alex, bitte sag mir, was dich bedrückt.«

Er seufzte und trat einen Schritt zurück, damit sie sich in die Augen sehen konnten. »Es tut mir leid«, sagte er leise. »Es ist nur … ich hab wirklich ein Problem mit Mark. Und das nicht einfach nur, weil er dein Ex-Freund ist, und auch nicht wegen Lilys Unfall. Obwohl das schon Gründe genug wären.«

»Was ist es dann?«

»Ich glaube, es liegt daran, dass ich mit Mitte zwanzig genauso getickt hab wie er, was Frauen angeht. Mir war egal, dass ich Menschen verletzt habe, und ich bin mit den Gefühlen anderer ziemlich sorglos umgegangen.«

Sophie war überrascht. Der Gedanke, Alex und Mark könnten etwas gemeinsam haben, behagte ihr nicht; sie schienen ihr vielmehr das genaue Gegenteil voneinander zu sein. Sicher übertrieb Alex. »Das fällt mir irgendwie schwer zu glauben. Ich meine, du warst so zurückhaltend, als das mit uns angefangen hat. Was ist jetzt anders?«

»Ich bin ein anderer geworden. Damals hatte ich eine Menge Probleme. Mom hatte mir ein bisschen über meinen Vater erzählt; also, meinen leiblichen Vater. Sie wollte nicht zu sehr ins Detail gehen und hat mir erklärt, dass die Zeit kommen würde, wo ich es selbst herausfinden würde, und oberflächlich gesehen hat es mich eigentlich auch gar nicht interessiert. Für mich war immer Harry mein Vater gewesen, es war mir nicht wichtig, mehr über meinen leiblichen Vater zu erfahren.« Er schüttelte bei der Erinnerung den Kopf. »Mom hat mir gesagt, dass ich das Ergebnis einer Sommeraffäre war. Sie hat mir nicht verraten, ob mein Vater von mir wusste. Das habe ich erst später erfahren, kurz vor ihrem Tod.«

»Und wie war das für dich?« Sophie griff nach seiner Hand und verschränkte die Finger mit seinen.

»Damals, vor zehn Jahren, war ich frustriert, aber nicht wirklich wütend. Mom konnte ein ziemlicher Dickkopf sein, doch sie hat immer gute Entscheidungen getroffen. Ich dachte mir, sie wird wohl einen triftigen Grund gehabt haben, mir den Namen des Mannes nicht zu nennen. Aber wenn ich jetzt zurückblicke, ist mir klar, dass es mir auf einer tieferen Ebene wohl doch zu schaffen gemacht hat, nur einen Teil der Geschichte zu kennen. Ich hatte eine ganze Reihe von Affären, One-Night-Stands, hab mit Frauen Schluss gemacht, die ich mochte, weil ich mir selbst was beweisen wollte. Mehr als einmal habe ich mich in Gefahr gebracht, indem ich durch die Betten gewandert und Risiken eingegangen bin, und ich bin nicht gerade stolz darauf. Ich hab wohl unbewusst eine Menge Probleme mit mir rumgeschleppt, und meine Art, damit umzugehen, war, es durch Taten zu kompensieren. Ich weiß, dass Mom sich Sorgen gemacht hat, aber vermutlich habe ich sie und meinen biologischen Vater dafür bestrafen wollen, dass sie mir Informationen vorenthalten haben.«

»Klingt so, als hättest du eine Menge zu verarbeiten gehabt«, bemerkte Sophie.

»Das kann man wohl sagen. Die Anwaltskanzlei, für die ich gearbeitet habe, hatte eine eigene Therapeutin. In den Sitzungen mit ihr habe ich über alles gesprochen und eine neue Sicht auf die Dinge bekommen. Irgendwann habe ich gemerkt, dass ich Mom die Schuld für mein Gefühl zuschob, dass in meinem Leben etwas fehlte, und dass ich Frauen dafür benutzt habe, um meine Mutter zu verletzen.« Er schüttelte den Kopf. »Zuerst hab ich gedacht, das wäre nur pseudopsychologischer Quatsch, aber nach und nach schien mir alles Sinn zu ergeben. Besonders, als ich herausgefunden habe, was genau zwischen meiner Mom und meinem Vater passiert ist.«

Sophie erschrak, denn sie dachte sofort an das Schlimmste. War Alex' Mutter vergewaltigt worden? Hatte sie deshalb ihrem Sohn die Sache verheimlicht? »Was ist passiert?«

Alex lächelte traurig. »Als sie sich kennengelernt haben, war er verheiratet und hatte kleine Kinder. Und er lebte mit seiner Familie … sehr weit weg. Wie Mom mir erzählt hat, hätten sie beide nie eine Zukunft gehabt. Sie traf eine Entscheidung, die ihr völlig unstrittig erschien. Sie wollte das Baby behalten und es allein großziehen. Ich glaube nicht, dass mein Vater überhaupt wusste, dass es mich gab.«

»Und hast du ihn nie ausfindig machen wollen, nachdem du das alles herausgefunden hast?«

Alex' Miene verfinsterte sich. Es schien, als würde er seine Worte sorgfältig abwägen. »Doch, natürlich. Aber jetzt ist es zu spät.« Zum ersten Mal, seit sie sich begegnet waren, sah er zutiefst traurig aus.

»Oh, Alex.« Sophies Augen füllten sich mit Tränen, als sie ihn fest umarmte. »Das tut mir so leid.« Sie konnte spüren, wie er zitterte.

Einen langen Augenblick hielten sie sich einfach nur in den Armen; vereint durch die Erfahrung, einen Elternteil verloren zu haben, den sie nie wirklich gekannt hatten. Als sie die Umarmung wieder lösten, küsste er sie sanft.

»Danke«, sagte er leise. »Und entschuldige, dass ich heute Nachmittag so komisch war. Es kam nur eine Menge Zeug hoch, von dem ich dachte, ich hätte es bereits hinter mir gelassen.« Er lachte kurz auf. »Um ehrlich zu sein, glaube ich, deine Gegenwart bringt mich dazu, wieder über all das zu sprechen.«

»Ich bin froh darüber«, sagte Sophie und lachte nervös. »Ich meine, schließlich hat doch jeder irgendwelche Geheimnisse, oder?«

Eine Sekunde lang huschte ein schwer zu deutender Ausdruck über sein Gesicht, und Sophie hätte zu gerne nachgefragt, aber da war er schon wieder verschwunden.

27

Nach zwei weiteren Nächten, in denen Sophie sich wunderte, wie sie und Alex es eigentlich schafften, tagsüber den Besucheransturm zu bewältigen und sich danach noch leidenschaftlich zu lieben, fuhren sie am Samstagabend zurück nach Little Somerby, wo sie sich wieder an das normale Leben gewöhnen mussten. Obwohl die Schau harte Arbeit bedeutet hatte, war die Zeit dort in gewissem Sinne wie Urlaub gewesen. Jedenfalls hatten sie beide, als sie sich trennten, das Gefühl, wieder im Alltag angekommen zu sein.

Sophie war mit Alex zu Lilys Cottage gefahren, um nach ihrer Großmutter zu schauen, die sich zu freuen schien, sie beide wiederzusehen. Jane hatte sich während der Landwirtschaftsschau um Lily gekümmert und den Hund ausgeführt, und Barney war außer sich vor Begeisterung, dass Sophie und Alex zurück waren. Nachdem Sophie mit ihrer Großmutter einen Tee getrunken hatte, gab sie Alex an der Tür einen langen, sehnsüchtigen Abschiedskuss. Jane würde morgen Nachmittag nach Marseille zurückfliegen, und Sophie und ihre Mutter wollten noch ein wenig Zeit zusammen verbringen, bevor sie abreiste.

»Dann bis Montag«, sagte Alex leise, dem die Trennung ebenfalls schwerfiel. Doch sie fühlten sich nicht wohl bei dem Gedanken, unter Lilys Dach ein Bett zu teilen, und Sophie behagte die Vorstellung nicht, ihrer Mutter wie bei der Spanischen Inquisition

Rede und Antwort stehen zu müssen, wenn Alex am nächsten Morgen mit ihr am Frühstückstisch säße, daher hatten sie beschlossen, fürs Erste getrennt zu schlafen. Und sie würden sich ja jeden Tag bei der Arbeit sehen.

*

Bald waren sie beide mit dem nächsten großen Ereignis des Jahres beschäftigt, das direkt im Ort veranstaltet wurde. Gleich nach dem Ende der Royal West Country Show war das Team von Carter's mit den Vorbereitungen für die Gedenkfeier zu Ehren von Jack Carter beschäftigt, die Mitte August stattfinden sollte, an dem Tag, an dem er seinen fünfundachtzigsten Geburtstag gefeiert hätte.

Im Lauf des Jahres richtete Carter's Cider verschiedene Veranstaltungen auf dem Firmengelände aus, um dem Dorf zu danken, das die Firma immer unterstützt hatte, auch während ihrer schnellen Expansion. Doch diese Feier hatte darüber hinaus eine tiefere Bedeutung. Als Jack Carter noch lebte, war er mit seinem Charisma, seinem Witz und seinem enzyklopädischen Wissen über Äpfel die Seele der Firma gewesen. Sein Sohn Matthew stand während der letzten Jahre zwar als treibende Kraft hinter der Expansion des Geschäfts, doch Jack war als Inbegriff der Marke Carter's stets präsent. Sein Tod vor anderthalb Jahren war zwar nicht unerwartet gekommen, aber plötzlich, und hatte in der Familie wie auch im Cider-Geschäft eine Lücke hinterlassen. Die Gedenkfeier war eine Möglichkeit, sein Leben und sein Vermächtnis zu würdigen, und zugleich ein Anlass, einen schönen Abend zu verbringen. Und Letzteres hätte Jack ganz sicher gutgeheißen.

Alle Mitarbeiter der Cider-Farm waren eingeladen, und wie im Familienunternehmen üblich, wurde an diesem Abend kein Wert auf Förmlichkeit gelegt. Matthew hatte dafür gesorgt, dass Caterer und Servicepersonal bereitstanden, sodass sich niemand von den Gästen wie ein Angestellter zu fühlen brauchte. Die Einladung war eindeutig gewesen: Zieht euch was Buntes an und tanzt die Nacht durch.

Alex freute sich sehr, als er die Einladung zur Feier bekam, war aber auch ziemlich nervös. Ein solches Familienfest hatte auch etwas Beunruhigendes. Seit den Nächten auf der Royal West Country Show wollte er Sophie unbedingt reinen Wein einschenken, aber je mehr Zeit verging, desto schwieriger wurde es, die richtigen Worte zu finden. Wie konnte er ihr jetzt, nach allem, was sie gesagt und getan hatten, erklären, wer er wirklich war?

Sophie, die gerade ihre eigene Einladung betrachtete, während Alex seine öffnete, lächelte. »Alles okay?« Sie hatten es geschafft, tagsüber professionelle Distanz zu wahren, was dadurch erleichtert wurde, dass Alex während der Woche in anderen Abteilungen gearbeitet hatte. Doch er teilte sich noch immer das Büro mit David und ihr, wenn er gerade nichts zu tun hatte.

Er gab sich innerlich einen Ruck. »Ja, alles okay.« Er versuchte, gedanklich wieder in die Gegenwart zurückzukommen. »Wird bestimmt nett«, sagte er mit Blick auf die Einladung.

»Ja, es wird sicher ein schöner Abend«, stimmte Sophie zu. »Möchtest du … meine Begleitung sein?«

Alex legte seine Einladungskarte aus der Hand und ging zu Sophies Schreibtisch. Er griff nach ihrer Hand, zog Sophie vom Bürostuhl und drückte sie an sich. »Nichts lieber als das«, flüsterte er zärtlich. Als er sie küssen wollte, hörten sie plötzlich ein Hüsteln und ließen hastig und schuldbewusst voneinander ab.

»Bitte nicht während der Arbeitszeit«, bemerkte David knapp und reichte Sophie einen Stapel Ausdrucke mit den neuesten Werten der Tanks. »Du solltest heute Vormittag mal Nummer fünfzehn überprüfen«, bat er sie. »Die Werte sind nicht ganz so, wie sie sein sollten.«

»Danke für die Info«, antwortete Sophie, die spürte, wie ihr die Röte vom Hals in die Wangen kroch. Zugleich unterdrückte sie ein Schmunzeln; David prüfte die Daten noch immer lieber auf den Ausdrucken des uralten Matrix-Druckers, anstatt einfach ein iPad zu benutzen, und daher tat sie so, als würde sie die Papiere studieren, die er ihr gereicht hatte, bevor sie die aktuellsten Messwerte auf ihrem iPad kontrollierte.

»Und du gehst besser mal rüber zu den Pressen«, sagte David zu Alex. »Die Jungs dort warten nicht gern.«

»Na klar, sofort.« Alex kam sich vor wie ein Teenager, der mit seiner Freundin von deren Vater beim Rummachen erwischt worden war. Das leichte Funkeln in Davids Blick, als er das Büro verließ, bildete Alex sich bestimmt nicht ein. Er lachte nervös und wandte sich noch einmal an Sophie. »Sehen wir uns beim Mittagessen?«

Sie nickte, immer noch rot im Gesicht. »Wir treffen uns in der Kantine.«

Alex beeilte sich, über den Hof zur Abfüllung zu gelangen, und versuchte, nicht an die Einladung zu denken, die auf seinem Schreibtisch lag, und auch nicht daran, dass er das Leben eines Mannes feiern würde, den er nie kennengelernt hatte und niemals kennenlernen würde. Dieser Abend würde ein Wechselbad der Gefühle auslösen; Alex konnte nur hoffen, dass er damit fertigwerden würde.

28

Sophie konnte kaum fassen, wie schnell der Sommer verstrich, seit sie und Alex ein Paar waren. Die Tage vergingen wie im Flug, da er die kurzen, lauen Sommernächte meist in ihrem Bett verbrachte, bevor er gegen sechs Uhr früh zum morgendlichen Gassigehen mit Barney aufbrach. Lily hatte sich dankenswerterweise bisher mit Kommentaren über das verwaiste Bett in ihrem Gästezimmer zurückgehalten, doch Alex war überzeugt, dass er sich ihren vielsagenden, aber erfreuten Blick nicht nur eingebildet hatte, als er Barney ablieferte und sich vor der Arbeit noch ein schnelles Frühstück gönnte.

Und dann war er plötzlich da: Der Abend, an dem die Gedenkfeier für Jack stattfinden sollte. Losgehen sollte es um sieben Uhr, doch weder Alex noch sie waren besonders erpicht darauf, sich gleich ins Getümmel zu stürzen. Also hatten sie sich im Stationmaster noch einen Drink genehmigt und sich erst dann auf den Weg zur Farm gemacht, um sich dort unauffällig unter die Gäste zu mischen. Sophie hatte keine Lust, Laura, der man nichts vormachen konnte, an ihren Fersen kleben zu haben, und wollte vermeiden, Mark zu begegnen, der ebenfalls eingeladen war. Sein Molkereibetrieb hatte mit Carter's eine gemeinsame Werbekampagne für Käse und Carter's Cider aufgezogen, sodass er sich auf der Feier blicken lassen musste, ob er wollte oder nicht. Sophie kam immer noch die Galle hoch, wenn sie an den Zwischenfall mit Marks Hund und Barney dachte, aber sie musste widerstrebend anerkennen, dass Mark danach zumindest in einen Maulkorb investiert hatte. Trotzdem war ihr nicht nach einer Runde Small Talk mit ihrem Ex, wenn sie Alex im Schlepptau hatte, vor allem nach der unschönen Begegnung der beiden bei der Royal West Country Show.

Alex hatte irgendwie in sich gekehrt gewirkt, als er sie abgeholt hatte. Sophie verspürte einen Anflug von Sorge, so still war er sonst selten.

»Alles okay?«, fragte sie, während sie durch Little Somerby zur Cider-Farm schlenderten.

Alex nickte geistesabwesend und sah sie lächelnd an. »Ich schätze, ich bin ein bisschen müde.«

Sophie verkniff sich ein Grinsen. Kein Wunder, immerhin hatten sie in den letzten Wochen nachts wenig Zeit mit Schlafen verbracht. Das kam oft zu kurz, bevor die Sonne aufging und der neue Tag begann.

»Ich muss noch schnell was erledigen«, sagte Sophie, als sie die Kreuzung erreichten, an der die imposante Dorfkirche lag. Sie hatte einen Strauß zartrosa Rosen in der Hand, die sie früher am Nachmittag beim Floristen im Dorf erstanden hatte. »Morgen hätte mein Vater Geburtstag gehabt, und ich wollte ihm ein paar Blumen aufs Grab legen. Ist das okay für dich?«

»Na klar. Möchtest du lieber allein sein? Ich kann hier am Tor warten.«

»Ganz im Gegenteil«, erwiderte sie lächelnd. »Es klingt vermutlich ziemlich kindisch, aber ich würde dich ihm gerne vorstellen. Ihr wärt bestimmt gut miteinander klargekommen.« Sie öffnete das Holztor zum Friedhof und ging zielstrebig den Weg entlang. »Jack Carter ist hier auch begraben, etwas weiter hinten. Ich denke mir manchmal, dass er von hier aus die Cider-Farm gut im

Blick hat. So gut, dass er vielleicht hin und wieder noch aus dem Jenseits dazwischenfunkt!« War es nur Einbildung, oder hielt Alex ihre Hand auf einmal fester? »Entschuldige.« Sie hielt inne und zog leicht an seinen Fingern, damit er sie ansah. »Mein Vater ist schon so lange tot, dass ich manchmal ganz vergesse, dass deine Mutter erst letztes Jahr gestorben ist.« Sie drückte seine Hand. »Verzeihst du mir?«

Alex entspannte sich sichtlich. »Schon gut«, sagte er leise. »Ich brauche wohl einfach noch ein bisschen Zeit.« Versonnen strich er über Sophies Wange.

»Dad liegt da drüben.« Sophie trat vom Weg auf den Rasen. Wenige Parzellen weiter stand ein Grabstein aus dunklem Marmor mit der Inschrift:

ANDREW HENDERSON
Innig geliebter Ehemann,
geliebter Vater und über alles geliebter Sohn

Darunter waren seine Lebensdaten eingraviert. Sophie wickelte die Rosen aus und griff nach der Stahlvase am Grabstein.

»Ich kann gern Wasser holen«, bot Alex an, während sie die verwelkten Blumen aus der Vase entfernte.

»Das wär toll, danke.« Sie gab ihm das Gefäß, schaute ihm auf dem Weg zum Wasserhahn an der Friedhofsecke hinterher und flüsterte: »Ist er nicht wunderbar, Dad? Ich finde schon. Du hoffentlich auch.« Sie dachte an den jungen Mann auf den Fotos zu Hause. Es war merkwürdig und schwer zu begreifen, dass sie mittlerweile zwei Jahre älter war, als er überhaupt geworden war.

Alex war unterdessen zurück und reichte ihr die mit Wasser gefüllte Vase. Als könnte er Gedanken lesen, sagte er nach einem Blick auf die Daten auf dem Grabstein: »Dein Vater ist ja wirklich jung gestorben. Das tut mir furchtbar leid. Zumindest hatte ich meine Mutter, bis ich über dreißig war.«

Sophie nickte. »Als sie ihn geheiratet hat, wusste Mum, dass Dads Krebs jederzeit zurückkommen konnte. Doch die beiden waren unglaublich glücklich. Sie mögen nicht viel Zeit miteinander gehabt haben, aber sie haben das Beste draus gemacht. Gran war total am Boden zerstört, als er starb. Sie spricht zwar kaum darüber, aber ich weiß, sie vermisst ihn selbst heute, nach über siebenundzwanzig Jahren noch.«

»Das muss als Kind schwer zu verstehen gewesen sein.«

»Ich habe keine richtige Erinnerung an meinen Vater«, erwiderte Sophie. »Ich war gerade mal zwei Jahre alt, als er starb. Er hatte als Teenager Leukämie, galt aber jahrelang als geheilt. Als der Rückfall kam, war der Krebs sehr aggressiv. Meine Mutter hat versucht, mich auf das Unvermeidliche vorzubereiten. Ich bin froh, dass ich im Gegensatz zu ihr keine Erinnerung daran habe, wie es ihm nach und nach immer schlechter ging. Er war die Liebe ihres Lebens, und nach seinem Tod musste meine Großmutter ihr lange Zeit helfen zurechtzukommen – und das, obwohl sie selbst um ihren Sohn trauerte. Irgendwann hat meine Mutter dann die Kraft gefunden, ins Leben zurückzukehren. Aber es hat lange gedauert, bis sie so weit war. Ich glaub, deshalb ist sie auch nach Frankreich gezogen, als sie Steve kennengelernt hat. In unserem Haus steckten einfach zu viele Erinnerungen.«

»Du freust dich bestimmt für sie. Ich weiß noch, wie Mom meinen Stiefvater kennenlernte. Da war ich vielleicht acht. Anfangs war ich höllisch eifersüchtig, bis mir klar wurde, dass er nicht der Feind war. Es war gut, dass wir uns hatten, als Mum starb.«

Sophie ließ ihre Hand in die von Alex gleiten. Sie hatte das Gefühl, dass es das Band zwischen ihnen stärkte, über ihre Trauer zu sprechen. »Ich hatte als Teenager eine Phase, in der ich manisch versucht habe, alles über meinen Dad herauszukriegen. Hab stundenlang auf jedes Foto gestarrt, meine Mutter mit Fragen gelöchert … Ich wollte endlich ein klareres Bild von ihm bekommen und war unglaublich frustriert, dass ich keine eigenen Erinnerungen an ihn hatte. Und dann habe ich eine Flasche Aftershave in der Parfümschublade meiner Mutter gefunden. Sie war uralt, die Flüssigkeit war fast ganz eingetrocknet, aber als ich den Deckel aufgemacht und daran gerochen hab, sind mir direkt die Tränen in die Augen geschossen. Es war, als hätte ich eine schlafende Erinnerung geweckt, ein Stück Dad, das ich in mir getragen habe, ohne es zu wissen.« Sie schüttelte den Kopf. »Ich hab's Mum nie erzählt – ich hatte Angst, sie wäre dann böse auf mich. Aber ich hab mich manchmal gefragt, ob sie es nicht trotzdem mitbekommen hat. Immer wenn ich mich ihm nahe fühlen wollte, bin ich in Mums Zimmer geschlichen und hab an der Aftershave-Flasche geschnuppert. Wenn es mir schlecht ging, hat mir das geholfen, eine Verbindung zu ihm zu spüren.«

»Meine Mutter hat auch immer dasselbe Parfüm getragen. Als sie starb, hab ich genau das Gleiche gemacht wie du.« Er schüttelte den Kopf. »Trauer löst merkwürdige Gefühle in einem aus, sie überfällt einen, wenn man am wenigsten darauf vorbereitet ist. Ich hab mir die Augen aus dem Kopf geheult, als ich den Duft gerochen hab und gleichzeitig wusste, dass sie ihn nie wieder verwenden würde.« Alex schluckte, den Blick starr auf den Horizont gerichtet.

Sophie fiel keine passende Erwiderung ein. Was konnte man in einer solchen Situation schon sagen?

»Ich vermute, der Grabstein mit der eingravierten Apfelblüte ist der von Jack Carter?«, fragte Alex stirnrunzelnd, als er zum neueren Teil des Friedhofs hinübersah.

Sophie folgte seinem Blick zu einem weißen Grabstein einige Reihen weiter, der in Richtung der Cider-Farm zeigte. »Genau.

Magst du dir das Grab ansehen? Immerhin findet die Feier, zu der wir gleich gehen, zu seinen Ehren statt.«

Alex zögerte. »Schon okay«, schob Sophie hastig hinterher. »Ich versteh vollkommen, wenn du gerade keine Lust drauf hast ... So ein Friedhofsbesuch vor einer Party zieht einen runter, ich weiß.«

Alex lächelte. »Nein, kein Problem. Vielleicht sollte ich tatsächlich einen Blick drauf werfen. Immerhin habe ich so viel über ihn gehört.«

Bevor sie zu Jacks Grab hinübergingen, griff Sophie spontan nach einer Rose aus der Vase am Grabstein ihres Vaters. »Jack war genauso ein Rosenfan wie Gran«, erklärte sie. Als sie Jacks Grabstein erreichten, steckte sie die Blume in die Vase neben den frischen Strauß Freesien, den jemand anders dort zurückgelassen hatte. Sie verharrten einen Moment still vor dem Grab. Sophies Blick schweifte von Jacks Grabstein zu Alex. Er war tief in Gedanken versunken, und es wirkte fast so, als spiele sich in seinem Inneren ein Kampf ab. Sophie war hin- und hergerissen – natürlich wollte sie wissen, was ihn derart bewegte, aber sie wollte ihn auch nicht bedrängen. Trauer löste, wie sie gerade festgestellt hatten, eben merkwürdige Gefühle in einem aus.

Kurz darauf sah Alex zu Sophie. »Wir sollten besser losgehen«, sagte er sanft, »sonst kommen wir zu spät.« Gedankenverloren machten die beiden sich auf den Weg zum Friedhofsausgang.

Schon bald erreichten sie das schmiedeeiserne Tor der Cider-Farm. Sophie fiel auf, dass Alex immer langsamer wurde, je näher sie den Girlanden, den Lichterketten und der improvisierten Tanzfläche kamen, neben der eine Jazzband spielte. Als die Band zur Coverversion von Billie Holidays »You Could Be So Easy To Love« ansetzte, blieb er stehen und zog sie in seine Arme.

»Ich bin so froh, dich kennengelernt zu haben«, sagte er leise. »Ohne dich wäre alles hier nicht mal halb so schön. Ich hatte zwar damit gerechnet, mein Herz in Little Somerby an englische Äpfel zu verlieren. Aber ich hätte nie gedacht, dass ich mich in meine ganz persönliche englische Rose verlieben würde.«

Sophie lächelte. »Es kommt mir auch seltsam vor … Wir kennen uns ja erst ein paar Wochen. Aber seltsam ist genau das, was ich gerade brauche. Im besten Sinne des Wortes natürlich.« Sie zog ihn näher an sich heran und küsste ihn. »Am liebsten würde ich auf dem Absatz kehrtmachen und diese ganze Veranstaltung einfach sausen lassen. Müssen wir uns das wirklich geben?«

Alex strich ihr mit seiner warmen Hand über die Wange. »Ich würde nichts lieber tun, als durch dieses Tor zu verschwinden und den Abend nur mit dir allein zu verbringen, aber wir sind hier, weil du so eng mit Jack zusammengearbeitet hast. Willst du nicht bei der Feier zu seinen Ehren dabei sein?«

Sophie nickte. »Das hier wäre genau sein Ding gewesen. Auf Partys war er in seinem Element.« Sie sah Alex in die Augen. »Ich glaube, deine Pläne für Adelaide's hätten ihm auch gefallen.«

Plötzlich wirkte er angespannt. »Was ist?«, fragte Sophie. »Bin ich irgendwie ins Fettnäpfchen getreten?«

»Nein«, murmelte Alex in ihr Haar. »Ganz und gar nicht.« Er zog sie so eng an sich, dass ihr fast die Luft wegblieb. Besorgt sah sie ihm in die Augen.

»Sicher, dass alles okay ist?«

»Ja klar«, erwiderte Alex ein wenig zu schnell. »Mir geht's gut. Echt. Sollen wir mal schauen, wer sonst noch so hier ist?«

Sophie nickte, doch wirklich beruhigt war sie nicht.

Alex' Herz hämmerte in seiner Brust, während er seinen Blick über die versammelten Gäste schweifen ließ. Sie alle waren hier, um das Leben eines Mannes zu feiern, den er selbst nie gekannt hatte. Er kam sich fehl am Platz vor, wie ein Cheerleader bei einem Rugbyspiel, ein Außenseiter, ein Hochstapler. Als Sophie ihn am Tor gefragt hatte, ob alles in Ordnung sei, hätte er einfach ihre Hand nehmen und so schnell wie möglich das Weite suchen sollen. Der Hof hatte sich schon mit Gästen gefüllt, die alle mit Getränken versorgt waren und sich blendend zu amüsieren schienen. Wie zu erwarten, herrschte eine feuchtfröhliche Stimmung, und die Tische bogen sich unter kulinarischen Köstlichkeiten, die größtenteils aus dem Cider Kitchen stammten. Wo man auch hinschaute, sah man Erinnerungsstücke: überlebensgroße Bilder von Jack, seine Lieblingsapfelsorten, Zitate aus Interviews. Einige der Anwesenden schwangen bereits das Tanzbein, und auch Sophie und Alex schlenderten, angezogen von der entspannten, jazzigen Musik, in Richtung Tanzfläche. Als sie sich zu den anderen Gästen gesellten, sah Alex Meredith Carter mit einem Glas Cider in der Hand an der Bar stehen. Sie lächelte ihm zu.

»Das hier fühlt sich definitiv seltsam an«, murmelte er in Sophies Haar, als sie begannen, sich im Takt der Musik zu wiegen. Sie war so groß, dass er ihre Stirn mit den Lippen hätte berühren können.

»Auf jeden Fall. Aber jetzt konzentrier dich gefälligst«, ermahnte sie ihn, da sein linker Fuß zum wiederholten Mal mit ihrem kollidierte.

»Sorry.« Alex grinste. »Im Gegensatz zu dir hab ich keine klassische Tanzausbildung genossen.«

»Das ist schon eine Ewigkeit her.« Sophie schaute zu ihm auf, und angesichts des Verlangens in seinen braunen Augen stieg ihr die Wärme in die Wangen. »Und hat sich ganz anders angefühlt.«

»Ich glaub, das hier ist ziemlich einzigartig. Ich hätte nie gedacht, dass ich mal auf einer Obstplantage tanzen würde.« Der unebene Boden stellte eine Herausforderung dar, was jedoch niemanden am Tanzen hinderte.

»Aber du amüsierst dich?«, fragte Sophie, immer noch besorgt über seinen kürzlichen Stimmungsumschwung.

»Ja«, antwortete Alex fast wahrheitsgemäß. »Ich kann mir nichts Schöneres vorstellen, als hier bei dir zu sein.« Zufrieden kuschelte Sophie sich in seine Arme. Irgendetwas kam ihr zwar immer noch merkwürdig vor, aber später war immer noch genug Zeit, darüber nachzugrübeln.

Einige Zeit darauf, als sich die ersten Gäste auf den Heimweg machten, beschlossen auch Alex und Sophie zu gehen.

»Darf ich dich nach Hause bringen?«, fragte er, während die beiden Hand in Hand über das Gelände der Cider-Farm schlenderten und allen zulächelten, die sie kannten. Sophie war überrascht, wie viele Leute es sichtlich freute, dass Alex und sie heute Abend zusammen hier waren. Die Dorfgemeinschaft mochte manchmal anstrengend sein, aber man unterstützte sich gegenseitig und fühlte sich miteinander verbunden. Es war schön zu wissen, wie viele Menschen es glücklich machte, Sophie glücklich zu sehen.

»Gerne«, antwortete Sophie. Sie wusste, dass Lily nicht mit der Wimper gezuckt hätte, wenn sie gesehen hätte, wie ihre Enkelin in den frühen Morgenstunden die Treppe hinunter und aus dem Haus geschlichen wäre, aber sie wollte Alex die Peinlichkeit ersparen. »Ich hab tollen Kaffee da«, murmelte sie, ließ den Arm um Alex' Hals gleiten, zog ihn an sich und gab ihm einen leidenschaftlichen Kuss, der nach süßem Cider schmeckte.

»Habt ihr kein Zuhause?«, rief Lauras neuste Flamme Sam, als sie den beiden auf dem Weg über das Gelände begegneten.

»Sind schon unterwegs«, murmelte Sophie, nachdem sie den Kuss unterbrochen und einen Arm um Alex' Taille gelegt hatte.

»Wartest du kurz auf mich?«, fragte Alex sie mit einem vielsagenden Blick auf die Toiletten im Hof. »Ich hab wohl doch etwas zu viel von dem guten Tropfen getrunken.«

Sophie lächelte. »Na klar.« Sie erspähte David am Büfett. »Ich plaudere so lange mit dem Chef.«

Alex ging lächelnd davon. Sobald er sich überzeugt hatte, dass Sophie abgelenkt war, schlug er einen Haken und lief zum Museumsgebäude hinüber. Es hatte einige Diskussionen gegeben, ob man das Museum während der Gedenkfeier öffnen sollte oder nicht, doch am Ende hatte man sich dafür entschieden, damit alle bestaunen konnten, was Anna im Familienarchiv aufgestöbert hatte. Alex schlüpfte unbeobachtet in das Gebäude und atmete tief durch. Dieser Ort präsentierte und würdigte das Erbe der Familie Carter. Riesige Bilder der für die Familie bedeutendsten Orte und Personen waren im Inneren des Gebäudes aus Glas und Holz wie stumme Wachen platziert, an dessen Rückwand Vitrinen mit sorgfältig ausgewählten Exponaten standen. Notizbücher, Krüge, ja sogar die allerersten Kassenbücher aus Samuel Carters damals noch jungem Unternehmen waren zu bewundern. Und überall prangten Fotos von Jack, dem stolzen Vater zweier äußerlich so ähnlicher und doch so ungleicher Söhne, die schließlich beide ihren Platz im Familienunternehmen gefunden hatten. Der Eindruck einer glücklichen Familie war so allgegenwärtig, dass Alex spürte, wie Panik, Schuldgefühle und Angst in ihm aufstiegen. Was hatte er hier zu suchen?

Gegen seinen Willen fühlte er sich in die letzten Tage vor dem Tod seiner Mutter zurückversetzt, als sie ihm endlich ihre Version der Geschichte erzählt hatte. Sie war schon sehr schwach und wusste, dass ihr nicht mehr viel Zeit bleiben würde. Dennoch hatte sie all ihre Kraft zusammengenommen, um ihm die Wahrheit über seinen Vater zu sagen. *»Er hat nie von dir erfahren, Alex. Du darfst es ihm nicht übel nehmen, ich habe … Ich habe es ihm nie erzählt.«*

»Wieso, Mom? Wieso hast du ihm nichts von mir gesagt?«

Addie schloss die Augen so lange, dass Alex schon dachte, es wäre so weit und das Licht erlösche allmählich. Doch dann sah sie ihn plötzlich wieder an. »*Er hatte zu Hause genug um die Ohren. Wir wussten … wir wussten beide, dass unsere Beziehung etwas ganz Besonderes war, aber eben nicht von Dauer sein konnte. Ich habe die Wahl für mich getroffen, dich alleine aufzuziehen. Aber jetzt solltest du erfahren, wer er war, damit du deine eigenen Entscheidungen treffen kannst.*«

»*Wer er war?*«

Addie seufzte. »*Es tut mir leid, Alex. Ich werde dich bald verlassen, deshalb möchte ich, dass du es weißt. Er ist letztes Jahr verstorben. Ich wollte es dir damals sagen, aber ich wusste nicht, wie. Doch ich glaube, jetzt ist der richtige Zeitpunkt gekommen. Dann kannst du selbst entscheiden, was du mit diesem Wissen anfängst. Sein Name war Jack. Jack Carter.*« Sie streckte ihre Hand aus, auf deren Rücken die Adern sichtbar hervortraten, griff nach seiner und drückte sie. »*Verzeih mir.*«

»*Es gibt nichts zu verzeihen*«, hatte Alex sanft erwidert. Die drängenden Fragen – die Warums, Weshalbs und spekulativen Deshalbs – kamen erst später. Damals zählte nur seine Mutter. »*Versuch, dich ein bisschen auszuruhen.*« Er hatte sich vorgebeugt, ihr einen Kuss auf die Stirn gedrückt und gesagt, dass er sie liebte. Es war das Letzte, was sie hörte, bevor sie das Bewusstsein verlor. Zurück im Hier und Jetzt war Alex fast so, als könnte er Addies letzte Atemzüge hören. Noch nie hatte er sich so einsam gefühlt wie hier, umgeben von den Erbstücken einer anderen Familie.

»Du bist mein Vater«, flüsterte er, als sein Blick auf ein Bild von Jack aus den frühen Achtzigerjahren fiel. Das Wort fühlte sich zugleich fremd und absolut stimmig an. Die Porträtaufnahme übte eine unwiderstehliche Anziehungskraft auf Alex aus, und er streckte die Hand aus und zeichnete Jacks Züge mit zitternden

Fingern nach. »Ich wünschte, ich hätte dich gekannt.« Wie angewurzelt stand er da und versuchte verzweifelt, die Gefühle, die dieser Abend in ihm hatte aufwallen lassen, wieder in den Griff zu bekommen. Er konnte hören, wie die Gäste noch immer die Früchte der Arbeit von Jack und seiner Familie genossen und ihm am heutigen Abend Tribut zollten. Sie schienen Welten von ihm entfernt zu sein, während er hier allein stand, mit seinem Geheimnis, das er so gern mit ihnen geteilt hätte. Doch selbst jetzt zögerte er. Was würde es bringen, die Wahrheit zu enthüllen? Zu viel Zeit war vergangen, als dass noch etwas Gutes dabei herauskommen könnte. Und wie könnte er Sophie nach all den Wochen noch in die Augen sehen? Vielleicht war es das Beste, das Praktikum zu beenden und nach Hause zurückzukehren; das Buch zuzuklappen und die Bibliothek voller Erinnerungen, die nicht seine waren, hinter sich zu lassen. Schließlich war er nicht auf Wiedergutmachung aus oder hatte das Gefühl, dass die Familie Carter ihm etwas schuldig war. Während der letzten Wochen hatte ihm sein Aufenthalt hier im Herzen von Jacks Imperium die Gelegenheit gegeben, seinen biologischen Vater besser kennenzulernen. Reichte das nicht? Vielleicht konnte er die Geister der Vergangenheit jetzt ruhen lassen, ohne zu offenbaren, wessen Sohn er war? Während er den Blick ein allerletztes Mal durch das Museum schweifen und einen Moment auf Jacks Porträt verweilen ließ, kam er zu einem Entschluss.

Er war so tief in seine Gedanken versunken, dass er die flüchtige Bewegung in einer dunklen Nische des Museums gar nicht wahrnahm, als Mark Simpson durch die Tür ins Freie schlüpfte, schockiert, aber im Bewusstsein, dass er seinen Triumph haben würde.

29

Sie wusste nicht, ob es an der warmen Sommerluft oder an der Feier zu Ehren ihres Großvaters lag, aber Meredith Carter fühlte sich eindeutig besser. Sie nippte an ihrem Cider, ließ den Blick über die Partygäste schweifen und musste lächeln, als er auf ihren Vater und Anna fiel. Die beiden waren heute Abend ausnahmsweise ohne Merediths jüngere Geschwister unterwegs und wirkten glücklich und entspannt. Sie waren einander auf der Feier bislang nicht von der Seite gewichen, und Meredith war unglaublich froh, dass sie offensichtlich noch immer bis über beide Ohren ineinander verliebt waren. Heute Abend sollten das Leben und die Leistung ihres Großvaters gefeiert werden, mit den Menschen, die ihm am meisten bedeutet hatten, und weiteren Gratulanten und Freunden.

Solarbetriebene Lichterketten waren zwischen den Baumreihen des Royal Orchard gespannt worden und leuchteten hell in der anbrechenden Sommernacht. Meredith musste zugeben, dass der Anblick wirklich spektakulär war, nachdem die Baumchirurgen ihre Arbeit verrichtet hatten. Die Äpfel in den übrigen Obstgärten waren zu etwa drei Vierteln ausgereift und würden bald eingefahren werden, jetzt, wo die Eloise-Ernte beendet war. Unter den Bäumen spielte eine Jazz- und Bluesband aus Bristol, und die Leute ließen sich das Barbecue und den Schweinebraten schmecken und spülten das Ganze mit Cider hinunter. Der Boden war so trocken, dass es nicht erforderlich gewesen war, ein Festzelt oder eine Tanzfläche aufzubauen. Meredith wusste von früheren Veranstaltungen auf der Cider-Farm, dass es nicht lange dauern würde, bis alle Anwesenden das Tanzbein schwangen.

Während sie nach Rosie und Izzy Ausschau hielt, um mit ihnen zu plaudern, fiel ihr Blick auf Joe Flanagan, der wesentlich schicker gekleidet war, ein Glas Cider in der Hand hielt und mit seinem Vater Patrick sprach. Statt des üblichen grünen Polohemds zur Jeans trug er ein anthrazitfarbenes Jackett und ein weißes Hemd über einer dunkleren, schickeren Jeans, eine Kombination, die dezent, aber geschmackvoll war. Seine widerspenstigen Haare hatte er sorgfältig zurückgekämmt, wodurch eine makellose Stirn zum Vorschein kam, ganz ohne die Pickel von früher. Meredith ertappte sich dabei, wie sie ihn plötzlich mit anderen Augen betrachtete. Sein selbstbewusstes Auftreten machte ihn entschieden attraktiv, was man von dem häufig errötenden Sechzehnjährigen von früher nicht gerade hatte behaupten können.

Als hätte er ihren Blick bemerkt, drehte sich Joe leicht zur Seite und lächelte, als er sie entdeckte. Er murmelte Patrick etwas zu und schlenderte zu ihr hinüber. Sie standen ein Stück entfernt von der Menschenmenge, die sich zu den Klängen der Musik zu wiegen begann.

»Hi«, sagte er, als er sie beinahe erreicht hatte. »Alles klar?«

Meredith spürte, wie sie unwillkürlich zurücklächelte, und nickte. Plötzlich war sie nervös und nahm einen Schluck prickelnden Cider.

»Schickes Kleid, übrigens«, waren Joes nächste Worte. »Passt zu den Äpfeln.« Verlegen sagte er: »Sorry. Ist wohl das mieseste Kompliment aller Zeiten.«

Meredith musste herzlich lachen. »Hab schon bessere bekommen.« Es gefiel ihr irgendwie, dass er doch nicht ganz so selbstbewusst war, wie er dachte.

»Kann ich dir noch was zu trinken holen?«, fragte er hastig, als er bemerkte, dass ihr Glas beinahe leer war.

»Danke, gerade nicht.« Als sie Joes enttäuschten Blick sah, fügte sie hastig hinzu: »Aber vielleicht kannst du noch einen Moment bleiben? Es sei denn, du bist mit jemand anderem, ähm, verabredet.«

»Haben deine Freunde dich etwa hängen lassen?«, fragte Joe spitz und genehmigte sich einen Schluck Cider. »Und nun bist du hier ganz allein auf weiter Flur?«

»Quatsch«, sagte Meredith gereizt. »Ich will bloß nicht mit Leuten reden, auf die ich keinen Bock habe.«

»Ich fühle mich geehrt«, erwiderte Joe mit einem sanften Lächeln, das ihn gleich viel freundlicher wirken ließ. »Ich vermute, manchmal kann es auch nerven, die Thronfolgerin der Dynastie zu sein.«

»Könntest du bitte aufhören, darauf rumzureiten? Diese Seitenhiebe werden langsam alt. Außerdem stimmt es gar nicht, Ellie und sogar der kleine Jack haben jetzt auch noch ein Wörtchen mitzureden. Vielleicht übernehmen sie den Laden ja mal.«

»Sorry. Macht der Gewohnheit.«

»Lass uns einfach das Thema wechseln. Gesagt ist gesagt. Ich will einfach nur einen netten Abend haben. Das hätte Granddad sich gewünscht.«

Joe nickte. »Okay. Dein Granddad war echt in Ordnung.« Er räusperte sich, als die Band den nächsten Billie-Holiday-Song anstimmte. »Wenn du nichts mehr trinken willst, wie wär's mit einem, ähm, Tanz?«

Meredith musste schmunzeln, weil er plötzlich wieder so schüchtern wirkte. »Gerne. Danke.« Sie gingen zu dem Bereich hinüber, der als Tanzfläche diente. Meredith rückte näher an Joe heran, bis der nervös einen Arm um ihre Taille schlang. Ebenso zögerlich legte sie eine Hand auf seine Schulter und ging dann spontan noch ein Stück näher an ihn heran. Joe war über eins neunzig groß, und sie fühlte sich wohl in seinen Armen. Das Aftershave an seinem Kinn duftete nach Zitrone.

Sie wiegten sich sanft zur Musik, beide immer noch ein wenig angespannt. »Ich fand Jazz schon immer toll«, murmelte Joe. »Ist wahrscheinlich mega uncool, das zuzugeben, aber …«

»Granddad hat Jazz auch geliebt«, erwiderte Meredith. »Deswegen ist die Band heute Abend hier. Normalerweise treten sie nur rings um Bristol auf, aber sie hatten dermaßen gute Kritiken, dass wir sie so lange bequatscht haben, bis sie sich bereit erklärt haben, bei uns zu spielen.«

»Gute Wahl.«

Sie tanzten ein paar Takte lang schweigend, denn keiner wusste so recht, was er sagen sollte. *Wie schön es ist,* dachte Meredith, *wieder von jemandem in den Arm genommen zu werden.* Dass es sich um Joes von der Arbeit trainierte muskulöse Arme handelte, machte es nicht unbedingt schlechter.

Als das Lied vorbei war, traten beide einen Schritt zurück, unsicher, wie es weitergehen sollte. Meredith stellte erfreut fest, dass Joe den Arm noch immer um ihre Taille gelegt hatte.

»Hast du jetzt Lust auf einen Drink?«, fragte er, als die Band zu einem etwas beschwingteren Song ansetzte.

Meredith nickte. »Hab ich. Und ich weiß auch schon, wo ich ihn trinken möchte.«

Kurz darauf saßen die beiden auf einem der Eichenfässer in der Scheune und leerten eine Flasche prickelnden Cider. Meredith war verblüfft, wie gut sie mit Joe reden konnte, nachdem er seine anfängliche Feindseligkeit abgelegt hatte.

»Gefällt dir die Ausbildung zum Baumchirurgen?«, fragte sie. Sie spürte die Wirkung des Cider, auch wenn sie noch nicht genug getrunken hatte, um zu vergessen, dass sie auf einem zehn Meter hohen antiken Bottich saß.

»Es war schon immer mein Traum. Mum hat Bäume geliebt. Als ich klein war, hat sie mich oft ins Westonbirt Arboretum mitgenommen. Die Farben im Herbst, das Grün im Frühling, das hat mich immer fasziniert.« Er schüttelte den Kopf. »Dad und ich haben ihre Asche dort verstreut. Es war der Ort, wo sie am glücklichsten gewirkt hat. Ich war acht, als sie starb.«

Merediths Augen wurden feucht. Sie hatte natürlich gewusst, dass Joes Mutter gestorben war, als er noch ein Kind war, aber irgendwie hatte sie bisher so wenig mit ihm zu tun gehabt, dass sie nie mit ihm darüber gesprochen hatte. Als Merediths Mutter ihren Vater hatte sitzen lassen, war sein Freund Patrick Flanagan für ihn der Fels in der Brandung gewesen, und danach hatte Matthew sich um Patrick gekümmert, als dessen Frau wenige Jahre später ganz plötzlich verstorben war.

»Es muss schlimm für dich gewesen sein«, sagte Meredith leise. »Es kam so unerwartet.«

Joe lächelte traurig. »Sie hatte ein Aneurysma. Da bleibt einem keine Zeit zum Nachdenken, auf einen Schlag ist es vorbei. Erst war ich untröstlich und dann unglaublich wütend, und das verdammt lange. In der Schule war ich nicht sonderlich beliebt; kein Wunder, ich konnte mich schließlich selbst nicht ausstehen. Aber dann, als es an den Abschluss ging, hatte ich plötzlich einen Plan. Ich wusste, meine Mutter hätte nicht gewollt, dass ich meine Ausbildung in den Sand setze, nur weil sie nicht mehr da ist. Also habe ich entschieden, was ich mit meinem Leben anfangen will.« Er schluckte.

»Mein Vater war großartig. Er hatte eine ganze Zeit lang keine Ahnung, wie er mit mir umgehen sollte, aber ich denke, es hat geholfen, dass ich ein Junge war. Je älter ich wurde, umso besser konnten wir einander helfen. Als ich schließlich alt genug war, um über meine Zukunft zu entscheiden, habe ich Dad das mit der Baumchirurgie erzählt.«

»Und, wie hat er es aufgenommen?«

»Na ja, begeistert war er nicht gerade«, sagte Joe trocken. »Es wäre ihm lieber gewesen, wenn ich von hier weggegangen wäre, wegen der Erinnerungen, außerdem wäre ich der Erste in der Familie gewesen, der studiert. Ich hatte gute Noten, aber kein Interesse. Ich meine, wer will schon am Ende mit fünfzigtausend Pfund Schulden und ohne Job dastehen? Das klingt jetzt wahrscheinlich schräg, aber kurz bevor ich entschieden habe, mich für den Kurs in Cannington zu bewerben, bin ich noch einmal nach Westonbirt gefahren. Es war, als würden die Bäume mich rufen, als würde Mum sagen, dass es in Ordnung ist, meinem Herzen zu folgen und es einfach zu tun.« Er trank noch einen Schluck Cider. »Danach war die Entscheidung gefallen. Als ich die Ausbildung abgeschlossen hatte, habe ich den Job hier gekriegt.«

»Abgesehen von der Tatsache, dass du mich beinahe mit dem Ast ins Jenseits befördert hättest, scheinst du deine Sache gar nicht so schlecht zu machen«, zog Meredith ihn auf, während sie versuchte, sich nicht anmerken zu lassen, wie sehr es sie rührte, dass er derart viel von sich preisgab.

»Fairerweise muss man sagen, dass die Schuld dafür eher bei dir lag«, erwiderte Joe.

»He, du hattest die Kettensäge in der Hand.« Meredith verpasste ihm einen kleinen Stoß mit dem Ellbogen, doch der Cider wirkte stärker, als sie gedacht hatte, und sie verlor kurzzeitig das Gleichgewicht und wäre fast in seinem Schoß gelandet.

»Pass auf«, sagte Joe, während er ihr half, sich wieder aufzurichten. Einen kurzen Moment schwiegen beide.

»Ich glaub, ich bin ein bisschen breit.« Meredith starrte in Joes leuchtend blaue Augen, um sich wieder zu fassen.

»Echt?«, fragte er leise. »Ist mir gar nicht aufgefallen.« Dann erinnerte er sich daran, wo sie saßen, und er fing an, unruhig hin und her zu rutschen. »Wir sollten wohl besser von diesem riesigen Fass runterklettern, bevor du runterfällst.«

»Ich komm schon hierher, seit ich ein kleines Kind bin«, protestierte Meredith. »Ich hab alles im Griff.«

»Klar doch«, sagte Joe beschwichtigend. »Aber um auf Nummer sicher zu gehen: Warum reden wir nicht einfach unten weiter?«

»Hast du etwa Höhenangst?«, stichelte Meredith, als er aufstand und ihr die Hand hinhielt, um ihr aufzuhelfen.

»Dann wäre ich wohl kein guter Baumchirurg.«

Meredith war aufgestanden und stand nun dicht vor Joe, der noch immer ihre Hand hielt. Sie sah zu ihm auf und musste zu ihrer Überraschung feststellen, dass ihre Lippen ein Eigenleben entwickelten. Auf Zehenspitzen stehend und leicht schwankend vom Cider küsste sie Joe sanft. Er erstarrte kurz, doch dann schien er sich dem Moment hinzugeben, und sie spürte erfreut, wie er den Kuss erwiderte.

»Das war schön«, wisperte sie, als sie ihre Lippen voneinander lösten.

Joe zog sie näher an sich heran und legte seine Arme um sie. Ihr zweiter Kuss war langsamer, behutsamer, inniger. Meredith vergaß einen Moment lang völlig, dass sie auf einem zehn Meter hohen Holzfass standen, und begann sich in seinen Armen zu entspannen.

»Wow«, sagte sie, als sie sich voneinander lösten. »Das war sogar noch schöner.«

»Finde ich auch«, pflichtete Joe ihr bei. Seine geweiteten Pupillen bewiesen, wie sehr auch er den Kuss genossen hatte, und Meredith konnte spüren, dass sein Herz ebenso schnell klopfte wie ihr eigenes. »Aber jetzt ist mir echt schwindelig. Wie wär's, wenn wir unten weitermachen?«

»Vermutlich keine üble Idee«, murmelte Meredith. »Ich glaube, ich könnte ein Glas Wasser gebrauchen. Oder sechs.«

Nacheinander kletterten sie zurück auf das Stahlgerüst, das wie eine Brücke über die Cider-Bottiche führte. Händchenhaltend stiegen sie die Stahltreppe hinunter, doch beiden war nicht danach, sich wieder ins Partygetümmel zu stürzen. Vielleicht lag es am Cider oder daran, dass Joe sich ihr anvertraut hatte, aber Meredith fühlte sich definitiv von ihm angezogen. Sie hätte nicht gedacht, dass das so kurz nach der Trennung von Flynn überhaupt möglich war, beschloss aber, nicht weiter darüber nachzugrübeln. *Leb im Moment*, dachte sie sich. Und der Moment war wunderbar.

»Magst du mich nach Hause bringen?«, fragte sie, leicht schwankend, als sie aus der Scheune traten.

»Das wäre sicher keine schlechte Idee«, sagte Joe, während er einen Arm um ihre Taille schlang, um sie zu stützen. »Ich schätze, dein Dad würde nicht gerade in Begeisterungsstürme ausbrechen, wenn er dich so sehen könnte.«

»Dann pass auf, dass wir ihm nicht über den Weg laufen.« Meredith ließ ihren Kopf auf Joes Schulter fallen.

»Nichts da!«, tadelte er sie sanft und bugsierte sie wieder in eine aufrechte Position. »Immer schön einen Fuß vor den anderen setzen.«

Sie machten sich auf den Weg nach Cowslip Barn, und dort angekommen, war Meredith schon wieder sicherer auf den Beinen. An der Hintertür des Hauses beugte sie sich vor und küsste Joe erneut auf die Lippen, doch bevor sie sich an ihn schmiegen konnte, löste er ihre Arme sanft von seinem Nacken.

»Langsam«, sagte er leise. »Ich glaube, jetzt ist erst mal das Glas Wasser angesagt.«

Meredith verzog das Gesicht zu einem schiefen Grinsen. »Willst du mich etwa nicht mehr küssen?«

Joes Hand lag noch immer unbeirrt und warm um Merediths Taille. »Du hast keine Ahnung, wie sehr. Aber ich möchte, dass *du* sicher bist, dass du das auch willst.«

»Klar will ich das!«, protestierte Meredith, die bei den seltenen Gelegenheiten, bei denen sie einen über den Durst trank, zur Sturheit neigte. »Siehst du das nicht?«

Joe schüttelte den Kopf. »Lass uns den nächsten Versuch starten, wenn wir beide wieder nüchtern sind.«

»Spaßbremse«, grummelte Meredith, ließ jedoch zu, dass Joe sie durch die Hintertür ins Haus führte, sie mit einem Glas Wasser aufs Sofa in der Küchenecke verfrachtete und Kaffeewasser aufsetzte. Noch bevor das Wasser kochte, war sie allerdings schon auf dem Sofa eingeschlafen. Als sie ein paar Stunden später aufwachte, war sie in eine warme Decke gehüllt und hatte ein Kissen unter dem Kopf. Eine Tasse mit kaltem Kaffee und ein großes Glas Wasser standen auf dem Beistelltisch. Daneben lagen zwei Paracetamol und ein Zettel von Joe:

Falls du magst, schick mir 'ne Nachricht, wenn du dich besser fühlst.

Sie verzog das Gericht, als sich der Kater durch pochende Kopfschmerzen bemerkbar machte, schluckte die Tabletten, trank das Wasser und entsorgte den Kaffee in der Spüle. Ein Blick auf die Küchenuhr verriet ihr, dass es schon weit nach Mitternacht war, woraus sie schloss, dass Anna und ihr Vater wohl nach Hause gekommen waren und beschlossen hatten, sie schlafen zu lassen. Das Sofa war schließlich sehr bequem. Sie ließ Sefton, den Border Collie der Familie, noch einmal kurz in den Garten und schlich dann ins Bett. Sie konnte von Glück sagen, dass Joe sie bis zur Tür begleitet und sich vergewissert hatte, dass es ihr gut ging. Meredith ließ den Abend in Gedanken Revue passieren. Vielleicht würde sie ihn später anrufen, sobald sie nicht mehr das Gefühl hatte, dass eine Horde Elefanten in ihrem Kopf eine Stepptanznummer aufführte.

30

Sophie war sicher, dass sie es sich nicht einbildete: Sie und Alex gingen wirklich schneller. Beide standen unter dem Bann intensiver Gefühle, die sie nicht ganz verstanden. Es lag eine Anspannung in der Luft, die jene während der Royal West Country Show noch in den Schatten stellte und die in der lauen Sommernacht fast mit Händen greifbar schien. Als sie ihren Haustürschlüssel ins Schloss steckte, drehte Sophie sich um und warf einen Blick auf Alex, dessen Augen so dunkel waren, dass sie beinahe schwarz wirkten. Sie spürte, wie ihr ein erwartungsvoller Schauer über den Rücken lief. Kaum hatte sie die Tür geöffnet, zerrte sie Alex ins Haus. Sie lehnte sich im Flur an die Wand, während er die Tür hinter ihnen zuschlug, und zog ihn dann näher an sich. Einen herrlichen Moment lang hätte sie ihn am liebsten gleich hier und jetzt genommen. Als er sie küsste, hatte sie das Gefühl, sie wären die beiden einzigen Menschen auf der Welt.

Dummerweise erwies sich der Parkettboden nicht gerade als der ideale Untergrund, um das Gleichgewicht zu halten, vor allem, wenn man schon einige Gläser des diesjährigen Vintage Cider intus hatte. Sophie rutschte aus, und nur Alex' Arme bewahrten sie vor einem Sturz auf besagtes Parkett.

»Wie war das mit der falschen Fußtechnik?«, murmelte Alex zwischen den Küssen.

»Du bist halt einfach umwerfend!«, erwiderte Sophie und sog überrascht die Luft ein, als er sie kurzerhand über seine Schulter warf und die Treppe hinauftrug.

»So wörtlich musstest du das jetzt auch nicht nehmen!« Sophie lachte und seufzte auf, als Alex sie sanft aufs Bett legte. Der Mond tauchte den Raum in ein märchenhaftes Licht. Als sie Alex dort stehen sah, sein Gesicht vom silbernen Licht beschienen, überkam Sophie für einen kurzen Moment ein Gefühl absoluter Vertrautheit. Sie kannte diesen Mann – kannte ihn besser, als sie je irgendjemanden gekannt hatte, und sie wollte den Rest ihres Lebens damit verbringen, ihn noch besser kennenzulernen. Verunsichert, aber gleichzeitig zu aufgedreht, um ihre Gefühle zu analysieren, gab sie sich einfach dem Moment hin.

Alex kniete auf dem Bett, und Sophie hob die Arme, schlang sie ihm um den Nacken und zog ihn zu sich herunter. Es war immer noch warm, und sie streiften sich schnell die Kleider ab und lagen gleich darauf nackt aneinandergeschmiegt da. Alex' Hände streichelten ihren Körper, während sie sich ganz seinen Zärtlichkeiten überließ. Noch nie hatte sich ein solcher Moment so absolut richtig angefühlt. Sein Mund, seine Hände, seine Leidenschaft fachten ihr Verlangen an, und sie genoss es, seinen Körper zu erkunden, wie damals in den leidenschaftlichen Nächten im Zelt bei der Royal West Country Show.

»Mein Gott, Alex, was machst du nur mit mir?«, flüsterte Sophie, während er sie mit Händen, Lippen und anderen Dingen immer wieder dicht an die Schwelle trieb.

»Du bist das Schönste, was ich je gesehen habe«, erwiderte Alex zwischen seinen Liebkosungen. Während sie einander zum Höhepunkt brachten, schien es ihnen, als würde diese Nacht nie enden. Abwechselnd gaben sie sich ganz dem Vergnügen des anderen hin, bis beide zufrieden und schläfrig waren und die Leidenschaft Sanftheit und Erfüllung wich.

So lagen sie da und waren beide im Mondlicht in ihre eigene Welt versunken.

»Woran denkst du gerade?« Sophie schmiegte sich enger an Alex, legte ihren Kopf auf seine Brust und lauschte seinem Herzschlag.

»Wie wenig es mich zurück nach Hause zieht«, sagte er leise. »Ich hab das vorhin ernst gemeint. Ich hätte nie im Leben damit gerechnet, mich hier zu verlieben. Aber genau das ist passiert.«

»Geht mir genauso.« Sophie hob den Kopf und sah ihn an. Die Haare zerzaust, die Augen dunkel vor Liebe und gesättigtem Begehren – nie hatte er für sie schöner ausgesehen. »Ich liebe dich wirklich, Alex.« Er verlagerte das Gewicht, als würde er sich unter ihrem Blick plötzlich unwohl fühlen.

»Was ist? Du hast schon den ganzen Abend irgendetwas auf dem Herzen.«

Alex schüttelte den Kopf. »Ich wünschte, ich könnte es dir sagen.«

»Mir was sagen?«

Das Schweigen zwischen ihnen fühlte sich spannungsgeladen an – aufgeladen mit einer Million Worten, die keiner von beiden über die Lippen brachte. »Du kannst mir alles anvertrauen, Alex. Das weißt du doch.« Sophie küsste ihn auf die Lippen. Er öffnete den Mund, doch bevor er etwas sagen konnte, vibrierte Sophies Handy auf dem Nachttisch. Seufzend drehte sie sich um. »Es könnte Gran sein«, sagte sie entschuldigend. »Ich weiß, es ist schon spät, aber ich mach mir trotzdem Sorgen um sie.«

»Ich weiß«, entgegnete Alex. Bildete Sophie es sich nur ein, oder sah er erleichtert aus, als sie nach dem Telefon griff?

»Alles in Ordnung?«, erkundigte er sich, nachdem Sophie das Smartphone zurück auf den Nachttisch gelegt hatte.

»Alles klar.« Sie lächelte, aber es war ein gezwungenes Lächeln. Die Nachricht war nicht von Lily gewesen. Auch wenn sie die Nummer nicht kannte, bestand kein Zweifel daran, wer der Absender war.

Ruf mich morgen früh an. Ich hab dir was zu erzählen. Und diesmal interessiert es dich, glaub mir. M.

Warum konnte er sie nicht einfach in Ruhe lassen? Es war ihr zum Glück erspart geblieben, ihm auf der Feier über den Weg zu laufen, doch seine nervtötenden Textnachrichten erinnerten sie an seinen aufdringlichen Köter. Sie beschloss, auch diese Nummer zu blockieren, und unternahm damit einen neuen Versuch, Mark Simpson endgültig aus ihren Gedanken zu verbannen.

Als Sophie sich zurück in Alex' Arme kuschelte, war die entspannte Stimmung dahin. Marks Timing war wie immer nicht zu übertreffen. Auch nach ihrer Trennung hatte er offenbar ein unfehlbares Gespür dafür, wie er ihr Leben maximal erfolgreich durcheinanderbringen konnte.

»Was wolltest du mir sagen?«, fragte Sophie schläfrig, als ihr Herzschlag sich wieder zu beruhigen begann. Das war schließlich das Einzige, was zählte: dieser Moment hier mit Alex.

Er zögerte einen Sekundenbruchteil zu lange, bevor er antwortete. »Reden wir ein anderes Mal drüber«, sagte er leise, den Blick auf die Licht- und Schattenmuster gerichtet, die das Mondlicht an Sophies Schlafzimmerdecke warf.

31

Alex musste feststellen, dass die Entscheidung, Sophie nichts zu sagen, ihm keinen Seelenfrieden verschafft hatte, sondern bloß eine schlaflose Nacht. Sie war für den Sonntag schon seit Längerem mit einer alten Schulfreundin verabredet, die inzwischen in Oxford lebte. Also hatte sie Alex frühmorgens einen Abschiedskuss gegeben, bevor sie sich auf die M5 begab, in dem Wissen, dass sie erst spät zurück sein würde. Zu allem Überfluss verzögerte sich die Heimfahrt durch einen Unfall auf der Autobahn in Richtung Süden, sodass es schon Mitternacht war, als Sophie wieder in Little Somerby eintraf. Alex, den sie während einer kurzen Pause an der Tankstelle in Leigh Delamere angerufen hatte, hatte vorgeschlagen, dass sie die Nacht ausnahmsweise getrennt verbringen sollten, um Schlaf nachzuholen und am nächsten Morgen mehr Arbeit geschafft zu bekommen. Auch wenn Sophie ihn in ihrem Bett vermisste, hatte sie zugestimmt. Der Schlaf war tatsächlich in letzter Zeit etwas auf der Strecke geblieben, und eine Nacht würden sie schon überleben.

Alex war wach geblieben, bis Sophie ihm mitteilte, dass sie gut angekommen war, und konnte dann trotzdem nicht einschlafen. Seine Gedanken kreisten unaufhörlich um Sophie, um Jack, dessen Präsenz auf der Gedenkfeier so intensiv spürbar gewesen war, und um seine Schuldgefühle, weil er unter falschem Vorwand so viel Zeit in Little Somerby verbracht hatte. Außerdem ließ der Gedanke ihm keine Ruhe, dass er der Frau, an die er sein Herz verloren hatte, endlich reinen Wein einschenken musste. Müde und ungewohnt lethargisch startete er am Montagmorgen in den neuen Tag. Das Letzte, was ihm zu seinem Glück noch fehlte, war Mark Simpson, der am schmiedeeisernen Tor zum Firmengelände von Carter's Cider auf ihn wartete. Alex beschloss, ihn einfach nicht zu beachten, und ging schneller. Er musste sich ohnehin sputen, um pünktlich am Arbeitsplatz zu sein. Auch wenn er früh aufgestanden war, um noch eine Runde joggen zu gehen, war es nach der Gassirunde mit Barney schon fast acht Uhr gewesen, und er hatte sich direkt auf den Weg zur Arbeit machen müssen. Als er sich dem Tor näherte, sah er Sophies Ex-Freund auf sich zukommen.

»Na, Samstagabend wieder rumgeschnüffelt?«, rief Mark.

Alex schüttelte den Kopf, ignorierte ihn und legte noch einen Zahn zu, um an ihm vorbei auf das Firmengelände zu verschwinden.

»Du kannst dich nicht ewig verstecken. Warum sagst du nicht endlich die Wahrheit, Kumpel?« Marks Stimme bohrte sich wie eine Schlagbohrmaschine direkt in Alex' Gehirn.

»Merken Sie nicht, dass ich nicht mit Ihnen reden will?«, murmelte er, als Mark versuchte, ihn einzuholen.

»Muss toll sein, sich so bei Carter's einzuschleichen.« Mark war wie ein nerviges Insekt und Alex definitiv kurz davor, ihn zu zerquetschen, wenn er ihm noch näher kam. »Ich meine, diese Praktikumsstory war einfach perfekt, um sich reinzuschmuggeln, in die Firma und in die Beziehung mit Sophie. Du lachst dir sicher insgeheim ins Fäustchen.«

»Ich habe keine Ahnung, wovon Sie reden«, entgegnete Alex, jetzt etwas lauter. »Und ich muss zur Arbeit.«

»Nicht mehr lange, wenn alle erfahren, warum du wirklich hier bist.«

Wegen des Schlafmangels war Alex' Kopf noch leicht vernebelt, und er hatte Schwierigkeiten zu begreifen, was Mark sagte. An jedem anderen Tag hätte er eine höfliche Ausrede parat gehabt, aber heute fiel es ihm schwer, zusammenhängend zu denken. »Lassen Sie mich einfach in Ruhe«, murmelte er.

»Was, willst du etwa nicht darüber reden, dass deine Verbindung zu den Carters ein bisschen mehr umfasst als deinen Herzenswunsch, Äpfel anzubauen? Komm schon, Kumpel, mir kannst du's doch sagen. Sprich dich aus.« Marks Stimme triefte vor falscher Aufrichtigkeit – der Tonfall ging Alex gewaltig gegen den Strich, und ihm riss der Geduldsfaden.

»Machen Sie einfach die Fliege«, blaffte er und ging durch das Tor.

Mark griff nach seinen Arm. Er sah aus, als hätte er gerade einen Heureka-Moment gehabt. »Es stimmt also? Teufel auch, bis eben hab ich mich gefragt, ob ich mich nicht doch verhört habe, aber jetzt bin ich mir sicher.«

»Worüber?« Alex kochte vor Wut – auf Mark, weil er geblufft hatte, und auf sich selbst, weil er sich davor gedrückt hatte, mit Sophie und den anderen rechtzeitig reinen Tisch zu machen. Hoffentlich hatte Mark ihm tatsächlich etwas zu sagen. Anderenfalls bestand die reale Gefahr, dass es gleich zu Handgreiflichkeiten kommen würde.

Mark grinste genüsslich, und Alex spürte, wie ihm ein Schauer über den Rücken lief. »Unfassbar, dass es mir nicht schon vorher aufgefallen ist. Bis ich dich am Samstagabend neben dem Foto von ihm hab stehen sehen. Die Ähnlichkeit ist unverkennbar. Das ist kein schlechter Scherz, oder? Du bist tatsächlich der Sohn von Jack Carter.«

Alex schüttelte den Kopf, fassungslos, dass ausgerechnet der so unbedarft wirkende Mark ihm auf die Schliche gekommen war. »Sie reden wirres Zeug.«

»Wirklich?«, fragte Mark, trat jedoch sicherheitshalber einen Schritt zurück, für den Fall, dass Alex entschied, ihm eine reinzuhauen. »Als ich dich am Samstagabend im Museum erwischt habe, ergab auf einmal alles einen Sinn. Jack war früher wirklich ein schlimmer Finger, was?«

»Reden Sie keinen Unsinn.« Alex' Gedanken rasten.

»Nein.« Mark schüttelte den Kopf. »Das ist kein Unsinn. Und das weißt du ganz genau. Ich bin bloß überrascht, dass es noch keiner gemerkt hat. Immerhin spionierst du schon seit Wochen bei den Carters und in ihrer Firma herum und versuchst, etwas über deinen toten Daddy herauszufinden.« Er grinste hämisch. »Und ich vermute mal, Sophie war nur eine Schachfigur in deinem kleinen Spiel? Jemand, den man gut ausquetschen kann.« Er überlegte einen Moment. »Oder doch ein bisschen was fürs Bett, damit dir nachts nicht so kalt wird?«

Alex sah rot. Er machte einen Satz nach vorn und drückte Mark mit dem Rücken gegen das geöffnete Tor der Cider-Farm. Als der andere Mann zusammenzuckte, weil sich ihm die Beschläge in den Rücken bohrten, hob Alex die Faust. »Halt gefälligst dein Maul, sonst stopfe ich es dir.«

Obwohl er ein Stück kleiner war als Alex, ließ Mark sich nicht aus der Ruhe bringen. »Da bin ich der Wahrheit wohl etwas zu nahe gekommen, hm? Komm schon, Alex, du weißt, dass ich recht habe. Sophie war bloß eine Ablenkung für dich. Du kannst sie jetzt in Ruhe lassen. Wird sowieso Zeit, dass sie zu mir zurückkommt.«

»Was hast du gesagt?« Alex' Faust hing bedrohlich zitternd in der Luft.

Mark wartete einen Moment, bevor er weitersprach. »Finger weg von Sophie, Kumpel, oder ich verrate ihr, warum du tatsächlich hier in Little Somerby bist, und wie ich Sophie kenne, wird sie dir dann so schwungvoll in den Arsch treten, dass du zu Hause in Kanada landest, ohne ein Flugzeug besteigen zu müssen.«

Alex ließ die Faust sinken. »Sie wird dir nicht glauben.«

»Glaub mir, sie wird.« Mark lachte freudlos. »Sobald sie dich ein bisschen genauer anschaut, wird es ihr wie Schuppen von den Augen fallen. Du bist am Arsch, Kumpel. Und ich möchte nicht in deiner Haut stecken, wenn Matthew oder Jonathan Carter rausfindet, wer du tatsächlich bist.«

»Wenn wir was rausfinden?« Ausgerechnet in dem Moment kam Jonathan Carter auf dem Weg ins Büro an ihnen vorbei. Mit Blick auf Alex' erhobene Faust und den gegen das Tor gedrückten Mark fragte er: »Was ist denn hier los?«

»Nichts«, murmelte Alex, beschämt, dabei ertappt worden zu sein, wie er derart die Kontrolle über sich verloren hatte. Er ließ die Faust sinken und zog auch die andere Hand zurück, mit der er eben noch den Kragen von Marks schmuddeligem Poloshirt festgehalten hatte.

»Das würd ich so nicht sagen«, keuchte Mark und trat vom Tor weg. Jetzt, wo Alex ihn losgelassen hatte, war seine Selbstsicherheit zurück. Er ging davon aus, dass Jonathan, dessen Moralvorstellungen in der Vergangenheit so undurchsichtig gewesen waren wie seine verspiegelte Sonnenbrille, schon auf seiner Seite sein würde. Er schielte zu Alex hinüber, der jetzt resigniert hatte. Triumphierend wandte sich Mark an Jonathan. »Mr Carter, darf ich Ihnen Ihren lange verschollenen Bruder vorstellen?«

32

Die Zeit schien einen Moment lang stillzustehen, dann spürte Alex einen Adrenalinstoß, der ihn in Alarmstimmung versetzte. Seine Beine fingen an zu zittern, während er auf Jonathans Reaktion wartete.

»Was reden Sie da für ein Zeug?«, fragte Jonathan. »Ich habe keine Zeit für Ihre Spielchen.«

»Ich meine es ernst«, beharrte Mark. »Er ist Ihr Bruder. Ich hab gehört, wie er es bei der Feier vorgestern selbst gesagt hat.«

»Stimmt das?«, wollte Jonathan wissen, sein Gesichtsausdruck genauso leer wie der von Alex, als er sich der Tragweite dessen bewusst wurde, was er gerade gehört hatte: »Du bist mein Bruder?«

Alex atmete tief durch und konzentrierte sich mit ganzer Kraft darauf, den Blick nicht von Jonathan abzuwenden. Seine hehren Absichten, alles für sich zu behalten und Little Somerby nach dem Praktikum ohne viel Aufhebens zu verlassen, waren für ihn plötzlich nicht mehr von Bedeutung. Die Sehnsucht, verstanden zu werden, in die Familie, die er in den letzten Wochen kennengelernt hatte, aufgenommen zu werden, war stärker als seine Fähigkeit, logisch zu denken. Es war Zeit, den Dingen ins Auge zu sehen. »Ja«, sagte er leise. »Ja, das bin ich.«

Jonathan drehte sich um und sah, dass Mark immer noch am Tor stand, das verschlagene Gesicht zu einem triumphierenden

Grinsen verzogen. »Was machen Sie noch hier? Verschwinden Sie. Sie arbeiten hier nicht. Hören Sie auf, hier rumzulungern.«

Mark blieb der Mund offen stehen, doch ein Blick auf Jonathans versteinertes Gesicht und Alex' gequälte Miene überzeugte ihn, dass es wohl besser war, sich aus dem Staub zu machen. Ohne ein weiteres Wort verschwand er durch das Tor.

Jonathans Blick war weiterhin starr auf Alex gerichtet und schien jedes noch so kleine Detail in seinem Gesicht wahrzunehmen, sein Verhalten, sein Auftreten, das jetzt, wo die Wahrheit ans Licht gekommen war, ungewohnt zögerlich zu sein schien. »Nicht zu fassen, dass ich es nicht schon vorher gesehen habe«, sagte er in trügerisch sanftem Tonfall. »Es springt einen ja geradezu an.« Er schüttelte fassungslos den Kopf. »Das ist kein Witz, oder? Du bist wirklich Dads Sohn. Du treibst dich schon seit Wochen hier rum, konntest praktisch machen, was du wolltest. Ich will gar nicht wissen, was du alles über uns rausgefunden hast.«

Alex starrte Jonathan an, dessen Blick auf einmal eiskalt war. Obwohl es ein warmer Sommertag war, fröstelte ihn. »Ich hätte mit offenen Karten spielen sollen.«

»Ja. Hättest du.« Und in fast beiläufigem Tonfall, der so gar nicht zu seinen unerbittlichen Worten passen wollte, fügte Jonathan hinzu: »Pack deine Sachen, räum deinen Schreibtisch aus und mach, dass du wegkommst.«

»W-was?« Alex stellte verzweifelt fest, dass ausgerechnet in diesem alles entscheidenden Moment der Offenbarung das Stottern, das ihm in seiner frühen Schulzeit zu schaffen gemacht hatte, wieder da war. Sofort fühlte er sich wieder wie das Kind, das irgendwie nicht so richtig mit aufs Familienfoto passte, das gelernt hatte, auch mal die Fäuste einzusetzen, um nicht nur sich, sondern auch seine Mutter gegen den Spott und die Kommentare derjenigen zu verteidigen, die meinten, die beiden verurteilen zu können. Es machte ihn zutiefst traurig. Jonathan stand mit der Selbstgefälligkeit eines Monarchen da und sah Alex abschätzig an.

»Du hast mich schon verstanden. Verschwinde von hier, ein für alle Mal. Ich weiß nicht, was du zu wissen glaubst, aber auf eins kannst du Gift nehmen: Es ist mir scheißegal, ob du Dads Sohn bist oder nicht. Du gehörst nicht zu uns und bist hier nicht willkommen.« Jonathans Tonfall war immer noch ruhig, doch der eisige Unterton war unüberhörbar. Er meinte es ernst.

»Das kannst du nicht machen!«, stammelte Alex, dessen äußerliche Ruhe blinder Panik wich. »Ich brauche Antworten von dir; über Jack, über diesen Ort, über … alles.«

»Da kannst du lange warten. Du hast jedes Recht darauf verspielt, als du dich hier mit deinen Lügengeschichten eingeschmuggelt und dir unser Vertrauen erschlichen hast. Deine tolle traditionelle Cider-Farm gibt es wahrscheinlich gar nicht, was? Hast du das auch alles erfunden?«

»Nein!« Alex' Stimme wurde lauter, was teils an seiner Panik, aber hauptsächlich an seiner aufkeimenden Wut lag. »Das ist alles wahr. Adelaide's ist mein Traum. Ich bin hierhergekommen, um von euch zu lernen. Aber du hast recht, ich bin auch hergereist, um mehr über meinen Vater zu erfahren. Ich muss wissen, wer er wirklich war. Und wie ich in all das hier hineinpasse.«

»Du passt hier überhaupt nicht rein«, sagte Jonathan schroff. Er machte einen Schritt auf Alex zu, der sich trotz der zunehmenden Feindseligkeit in Jonathans Augen nicht vom Fleck rührte. »Und das wirst du auch nie.« Seine Stimme wurde gefährlich leise. »Wenn du dich vor deiner Abreise meiner Familie auch nur näherst, lass ich dich aus der Firma werfen, wenn möglich sogar aus dem verdammten Land.«

»Jonathan, bitte.« Alex' Stimme zitterte. »Du weißt nicht, was du da tust.«

»Oh doch«, fuhr Jonathan ihn an. »Meine Familie mag keine Lügner. Insbesondere nicht solche, die unser Leben zerstören wollen. Also pack deinen Kram und verpiss dich.«

Alex überlegte, ob er sich weiter verteidigen sollte, doch Jonathans Gesichtsausdruck zeigte ihm deutlich, dass es ohnehin aussichtslos war. Er spürte, wie seine Augen vor Scham und Enttäuschung zu brennen begannen. Er war so nah dran gewesen an der Wahrheit ... seiner Wahrheit, und nun blieb sie ihm verwehrt. Er nickte und senkte den Blick. »Auch wenn es wohl nicht mehr viel ändert ... Es tut mir leid. Ich hätte euch von Anfang an reinen Wein einschenken sollen.«

»Da sind wir uns einig. Lass dich hier gefälligst nicht mehr blicken«, sagte Jonathan mit versteinerter Miene.

Alex brachte keinen Ton mehr heraus und nickte nur. Die Gefühle, die in ihm tobten, waren zu überwältigend, um sie in Worte zu fassen. Am liebsten hätte er weiterhin flehentlich auf Jonathan eingeredet, aber der war einfach an ihm vorbeigegangen und hatte sich dadurch sowohl mit Worten als auch mit Taten endgültig von ihm abgewandt. Mit gesenktem Kopf wollte auch Alex gehen, als sein Blick auf das Gebäude fiel, in dem Sophie arbeitete. Mit einem Schlag wurde ihm klar, dass er keinen blassen Schimmer hatte, wie er ihr das alles erklären sollte.

Bevor er seine Gedanken ordnen konnte, überquerte sie zusammen mit Laura den Hof zwischen dem Büro und der Scheune, in der die Fässer lagerten. Ihr Haar glänzte in der Sommersonne, und ihre Augen leuchteten, als sie ihn entdeckte. Sie hatte es offensichtlich schon früher zur Arbeit geschafft als er. Voller Panik und ohne die geringste Ahnung, wie er ihr beibringen sollte, dass er gerade achtkantig bei Carter's rausgeflogen war, stand er wie gelähmt da.

»Hallo, Fremder!«, sagte Sophie, während Laura mit einem wissenden Blick Richtung Scheune verschwand. »Wo hast du denn gesteckt?«

Ihre sichtliche Freude, ihn zu sehen, versetzte Alex einen Stich. Eine ganze Zeit stand er einfach nur schweigend da.

»Was ist los?«, fragte sie, sichtlich überrascht von seiner Zurückhaltung. »Warum jetzt wieder diese kanadische Reserviertheit?« Sie lachte nervös. »Ist es dafür nicht ein bisschen spät?«

»Können wir reden?« Er hasste sich dafür, dass seine Stimme zitterte.

»Klar. Ich funke nur kurz David an, dass ich einen Moment nicht am Platz bin, dann gehöre ich ganz dir.«

Ohne abzuwarten, ob sie ihm folgte, marschierte Alex los.

»Halt, warte!« Sophie joggte ihm hinterher. Als sie nach seinen Arm griff, zuckte er zusammen. »Alex, was ist denn los?« Sie bemerkte seinen niedergeschlagenen Gesichtsausdruck, und das Lächeln verschwand von ihrem Gesicht. »Sag mir, was passiert ist.«

Alex nahm einen tiefen Atemzug. »Sophie, ich bin gefeuert worden.«

Sie machte einen Schritt zurück. »Was? Von wem? Und wieso? Hast du etwa eine Ratte in das Fass mit unserem edelsten Tropfen geworfen?« Sie sah ihn mit durchdringendem Blick an. »Das ist kein Scherz, oder? Du meinst es ernst.«

Alex nickte. »Jonathan Carter hat mir gesagt, ich soll mich verpissen.«

»Das kann er doch nicht machen!«, protestierte Sophie. »Warum sollte er? Was kann er denn gegen dich haben?« Sie drehte sich zum Tor um. »Ich schau mal, ob Matthew da ist. Er wird die Sache klären, er hat mehr zu sagen als Jonathan.«

»Nein.« Alex schüttelte den Kopf. »Matthew wird mir nicht helfen, Sophie.«

Sie runzelte die Stirn. »Und warum nicht?«

»Weil ich gelogen habe.« Sophies ernster Gesichtsausdruck stellte Alex' Fassung auf eine zunehmend harte Probe. Jonathan gegenüberzutreten war eine Sache gewesen, aber Sophie die Wahrheit zu sagen, erwies sich als hundertmal schlimmer. »Ich habe sie angelogen, dich, alle hier.«

»Ich kann dir nicht folgen.« Ihre Stimme war so leise, dass Alex sie kaum verstehen konnte. »Worüber hast du gelogen?«

»Sophie … Ich bin nicht der, für den du mich gehalten hast.«

Sie schüttelte den Kopf. »Doch, natürlich bist du das. Du bist Alex Fraser, ehemaliger Anwalt, der in Kanada eine Cider-Farm gekauft hat. Du bist ein herzensguter, grundanständiger Mann mit absurd guten Manieren und zu langen Haaren, in den ich mich gerade verliebe. Ich weiß genau, wer du bist.«

Alex biss sich verlegen auf die Lippe. »Es tut mir so leid, Sophie.« Er legte seine Hände auf ihre Schultern, aus Sorge, dass sie das Weite suchen würde, sobald die Wahrheit ans Licht gekommen war. »Ich bin all das, was du sagst, aber ich bin eben auch noch jemand anderes.«

»Was?« Sophie erstarrte plötzlich in seinen Armen. Sie holte tief Luft und lachte nervös. »Bist du etwa verheiratet?«

Alex schüttelte den Kopf. »Nein.« Es kostete ihn seine ganze Kraft, Sophie weiterhin in die Augen zu sehen. »Sophie, ich bin Jack Carters Sohn.«

Der Boden schien unter seinen Füßen zu schwanken, als er die Farbe aus Sophies Gesicht weichen sah, sobald ihr klar wurde, was sein Geständnis bedeutete. »Sophie, es tut mir so unendlich leid. Ich hätte ehrlich zu dir sein und es dir gleich sagen sollen. Ich wollte es, aber es ging nicht.« Er streckte seine Hand nach ihr aus, als sie sich von ihm löste. »Können wir irgendwo hingehen und reden? Bitte.«

»Ich glaub's einfach nicht«, flüsterte Sophie. »Du hast mich die ganze Zeit belogen. Und das nach allem, was ich dir über mich erzählt hab.« Sie schüttelte den Kopf, als könnte sie dadurch eine klarere Sicht auf den Mann bekommen, der vor ihr stand. »Ich hab dir Dinge anvertraut, die keiner außer dir weiß.«

Alex schluckte, den Tränen schmerzlich nahe. »Ich weiß. Und ich kann dir gar nicht sagen, wie viel mir das bedeutet. Das ändert nichts an meinen Gefühlen für dich, das musst du mir glauben.«

Sophies Stimme zitterte, während sie verzweifelt versuchte, Alex' Beichte zu verarbeiten. »Du hast mich benutzt, um an Informationen über Jack zu gelangen.« Sie schüttelte den Kopf. »Ich war nur ein Mittel zum Zweck für dich. Cider und ich sind dir völlig egal. Du wolltest bloß möglichst viel über ihn herausfinden. Über …« Es war merkwürdig für sie, es auszusprechen. »Über deinen Vater.«

»Nein!« Alex merkte, dass er laut wurde, aber er hatte das Gefühl, andernfalls zusammenzubrechen. »Das stimmt nicht. Adelaide's gibt es wirklich. Und meine Gefühle für dich auch. Ich hatte nie vor, dich zu verletzen. Was ich für dich empfinde … meine Liebe zu dir … Das ist alles echt, und ich möchte, dass du weißt, dass ich fest vorhatte, dir alles zu sagen, sobald sich die Gelegenheit dazu ergibt. Und zwar anders als jetzt.« Er streckte die Hand nach ihr aus, doch sie entzog sich ihm. Frustriert machte er einen Schritt auf sie zu, doch sie wich ihm erneut aus.

»Du wusstest ganz genau, wie tief Mark mich mit seiner Rumvögelei und seinen Lügengeschichten verletzt hat«, sagte Sophie mit leiser Stimme, »und du wusstest, wie wichtig es für mich ist, dass du ehrlich zu mir bist. Gott, Alex, ich habe dir sogar von der Fehlgeburt erzählt, wie es sich anfühlte, das Kind zu verlieren. Und du hast mich belogen. Hast mich von Anfang an belogen, nur um zu kriegen, was du wolltest.« Plötzlich flackerte Wut in ihren Augen auf, als sie an die wundervollen gemeinsamen Nächte im Zelt bei der Royal West Country Show zurückdachte. Wie Alex ihr die Sternbilder gezeigt und ihr erklärt hatte, dass sie am

Himmel von British Columbia ganz anders aussahen. War das alles Teil seines Plans gewesen? Ihr Vertrauen zu gewinnen und sie ins Bett zu kriegen, nur um mehr über seinen Vater herauszufinden?

»Das ist nicht wahr!«, widersprach Alex. »Anfangs wollte ich wirklich nur von dir lernen, welche Sorten sich am besten verschneiden lassen und so. Aber ja, ich wusste auch, dass du Jack nahegestanden hast, bevor er starb, und ich wollte wissen, was für ein Mensch mein biologischer Vater wirklich war. Meine Mutter hat mir manchmal von ihm erzählt. In ihren Geschichten war er dieser charmante Engländer, der ihr Herz im Sturm erobert hatte, auch wenn immer klar war, dass es nur eine Affäre und nicht von Dauer sein konnte. Ich wollte herausfinden, ob sie das alles nur im Nachhinein verklärt hat. Sie hat mir seinen Namen und dass er eine Cider-Farm besitzt erst verraten, kurz bevor sie starb. Als ich hierherkam, hatte ich ein paar spärliche Informationen über ihn zusammengekratzt und wusste nicht, was ich von ihm halten sollte. Aber dann habe ich dich besser kennengelernt und gemerkt, dass es mir nicht mehr nur um Jack und ums Geschäft ging, sondern um dich. Je mehr Zeit wir miteinander verbracht haben, umso klarer wurde mir, dass ich mich in dich verliebt hatte, dass ich alles über dich erfahren wollte. Die Vergangenheit ist das eine, aber ich möchte, dass du meine Zukunft bist, Sophie. Ich liebe dich.«

»Nein.« Sophie packte die Wut. »Nein, tust du nicht, Alex. Ich kam dir ganz gelegen. Ein naives Mädchen, dem du den Kopf verdrehen konntest wie der Prinzessin im Märchen. Nur wissen wir beide, dass es im wahren Leben anders läuft. Du hast mich benutzt, um an die Carters ranzukommen, und jetzt, wo sie wissen, wer du bist, hält dich ja wohl nichts mehr davon ab zu gehen, oder?«

»Ich will aber nicht gehen.« Alex griff erneut nach Sophies Hand. Doch bevor er sie zu fassen bekam, hatte sie sie ihm schon entzogen. »Zumindest nicht ohne dich.«

»Tja, du hast keine andere Wahl«, gab Sophie barsch zurück. »Mit dir würde ich nirgendwo hingehen, und wenn du der letzte Mann auf der Welt wärst.«

»Sophie, bitte.«

»Verschwinde einfach. Ich will dich nie wiedersehen. Du hast mich benutzt, du hast diese Firma benutzt, und wofür? Jack wäre entsetzt gewesen.«

»Das glaube ich nicht.« Verzweifelt und frustriert, weil er nicht zu ihr durchdringen konnte, ging Alex ebenfalls zum Angriff über. »Nach allem, was ich über ihn weiß, hätte er vermutlich Verständnis gehabt. Ich meine, schließlich muss er gelogen haben wie gedruckt, anders wäre die Geschichte mit meiner Mutter ja wohl kaum möglich gewesen.«

Sophie verpasste ihm eine schallende Ohrfeige. »Hau bloß ab, sonst hole ich jemanden, der dich rauswirft.«

Mit Tränen in den Augen, die nicht nur vom Schmerz an seiner Wange herrührten, starrte Alex sie lange geschockt an. Dann nickte er traurig. »Ich kann dich verstehen. Mach's gut, Sophie.«

Damit machte er auf dem Absatz kehrt und ging durch das schmiedeeiserne Tor von Carter's Cider.

33

»Wir müssen reden.«

Matthew steckte wegen der möglichen Übernahme eines kleineren Cider-Herstellers in Herefordshire bis über beide Ohren in Papierkram, als er die Stimme seines jüngeren Bruders hörte. Wenn er ehrlich war, kam ihm die Ablenkung ganz gelegen, da er sich ohnehin fragte, welchen finanziellen Nutzen das Ganze haben sollte.

Jack hatte den Kauf vor seinem Tod in die Wege geleitet, aber seitdem hatte die Sache über ein Jahr auf Eis gelegen, und Matthew war nicht überzeugt, dass es sich wirklich lohnte, so viel Zeit und Kapital hineinzustecken.

»Was ist denn?«, fragte er, nahm seine Lesebrille ab und deutete auf die Kaffeekanne auf seinem Schreibtisch. »Bedien dich, wenn du magst.«

»Hast du nicht was Stärkeres?«, wollte Jonathan wissen. »Gut möglich, dass du selbst auch was brauchst, wenn du gehört hast, was ich zu sagen habe.«

Matthew gestikulierte in Richtung einer verschlossenen Holzkiste, die in der Ecke seines Büros stand. »Da ist noch eine Kiste mit dem letzten Calvados, den die Destillerie als Kostprobe geschickt hat. Nimm dir was davon. Ich wollte dich schon längst mal bitten, ihn rüber ins Cider Kitchen zu bringen, damit wir ihn mit auf die Karte setzen können.«

»Genau das brauchen wir jetzt.« Jonathan eilte zur Kiste hinüber und öffnete sie. »Wo hast du Gläser?«

»Drüben auf dem Konferenztisch stehen ein paar«, antwortete Matthew, der Jonathans Anspannung spüren konnte. »Was soll das alles, Jonno? Hat es irgendwas mit Caroline zu tun? Geht's ihr gut?«

Jonathan schüttelte ungeduldig den Kopf. »Caroline geht's blendend. Sie ist nur total gefrustet, dass sie nicht mehr in ihre Klamotten passt, und kotzt sich jeden Morgen die Seele aus dem Leib, aber ansonsten ist alles bestens. Moment, ich schenk uns kurz was ein.« Jonathan hatte Anna und Matthew von Carolines Schwangerschaft erzählt, gleich nachdem der Zwölf-Wochen-Ultraschall glücklicherweise gezeigt hatte, dass die Sorgen, die Caroline sich wegen ihres früheren Drogenkonsums gemacht hatte, unbegründet gewesen waren, und alle freuten sich nun auf den Familienzuwachs. Die Ironie des Schicksals, dass ihre Familie nun obendrein bereits ausgewachsenen Neuzugang in Form von Alex Fraser bekommen hatte, war Jonathan nicht entgangen. Er begann seine hitzigen Worte am Tor bereits zu bereuen.

»Für mich nicht, danke, ich hab heute Nachmittag ein Meeting mit den Vertretern einer gemeinnützigen Stiftung und brauche einen klaren Kopf.« Carter's Calvados hatte nicht zu Unrecht den Ruf, in größeren Mengen genossen eine beträchtliche Wirkung zu entfalten. Matthew trank eigentlich lieber Whisky, auch wenn er das als Cider-Produzent natürlich nicht laut sagen durfte. Jonathan hatte seit dem Abend nach der Beerdigung seines Vaters, als Matthew ihn sternhagelvoll unter einem Weißdornbaum auf dem Wavering Down gefunden hatte, ebenfalls einen großen Bogen um Carter's Calvados gemacht. Ironischerweise war es auch jetzt wieder Jack, der ihn zum Calvados greifen ließ. Jonathan ignorierte seinen Bruder und schenkte ihnen zwei große Gläser ein.

»Glaub mir. Du wirst es brauchen, Meeting hin oder her.« Er ging zurück zu Matthews Schreibtisch, reichte seinem Bruder ein Glas und ließ sich mit dem anderen auf den Stuhl auf der gegenüberliegenden Seite des Tisches sinken. Er nahm einen großen Schluck Calvados.

»Und?«, fragte Matthew. »Ich bin ich bisschen im Stress, Jonno.«

»Vielleicht sagst du das Meeting besser ab«, gab Jonathan zu bedenken. »Ich glaube nicht, dass du den Kopf dafür freihaben wirst, wenn wir hier fertig sind.«

Matthew seufzte. »Jetzt rück schon raus mit der Sprache.«

»Weißt du noch, wie Dad, als wir Kinder waren, kurz bevor Mum das erste Mal krank wurde, einen ganzen Sommer im Ausland war? Hat er dir je gesagt, warum er so lange weg war?«

Matthew schüttelte den Kopf. »Nein, nicht wirklich. Soweit ich mich erinnern kann, hat er damals Cider-Produzenten auf der ganzen Welt abgeklappert, um zu schauen, welche Sorten zu unseren traditionellen Äpfeln passen könnten. Ich meine, er hat einige recht brauchbare Sorten aus Nordamerika mitgebracht und sich schließlich an Hybridzüchtungen versucht. Ich kann nicht beschwören, ob die letztlich auf unserem Lehmboden hier in Mendip überhaupt gediehen sind, aber wenn ich ehrlich bin, hatte ich damals andere Dinge im Kopf.« Er lächelte reumütig. »Mit dreizehn galt mein Interesse eher Rugby und dem weiblichen Geschlecht.«

»Tja, sieht aus, als wäre Dad gar nicht so viel rumgekommen, wie er uns und Mum weisgemacht hat«, sagte Jonathan. »Genau genommen war er ziemlich sesshaft, nachdem er Nordamerika erreicht hatte.«

»Wovon redest du?«, fuhr Matthew ihn an. »Erspar mir das Rätselraten und komm zur Sache, Bruderherz.«

»Dad war drei Monate lang in British Columbia. Und hat sich dort offenbar nicht nur für Äpfel interessiert, sondern auch eine Frau kennengelernt. Wohl sogar ein bisschen näher. Neun Monate später kam Alex Fraser zur Welt.«

Matthew fiel beinahe das Calvadosglas aus der Hand. »Willst du mich verarschen?«

»Leider nicht.« Jonathan schenkte sich nach. »Ich meine, er hat keinen DNA-Test vorgelegt oder so, aber es würde schon einiges erklären. Dad war in dem Sommer lange weg. Und Alex sieht dir sogar ein bisschen ähnlich, wenn man genau hinschaut.«

»Das beweist noch gar nichts«, knurrte Matthew.

»Okay, okay«, sagte Jonathan beschwichtigend, der sah, dass Matthews Gereiztheit kurz davor war, in Wut umzuschlagen. »Ja, er könnte ein Betrüger mit einer rührseligen Geschichte sein, aber irgendwie bin ich, nach allem, was wir beide über Dad wissen und was Alex über sich ausgeplaudert hat, sicher, dass er die Wahrheit sagt.«

»Wie und wann hast du es herausgefunden?« Matthew gab der Versuchung nach und nahm selbst einen großen Schluck Calvados.

»Vor etwa zehn Minuten. Dieser geistige Tiefflieger Mark Simpson hat sich mit Alex am Tor geprügelt und ist über Sophie Henderson hergezogen. Alex und Sophie sind sich nähergekommen, seit er hier ist. Mark ist ihr Ex und offensichtlich nicht sonderlich begeistert davon, dass Sophie Zeit mit einem anderen verbringt.«

»Danke für die ausführlichen Hintergrundinformationen«, sagte Matthew trocken. »Auch wenn das immer noch nicht erklärt, wie du darauf kommst, dass Alex unser Bruder ist.«

Jonathan schüttelte den Kopf. »Sorry. Wie auch immer, bei der Gelegenheit ist es rausgekommen. Mark hat erkannt, was wir alle den ganzen Sommer lang übersehen haben, und Alex damit konfrontiert. Alex sah aus, als würde er entweder gleich ohnmächtig werden oder Mark krankenhausreif schlagen, also habe ich eingegriffen.«

»Und er hat es nicht abgestritten?«

Jonathan lachte düster. »Um ehrlich zu sein, sah er genauso geschockt aus wie ich. Im Nachhinein betrachtet, hatte ich nicht den Eindruck, dass er wollte, dass wir es auf diesem Weg erfahren. Was natürlich die Frage aufwirft, ob und wann er vorhatte, mit der Wahrheit herauszurücken.«

»Und wie ging es weiter? Wo ist Alex jetzt?«

Jonathan zögerte, sichtlich unsicher, wie Matthew reagieren würde. »Ich habe ihn gefeuert und ihm gesagt, dass er vom Firmengelände verschwinden soll. Und vorzugsweise auch gleich aus dem Land.«

Matthew verschluckte sich fast an seinem Calvados. »War das nicht ein bisschen impulsiv, selbst für deine Verhältnisse?«

»Was hätte ich denn deiner Meinung nach tun sollen?«, fragte Jonathan herausfordernd. »Ihn auf eine Tasse Tee und ein Schwätzchen einladen? Muss ich dich daran erinnern, dass er die ganze Zeit unter falschem Vorwand hier gearbeitet hat? Niemand weiß, zu welchen Informationen er Zugang hatte, über dich, über mich, über das Geschäft. Woher weißt du, dass er kein Hochstapler ist, der Industriespionage betreibt? Hast du die Fässer in letzter Zeit mal näher überprüft?«

»Ich glaube, du verstehst nicht, was ich meine, Jonno«, bemerkte Matthew entnervt und leerte sein Glas in einem Zug. »Wenn das, was du sagst, stimmt und er wirklich Dads Sohn ist … Dann sind wir ihm zumindest schuldig, mit ihm zu reden und herauszufinden, was dahintersteckt. Ja, er hätte von Anfang an mit offenen Karten spielen sollen, aber ich kann irgendwie auch nachvollziehen, warum er das nicht getan hat. Ich meine, wir sind nicht gerade die unkomplizierteste Familie, selbst wenn Dad uns diesen familiären Zündstoff nicht verheimlicht hätte.« Er schüttelte den Kopf. »Kannst du dir vorstellen, wie schwer es für Alex gewesen sein muss, damit umzugehen?«

»Das ist noch lange kein Grund, uns anzulügen«, murmelte Jonathan trotzig. »Und wie kommst du darauf, dass Dad überhaupt von Alex wusste? Selbst wenn er es zu Lebzeiten vor uns geheim gehalten hätte, hätten wir es nach seinem Tod sicher herausgefunden – es hätte irgendwelche Papiere gegeben, irgendwelche Unterlagen.«

»Das stimmt«, gab Matthew zu. »Glaubst du … Glaubst du wirklich, dass er es nicht wusste? Dass Alex' Mutter es die ganze Zeit für sich behalten hat?«

»Warum hätte sie das tun sollen? Was hätte sie zu verlieren gehabt, wenn sie es ihm sagt?«

»Die Wahrheit zu sagen ist nicht immer ganz leicht, wie wir beide wissen.«

Die beiden Brüder hatten selbst einen langen und nicht immer einfachen Weg hinter sich und hatten das Kriegsbeil erst kürzlich begraben. Jonathans Affäre mit Matthews erster Frau Tara, Merediths Mutter, hatte die Familie entzweit, und erst als Anna in Matthews Leben getreten war, hatten die Brüder sich ausgesöhnt.

»Eins zu null für dich, großer Bruder. Und was machen wir jetzt?«

»Na ja, da du ihn des Landes verwiesen hast, sollten wir vielleicht versuchen, ihn aufzuhalten, bevor er das tut. Er hat Antworten verdient, und wenn du näher drüber nachdenkst, haben wir das auch.«

»Gott, ich wünschte, Dad wäre hier«, murmelte Jonathan mit rauer Stimme. »Auch wenn ich keinen blassen Schimmer habe, was ich dann zu ihm sagen würde.«

»Mir würden schon ein paar Dinge einfallen«, sagte Matthew spitz. Er blinzelte und starrte in sein Glas. »Glaubst du wirklich, dass er nichts davon wusste?«

»Ich kann mir nicht vorstellen, dass Dad Alex vollkommen ignoriert hätte, wenn er von ihm gewusst hätte«, entgegnete Jonathan. »Er mag eine Affäre gehabt haben, aber wenn ein Kind daraus entstanden wäre, hätte er für ihn oder sie getan, was er konnte, denke ich. Es war nicht Dads Art, sich vor der Verantwortung zu drücken. Das wundert mich an der Sache.«

»Lass uns mit Alex reden«, schlug Matthew vor. »Vielleicht hat jeder von uns ein paar Puzzleteile, die nur zusammen das ganze Bild ergeben.«

»Dann sollten wir uns lieber beeilen. Für den Fall, dass er das, was ich zu ihm gesagt habe, wirklich ernst nimmt und das Land verlässt.« Jonathan stellte sein Glas auf dem Tisch ab. »Er wohnt bei Lily Henderson. Ich schau da mal vorbei.«

»Ich weiß nicht, ob das eine gute Idee ist, wenn man bedenkt, wie ihr auseinandergegangen seid. Soll ich nicht lieber mit ihm reden? Wobei ich nicht garantieren kann, dass er mich überhaupt reinlässt. Aber wir sind es Dad schuldig, es zumindest zu probieren.«

»Okay, überzeugt. Sollen wir uns hinterher in Cowslip Barn treffen?«

»Klingt nach einem guten Plan.« Matthew stand auf und griff nach seiner Jacke, die über der Stuhllehne hing. »Wenn Anna da ist, weih sie lieber ein, bevor es jemand anderes tut. Und Meredith auch. Verdammte Hacke.« Er schüttelte den Kopf. »Als ich heute Morgen aufgewacht bin, hatte ich keine Ahnung, dass mir so was bevorsteht.«

»Ich glaube, es hat uns alle kalt erwischt«, erwiderte Jonathan.

Sie gingen Richtung Tür. Bevor Matthew sie öffnete, hielt er kurz inne, legte seinem Bruder eine Hand auf die Schulter und drückte sie sanft. »Ich bin froh, dass wir uns zusammen darum kümmern, Jonno.«

Jonathan schluckte, gerührt von der vertraulichen Geste seines Bruders. Zu lange hatten Zeit, Entfernung und Konflikte sie getrennt, und Jonathan genoss die wiedergefundene Nähe. »Ich auch. Wie Alex sich wohl die ganze Zeit gefühlt haben muss? Ich komme mir wie der letzte Arsch vor, dass ich ihn so runtergemacht habe, noch dazu in aller Öffentlichkeit.«

»Das ist verständlich«, antwortete Matthew mit rauer Stimme. »Ich war genauso geschockt wie du. Aber jetzt müssen wir die Sache wieder in Ordnung bringen. Wir sollten die Wahrheit herausfinden und dann unsere Schlüsse ziehen. Auch wenn er in der Vergangenheit nicht immer ehrlich zu uns war, sollte es ab jetzt keine Geheimnisse mehr zwischen uns geben. Einverstanden?«

»Einverstanden.« Damit machten sie sich auf den Weg, Alex zum ersten Mal als Brüder zu begegnen.

34

Meredith ahnte nichts von dem, was ihr Vater und ihr Onkel gerade herausgefunden hatten. Sie machte einen Ausritt auf ihrem Pony Rosa, begleitet von Joe Flanagan, der auf dem Pony ihrer Freundin Izzy an ihrer Seite ritt. Am Nachmittag nach Jacks Gedenkfeier hatte sie ihm eine Textnachricht geschickt, und die beiden hatten vereinbart, sich am Montag zu treffen, weil Joe dann freihatte und auch Meredith erst später arbeiten musste. Meredith hatte festgestellt, dass ihre Sehnsucht nach Flynn mit der Zeit immer schwächer geworden war, und als Joe sie hoch oben auf den Cider-Bottichen geküsst hatte, waren alle Erinnerungen an ihren Ex-Freund verblasst. Leicht nervös hatte sie den gemeinsamen Ausritt vorgeschlagen und war hocherfreut gewesen, als Joe geantwortet hatte, er sei dabei.

Sie war angenehm überrascht, wie gut er reiten konnte, und bewunderte seine stattliche Erscheinung im Sonnenlicht, das durch die Baumkronen fiel. Das Waldgebiet von Dolebury Warren lag unmittelbar östlich von Little Somerby und war gut mit den Pferden zu erreichen. Der Waldweg führte einen mit Felsbrocken übersäten Hang hinauf, der sich bei Hundebesitzern, Reitern und Wanderern großer Beliebtheit erfreute, auch wenn es heute eher ruhig war und dort nur eine Herde Schafe weidete. Joe kannte die Gegend gut, da das Haus seines Vaters an einer der kleinen Straßen lag, die sich durch die Landschaft schlängelten. Über die Jahre hinweg hatte Patrick nach und nach rund drei Hektar Land erworben, wozu sowohl Felder als auch Wald zählten. Dorthin waren die beiden unterwegs, um Privatsphäre für ein Picknick zu haben.

»Es ist einfach irre schön hier oben«, seufzte Meredith. »Selbst Rosa findet's super – sie kommt mit zu weichem Boden nicht so gut klar und mag lieber steinigeres Terrain.« Sie kraulte das Pony liebevoll am Kopf. »Liegt wahrscheinlich an ihren walisischen Vorfahren.«

»Ich gehe hier oft spazieren.« Joe brachte sein Pony auf dem flachen Pfad am Waldrand zum Traben. »Aber geritten bin ich hier schon ewig nicht mehr.«

Meredith ließ Rosa ebenfalls traben, bevor sie sich entspannte und dem Pony die Führung überließ, damit Rosa sich auf dem weiten Gelände ein wenig austoben konnte. Joe trieb sein geliehenes Pony Sunlight an, um sie einzuholen, und ein paar unbeschwerte Minuten lang galoppierten sie Seite an Seite dahin und genossen die erfrischende Brise.

Als die Landschaft zunehmend waldiger wurde, zügelten sie die Pferde. Meredith drehte sich zu Joe um. Ihre Wangen waren von der Anstrengung gerötet, und sie fühlte sich hellwach und so lebendig wie schon seit Langem nicht mehr. »Das hab ich echt gebraucht!«, rief sie, als Joe sie einholte. »Danke, dass du mit mir hier rausgeritten bist.«

Er deutete auf ein altes Steingebäude, das markierte, wo das Land seines Vaters begann. »Danke, dass du mich gefragt hast. Sollen wir da picknicken?«

Meredith nickte. »Mir knurrt ganz schön der Magen«, stellte sie überrascht fest. Sie hatte das Gefühl, schon seit Ewigkeiten nicht mehr richtig hungrig gewesen zu sein, doch nach der vielen frischen Luft und Bewegung lief ihr jetzt beim Gedanken an die vorbereiteten Sandwiches und die vom Samstag im Café übrig gebliebenen Stücke von Annas köstlicher Erdbeertorte das Wasser im Mund zusammen – ein wahres Festmahl, das sich in den Satteltaschen auf Rosas Rücken verbarg.

Als sie ans Holztor zum Land seines Vaters kamen, beugte Joe sich im Sattel vor, öffnete und schloss es wieder, sobald Meredith und Rosa es passiert hatten. »Der Zaun geht einmal ganz rum, wir können die Pferde also in Ruhe grasen lassen. Du darfst dir einen Platz fürs Picknick aussuchen.«

Meredith lächelte. Die Sonne strahlte an einem wolkenlosen Himmel. »Wie wär's im Schatten hinter dem Haus?«

Sie stiegen von den Ponys, und Meredith löste die Satteltaschen, bevor sie hinüber zu dem vielleicht hundert Meter entfernten Steingebäude schlenderten. Aus reiner Macht der Gewohnheit warf sie einen kritischen Blick auf den Zaun. Doch der war in ausgezeichnetem Zustand, und so hatte sie keine Bedenken, die Ponys eine Weile sich selbst zu überlassen. Als Joe beim Gehen nach ihrer Hand griff, durchfuhr es Meredith wie ein elektrischer Schlag. Seit dem Abend auf den Cider-Bottichen konnte sie es kaum erwarten, ihn wieder zu küssen, und an diesem wunderbar sonnigen Tag knisterte es förmlich zwischen ihnen.

Sobald sie die Picknickdecke ausgebreitet hatten, fielen sie über das Essen her, da keiner von beiden gefrühstückt hatte. Meredith lachte laut auf, als sich ein Brocken von dem Stück von Annas Torte löste, das Joe sich gerade in den Mund zu schieben versuchte, und eine Erdbeere in seinem Schoß landete. Spielerisch nahm sie selbst einen Bissen von der Frucht und hielt die andere Hälfte Joe hin. Er aß sie und küsste dann ihre Fingerspitzen.

Die Zeit schien einen langen Moment stillzustehen, und beide hatten das Gefühl, auf der Schwelle von irgendetwas zu stehen. Meredith schlang den Arm um Joes Nacken, zog ihn zu sich heran und gab ihm einen leidenschaftlichen Kuss, der nach Erdbeere schmeckte. Die vollkommene Abgeschiedenheit des Tals war befreiend und ermutigte Joe, Meredith auf seinen Schoß zu ziehen, den Kuss zu vertiefen und liebevolle Worte vor sich hin zu murmeln, während sie die Beine um ihn schlang.

»Du hast keine Ahnung, wie sehr ich mich seit Samstagabend danach gesehnt habe«, flüsterte Meredith. »Aber ich wusste ja nicht, wie du reagieren würdest.«

»Jetzt weißt du's. Ich empfinde das Gleiche wie du. Ich war mir mein ganzes Leben lang noch nie so sicher.« Er unterbrach den Kuss, strich mit der Hand von Merediths Schulter hoch zu ihrem Hals, senkte den Kopf und küsste sie erneut. Seine Lippen fühlten sich warm und fest an, und als der Kuss leidenschaftlicher wurde, schloss Meredith genießerisch die Augen. »Und wie ein altes Baumchirurgen-Sprichwort sagt, wenn man mal aus dem Baum fällt, muss man gleich wieder raufsteigen.«

»Ich bin nicht hundertpro überzeugt, dass das hier damit gemeint ist«, murmelte Meredith, als sie eine kurze Verschnaufpause einlegten. Sie warf einen Blick zu den Pferden hinüber. Rosa und Sunlight standen nebeneinander und beknabberten sich gegenseitig den Hals. Flynn konnte mit Pferden nicht viel anfangen, und es machte Spaß, zur Abwechslung mal wieder mit jemandem unterwegs zu sein, der reiten konnte. Joe hatte wie der geborene Reiter ausgesehen – ein Anblick, den Meredith zu schätzen wusste.

»Komm her«, murmelte er und zog sie zu sich herunter. »Keine Sorge. Hier überrascht uns keiner. Dad hat hier alles eingezäunt. Ich weiß, dass Flynn dich verletzt hat«, sagte er sanft. »Und ich erwarte nicht, dass wir irgendwas machen, womit du dich nicht wohlfühlst. Lass uns einfach nur den Moment genießen.«

Meredith nickte. Sie hätte im Leben nicht gedacht, dass sie einmal auf einer Picknickdecke mit dem Sohn des besten Freundes ihres Vaters herumknutschen würde, und fragte sich, was ihr Vater wohl dazu sagen würde, wenn er es herausfände. Aber Joe war so lieb zu ihr gewesen, so verständnisvoll, obwohl Flynn damals so mies zu ihm gewesen war, dass sie total gerührt war. Die Luft roch süß nach Sommer und gemähtem Gras mit einem erdigen Unterton von frisch gepflügtem Lehmboden. Der wolkenlose Himmel über ihnen war strahlend blau, und aus dem nahen Wald schallte Vogelgezwitscher herüber. Es war der perfekte Moment für die Liebe, eine Gelegenheit, die man nicht ungenutzt verstreichen lassen durfte. Meredith setzte sich ruckartig auf, schlang ein Bein um Joes Hüfte und küsste ihn.

»Du hast vollkommen recht«, sagte sie zwischen den Küssen. »Aber nur damit eins klar ist: Du bist kein Lückenbüßer für mich.« Sie löste sich kurz von ihm und sah ihn an. Joes klare blaue Augen schauten in ihre, seine Hand lag noch vom Kuss in ihrem Haar. »Ich hab mich schon in dich verguckt, als ich dich auf dem Baum im Royal Orchard gesehen habe.«

»Da warst du aber eine Spätzünderin«, scherzte Joe. »Aber lass uns das Thema nicht vertiefen!«

Und auf einmal, als sie Joes Lippen auf ihren spürte, wusste Meredith, dass alles gut werden würde. Sie erwiderte seinen Kuss, ließ sich zurück auf die Decke ziehen und gab sich ganz dem Moment hin.

»Alles okay?«, fragte Joe kurz darauf, während er ihr über das lange dunkle Haar strich.

»Schon«, antwortete Meredith nachdenklich. »Ich frage mich nur, weshalb wir so lange gebraucht haben, um aufeinander aufmerksam zu werden.«

Joe lachte. »Du warst eine Nummer zu groß für mich, weißt du nicht mehr?«

Meredith setzte sich auf und sah zu ihm hinunter. Muskulöse Arme mit ein paar Sommersprossen waren hinter seinem Kopf verschränkt, und er sah mit zufriedenem Gesichtsausdruck in den Himmel hinauf. Sein breiter und muskulöser Oberkörper, den er der täglichen körperlichen Arbeit zu verdanken hatte, zeichnete sich unter dem engen blauen T-Shirt ab. In vielerlei Hinsicht war er das absolute Gegenteil von Flynn, und vielleicht war das der Grund, warum sie sich so zu ihm hingezogen fühlte. Sie beschloss, nicht weiter darüber nachzugrübeln – sie hatte eine schöne Zeit mit ihm, weit schöner, als sie erwartet hätte, aber sie würde es langsam angehen lassen.

Apropos Zeit. »Oh, Mist!« Meredith griff nach ihrem Handy. Nach einem Blick auf den Bildschirm stöhnte sie auf. »So was Blödes. Ich komm zu spät zur Arbeit.«

»Nur keine Sorge. Arbeitest du nicht bei deiner Tante und deinem Onkel im Restaurant? Die werden schon nicht austicken, wenn du ein paar Minuten später kommst.«

»Darum geht's nicht«, sagte Meredith gereizt. »Ich bin noch nie zu spät zu einer Schicht gekommen.« Sie zog das Haargummi von ihrem Handgelenk und machte sich einen Pferdeschwanz. »Und Caroline ist in letzter Zeit ganz schön zickig. Ich will keinen Anschiss von ihr kassieren.«

Joe setzte sich auf. »Ich hol die Ponys«, sagte er und faltete die Picknickdecke zusammen. Er zögerte einen Moment. »Hör zu, Meredith …«

Sie blickte von der Nachricht an ihren Onkel Jonathan auf, die sie gerade erfolglos fehlerfrei zu tippen versuchte, um ihm zu mitzuteilen, dass sie sich ein paar Minuten verspäten würde. »Ja?«

»Das hier … Du entscheidest, was es bedeutet. Und wohin es führt. Kein Druck. Das verspreche ich dir.«

Meredith lächelte. »Danke, Joe. Das bedeutet mir viel, glaub mir. Aber jetzt müssen wir echt los, sonst kann ich mir einen neuen Job suchen.«

»Geht klar.« Er ging zu den Ponys hinüber, griff nach ihren Zügeln und führte sie zu Meredith. »Dann lass uns mal aufbrechen.«

35

Noch nie war Alex Fraser ein Weg länger vorgekommen als der zurück zu Lilys Cottage. Was hatte er nur getan? Warum hatte er Mark nicht einfach ausgelacht, alles abgestritten und ihn wie einen Idioten dastehen lassen? Stattdessen hatte er sich von Sophies schmierigem, betrügerischem Ex-Freund reinlegen lassen und seine einzige Gelegenheit, die Familie seines Vaters richtig kennenzulernen, nach allen Regeln der Kunst vermasselt. Und als wäre das nicht genug, hatte er, weil er Sophie nicht früher die Wahrheit gesagt hatte, auch gleich noch jede Hoffnung auf eine Beziehung mit ihr zunichtegemacht. Die Chance, sich mit Jacks Familie auszusöhnen und Matthew und Jonathan ohne die Geheimniskrämerei der letzten Wochen als Brüder kennenzulernen, war vertan. Und er hatte das Vertrauen einer Frau missbraucht, das sie ihm geschenkt hatte, obwohl sie in der Vergangenheit nach Strich und Faden betrogen worden war. Er hatte es verdient, aus dem Land gejagt zu werden. Er würde das nächste Flugzeug nach Vancouver besteigen und Little Somerby seine Anwesenheit nie wieder zumuten. Es war offensichtlich, dass er alles falsch gemacht hatte.

Als er durch die High Street ging, mit gesenktem Kopf, um dem Blick der freundlich lächelnden Menschen zu entgehen, die er in seiner Zeit in Little Somerby kennengelernt hatte, dachte er darüber nach, wie schnell er hier akzeptiert worden war, wie Lily ihn bei sich aufgenommen hatte, wie Sophie es sichtlich genossen hatte, ihr Wissen über die Cider-Herstellung mit ihm zu teilen, wie Vern ihn begrüßt und ihm ohne Aufforderung ein Pint Bier eingeschenkt hatte, als er abends nach der Arbeit den Stationmaster betrat, und wie schnell er gewusst hatte, was Alex' Lieblingssorte war. Wie die langen, sonnigen Tage und kurzen, lauschigen Nächte in Somerset umso lauschiger geworden waren, seit er sich in Sophie verliebt hatte. Wie er trotz der allgegenwärtigen Trauer um seine Mutter nicht ein einziges Mal Heimweh verspürt hatte. Little Somerby und seine Bewohner hatten ihn in ihren Bann gezogen, und er hatte das Gefühl gehabt dazuzugehören.

Aber das war jetzt aus und vorbei. Es würde nicht lange dauern, bis der Tratsch über Jack Carters lange verlorenen unehelichen Sohn, befeuert von Mark Simpson, im Dorf die Runde machte. Der uneheliche Carter, der sich ins Familienunternehmen eingeschlichen hatte wie eine rote Socke in weiße Wäsche. Er war der faule Apfel, der den ganzen Korb verdarb, nichts würde je wieder so sein wie zuvor.

Und wofür? Jack war tot und begraben, von ihm würde Alex die Antworten nicht bekommen, die er sich so sehnlichst wünschte. Seine Halbbrüder würden zusammenhalten und dafür sorgen, dass er nichts weiter erfuhr. Jonathan war entsetzt gewesen, als er die Wahrheit herausgefunden hatte, und Matthew, der für seine Geradlinigkeit bekannt war, würde ganz sicher an der Spitze derjenigen stehen, die ihn aus dem Dorf verjagen würden. Er wusste jetzt nicht viel mehr als damals, als er erfahren hatte, wer sein Vater war, also wofür das alles?

Doch so ganz stimmte das nicht. Schließlich war da noch Sophie Henderson. Die hochgewachsene, hinreißende, kluge, schlagfertige Sophie, die sein Herz bereits am allerersten Tag erobert hatte, auch wenn er einen Moment gebraucht hatte, um es zu merken … Sophie, mit ihrer unvergleichlichen Mischung aus Vertrauen und Vorsicht, die sich ihm anvertraut, ihm vertraut hatte, die ihm zum ersten Mal seit dem Tod seiner Mutter das Gefühl gegeben hatte, zu Hause zu sein. Sophie, die ihm so viel über das beigebracht hatte, was ihr am Herzen lag, und die noch so viel mehr mit ihm geteilt hatte, als die beiden aufgehört hatten, gegen die Anziehungskraft zwischen ihnen anzukämpfen. Sophie, die ihn angeschrien hatte, dass sie ihn nie wiedersehen wollte, jetzt, wo sie die Wahrheit kannte.

»Ich hätte es dir sagen sollen«, flüsterte er, was ihm den verwunderten Blick der älteren Miss Pinkham einbrachte, die gerade mit ihrem cholerischen kleinen Kläffer Hugo auf dem Bürgersteig an ihm vorbeiging. Ausgerechnet sein Wunsch, die Kontrolle zu behalten, die Wahrheit erst preiszugeben, wenn er es wollte, hatte zu diesem Debakel geführt. Es gab Dinge im Leben, die sich einfach nicht kontrollieren ließen, das wusste er jetzt. Er hatte es nur seinem eigenen Zögern zuzuschreiben, dass sein Geheimnis durch diesen Widerling enthüllt worden war.

»Hast du etwas vergessen? Ist alles in Ordnung, mein Lieber?«, hörte er Lily rufen, als er eilig ihr Wohnzimmer durchquerte. Er wusste, wenn er stehen blieb und mit ihr sprach, würde er vollkommen zusammenbrechen, und er fürchtete sich davor, ihr in die Augen zu sehen, wenn sie erfuhr, wie er alle an der Nase herumgeführt hatte. Daher hastete er die steile Treppe zu seinem Zimmer hinauf und schloss die Tür hinter sich, in dem verzweifelten Versuch, die Welt auszusperren und die Kontrolle über seine Gefühle zurückzugewinnen, die noch so dicht unter der Oberfläche brodelten. Er setzte sich auf das ordentlich gemachte Bett und ließ den Kopf in die Hände sinken.

*

Einige Zeit später sah er auf und entschloss sich zu einer Bestandsaufnahme. Er konnte sich nicht ewig wie ein schmollender Teenager in seinem Zimmer verstecken, und Lily verdiente Antworten oder zumindest die Information, dass ihr Untermieter früher ausziehen würde als ursprünglich geplant. Eins nach dem anderen, sagte er sich und klappte erst einmal den Laptop auf, um Flüge von Bristol nach Vancouver herauszusuchen. Sein Herz zog sich zusammen, als ihm ein Last-Minute-Angebot für einen Flug am nächsten Morgen angezeigt wurde. Er musste zwar in Amsterdam umsteigen, aber das fühlte sich irgendwie wie eine angemessene Buße für seine Sünden an. Schade, dass es für heute keine Flüge mehr gab, aber, so sagte er sich, nicht einmal Jonathan Carter würde ihm eine letzte schlaflose Nacht in Little Somerby missgönnen. Er stellte eine drahtlose Verbindung zwischen dem Laptop und Lilys Drucker in ihrem Arbeitszimmer her und machte sich daran, den Papierkram zu erledigen.

Ein sanftes Klopfen riss ihn aus seinen Gedanken.

»Hier ist jemand, der dich sehen möchte, Alexander.« Lily sah freundlich zur Tür herein.

»Wer ist es denn?« Alex mochte, wie Lily manchmal seinen vollen Namen benutzte, auch wenn er sich dann immer wie ein kleiner Junge fühlte, der etwas ausgefressen hatte. Was ja durchaus passend war.

»Warum kommst du nicht mit ins Wohnzimmer und schaust selbst?«

Alex' Herz begann zu hämmern. Konnte es Sophie sein? Hatte sie sich etwa trotz allem entschlossen, den ersten Schritt zur Versöhnung zu machen? Hoffnung flammte in ihm auf, als er die steile Treppe des Cottages hinuntereilte, doch als Lily die Wohnzimmertür öffnete, traf ihn die Enttäuschung wie ein Schlag in die

Magengrube, dann rutschte ihm das Herz in die Hose. Drüben am Kamin stand ein sichtlich angespannter Matthew.

»Keine Angst«, sagte Matthew und hob beschwichtigend die Hände, als Alex einen Schritt zurück machte. »Ich weiß, deine letzte Begegnung mit Jonathan ist nicht gerade harmonisch verlaufen, aber ich bin nicht hier, um in die gleiche Kerbe zu hauen. Ich will nur mit dir reden.«

Alex, dem ausnahmsweise die Worte fehlten, nickte.

»Darf ich Ihnen etwas zu trinken anbieten, mein Lieber?«, fragte Lily vom Flur aus.

»Nein danke, Mrs Henderson«, sagte Matthew höflich. »Ich hoffe, Alex überreden zu können, mit zu mir nach Hause zu kommen. Da werden wir uns dann sicher einen genehmigen.« Er lachte nervös. »Mein kleiner Bruder hat versprochen, sich zu benehmen.«

»Das heißt, er wird mich nicht gleich wieder hochkant rauswerfen?«, erwiderte Alex, als er seine Stimme wiedergefunden hatte.

»Wenn er das versucht, bekommt er es mit mir zu tun«, beruhigte ihn Matthew. »Hör zu. Ich bin selbst noch ziemlich verwirrt, aber ich schätze mal, dir geht's nicht anders.« Matthew sah hinüber zu Lily, die immer noch in der Wohnzimmertür stand.

»Soll ich mich verkrümeln?«, fragte sie trocken.

Matthew schüttelte den Kopf. »Nein, Mrs Henderson, das ist nicht nötig. Es wird Sie vermutlich wenig überraschen zu erfahren, dass Alex behauptet, mein Halbbruder zu sein.«

Lilys rechte Augenbraue zuckte, und einen langen Moment sahen die drei sich wortlos an. Schließlich brach sie das Schweigen. »Na ja, es wurde auch Zeit, dass es jemand herausfindet, damit ich nicht länger wie eine senile Schriftstellerin mit einer überbordenden Fantasie dastehe.«

Alex' Knie, die bereits zuvor gezittert hatten, fühlten sich auf einmal an, als würden sie gleich ganz nachgeben. »Du wusstest es?«

»Ich habe es zumindest vermutet«, erwiderte Lily sanft. »Immerhin habe ich Jack sehr, sehr lange gekannt.« Sie sah zu Matthew hinüber, als wollte sie seine Reaktion abschätzen, ehe sie fortfuhr. »Er war ein guter Mann, aber nicht immer verantwortungsbewusst. Und er konnte unglaublich charmant sein. Das und dein Äußeres, das nur von Jacks Seite der Familie stammen konnte – da war es nicht mehr so schwer, eins und eins zusammenzuzählen.«

Alex schüttelte den Kopf. »Aber wenn es so offensichtlich ist, warum hat mich dann sonst niemand darauf angesprochen?«

»Die Leute sind heutzutage mit ihren Gedanken woanders«, entgegnete Lily. »Ihr seid alle so sehr damit beschäftigt, auf eure Smartphones zu starren, dass ihr euch gar nicht mehr ins Gesicht schaut. Selbst meine Enkelin ist süchtig nach Instagram. Und …« Sie zwinkerte. »… Menschen genau zu beobachten ist eine Berufskrankheit. Man schreibt keine dreißig Bestseller, ohne sich umzuschauen und seine Fantasie spielen zu lassen.«

Lily ging mit ihrem Gehstock hinüber zur Kommode in der Zimmerecke. »Und jetzt, wo das Geheimnis gelüftet ist, habe ich hier noch irgendwo etwas, was ihr beiden sehen solltet.«

Matthew sah zu Alex hinüber, und als ihre Blicke sich trafen, fühlte es sich an, als würden sie sich ohne Worte verstehen. War dies der erste Schritt zu einer Versöhnung? Alex wollte unbedingt von diesem Mann akzeptiert werden. Matthews Segen schien ihm wichtiger als alles andere zu sein. Er war schließlich seit Jacks Tod das Oberhaupt der Familie. Aber es ging um mehr als das: Er mochte Matthew. Er hatte das Gefühl, dass sie viel gemeinsam hatten, und er wünschte sich, dass keine Lügen mehr zwischen ihnen standen.

Alex sah zu Lily hinüber und fragte sich, was sie vorhatte. Die alte Dame war gewitzt und ließ Bomben gern zur rechten Zeit platzen, wenn man Sophie Glauben schenken durfte. Lily griff ins oberste Fach der Kommode und holte einen Schlüssel hervor, mit dem sie eine Schreibtischschublade aufschloss. Nach einigem Kramen fand sie schließlich, was sie suchte. Schweigend reichte sie es Alex.

»Nachdem Jack den letzten Herzinfarkt hatte, hat er mir ein paar Dokumente anvertraut, die er sicher verwahrt wissen wollte«, begann Lily. Als sie Matthews besorgten Blick bemerkte, beschwichtigte sie schnell. »Keine Sorge, mein Lieber, nichts rechtlich Bindendes, nichts, was Ihre, äh, Vermögensverhältnisse ändern würde. Es ging eher um Dinge von sentimentalem Wert.« Sie nickte Alex aufmunternd zu. »Na los, Alex, sieh es dir an.« Sie lächelte ihn an. »Es sind ein Foto deiner Mutter und ein paar Briefe. Er wollte es Jonathan und Matthew nicht sagen, weil er wenig Sinn darin sah, sie über etwas aufzuklären, was schon so lange her war, aber er hat es auch nicht übers Herz gebracht, die Sachen einfach zu entsorgen.« Sie seufzte. »Ich habe mir oft gewünscht, er hätte alles einfach verbrannt, aber er wollte, dass die Dokumente in gute Hände kommen. Vielleicht hatte er eine Vorahnung, dass eines Tages jemand hier aufkreuzen und Fragen stellen würde.«

Der Stapel Briefe, den Lily Alex reichte, war vergilbt, aber die Handschrift auf den Umschlägen war unverkennbar die seiner Mutter. Als er den ersten hauchdünnen Luftpostbogen aus einem der Umschläge zog, hatten seine Hände zu zittern begonnen. Er wusste, dass es kein Zurück mehr gab, also nahm er einen tiefen Atemzug und gab sich einen Ruck. Wortlos reichte er den Brief an Matthew weiter, der ihm verständnisvoll zunickte, bevor er zu lesen begann.

Liebster Jack,
ich weiß, dass du darauf gewartet hast, von mir zu hören, und es tut mir leid, dass ich so lange gebraucht habe, zum Stift zu greifen. Ich musste zuerst meine Gedanken ordnen.
Die Sache mit Cecily tut mir unendlich leid. Du musst natürlich tun, was für sie und eure Jungs am besten ist. Sie werden dich in den kommenden Monaten brauchen.
Ich denke, unter diesen Umständen ist es besser, wenn wir diesen Sommer hinter uns lassen und ihn in wunderbarer Erinnerung behalten. Bitte versuch nicht, Kontakt zu mir aufzunehmen. Mir geht es gut, und das wird auch in Zukunft so bleiben.
Deine
Addie

Als sie sah, dass Alex immer noch sprachlos war, fuhr Lily fort: »Es war fast so, als ob Jack wusste, dass ihm nicht mehr viel Zeit blieb. Er wollte nicht, dass seine Söhne über irgendetwas stolpern, was Fragen über die Affäre mit deiner Mutter hätte aufwerfen können, aber sich ganz davon trennen konnte er trotzdem nicht.«

Sichtlich bewegt zeichnete Alex die Umrisse des Gesichts seiner Mutter auf dem Foto nach. Sie sah so glücklich aus, als hätte derjenige, der das Foto aufgenommen hatte, sie zum Lachen gebracht, bevor er den Auslöser drückte. Sie stand vor der atemberaubenden Kulisse der Kennedy Falls. Der Wind hatte ihr das Haar aus dem Gesicht geweht, und sie trug eine weite rote Bluse und eine weiße Hose. Sie sah jung, gesund und sehr verliebt aus. Dann fiel es ihm plötzlich auf: Das Foto von Jack, das seine Mutter ihm kurz vor ihrem Tod gegeben hatte und das er mit nach Little Somerby genommen hatte, war am selben Ort und am selben Tag aufgenommen worden. Es waren zwei Hälften derselben Szene – derselbe Moment, so wie die Briefe von Jack, die er ebenfalls mitgebracht hatte, die andere Hälfte derselben Liebesgeschichte bildeten. In einem anderen Leben hätten diese beiden Hälften vielleicht ein Ganzes ergeben, statt durch schicksalhafte Umstände getrennt zu werden.

»Jack hat mir erzählt, dass dieses Foto an ihrem letzten gemeinsamen Tag aufgenommen wurde. Sie war fest entschlossen, nur das Beste von ihm zu denken, und gab ihm ihren Segen, zu Cecily zurückzukehren. Es war ihre Entscheidung. Nach meinen Gesprächen mit Jack vor seinem Tod bin ich ziemlich sicher, dass er keine Ahnung hatte, dass es dich gibt, Alex. So wie ich Jack kenne, hätte er sonst sicherlich Kontakt zu dir aufgenommen.«

»Er hat sie also wirklich geliebt«, sagte Alex, halb zu sich selbst. Er hatte beinahe vergessen, dass Matthew neben ihm stand.

»Oh ja, das hat er.« Lily legte eine kühle Hand auf Alex' Arm. »Und ich glaube, sie hätten gewollt, dass du ihre Briefe bekommst. Auch wenn sie die Beziehung geheim gehalten haben, waren sie immer ehrlich zueinander. Sie wussten, dass es eine Liebe auf Zeit war, und sie hatten beide ihren Frieden damit gemacht.«

»Woher weißt du das alles?«, fragte Alex Lily. »Wenn es so ein Riesengeheimnis war, wieso hat er dich dann eingeweiht?«

Lily seufzte. »Jack muss geahnt haben, dass es mit ihm zu Ende ging. Er hätte sich ein Bankschließfach nehmen und alles, was mit deiner Mutter zu tun hatte, dort einschließen können, aber er wollte die Erinnerungen näher bei sich behalten, und er brauchte jemanden, dem er sich anvertrauen konnte. Er ist nach Cecilys Tod durch die Hölle gegangen. Er wusste, dass er sich ihr gegenüber nicht immer vorbildlich verhalten hatte, und als sie so krank wurde, glaubte er, dass Gott ihn dafür bestrafen will. Ich weiß, dass er im Laufe der Jahre, insbesondere nachdem Cecily gestorben war, immer wieder mit dem Gedanken gespielt hat, sich auf die Suche nach deiner Mutter zu machen.« Lily schüttelte den Kopf. »Jack war nie ein großer Freund von Computern, sonst wäre er wahrscheinlich auf die Idee gekommen, sie einfach auf Facebook zu suchen. Aber vielleicht ist es gut, dass er es nicht getan hat. Die Schuldgefühle, die er gehabt hätte, wenn er erfahren hätte, dass es dich gibt und dass er nie für dich da war, wären wahrscheinlich zu viel für ihn gewesen. Als deine Mutter dir die Wahrheit gesagt hat, konntest du entscheiden, wie du damit umgehst und ob du hierherkommen wolltest.«

Alex schüttelte den Kopf. »Ich wünschte, ich hätte ihn kennengelernt.«

Lily lächelte. »Ich glaube, du hättest ihn trotz allem gemocht. Und ich weiß genau, dass er dich gemocht hätte. Du bist deinen Brüdern so ähnlich.«

»Du wusstest es die ganze Zeit, oder? Du wusstest von Anfang an, wer mein Vater ist.«

»Ich hatte einen Verdacht«, gestand Lily. »Aber es stand mir nicht zu, ihn zu äußern. Schließlich konnte Jack mir nicht anvertrauen, was er selbst nicht wusste. Das musstest du tun, wenn du dazu bereit warst.«

»Und Sophie … Hast du ihr etwas davon erzählt?«

Lily schüttelte den Kopf. »Nein. Auch das stand mir nicht zu. Außerdem war ich mir erst sicher, als du deinen Mund aufgemacht hast und dieser wunderbare Akzent herauskam. Obwohl man sagen muss, dass du ein unverkennbares Carter-Gesicht hast, auch wenn du die Haar- und Augenfarbe von deiner Mutter hast. Irgendwann hätten es alle gemerkt.«

Alex nickte und erinnerte sich erschreckend lebhaft, wie ihm das Blut in den Adern gefroren war, als Mark ihn am Tor zur Cider-Farm mit der Wahrheit konfrontiert hatte. »Ich schätze, es war naiv zu glauben, ich könnte hierherkommen und keiner würde etwas merken.«

»In Little Somerby bleibt nichts lange geheim«, tröstete ihn Lily. Sie wandte sich an Matthew. »Ich kann mir vorstellen, dass es auch für Sie ein kleiner Schock war.« Sie legte ihm eine Hand auf den Arm. »Es tut mir leid, dass ich es Ihnen vorenthalten habe. Aber nach Jacks Tod sah es zunächst so aus, als hätte er das Geheimnis mit ins Grab genommen. Erst als ich mehr Zeit mit Alex verbracht habe, wurde mir klar, wie er in die Geschichte hineinpasste, die Jack mir anvertraut hatte. Dass Addie Sie und Jonathan und in gewisser Weise auch Jack davor schützen wollte, von ihrem Sohn zu erfahren.« Sie seufzte. »Man kann sich das nicht ausdenken, obwohl ich im Laufe der Jahre selbst ein paar ziemlich wilde Geschichten zu Papier gebracht habe.«

»Ich wünschte, ich könnte wütend sein«, erwiderte Matthew schroff. »Wütend auf Dad und auf Sie, Mrs Henderson, weil Sie die Wahrheit für sich behalten haben, aber nach allem, was im letzten Jahr so passiert ist, kommen mir Wut und Schuldzuweisungen irgendwie sinnlos vor. Wir alle haben jemanden verloren. Ich denke, wir sollten das Beste aus dem machen, was uns geblieben ist.« Er streckte Alex die Hand entgegen. »Fangen wir also noch mal von vorne an und machen es diesmal richtig. Ich bin Matthew. Der ältere und, wie landläufig bekannt ist, klügere deiner beiden Brüder. Es ist schön, dich kennenzulernen, Alex.«

Alex schluckte. Nach den Ereignissen am Morgen war das Letzte, womit er gerechnet hatte, dass Matthew ihn so uneingeschränkt akzeptieren würde. Er lächelte, trotz des Kloßes in seinem Hals. »Ich bin Alex Fraser aus Vancouver und betreibe eine Cider-Farm. Freut mich, dich kennenzulernen, Matthew.« Er schüttelte Matthews Hand und spürte, wie sich auf einmal alles zusammenzufügen schien.

Lily musterte sie beide mit scharfsinnigem Blick . »Na, das ist doch ein Anfang.«

Matthew lächelte Lily an, bevor er sich wieder an Alex wandte. »Ich denke, du solltest mit mir nach Cowslip Barn kommen und mit dem Kerl reden, der versucht hat, dich rauszuwerfen. Bist du bereit?«

»Meinst du, er erwartet mich mit der Schrotflinte an der Tür?«

»Nicht in meinem Haus«, lachte Matthew. »Ich glaube, fürs Erste bist du sicher.«

Bevor sie aufbrachen, ging Alex noch einmal zu Lily hinüber. Ohne groß darüber nachzudenken, beugte er sich vor und drückte ihr einen sanften Kuss auf die Wange. »Danke«, flüsterte er. »Für alles.«

»Gern geschehen. Obwohl ich annehme, dass noch ein Gespräch mit meiner Enkelin aussteht.«

Alex nickte. »Ich würde gerne mit ihr reden, aber ich bin mir nicht sicher, ob sie jemals wieder mit mir sprechen will.«

»Gib ihr Zeit. Sie muss das erst einmal verarbeiten. Wie wir alle.« Während Lily den beiden Männern hinterhersah, fragte sie sich erneut, wie Alex es geschafft hatte, die Wahrheit so lange zu verbergen. Die Ähnlichkeit zwischen den Brüdern war einfach verblüffend. *Kann man sich nicht ausdenken*, dachte sie ironisch. Sie griff nach ihrem Handy, das auf dem kleinen Tisch im Flur lag, und versuchte, Sophie zu erreichen, landete aber direkt auf der Mailbox. Hoffentlich würde auch die arme Sophie die Antworten bekommen, die sie verdiente, sobald Alex und seine neuen Brüder sich ausgesprochen hatten.

36

Wir brauchen definitiv was Hochprozentiges.« Matthew schenkte mit einer alles andere als ruhigen Hand drei große Gläser Whisky ein. Als sich die Tür zu seinem Arbeitszimmer öffnete und Anna um die Ecke lugte, sah er auf und schüttelte den Kopf. »Alles im grünen Bereich.« Sie lächelte sanft und ließ die Männer wieder allein.

Alex wählte den Platz auf dem ledernen Chesterfield-Sessel neben dem Kamin, der von dem auf dem Kissen im Erkerfenster sitzenden Jonathan am weitesten entfernt war. Nachdem er die Getränke verteilt hatte, nahm Matthew in dem anderen Sessel Platz. Alex hatte nicht die leiseste Ahnung, worüber er mit den beiden Männern reden sollte, nun, wo sie wussten, dass er ihr Halbbruder war. Also war er dankbar – wenn auch immer noch auf der Hut –, als Jonathan schließlich das Wort ergriff.

»Es tut mir leid, dass ich mich heute Morgen wie die Axt im Walde aufgeführt habe. Ich war so geschockt, dass ich automatisch zum Gegenangriff übergegangen bin. Eigentlich ist das eher der Stil meines großen Bruders, aber wir haben wohl doch mehr gemeinsam, als wir denken.«

Alex trank einen Schluck Whisky und spürte, wie er ihm die Kehle wärmte. »Nicht verwunderlich unter den Umständen. Ich hätte von Anfang an offen zu euch sein sollen, anstatt einfach hierherzukommen und zu warten, bis alles herauskommt. Ich schätze, mir hat schlicht und einfach der Mut gefehlt«, sagte er mit einem bitteren Lachen. »Idiotisch, oder?«

»Finde ich nicht.« Matthew nippte an seinem Glas. »Du hast es immerhin mit einem der merkwürdigsten Clans in Somerset zu tun. Da hätte ich auch Muffensausen gehabt.«

»Meine Mutter wäre enttäuscht von mir«, sagte Alex leise. Plötzlich sah er Addie vor sich, die ihn mit ihren ernsten braunen Augen ansah – ein vertrauter Anblick, seit er ein kleiner Junge gewesen war. »Sie hätte mehr von ihrem Sohn erwartet.«

»Vielleicht hätte sie es verstanden«, warf Jonathan ein. »Unsere Mutter hätte mir garantiert die Leviten gelesen dafür, dass ich mich dir gegenüber so aufgeführt habe, und was Dad angeht …« Er lachte, doch es klang freudlos. »Er war einer der herzlichsten Menschen, die ich je gekannt habe. Er hätte mir ganz sicher den Kopf gewaschen, weil ich dich von der Farm gejagt habe, nachdem ich wusste, wer du wirklich bist.«

»Mom hat bis zum Schluss nicht viel über ihn gesprochen«, sagte Alex nachdenklich, »aber sie hat gesagt, er sei so charmant gewesen, dass er alle für sich einnehmen konnte. Das hätte ich gerne gesehen.«

»Es war auch sehenswert«, sagte Matthew lächelnd, und diesmal erreichte das Lächeln auch seine Augen. »Er hat sich ganz schön was darauf eingebildet, jedem alles verkaufen zu können. Bis auf wenige Ausnahmen ist ihm das auch immer gelungen.« Er trank noch einen Schluck Whisky und stellte das Glas dann auf den Beistelltisch neben seinem Sessel.

»Es tut mir leid wegen deiner Mutter.« Er lehnte sich vor und stützte die Ellbogen auf die Knie, die Hände locker zusammengelegt. »Wir waren besser dran, würde ich sagen. Bei meiner Mutter wurde Anfang der Achtzigerjahre ein malignes Lymphom diagnostiziert, aber sie galt zwanzig Jahre lang als gesund. Beim

Brustkrebs sah es dann leider anders aus. Sie hat gekämpft, aber sie hatte keine Chance – als sie die Diagnose bekam, war sie schon im Endstadium. Dad ist fast durchgedreht, als sie starb. Nach der Beerdigung hat er sich wochenlang im Bungalow eingeschlossen, und jedes Mal, wenn Jonathan oder ich nach ihm geschaut haben, hat er irgendwas davon gefaselt, dass er sie nicht verdient hätte und wünschte, er hätte sie besser behandelt.« Matthew schluckte. »Natürlich habe ich geahnt, dass es was mit anderen Frauen zu tun hatte, aber ich wusste nicht, dass er derart viel für deine Mutter empfunden hat.«

Alex spürte einen Kloß im Hals, als er hörte, wie verletzlich Matthew klang. Seit er herausgefunden hatte, dass Jack sein Vater war, hatte er sich oft gefragt, ob die Beziehung Jack genauso viel bedeutet hatte wie Addie. Sie hatte nie ein schlechtes Wort über Jack verloren. Das wenige, was sie gegen Ende ihres Lebens über ihn preisgegeben hatte, war durchweg positiv gewesen, aber insgeheim hatte er sich immer gefragt, ob Jack diese Lobeshymnen tatsächlich verdient hatte.

»Meine Mutter hat ihm die Entscheidung abgenommen«, sagte Alex leise. »Kurz bevor sie starb, gestand sie mir, sie hätte entschieden, sich von ihm zu trennen und ihn in Ruhe sein Leben leben zu lassen. Soweit ich weiß, hat er nie von mir erfahren. Es war die mutigste Entscheidung, die ich mir vorstellen kann: mich zu behalten und allein großzuziehen. Aber sie hat Jack nicht übel genommen, dass sie diese Entscheidung treffen musste, denn sie hat es aus Liebe getan.« Er rieb sich mit den Fingern den Nasenrücken und die Augen. »Sie wollte nicht, dass er das Gefühl hatte, er wäre ihr irgendetwas schuldig. Und sie hat das Geheimnis fünfunddreißig Jahre lang für sich behalten.«

»Klingt, als wäre sie eine beeindruckende Frau gewesen.«

»Das war sie.«

Die Brüder schwiegen, jeder in seine eigenen Gedanken versunken.

»Einmal habe ich ihn getroffen, auch wenn ich damals noch nicht wusste, wer er war«, sagte Alex plötzlich.

Matthews Kopf schnellte hoch. »Wirklich? Wann denn?«

Alex musste lächeln, als er an die Begegnung zurückdachte. »Ich war etwa zehn Jahre alt. Mom war mit mir nach England gereist, um mir ein paar Sehenswürdigkeiten zu zeigen. Wir sind mitten in London abgestiegen und haben alle berühmten Touristenattraktionen abgeklappert. Ich habe mich in den Hampton Court Palace verliebt, genau wie sie damals, als sie als Studentin nach London gekommen war. Als wir eines Abends ins Hotel zurückkehrten und uns fürs Abendessen fertig machen wollten, hat sie mich mit in den Rosengarten des Palastes genommen. Die Abendluft brachte den Duft der Blumen besonders zur Geltung, und ich weiß noch, dass ich ihn fast überwältigend fand. Am Rand stand ein Mann und betrachtete die Beete.« Alex lachte leise. »Es war das erste Mal, dass ich meine Mutter erröten sah, aber sie ging zielstrebig auf ihn zu und sagte: ›Hallo, Jack.‹«

Matthews Magen krampfte sich zusammen. Es kam ihm vor, als würde Alex über einen fremden Mann sprechen statt über seinen Vater. Was auf gewisse Art vermutlich auch stimmte. »Und dann?«

»Jack hat mir die Hand geschüttelt und gesagt, er sei ein alter Bekannter meiner Mutter. Ich war ja erst zehn und hab nicht ganz verstanden, was da eigentlich vor sich ging, aber er war nett und witzig und hat mir ein riesiges Eis gekauft. Während ich mit dem Eis beschäftigt war, haben er und meine Mutter sich kurz unterhalten, aber dass er mein Vater war, war kein Thema. Sie hatte zwischenzeitlich Harry geheiratet, also muss Jack angenommen haben, ich sei Harrys Sohn. Ich war damals recht klein für mein

Alter, also hat er sich wohl nichts dabei gedacht. Meine Mutter hat mir gegenüber nie angedeutet, dass sie es ihm gesagt hat, und Jack scheint keinen Verdacht geschöpft zu haben. Dann ist er gegangen.«

»Und das war das einzige Mal, dass du ihm begegnet bist?«

Alex nickte. »Erst kurz vor Moms Tod, als wir zusammen einige ihrer Sachen durchgegangen sind, ist mir das Foto von ihm an den Kennedy Falls in die Hände geraten, und ich habe ihn erkannt.«

»Mein Gott«, sagte Matthew fassungslos. »All die Jahre ...«

Alex schaute durch das große Fenster hinaus in Matthews weitläufigen Garten und umklammerte sein Whiskyglas fester. Kaum zu glauben, was sich alles seit seinem letzten Besuch in Cowslip Barn verändert hatte. Damals war er einer höflichen Einladung seines Chefs gefolgt, heute hatte er das Haus als ein ganz anderer betreten.

Jonathan, der während des Gesprächs kurz den Raum verlassen hatte, tauchte plötzlich mit einem breiten Grinsen auf dem Gesicht wieder auf. Er griff nach der Whiskykaraffe und füllte zunächst sein Glas, dann das von Matthew und schließlich das von Alex wieder auf. »Ich schätze mal, ich schulde dir nicht nur einen Drink, sondern auch eine Entschuldigung«, sagte er mit rauer Stimme, während er sich einen Stuhl heranzog und sich zu seinen beiden Brüdern setzte. »Ich hätte nicht so auf dich losgehen sollen. Es lag wohl am Schock. Und Carolines Stimmungsschwankungen färben vielleicht auf mich ab.« Auf Alex' fragenden Blick hin klärte Jonathan ihn auf. »Sie ist schwanger.«

»Herzlichen Glückwunsch«, sagte Alex leise. »Und danke für die Entschuldigung.« Er nippte nachdenklich an seinem Glas. In ein paar Monaten würden seine beiden Halbbrüder Eltern sein. Die Zukunft der Carter-Dynastie war gesichert. Wieder einmal tobte in ihm eine Mischung aus Schuldgefühlen, Liebe und Frust darüber, zwischen allen Stühlen zu sitzen.

»Ich habe nachgedacht«, fuhr Jonathan fort. »Wir wollen dich dafür entschädigen, dass Dad nicht für dich da war. Mein großer Bruder, unser großer Bruder, ist natürlich viel zu diplomatisch, um es offen auszusprechen, aber wir haben das Gefühl, dass unser Vater wollen würde, dass du an dem, was er aufgebaut hat, teilhast.«

Alex schüttelte den Kopf. »Deswegen bin ich nicht hier.« Er wandte sich Jonathan zu und war wieder einmal überrascht, wie unterschiedlich die beiden Brüder waren. Auch wenn ihre Statur und ihre Gesichtszüge sich ähnelten, hätten ihre Haar- und Augenfarbe nicht unterschiedlicher sein können. Matthew musste das dunkle Haar und die tiefbraunen Augen von ihrer Mutter Cecily geerbt haben, während Jonathans kastanienbraunes Haar und die eisblauen Augen nur von Jack stammen konnten. »Ich brauche kein Geld von euch.«

»Das wissen wir«, entgegnete Jonathan geduldig. »Mit dem Apfelmix, von dem du uns erzählt hast, werden die Einnahmen bei Adelaide's nur so sprudeln. Und bei richtiger Pflege können von deinem Obstgarten noch Generationen leben. Adelaide's könnte ganz Nordamerika erobern.«

Alex schüttelte den Kopf. »Bei allem Respekt für das, was ihr hier aufgebaut habt, Jonathan, bin ich mir nicht sicher, ob ich das überhaupt will. Adelaide's sollte immer nur ein kleiner Betrieb sein, der traditionellen Cider herstellt. Das, was ihr hier habt, möchte ich gar nicht. Das ist mir eine Nummer zu groß.«

»Ach, komm schon, Alex!«, schnaubte Jonathan. »Wir beide wissen, dass dich nicht nur die Neugierde zu uns getrieben hat. Cider liegt dir genauso im Blut wie uns. Das kann man unschwer daran erkennen, dass du eine Obstplantage gekauft hast! Lass uns zusammen an einem Strang ziehen. Du bleibst dein eigener Chef, aber hinter dir steht eine weltbekannte Marke.«

»Nein«, entgegnete Alex. »Das fühlt sich nicht richtig an. Ich bin ohne Jack Carter ausgekommen, seit ich klein war, und ich komme jetzt, wo er tot ist, ohne gut gemeinte, von Schuldgefühlen herrührende Loyalität aus. Ich bin hierhergekommen, um einen Schlussstrich unter die Geschichte zu ziehen, nicht, um ihr noch ein weiteres Kapitel hinzuzufügen, und das habe ich getan.« Er sah erst Jonathan, dann Matthew eindringlich an. »Ich hoffe, ihr versteht das«, sagte er und fügte leise hinzu: »Ich muss das allein schaffen, für mich und meine Mutter. Alles, was ich von euch möchte, ist, dass ihr mich anerkennt. Nicht mehr, nicht weniger.«

Jonathan schüttelte den Kopf. »Sehr ritterlich von dir, ohne Frage. Aber unser Angebot gilt. Ich weiß, dass Dad seine Abwesenheit ganz bestimmt hätte wiedergutmachen wollen, und da er es selbst nicht mehr kann, übernehmen wir das für ihn.«

»Ihr habt schon genug getan.« Alex sah von einem Carter-Bruder zum anderen. »Ich habe während meiner Zeit hier so viel gelernt: über Jack, über das Geschäft, über …« Er konnte sich gerade noch rechtzeitig stoppen. Sein Blutalkoholspiegel und sein Mut reichten definitiv nicht aus, um herauszuposaunen, was er für Sophie empfand. »Ihr schuldet mir nichts.«

»Na ja, wie gesagt, das Angebot steht, falls du dich umentscheiden solltest.« Jonathan sah zu Matthew hinüber. »Matthew leitet den Laden nun schon seit über fünfzehn Jahren, und wenn er ein Geschäft wittert, dann kann man ziemlich sicher sein, dass er auf der richtigen Fährte ist. Es ist gut, ihn an seiner Seite zu haben.«

»Das glaube ich gern.« Alex vertraute Matthew instinktiv – seine Integrität war nicht zu übersehen. Jonathan hingegen blieb ihm ein Rätsel. Aber schließlich hatte er noch den Rest seines Lebens Zeit, ihn besser kennenzulernen. Alex sah auf die Uhr und leerte sein Whiskyglas. »Entschuldigt mich, ich muss los.«

»Noch was vor?«, fragte Jonathan mit einem verschmitzten Lächeln.

»Ich schulde einer Freundin noch eine Erklärung. Eine ziemlich große Erklärung, wenn ich ehrlich sein soll. Und beim letzten Treffen war sie nicht gerade geneigt, mir zuzuhören.«

»Hals- und Beinbruch«, sagte Jonathan, dem resolute Frauen alles andere als fremd waren, denn auch seine Ehefrau Caroline hatte es ihm nicht immer leicht gemacht. »Wenn sie dich liebt, wird sie sich anhören, was du zu sagen hast.«

Alex spürte, wie ihm unter Jonathans prüfendem Blick das Blut in die Wangen schoss. »Das hoffe ich.« Er stellte sein Glas auf der Fensterbank ab und brach auf.

37

Als Sophie an diesem Abend von der Arbeit nach Hause kam, war sie heilfroh, dass ihre Mutter und sie die wöchentlichen Skype-Telefonate auf Eis gelegt hatten. Der Schock über Alex' Entlarvung setzte bei ihr gerade erst richtig ein. Er war nicht der Mensch, für den er sich ausgegeben hatte, sondern hatte sie die ganze Zeit belogen. Zwar bestand für sie, nachdem er endlich ausgepackt und sie den Schmerz und die Angst in seinen dunkelbraunen Augen gesehen hatte, kein Zweifel an seiner Aufrichtigkeit.

Aber das änderte nichts an der Tatsache, dass er sie vorher belogen hatte. Sie hatte ihm von Anfang an unmissverständlich klargemacht, wie sehr Marks Unehrlichkeit sie verletzt hatte und dass ihr nächster Partner ein besserer Mensch sein musste. Trotzdem hatte er vorgegeben, jemand anders zu sein, als er war, und sie hatte das Gefühl, dass alles, was sie zusammen erlebt hatten, dadurch irgendwie an Bedeutung verlor.

Sie ging in die Küche, öffnete den Kühlschrank und stellte erfreut fest, dass die Flasche Sekt, die sie eigentlich mit Alex hatte trinken wollen, die perfekte Temperatur hatte. Sie entschied, dass sie sie genauso gut jetzt allein köpfen könnte. Und da ihre Stimmung irgendwo zwischen wütend und »scheiß drauf« schwankte, beschloss sie, beim örtlichen Imbiss das schärfste Curry zu bestellen, das sie vertrug. Als Verkosterin, die auf ihren feinen Gaumen angewiesen war, sollte sie so etwas eigentlich lieber lassen, doch nach dem Tag scherte sie das herzlich wenig. Während sie die Speisekarte überflog, signalisierte ein Ton ihres Smartphones, dass sie eine E-Mail bekommen hatte. Sie entsperrte den Bildschirm und stutzte: Martingtons Cider hatten ihr Angebot erhöht. Sophies Gehalt wäre dort jetzt beinahe doppelt so hoch wie das, was sie derzeit bei Carter's bekam. In Anbetracht ihrer aktuellen Gemütslage sollte ihr die Entscheidung eigentlich nicht schwerfallen. Vielleicht war es wirklich an der Zeit, Somerset zu verlassen und ein neues Kapitel aufzuschlagen.

Blieb nur die Frage, wie sie in der Zwischenzeit mit Alex umgehen sollte. Wie konnte sie ihm nach ihrem letzten Gespräch noch gegenübertreten? Gleich darauf rief sie sich selbst zur Ordnung: Sie war kein verknallter Teenager mit gebrochenem Herzen, sie war fast dreißig, verdammt noch mal! Wenn sie Alex nach einer Trennung nicht erhobenen Hauptes entgegentreten konnte, war sie genau das naive Mädchen, von dem sie in ihrem ersten und letzten großen Krach behauptet hatte, dass er es in ihr sah. Dann hatte er sie halt angelogen. Das kam im Leben ja wohl ständig vor. Zumindest würde sie ihn jetzt, wo Jonathan ihn vor die Tür gesetzt hatte, nicht mehr jeden Tag bei der Arbeit sehen. Und falls sie Alex im Dorf oder im Haus ihrer Großmutter zufällig begegnen sollte, würde sie höflich Abstand wahren. Das war der Plan, und an den würde sie sich halten. Gleich nachdem sie sich sinnlos mit Sekt betrunken, Curry gegessen und so viele Keanu-Reeves-Filme wie möglich hintereinander geschaut hatte, bis sie das Bewusstsein verlor.

Kurze Zeit später, als gerade *John Wick. Kapitel 2* über den Bildschirm flimmerte und die Sektflasche bereits zu drei Vierteln geleert war, bekam sie gerade noch mit, dass es an der Tür klingelte. Sie stellte ihr Glas ab und überlegte, ob sie aufmachen sollte, entschied sich dann aber dagegen, weil sie merkte, dass sie schon ziemlich hinüber war.

Doch das Klingeln hörte nicht auf. »Ach, verschwinde endlich«, murmelte sie und schenkte sich nach.

Es klingelte wieder, diesmal begleitet von Rufen durch den Briefschlitz. »Sophie. Mach die Tür auf.«

»Ist nicht sein Ernst«, stöhnte sie, als Marks Stimme unverkennbar durch den Flur hallte.

Er meinte es offenbar todernst und lehnte sich mit seinem ganzen Gewicht gegen die Türklingel. Sophie beschloss, ihn zu stoppen, bevor die Nachbarn sich beschwerten.

»Was willst du denn hier?«, zischte sie durch die einen Spaltbreit geöffnete Tür.

»Ich hab dich gesehen, nachdem dieser Vollpfosten Alex mit dir gesprochen hat, und hab mir Sorgen um dich gemacht.«

»*Du* hast dir Sorgen um mich gemacht? Das ist echt ein starkes Stück nach allem, was du mir angetan hast.«

»Hast du etwa getrunken?«

»Längst nicht genug, um mit dir zu reden«, fuhr Sophie ihn an. »Und jetzt verpiss dich und lass mich in Ruhe.«

Mark blieb hartnäckig. »Lass mich rein, Soph. Bitte.« Und plötzlich, trotz allem, was zwischen ihnen vorgefallen war, konnte Sophie seiner sanften Stimme nicht länger widerstehen. Ihre Augen füllten sich mit Tränen, und sie öffnete die Tür etwas weiter.

Mark schlenderte herein, nahm ihr das halb leere Glas aus der Hand und stellte es auf den Ablagetisch im Flur. »Ich glaube, du hattest fürs Erste genug.«

»Das entscheide ich immer noch allein«, sagte Sophie gereizt, in dem Gefühl, wie ein kleines Kind behandelt zu werden. Sie machte Anstalten, sich das Glas zurückzuholen, aber Mark legte ihr die Hand auf den Arm.

»Komm, setz dich hin.« Er ließ seine Hand in ihre gleiten, führte sie zurück ins Wohnzimmer und setzte sich neben sie aufs Sofa. Er sah sie eindringlich an. »Er hat dir übel mitgespielt, hm?«

Sophie schluckte. »Nicht schlimmer als du.«

Mark schüttelte den Kopf. »Wenn ich ungeschehen machen könnte, was ich dir angetan habe, wie wir auseinandergegangen sind, dann würde ich das sofort tun. Du hattest es nicht verdient. Du verdienst jemanden, der dich beschützt.«

Sophie spürte, wie ihr gegen ihren Willen Tränen über die Wangen liefen. Marks sanfte Stimme erinnerte sie an die Zeit, bevor ihre Beziehung den Bach runtergegangen war. Doch seitdem war so viel Zeit vergangen, die sich nicht zurückdrehen ließ. Auf einmal verspürte sie das überwältigende Bedürfnis, mit jemandem zu reden, zu verstehen, was passiert war.

»Er hat mich angelogen«, sagte sie wie betäubt. »Und ausgerechnet du hast ihn durchschaut.« Sie schüttelte den Kopf. »Wie blind muss ich gewesen sein?«

»Wir sehen nur, was wir sehen wollen.« Mark drückte tröstend ihre Hand. »Ich hab mich vielleicht wie ein Vollidiot benommen, aber zumindest war ich bis zum Ende ehrlich zu dir.« Sein Ton war einschmeichelnd.

Sophie spürte einen Stich im Herzen. »Das Ende war aber ziemlich heftig.«

»Dafür habe ich keine Entschuldigung. Aber als ich mit ansehen musste, wie er dir heute Morgen zugesetzt hat, wie sehr er dich verletzt hat … Da musste ich einfach vorbeikommen, damit du den Abend nicht allein mit Grübeln verbringst.«

»Glaub mir, ich hab schon Schlimmeres erlebt.« Sophie lachte freudlos. Sie musste sich zurückhalten, um Mark nichts von der Fehlgeburt zu erzählen, doch obwohl sie schon ein paar Gläser Sekt intus hatte, war ihr klar, dass das niemandem helfen würde.

Was vorbei war, war vorbei. Es würde sie nicht wieder zusammenbringen, ganz abgesehen davon, dass sie das auch gar nicht wollte.

»Ich weiß.« Mark zögerte und ließ dann seinen Arm um Sophies Schulter gleiten. Wider besseres Wissen erwiderte sie die Umarmung. Es fühlte sich so tröstlich an, einfach nur umarmt zu werden, egal, was zwischen ihnen vorgefallen war.

»Ich sollte dich hassen für das, was du heute getan hast«, murmelte Sophie. »Wenn du einfach nur die Klappe gehalten hättest, säße ich jetzt hier mit Alex und hätte nichts geahnt.«

»Hättest du das wirklich gewollt? Immerhin tönst du ständig rum, wie wichtig dir Ehrlichkeit ist.«

»Stimmt auch wieder«, räumte Sophie ein. »Aber ich glaube, heute will ich einfach nur früh schlafen gehen.« Sie stand auf und stellte fest, dass sie überraschend sicher auf den Beinen war. Die Wirkung des Sekts ließ offensichtlich nach.

Auch Mark stand auf. Er nahm sie kurz in den Arm und ging dann Richtung Flur. »Pass auf dich auf, Soph.«

»Mach ich«, antwortete sie, während er die Haustür öffnete. Als Sophie die Tür hinter ihm schloss, bemerkte sie nicht, dass ein reichlich mitgenommener Alex, dessen Aufarbeitung der Familiengeschichte mit Jonathan und Matthew sich bis zum Abend hingezogen hatte, an ihrem Haus vorbeigegangen war und sich nun unsicher im Schatten herumdrückte. Als er sah, wie Mark aus Sophies Eingangstür trat, machte er mit niedergeschlagener Miene im rasch heller werdenden Mondlicht kehrt und ging davon.

38

Am nächsten Morgen wachte Sophie zwar mit benebeltem Kopf, aber einer klareren Sicht auf die Dinge auf. Sie hatte erstaunlich gut geschlafen. Vielleicht lag es an der Erleichterung darüber, dass zum ersten Mal seit Wochen nur sie und David im Büro sein würden, nachdem Alex von Jonathan gefeuert worden war. Ihr reichte die Vorstellung, dass er sich im selben Dorf befand wie sie, und sie fragte sich, wie andere Leute damit umgingen, wenn eine Büro-Liebschaft in die Brüche ging. Es war an Peinlichkeit einfach nicht zu überbieten. Sie brauchte definitiv mehr Zeit, um zu verarbeiten, was sie in den letzten vierundzwanzig Stunden erfahren hatte. Selbst schuld, schließlich hatte sie ihre goldene »Keine-Männergeschichten-auf-der Arbeit«-Regel gebrochen.

Beim Frühstück, das hauptsächlich aus extrastarkem Kaffee bestand, beschloss Sophie, Lily eine Nachricht zu schreiben, um herauszufinden, ob Alex bei ihr war. Falls ja, würde sie sich definitiv fernhalten, falls nicht, würde sie bei ihrer Großmutter vorbeischauen und mit ihr reden. Lily würde früher oder später ohnehin herausfinden, was gestern passiert war, und Sophie zog vor, dass sie es von ihr erfuhr und nicht von Alex. Außerdem schrieb sie David eine Nachricht, um ihm mitzuteilen, dass sie heute etwas später kommen würde. Sie hatte leichte Schuldgefühle, weil sie Lily als Vorwand benutzte, aber zu behaupten, ihre Großmutter hätte eine schlechte Nacht gehabt, schien unter den gegebenen

Umständen das kleinere Übel zu sein. Während sie sich noch einen Kaffee aufgoss, vibrierte ihr Handy. Lily bestätigte, dass Alex nicht zu Hause war. Erleichtert, aber irgendwie auch enttäuscht, beschloss Sophie, zu ihr rüberzugehen und ihren Morgenkaffee um ein Frühstück zu ergänzen.

Als sie Lilys Cottage betrat, überfiel die Enttäuschung über Alex' Abwesenheit sie mit voller Wucht. Absurd, schließlich hätte sie nicht gewusst, was sie zu ihm sagen sollte. Lilys Stimme erklang aus der Küche im hinteren Teil des Hauses. Offensichtlich hatte sie geahnt, dass Sophie ein anständiges Frühstück vertragen konnte. Als Sophie hereinkam, schaute Lily auf und deutete auf die Kaffeekanne auf dem Tisch. »Im Kühlschrank ist selbst gemachte Erdbeermarmelade, falls du dein Croissant damit essen willst.«

»Danke.« Plötzlich hatte sie das Bedürfnis, den Moment des Geständnisses hinauszuzögern, indem sie zunächst zwei Gebäckstücke sorgfältig mit Butter und Marmelade bestrich und sich einen Kaffee einschenkte.

»Es ist so …«, setzte sie an, doch Lily hob die Hand, um sie zu unterbrechen.

»Bevor du mir dein Herz über Alex ausschüttest, solltest du wissen, dass ich gewissermaßen für die derzeitige unangenehme Situation mitverantwortlich bin.« Zum ersten Mal überhaupt, oder zumindest solange Sophie zurückdenken konnte, sah ihre Großmutter ein winziges bisschen unsicher aus.

»Wie meinst du das, Gran?« Sophies Croissant lag vergessen auf dem Teller, während sie einen Schluck Kaffee trank, als wollte sie sich Mut antrinken.

»Ich wusste schon länger, wer sein Vater ist.«

»Wie bitte?« Sophie verschluckte sich und bekam einen Hustenanfall. Als sie sich wieder gefangen hatte, fragte sie: »Wie hast du … Warum hast du nichts gesagt? Hat er es dir etwa verboten?«

»An dem Nachmittag, als du hier das erste Mal mit ihm aufgekreuzt bist, hatte ich schon so eine Ahnung«, sagte Lily. »Wenn man in mein Alter kommt, hat man zwangsläufig hier und da ein paar Dinge aufgeschnappt. Während seines Besuchs habe ich mir den Kopf zerbrochen, was mir Jack über seine Zeit im Ausland in den Achtzigern erzählt hatte. Ob Alex' Mutter tatsächlich die Frau sein konnte, in die er sich damals Hals über Kopf verliebt hatte.« Lily schüttelte den Kopf. »Jack wusste nichts von Alex, davon bin ich überzeugt, aber bevor er starb, wollte er sich jemandem anvertrauen, der Verständnis für ihn hat. Ich habe niemandem von seiner Beziehung zu Alex' Mutter erzählt und hatte gehofft, dass Alex schon den richtigen Zeitpunkt finden würde, um es den Carters und dir zu sagen, bevor es zu spät wäre und ihr euch alle vor den Kopf gestoßen fühlen würdet.«

»Aber warum hast du es nicht wenigstens mir gesagt?«, wollte Sophie wissen. »Du hast zugesehen, wie ich etwas mit ihm anfange, wie ich mich in ihn verliebe, obwohl du wusstest oder zumindest geahnt hast, dass er uns allen was vormacht. Wie konntest du nur, Gran?«

Lily seufzte. »Ich wollte es dir ja sagen, aber ich konnte das Geheimnis, das Jack mir anvertraut hatte, nicht einfach so verraten. Alex ist ein grundanständiger Mensch. Er hat dir nach meinem Sturz geholfen, sich um mich zu kümmern, und hat sich, von der Geheimniskrämerei mal abgesehen, dir gegenüber immer vollkommen korrekt verhalten. Ich glaube, er liebt dich von ganzem Herzen. Aber er musste seinen Platz noch finden, verstehen, was es bedeutet, Jacks Sohn zu sein. Und er hatte Angst, von Jacks Familie und dir abgelehnt zu werden, falls sein Geheimnis herauskommen sollte, bevor er bereit war.«

Sophie schüttelte den Kopf. »Du hättest es mir trotzdem sagen sollen.«

»Und wenn ich falschgelegen hätte?« Lily seufzte. »Vergiss nicht, ich werde demnächst achtzig – in dem Alter können die grauen Zellen schon mal nachlassen.«

»Ja, klar«, schnaubte Sophie. »Komm schon, geistig bist du noch voll auf Zack.« Sie musste lächeln. »Aber ich kann schon verstehen, warum du lieber abwarten wolltest, bis Alex sich selbst zu erkennen gibt. Du hattest Angst, deinen Ruf als Meisterdetektivin zu verlieren, falls es nicht gestimmt hätte.«

Lily lächelte erleichtert. »Wenn ich mich recht entsinne, warst du diejenige, die mir vorgeworfen hat, ich hätte eine zu blühende Fantasie, als ich auch nur angedeutet habe, dass Alex eventuell ein Geheimnis haben könnte. Stell dir vor, ich hätte die Katze aus dem Sack gelassen! Dann säße ich jetzt in der geschlossenen Abteilung im St. Monica's Trust Pflegeheim.« Lily scherzte oft, dass der Weg von ihrer Haustür geradewegs über das Pflegeheim zum Friedhof führe. Aber sie war wild entschlossen, die mittlere Station so lange zu meiden, wie es ging.

»Und wo ist Alex jetzt?«, fragte Sophie.

»Er muss sehr früh aufgebrochen sein, ich habe die Haustür ins Schloss fallen hören. Ich glaube, er hat all seine Sachen mitgenommen.« Lily seufzte. »Nachdem er weg war, habe ich im Arbeitszimmer ausgedruckte Informationen über einen Flug via Schiphol in Amsterdam nach Vancouver am frühen Morgen gefunden.« Sie runzelte die Stirn. »Matthew war gestern hier, und sie sind zusammen weggegangen, um zu reden. Vielleicht ist das Gespräch weniger harmonisch verlaufen als erhofft.« Lily nippte an ihrem Kaffee. »Ich glaube, Alex hat sich trotz der Heimlichtuerei wirklich in dich verliebt.«

Sophie schüttelte den Kopf. »Er hätte mir gegenüber von Anfang an ehrlich sein sollen«, beharrte sie, doch selbst in ihren Ohren klang es nicht mehr sonderlich überzeugend.

»In einer idealen Welt schon. Aber jetzt überleg mal, in welche Lage dich das gebracht hätte. Du arbeitest seit zehn Jahren für Matthew und Jonathan Carter. Hättest du dich noch wohl in deiner Haut gefühlt, wenn Alex dir verraten hätte, wer sein wahrer Vater ist und du hättest es für dich behalten müssen? Vielleicht wollte er dir einfach nur den Gewissenskonflikt ersparen.«

»Vielleicht.« Sophie versuchte, sich nicht anmerken zu lassen, wie sehr die Worte ihrer Großmutter ihr zu denken gaben. Alex' Täuschung hatte sie so verletzt, dass sie vollkommen übersehen hatte, wie unangenehm es für sie gewesen wäre, die ganze Wahrheit zu kennen. Auf einmal verspürte sie das dringende Bedürfnis, Alex nahe zu sein, obwohl sie wusste, dass er nicht mehr da war, und stand auf. »Darf ich mich in seinem Zimmer umschauen?«, fragte sie leise. »Ich glaube, ich muss mit eigenen Augen sehen, dass er weg ist.«

Lily nickte. »Natürlich, mein Schatz. Ich mach uns noch einen Kaffee.«

Auf dem Weg ins Obergeschoss fühlte Sophie, wie die Erinnerungen in ihr aufstiegen. Als sie die Tür zu Alex' Zimmer aufstieß, sog sie scharf die Luft ein. All seine Sachen waren verschwunden, das Bett fein säuberlich gemacht. Sophies Knie begannen zu zittern, als ihr bewusst wurde, dass er tatsächlich abgereist war. Die Stille war ohrenbetäubend. Sie ließ ihren Blick über die leer geräumte Kommode, den Wasserkocher und die ordentlich abgespülten Tassen auf dem Beistelltisch neben dem Doppelbett gleiten; alles war an seinem Platz. Sie wollte gerade die Tür wieder schließen, als ihr ein cremefarbener Umschlag ins Auge fiel, der gegen die Leselampe auf dem Schreibtisch in der Ecke des Zimmers gelehnt war und auf dem in Alex' eleganter, geschwungener Handschrift ihr Name stand.

Mit zitternden Händen griff sie danach, schob einen Finger unter die Umschlaglasche und zog den ordentlich gefalteten Brief hervor. Ihre Augen füllten sich mit Tränen, als sie las:

Sophie,
es tut mir so leid, dass ich nicht offen zu dir war. Ich hätte niemals zulassen dürfen, dass wir uns so nahekommen, ohne dir die ganze Wahrheit über die Gründe zu sagen, aus denen ich nach Little Somerby gekommen bin. Bitte glaub mir, dass ich nie vorhatte, dich zu verletzen. Du und deine Liebe bedeuten mir so viel, dass der Gedanke, dich niemals wiederzusehen, mir das Herz bricht. Meine Mutter hat immer gesagt, dass man keine Gelegenheit auslassen sollte, den Menschen, die einem wichtig sind, zu sagen, dass man sie liebt, bevor es zu spät ist. Ich befolge hiermit ihren Rat. Ich liebe dich, Sophie. Ich bin sicher, dass eine Zeit kommen wird, in der wir beide, jeder für sich, glücklich oder zumindest zufrieden sein werden, auch wenn sich ein Leben mit dir wesentlich vollkommener anfühlen würde. Aber wenn du beschließt, auf diesen Brief zu antworten, ruf mich an. Bitte. Mein Handy ist Tag und Nacht eingeschaltet, bis du so weit bist.
Für immer dein
Alex

»Oh, Alex«, seufzte Sophie. Ihr Herz und ihr Verstand rangen miteinander; einerseits wollte sie nichts lieber, als im Internet den nächsten verfügbaren Flug nach Vancouver zu buchen. Andererseits stand in dem Brief nichts Neues, sondern nur das, was Alex zu erklären versucht hatte, als sie sich zuletzt persönlich gegenüberstanden.

Sie ließ ihren Blick noch einmal durch das Zimmer schweifen, das während seiner Zeit in Little Somerby Alex' Zuhause gewesen war. Ihre Großmutter hatte die Bettwäsche noch nicht abgezogen, und als Sophie sich auf das Bett setzte, musste sie dem Drang widerstehen, ihr Gesicht im Kissen zu vergraben und seinen Duft einzuatmen. Sie hatten sich nie in Lilys Haus geliebt – es war ihnen irgendwie unangebracht vorgekommen. Trotzdem war die Erinnerung an seine Berührungen, seinen Duft und seine tiefe, wohlklingende Stimme schmerzlich präsent.

Das Gespräch mit Lily hatte ihr geholfen, die Dinge aus einem anderen Blickwinkel zu betrachten. Alex war keineswegs aus niederen Beweggründen nach Little Somerby gekommen, und obwohl er nicht ganz ehrlich gewesen war, nicht nur zu ihr, sondern auch zu den Carters, so waren seine Gründe durchaus nachvollziehbar. Eine solche Bombe auf derart sensiblem Territorium hochgehen zu lassen, war immer heikel, aber er hatte sein Bestes getan, die Schäden so gering wie möglich zu halten. Ja, natürlich hätte er ihnen die Wahrheit sagen sollen, aber den richtigen Zeitpunkt dafür gab es eben nicht. Hatte sie mit ihm Schluss gemacht aus Angst, wieder verletzt zu werden? Aus Sorge, Alex würde ihr das Gleiche antun wie Mark? Aus irgendeinem Grund wusste sie, dass er das niemals tun würde, trotz allem, was er ihr über frühere Liebschaften erzählt hatte.

Aber es war zu spät. Er war weg. Und es bestand die Chance, dass er einen Schlussstrich unter ihre Beziehung ziehen und sie vergessen würde. Immerhin trennten sie jetzt ein Kontinent und ein Ozean. Es war vorbei. Eine Urlaubsromanze, die aus dem Ruder gelaufen war, eine Erinnerung unter vielen. Für alles andere war es zu spät. Oder etwa doch nicht? Mit klopfendem Herzen holte Sophie ihr Handy aus der Tasche und wählte Alex' Nummer. Der Anruf ging direkt zur Mailbox durch. Vor lauter Enttäuschung hätte sie beinahe den Brief in ihrer anderen Hand zerknüllt. Stattdessen steckte sie ihn zusammen mit ihrem Telefon in die Hosentasche und rannte die Treppe hinunter.

»Steht auf dem Ausdruck, wann der Flug genau geht?«, fragte sie, als sie in der Küche angekommen war.

Lily reichte ihr die Unterlagen. »Hier, schau selbst.« Sie sah ihre Nichte hoffnungsvoll an. »Fährst du hinterher?«

Sophie lächelte. »Vielleicht war ich ein bisschen zu streng mit ihm«, räumte sie ein. »Und vielleicht sollte ich sicherstellen, dass er das Land nicht in dem Glauben verlässt, ich sei noch immer sauer auf ihn.«

»Na, dann aber nichts wie los. Er ist schon ein paar Stunden weg, selbst mit dem Einchecken könnte es knapp werden.«

Sophies Herz hämmerte in ihrer Brust. »Bis später.« Sie beugte sich vor und gab ihrer Großmutter einen Kuss auf die Wange. »Ich hoffe, ich habe Glück.«

»Das Glück ist immer auf der Seite der Liebenden«, sagte Lily lächelnd.

*

»Jetzt kommt schon!« Sophie schlug mit der offenen Hand gegen das Lenkrad und trat hart auf die Bremse, als der Verkehrsfluss wieder einmal fast zum Erliegen kam. Es war jetzt nur noch etwa eine Viertelmeile bis zum Flughafen, und die letzten zwei Meilen war der Verkehr auf der A38 im Schneckentempo dahingekrochen. Eigentlich hatte sie Alex noch vor dem Einchecken abfangen wollen, aber das wurde allmählich knapp. Als der Verkehr erneut stockte, drückte sie die Wahlwiederholungstaste für ihr Handy auf dem Display im Armaturenbrett. Wieder meldete sich sofort die Mailbox. Der Empfang war ziemlich unterirdisch, doch Sophie gab nicht auf.

Nach fünf Minuten absolutem Stillstand war sie mit ihrer Geduld am Ende. Etwa fünfzig Meter entfernt erspähte sie eine Bushaltestelle. Ab dort waren es nur noch ein paar Hundert Meter bis zum Flughafen. Kurzerhand steuerte sie den Wagen auf den Grünstreifen, ohne die erbosten Blicke der anderen Autofahrer zu beachten, als sie diese auf der falschen Seite überholte. Sobald sie die Bushaltestelle erreicht hatte, riss sie den Schlüssel aus dem Zündschloss und sprang aus dem Auto. Sie nahm sich noch nicht einmal die Zeit, den Wagen abzuschließen, sondern sprintete direkt die Straße hinunter. Links waren bereits die hohen Zäune des Flughafens sehen. Sie musste Alex unbedingt erwischen, bevor er an Bord ging.

Die anderen Autofahrer beäugten sie neugierig, doch Sophie ließ sich davon nicht beirren und rannte weiter. Wenn sie bei Alex sein wollte, bevor der Flugsteig zumachte, musste sie sich sputen. Sie wagte nicht, auf die Uhr zu schauen – sollte er schon in der Abflughalle sein, war alles umsonst.

Schon jetzt war sie außer Atem, joggte aber beharrlich weiter an den stehenden Autos vorbei. Als die Skulptur in der Mitte des Flughafenkreisels in Sicht kam, holte sie tief Luft und legte noch einen Zahn zu. Sie sprintete die Straße entlang, hechtete durch die Türen des Terminalgebäudes mit der Glasfassade und hielt kurz inne, um sich zu orientieren. Knallrot im Gesicht und nach Luft schnappend strich sie sich die Ponyfransen aus den Augen und sah auf die Abflugtafel. Da war er: der Flug nach Amsterdam, Alex' erste Etappe auf der Reise zurück nach Vancouver. Entsetzt sah sie die Anzeige vor ihren Augen umspringen auf »Gate geschlossen«.

Sie kam zu spät – er musste schon durch die Passkontrolle und in der Abflughalle sein. Ohne ein gültiges Ticket und ihren Reisepass hatte sie nicht die geringste Chance, dorthin zu gelangen. Sie stürzte zum KLM-Schalter und keuchte: »Bitte … können Sie mir sagen, ob ein bestimmter Passagier für einen Flug eingecheckt hat?«

Die Servicekraft schüttelte bedauernd den Kopf. »Es tut mir leid. Diese Information darf ich nicht herausgeben.«

»Und wenn es ein Notfall ist?«

»Datenschutz, tut mir leid.«

Sophie ließ sich gegen den Schalter sinken. Der Frust darüber, dass sie vermutlich nur die Rolltreppe von Alex trennte, machte sie fuchsteufelswild. Aber sie konnte nichts tun. Er war so unerreichbar, als säße er bereits im Flugzeug.

»Gibt es eine Möglichkeit, einem Passagier im Flieger eine Nachricht zu übermitteln?«

Die Mitarbeiterin schaute zu ihrer Kollegin hinüber. »Wir könnten das Bordpersonal kontaktieren, wenn es sich wirklich um einen Notfall handelt.«

Würde die Aussage, dass sie nicht sicher war, ob sie den Rest ihres Lebens ohne ihn verbringen konnte, als Notfall im Sinne der Flughafenordnung durchgehen? Selbst in ihrer momentanen geistigen Verfassung erschien ihr das eher unwahrscheinlich. Schweren Herzens schüttelte sie den Kopf. »Schon in Ordnung. Ich versuche weiter, ihn anzurufen.«

Niedergeschlagen verließ sie den Schalter und trottete ernüchtert Richtung Ausgang. Sie schluckte die Tränen hinunter, die plötzlich in ihr aufstiegen, und trat durch die Flughafentüren ins Freie. Zu allem Überfluss gab in diesem Moment auch noch ihr Handy-Akku den Geist auf.

39

»Bitte wiederhol das noch mal für mich.« Meredith ließ sich auf den Küchenstuhl fallen und zuckte zusammen, als ihr Steißbein unsanft auf die hölzerne Sitzfläche traf. »Er ist was? Ich meine, wer?«

Matthew grinste. »Ich schätze, damit hast du jetzt noch einen weiteren Onkel, der aufpasst, dass du keine Dummheiten machst.«

»So kann man es auch sehen, Dad.« Meredith schüttelte ungläubig den Kopf. »Wobei ich sagen muss, wenn ich mir einen Onkel aussuchen müsste, gäbe es durchaus schlimmere Kandidaten für den Job.«

»Ich mag deine positive Einstellung.« Matthew ging zu seiner Tochter hinüber und küsste sie auf den Scheitel. »Leider ist die Sache schon ein kleines bisschen komplizierter, aber du weißt ja, dass dein Granddad ein, ähm, komplizierter Mann war.«

»Sag bloß«, entgegnete Meredith. Ein besorgter Ausdruck huschte über ihr Gesicht, und sie sah zu ihrem Vater auf, der ihr schützend den Arm um die Schultern gelegt hatte. »Und wie geht's dir damit?« Sie und Matthew hatten zehn Jahre lang allein zusammengelebt, nachdem Merediths Mutter sie verlassen und bevor Matthew schließlich Anna kennengelernt hatte, und sie hatte immer noch feine Antennen für die Stimmungen ihres Vaters. Sie wusste, dass eine solche Enthüllung alle möglichen Gefühle in ihm ausgelöst haben musste, und als sein ältestes Kind wollte sie ihm vermitteln, dass sie für ihn da war.

»Mir geht es gut«, sagte Matthew leise. »Du weißt, dein Granddad und ich hatten lange Zeit nicht gerade die einfachste Beziehung. Und ehrlich gesagt ist das nicht mal der größte Schock meines Lebens.« Er holte tief Luft. Die diversen Vorfälle, die seine Familie im Laufe der Jahre beinahe dauerhaft auseinandergerissen hätten, waren nicht spurlos an ihm vorübergegangen. »Ich hab zwar vermutet, dass es Frauengeschichten gab, hätte aber nie gedacht, dass seine Beziehung zu Alex' Mutter so ernst war. Wenn es anders gekommen wäre ...«

Meredith stand auf und umarmte ihren Vater. »Bist du sicher, dass er nichts von Alex wusste?«

»Ich glaube nicht, dass er ihn sonst vor uns geheim gehalten hätte. Er hätte sich sicher jedem seiner Kinder gegenüber anständig verhalten wollen.«

»Granddad hatte trotz allem ein großes Herz, nicht wahr?« Meredith löste sich von Matthew. Ironischerweise hatte ihn ausgerechnet sein Herz am Ende im Stich gelassen. »Die Frage ist: Was bedeutet das für uns?«

»Mach dir keine Gedanken, das müssen dein Onkel Jonathan, Alex und ich unter uns ausmachen«, beruhigte sie Matthew. »Und es könnte schlimmer sein – zumindest wissen wir, dass er ein anständiger Kerl ist. Ich denke, das hat er in seiner Zeit hier bewiesen, auch wenn er nicht gleich mit der Wahrheit rausgerückt ist.«

»Er macht einen ganz vernünftigen Eindruck«, räumte Meredith ein. »Also, was hast jetzt du vor?«

Matthew schwieg einen Moment. »Ich bin noch nicht ganz sicher. Ich habe das Gefühl, wir müssen ihn irgendwie dafür entschädigen, dass Granddad in seinem Leben keine Rolle gespielt hat. Die Frage ist nur, wie. Ich denke, Granddad hätte etwas für ihn tun wollen, als Ausgleich dafür, dass er nicht schon früher für ihn da war.«

»Absolut«, stimmte Meredith ihm zu. »Und ich bin sicher, Onkel Jonno und du, ihr trefft schon die richtige Entscheidung.« Sie warf einen Blick auf ihre Uhr.

»Hast du noch was vor?«

»Ach, ich hab nur Joe gesagt, dass ich später vorbeikomm. Er hat mich zu einem Film und Pizza eingeladen.«

»Du hast in letzter Zeit ganz schön viel Zeit mit Joe Flanagan verbracht.« Matthew sah seine Tochter eindringlich an. »Heißt das, ihr zwei seid, äh, liiert?«

Meredith prustete los. »Mann, Dad, klingt ja übel nach 20. Jahrhundert! Wir daten, falls du das meinst.«

»Nun ja, ich hoffe, bei diesen Dates passiert nicht allzu viel. Du hast dich gerade erst von Flynn getrennt, für den Fall, dass du es schon vergessen hast.«

Meredith schüttelte ungeduldig den Kopf. »Ist das deine hoffnungslos umständliche Art, mir zu sagen, dass ich vorsichtig sein soll?«

»Wir verstehen uns also«, antwortete Matthew. »Auch wenn ich natürlich weiß, dass du sowieso vorsichtig bist. Ich will bloß nicht, dass du wieder verletzt wirst.«

»Danke, Dad.« Ein feines Lächeln umspielte Merediths Lippen. »Mir geht's prima, echt.« Als sie es aussprach, wurde ihr bewusst, dass es stimmte. Ihr ging es wirklich wesentlich besser als noch zu Beginn des Sommers. »Aber jetzt muss ich unter die Dusche und dann los. Ich hab die Mittagsschicht im Cider Kitchen und gehe im Anschluss dann zu Joe.« Sie stellte sich auf die Zehenspitzen, um Matthew einen Kuss auf die Wange zu geben, und schlenderte dann aus der Küche.

»Lass es heute Abend nicht zu spät werden«, sagte Matthew.

»Mach ich nicht«, rief Meredith über ihre Schulter. Ein Filmabend und Pizza mit Joe war genau das, was sie nach den Neuigkeiten über Alex brauchte. Sie schüttelte resigniert den Kopf. Immer wenn sie dachte, sie hätte ihre Familie endlich im Griff, passierte aus heiterem Himmel irgendetwas und brachte alles durcheinander. Andererseits war es gut zu wissen, dass sie sich die Ähnlichkeit zwischen Alex und Matthew nicht bloß eingebildet hatte. Blieb die Frage, warum sie nicht schon früher eins und eins zusammengezählt hatte. »Granddad, du alter Schwerenöter«, murmelte sie auf dem Weg in ihr Zimmer. Sie fragte sich, ob Jack Carter von oben auf sie herabblickte und heilfroh war, ihnen nicht mehr Rede und Antwort stehen zu müssen. Joe würde sicher glauben, sie wolle ihn veräppeln, wenn sie ihm später alles erzählte.

40

Lily nahm Sophie wortlos in die Arme, als sie wieder vor ihrer Tür stand. Sophies Augen füllten sich mit Tränen, als sie den beruhigenden Duft von Penhaligon's Bluebell, dem Lieblingsparfüm ihrer Großmutter, einatmete.

»Komm mit ins Wohnzimmer«, murmelte Lily und gab Sophie ein Taschentuch, als sie sich aus der Umarmung lösten. »Ich mach uns einen Tee.«

Sophie durchquerte den Flur und fragte sich, wie Alex ihr so nah und zugleich so weit entfernt sein konnte. Sie wünschte, sie hätte mehr Zeit gehabt, ihm zu sagen, was sie empfand. Dass sie, auch wenn er ihr manches verheimlicht hatte, nachvollziehen konnte, wieso er so gehandelt hatte. Ihr wurde erst jetzt bewusst, dass sie seit der Fehlgeburt und der Trennung von Mark ihr Leben wie auf Autopilot gelebt und alles gemieden hatte, was auch nur im Entferntesten mit Gefühlen in Verbindung stand. Alex hatte eine Brücke über den Abgrund in ihrem Herzen gebaut, auch wenn sie ihn vorher nicht bewusst wahrgenommen hatte. Jetzt, wo er weg war, fühlte sich dieser Abgrund unüberwindlich an, vor allem, wenn sie daran dachte, wie sie auseinandergegangen waren. Sie griff erneut nach ihrem Handy, das sie auf der trostlosen Heimfahrt vom Flughafen an das Ladegerät im Auto angeschlossen hatte, und drückte auf die Wahlwiederholungstaste. Wieder meldete sich nur der Anrufbeantworter. *Mein Handy ist*

Tag und Nacht eingeschaltet – so viel dazu, dachte sie irritiert, bis ihr klar wurde, dass es vermutlich eher damit zu tun hatte, dass er sich gerade in zehntausend Metern Höhe befand.

Plötzlich überkam sie das Gefühl, ebenfalls rauszumüssen. Sie ging durch die Fenstertüren hinaus in Lilys Garten. Bienen sammelten in aller Seelenruhe Nektar in den Blüten des Geißblatts, das an der Steinmauer zwischen Lilys Grundstück und dem Cottage nebenan rankte und sich wie ein Liebhaber um die Clematis schlang, deren Blütezeit sich gerade dem Ende zuneigte. In den Blumenbeeten an der Mauer verströmten Lilys heiß geliebte alte englische Rosen ihren Duft mit solcher Intensität, dass selbst das Geißblatt nicht dagegen ankam. Sie leuchteten in allen Farben, und ihre Dornen warteten nur darauf, sich in unachtsame Finger zu bohren. Sophie streckte die Hand aus und griff nach einem der Stiele. Als sie spürte, wie sich ein Dorn in ihren Finger bohrte, hoffte sie, der stechende Schmerz würde sie von ihrem schmerzenden Herzen ablenken. Sie hatte ihre ganze Hoffnung darauf gesetzt, Alex am Flughafen noch einmal zu sehen, doch es war zu spät gewesen. Sie kannte nicht einmal seine Adresse in Vancouver. Gedankenverloren sah sie zu, wie ein Blutstropfen von ihrem Finger zu Boden fiel.

»Pass auf, nicht, dass es sich entzündet«, sagte eine leise Stimme vom Tor an der Rückseite von Lilys Garten her, das auf die High Street hinausführte. Sophie zog ihre Hand so ruckartig zurück, dass sie ihre Jeans mit Blut bespritzte. Sie stand wie angewurzelt da und stammelte: »Ich dachte, du wärst weg.« Sie wagte nicht, sich umzudrehen, aus Angst, dass er sich wie eine Fata Morgana in Luft auflösen würde. »Meine Fantasie geht wohl mit mir durch.«

»Tut sie nicht, glaub mir.« Seine Stimme kam näher, während die Schritte auf dem Gartenweg gleichzeitig immer langsamer und zögerlicher wurden. Sophie spürte die wachsende Anspannung zwischen ihnen. Sie widerstand dem Drang, sich umzudrehen und ihn anzusehen. Er musste zu ihr kommen.

»Gran meinte, du hast den ersten Flug zurück nach Vancouver über Schiphol genommen.«

»Ich hatte ihn auch gebucht. Aber dann ist Matthew Carter hier vorbeigekommen, und ich habe beschlossen, mich doch nicht wie ein Feigling aus dem Staub zu machen.«

»Aber warum hast du Gran gesagt, dass du abreist?« Sophie schüttelte verwirrt den Kopf.

»Das habe ich nicht.« Dann schien er zu begreifen. »Mein Gott, ich war gestern Nachmittag so fertig, dass ich den Flug gebucht und Lilys Drucker im Arbeitszimmer benutzt habe, um die Bestätigung auszudrucken, bevor Matthew gekommen ist. Ich hatte die Sache mit dir vollkommen versemmelt, Jonathan hatte mich in die Mangel genommen, und ich wollte einfach nur noch nach Hause. Ich muss den Ausdruck im Drucker liegen gelassen haben. Lily hat sie bestimmt heute Morgen gefunden und falsche Schlüsse daraus gezogen. Wahrscheinlich hat sie geglaubt, dass ich schon früher abgereist bin, weil ich den Koffer unters Bett geschoben habe. Als Matthew kam, hatte ich schon alles zusammengepackt. Die Nachricht, die ich dir geschrieben hatte, klang vermutlich ziemlich wirr, so betrunken, wie ich war.« Er lächelte verlegen. »Als ich dann noch gesehen hatte, wie du Mark an der Türschwelle zum Abschied umarmt hast …«

»Oh, Gott«, stöhnte Sophie. »Er ist gestern Abend vorbeigekommen, und ich war auch schon halb hinüber, also habe ich ihn reingelassen. Er hat mich ein bisschen aufgemuntert, das war alles. Glaub mir, es ist nichts passiert.«

Alex lächelte schuldbewusst. »Selbst wenn etwas passiert wäre, könnte ich dir wohl kaum einen Vorwurf machen, nach allem, was du meinetwegen durchgemacht hast.«

»Das mit Mark und mir ist Geschichte. Er hat mich in einem Moment erwischt, wo ich verletzlich war, und ich hab mich bei ihm ausgeheult, das war alles.«

»Ist nicht wichtig.« Alex schüttelte den Kopf. »Das Einzige, was zählt, sind wir beide.« Er rückte vorsichtig näher an sie heran, als hätte er Angst, sie könnte verschwinden.

»Wo warst du dann heute Morgen?«, fragte Sophie. »Wenn du nicht vorhattest, das Flugzeug zu nehmen.«

»Ich bin letzte Nacht einfach nur noch ins Bett gefallen und heute früh direkt nach dem Aufstehen noch in den Klamotten von gestern zum Friedhof gegangen. Es klingt vielleicht seltsam, aber ich wollte mit Jack reden. Hinterher bin ich einfach drauflosgelaufen, und auf einmal war ich auf der anderen Seite vom Crook Peak.« Er lachte. »Ich habe eine halbe Ewigkeit für den Rückweg gebraucht.« Jetzt verstand Sophie auch, weshalb sie seit Stunden nur seine Mailbox erreicht hatte. Draußen in den Mendip Hills hatte man nur sehr sporadisch Empfang.

Aber jetzt stand Alex nur ein paar Meter von ihr entfernt. Aus dem Augenwinkel konnte sie sein dunkles Haar erkennen, doch sie konnte es einfach nicht über sich bringen, sich umzudrehen und ihn anzusehen. »Nachdem wir das geklärt haben, können wir bitte über uns reden?«, fragte er leise.

»Über uns?«

»Ja. Über uns. Über dich und mich. Was es bedeutet. Zumindest mir.« Alex verließ den Weg und blieb neben Sophie stehen. Noch immer wirkte er unsicher. Aus der Wunde tropfte weiterhin Blut. Sophie erschrak, als eine warme Hand nach ihrer griff und ihr ein Taschentuch um den Finger wickelte, um die Blutung zu stillen.

»Magst du mich nicht ansehen?«, fragte Alex, der ihre Hand nicht losgelassen hatte.

»Ich trau mich nicht«, lachte Sophie nervös. »Ich kann immer noch nicht richtig glauben, dass du tatsächlich noch hier bist.«

»Ich verspreche dir, Sophie, ich bin hier bei dir und damit ganz genau da, wo ich hingehöre.«

Ihre Hände fingen auf einmal so stark an zu zittern, dass ihr das Taschentuch herunterfiel. Sie gab sich einen Ruck und drehte sich mit erwartungsvollem und zugleich nervösem Blick zu ihm.

»Oh, Alex.« Sie fiel ihm um den Hals. Als er seine Arme um sie schlang, fühlte es sich an, wie nach Hause zu kommen.

»Es tut mir so unendlich leid«, murmelte Alex in ihr Haar. »Kannst du mir verzeihen?«

Sophie löste sich von ihm und blickte in sein offenes, ehrliches, ihr inzwischen so vertrautes Gesicht. »Ich wünschte, du hättest mir die Wahrheit gesagt«, sagte sie leise. »Aber auch wenn ich wütend war, dass du mir Dinge verheimlicht hast, verstehe ich, warum du geglaubt hast, es tun zu müssen. Es kann nicht leicht gewesen sein, mit dem Wissen hierherzukommen, dass Jack dein Vater ist. Und es war sicher noch viel schwerer, dir nichts anmerken zu lassen. Und auch wenn es mir lieber gewesen wäre, wenn du mir gegenüber von Anfang an offen gewesen wärst, kann ich schon nachvollziehen, warum du es nicht getan hast. Also ja. Ich verzeihe dir. Und, Alex …«

»Ja?«

»Ich liebe dich. Mehr, als du dir vorstellen kannst. Erst die Angst, dich zu verlieren, hat mir das klargemacht.« Sie strich ihm eine Haarsträhne aus den Augen.

»Oh Gott, Sophie, ich liebe dich auch.« Er zog sie wieder zu sich heran und küsste sie kurz auf die Lippen, bevor er fortfuhr. »Schon als ich den Flug gebucht habe, wusste ich im tiefsten Inneren, dass ich es nicht über mich bringen würde, wirklich an Bord zu gehen.«

Sophie schluckte. »Es wäre gelogen zu behaupten, es hätte nicht wehgetan, dass du mir nicht gesagt hast, wer du wirklich bist«, entgegnete sie langsam. »Aber Gran hat mir erklärt, warum du das Gefühl hattest, es mir nicht sagen zu können. Sie hat dich natürlich von Anfang an durchschaut.«

»Das wundert mich nicht. Sie ist die gewiefteste Person, der ich je begegnet bin.«

»Ich fasse das mal als Kompliment auf.« Lily, die an den Fenstertüren stand, lächelte. »Schön, dich wiederzusehen.«

»Hallo, Mrs Henderson.« Alex' Arm lag noch immer um Sophies Taille, als die beiden sich zu Lily umdrehten.

»Daraus schließe ich, dass ihr zwei euch versöhnt habt?« Lilys Augen glänzten.

»So, wie du das sagst, klingt es, als wären wir eins der unsterblich verliebten Paare aus deinen Romanen«, sagte Sophie, doch auch sie konnte sich das Lächeln nicht verkneifen.

»Ich nenne das Kind bloß beim Namen«, entgegnete Lily. »Möchtest du jetzt Tee? Oder brauchst du was Stärkeres?«

Sophie lächelte zu Alex hoch. »Ich glaube, Tee ist genau das Richtige.« Hand in Hand machten sie sich auf den Weg zurück ins Haus.

41

Der August verging wie im Flug und ging nahtlos in den September über, und ehe Meredith sichs versah, war es schon Ende September und Zeit, für ihr zweites Studienjahr nach York zurückzukehren. Seit Joe und sie sich nähergekommen waren, hatte der Schmerz über die Trennung von Flynn immer mehr abgenommen. An seine Stelle war ein wohliges Gefühl getreten, das Liebe zu nennen sie sich zwar noch nicht ganz traute, das sie aber ausgesprochen glücklich machte. Beim Gedanken, Joe gleich am Bahnhof zurücklassen zu müssen, wurde ihr schwer ums Herz. Er streckte seine Hand nach Merediths Tasche aus, die neben ihr auf dem Bahnsteig von Weston-super-Mare stand, doch sie war schneller. Als ihre Hände aufeinandertrafen, musste sie bei der Erinnerung daran lächeln, wie sehr seine Berührungen und Küsse ihr den Sommer versüßt hatten. »Ist schon okay«, sagte sie leise. »Ich krieg das allein hin.«

Joe schüttelte den Kopf. »Ich will mich bloß vergewissern, dass du und dein Gepäck sicher in den Zug kommen.«

Beide richteten sich wieder auf, und es gab eine kurze, erwartungsvolle Pause.

»Hör zu, Meredith …«, begann Joe. »Dieser Sommer mit dir hat mir echt viel bedeutet.« Er fuhr sich nervös mit der Hand durch die Haare und schluckte. »Ich hätte nie gedacht, dass wir uns mal so nah kommen würden.« Seine hellblauen Augen sahen sie ernst und aufrichtig an, während sein rotblondes Haar im Sonnenlicht schimmerte.

»Mir hat es auch viel bedeutet«, antwortete Meredith, aber Joe hob die Hand, um sie zu unterbrechen.

»Ich bin noch nicht fertig, Merry.«

»O-Okay‹, stammelte Meredith, die sich fragte, was wohl gleich noch kommen würde.

»Die Sache ist die ...« Er hielt kurz inne und schielte auf die Uhr. Der Zug konnte jede Minute einfahren. »Ich weiß, dass du immer noch nicht ganz über ihn hinweg bist. Und das ist vollkommen okay«, fügte er hastig hinzu, als Meredith widersprechen wollte. »Ganz ehrlich. Ich möchte, dass du weißt, dass ich hier sein werde, wenn du an Weihnachten nach Hause kommst und mich besuchen willst. Wir können was trinken gehen oder uns einfach nur unterhalten oder was auch immer. Ich will dich nicht unter Druck setzen. Ich weiß, dass du noch eine Menge zu verarbeiten hast, und jetzt fährst du zurück nach York zu deinen Freunden und deinem neuen Leben. Ich möchte, dass du das alles genießen kannst, ohne dir Gedanken darüber zu machen, was ich denke oder tue. Diese Freiheit solltest du haben.«

Meredith lächelte. »Irgendwie klingt das, als wolltest du mit mir Schluss machen«, sagte sie leise.

»Nein. Überhaupt nicht. Ich will dir eine Wahl geben. Und dir sagen, dass dieser Sommer der schönste meines Lebens war. Mit dir zusammen zu sein, ist das Allerbeste, was mir je passiert ist. Aber auch wenn wir es uns vielleicht anders wünschen, wirst du dort sein und ich hier, und ich möchte nicht, dass du dich in einer Beziehung gefangen fühlst, die du vielleicht gar nicht willst. Nicht, solange du noch dabei bist, die Vergangenheit zu verarbeiten.«

Merediths Augen füllten sich mit Tränen. Joe hatte sich, seit sie ihn näher kennengelernt hatte, als unglaublich einfühlsam entpuppt. Damit hatte er ihr mehr geholfen, als ihm selbst bewusst war. Sie stellte sich auf die Zehenspitzen und küsste ihn zärtlich. Er öffnete die Lippen, und ihr Kuss wurde leidenschaftlicher. Sein warmer Mund löste Wonne und Sehnsucht in ihr aus.

»Danke«, sagte sie leise, als sie sich voneinander trennten. »Für alles.« Ihr lag noch viel mehr auf der Zunge, aber sie brachte es nicht über die Lippen.

In dem Moment hörten sie das vertraute Stampfen der Diesellok, und eine blecherne Ansage ertönte aus dem alten Lautsprecher.

»Mach's gut«, sagte Joe und griff erneut nach Merediths Tasche, als der Zug zum Stehen kam und die Türen sich öffneten.

»Du auch«, entgegnete sie.

Sie wartete auf dem Bahnsteig, bis Joe wieder ausstieg, nachdem er ihre Tasche in der Gepäckablage verstaut hatte.

»Ich schreib dir 'ne WhatsApp«, sagte sie, als sie wieder auf dem Bahnsteig standen, um den Moment des Abschieds so lange wie möglich hinauszuzögern.

»Ja, sag mir Bescheid, dass du gut angekommen bist. Bis bald.«

Meredith nickte. »Auf jeden Fall.« Plötzlich überkam sie ein unerklärliches Gefühl des Verlusts. Sie legte die Hand auf Joes Wange und gab ihm einen letzten Kuss. Sie war sich nicht sicher, ob es ein Abschiedskuss war, aber sie würde ihn nicht so schnell vergessen.

Die Zugtüren schlossen sich eine nach der anderen, und der Zugbegleiter nahm bereits Kurs auf sie. Widerwillig löste Meredith sich von Joe und stieg in den Zug. Hastig öffnete sie das Fenster.

»Danke«, rief sie, als die Lokomotive anfuhr.

»Wofür?«

»Dafür, dass du bist, wie du bist.« Sie streckte die Hand aus und ergriff seine. »Definitiv bis bald.«

Als der Zug auf der ersten Etappe ihrer langen Reise Richtung Norden aus dem Bahnhof von Weston-super-Mare ausfuhr, ließ Meredith Joes Hand los. Ihre Gefühle waren sehr gemischt. Die Zeit würde zeigen, ob Joe Flanagan ihre Zukunft war – bis dahin mussten die wundervollen Erinnerungen an einen warmen Sommer sie durch den Herbst mit seinen immer kahler werdenden Bäumen und den Schnee im winterlichen Yorkshire bringen. Einen Moment lang schlug ihr Herz schneller, weil sie glaubte, Joe würde ihr noch etwas nachrufen, während der Zug langsam Fahrt aufnahm, doch es war zu laut, um sicher sein zu können. Es sah aus, als würde er mit den Lippen die Worte »Ich liebe dich« formen, aber wahrscheinlich hatte sie sich getäuscht.

*

Eine ähnliche Szene spielte sich fast zeitgleich im riesigen Eingangsbereich des Bristoler Flughafens ab. Sophie stand an der Rolltreppe und schluckte, während sie zusah, wie Alex am Check-in-Schalter sein Flugticket und seinen Reisepass vorzeigte. In ein paar Monaten würde sie ihn auf seiner Farm in British Columbia besuchen, doch die Zeit bis dahin kam ihr endlos vor. Sie musste lächeln, als Alex durch das Terminal auf sie zukam. Sein leicht krummbeiniger Gang würde sie ganz sicher in ihren Träumen begleiten, bis sie ihn wiedersah.

»Bereit?«, fragte sie leise.

Alex nickte. »Ich wünschte nur, du würdest mitkommen.«

Sophie lächelte wehmütig. »Ich auch. Aber jetzt ist gerade die stressigste Zeit des Jahres für die Cider-Produktion, wie du nächstes Jahr selbst leidvoll erfahren wirst, wenn das Adelaide's so richtig läuft. Sobald die letzten Äpfel von den Bäumen runter sind, springe ich ins nächste Flugzeug nach British Columbia, versprochen.«

»Du wirst mir trotzdem fehlen«, murmelte Alex und gab ihr den nächsten in einer langen Reihe von Abschiedsküssen, mit der sie abends begonnen und nachts weitergemacht hatten, weshalb der Schlaf in dieser Nacht etwas kurz gekommen war.

Sophies Knie wurden weich. »Du mir auch«, sagte sie zwischen den Küssen. »Und du rufst mich an, wenn du angekommen bist?«

»Natürlich.« Alex' Mund verzog sich zu einem Lächeln. »Außerdem gibt es ja noch Skype und FaceTime … Gott, wirst du mir fehlen.«

Sie umarmten sich fest, um Kraft aus ihrer Nähe zu schöpfen. Bald würden sie ein Ozean und viereinhalbtausend Meilen Luftlinie trennen. Als der letzte Aufruf für Alex' Flug aus den Lautsprechern hallte, lösten sie sich widerwillig voneinander.

»Wir sehen uns bald wieder.« Sophie lächelte.

»Darauf zähle ich.« Alex lächelte zurück und griff nach seinem Handgepäck. Gemeinsam fuhren sie die Rolltreppe hinauf, entschlossen, nicht eine Sekunde früher auseinanderzugehen als unbedingt nötig. Vor der Passkontrolle zog Alex sie noch einmal in seine Arme, murmelte ihr »Ich liebe dich« ins Ohr und küsste sie ein letztes Mal. Sophie sah ihn durch die Sicherheitskontrolle gehen und schließlich aus ihrem Blickfeld verschwinden und verspürte die mittlerweile vertraute Mischung aus Verliebtheit und Verlangen. Sie hatte über einiges nachzudenken, bevor sie ihn wiedersah, und dieses Mal ging es um Entscheidungen, die ihr Leben dauerhaft verändern würden.

42

»Wie auch immer du dich entscheidest, tu es aus den richtigen Gründen«, sagte Lily etwa eine Woche später zu Sophie. Sie hatten es sich mit einer Tasse Tee im Garten gemütlich gemacht. »Ich meine, ein gut aussehender Kerl ist das eine, aber deshalb gleich den Kontinent zu verlassen, will gut überlegt sein.« Die Herbstsonne hatte noch Kraft, doch die Blätter an den hohen Buchen rings um Lilys Garten hatten angefangen, sich zu verfärben, und leuchteten wie flüssige Bronze im Sonnenlicht. Eine leichte Brise zupfte an den Härchen in Sophies Nacken. In der Ferne war das Dröhnen eines in Bristol startenden Flugzeugs zu hören, und es gab Sophie einen Stich, weil es sie an das letzte Wochenende erinnerte, als sie auf einem Rastplatz in der Nähe des Flughafens geparkt hatte, um den Start des KLM-Fluges zu verfolgen. Als die Maschine mit Alex an Bord unter lautem Getöse abhob, hatte die Sehnsucht sie getroffen wie ein Faustschlag in die Magengrube.

»Ich hätte gedacht, du findest es romantisch, wenn ich für die Liebe meines Lebens alles hinschmeiße«, sagte Sophie halb im Scherz. Immerhin hatte ihre Großmutter so viele Romane mit dramatischen Wendungen, aber unweigerlich folgendem Happy End geschrieben, dass Sophie davon ausgegangen war, sie würde diese Ansicht auch im wahren Leben vertreten.

»Aber natürlich, mein Schatz, und ich bin sicher, dass Alex es wert ist, aber ich möchte, dass du aus den richtigen Gründen gehst.«

Sophie sah ihre Großmutter einen Moment lang nachdenklich an, bevor sie antwortete. In gewisser Weise hatte Lily recht. Wäre Alex nicht in Vancouver, würde sie vermutlich nicht ans andere Ende der Welt ziehen, aber es gab tatsächlich noch einen weiteren, rationaleren Grund.

»Ich überlege, nicht nur wegen Alex nach Kanada zu ziehen«, sagte Sophie, nachdem ihre Großmutter ihr einen fragenden Blick zugeworfen hatte.

»Wirklich?« Lily zog verwundert eine Augenbraue hoch. »Dann mal raus mit der Sprache.«

»Matthew Carter hat mich und David Anfang der Woche in sein Büro gerufen. Ich dachte, er wollte mir mitteilen, dass David endlich in den Ruhestand geht.«

»Na endlich«, schnaubte Lily. »Die hätten dir seinen Job schon vor Jahren anbieten sollen.«

»Haben sie aber nicht. Zumindest nicht direkt.« Sophie hielt eine Hand hoch, als Lily zu widersprechen ansetzte. »Nein, es ist schon gut, Gran. Sie haben mir ein viel interessanteres Angebot gemacht.«

»Nämlich?«

Sophie lächelte. »Sie wollen mich als offizielle Verbindungsperson zwischen Carter's und Adelaide's einsetzen. Ich würde in Alex' Firma als Cider-Macherin arbeiten, um die Interessen von Carter's Cider zu sichern und weiterzuentwickeln.« Auf den überraschten Blick ihrer Großmutter hin erklärte Sophie: »Alex hat sich vor ein paar Tagen in einer Telefonkonferenz einverstanden erklärt, Carter's doch eine Beteiligung an seinem Cider-Geschäft zu geben. Wir haben uns darüber unterhalten. Es ist hilfreich, Carter's Unterstützung zu haben, um Adelaide's aufzubauen, selbst wenn Alex im Gegensatz zu Carter's nicht international expandieren will. Carter's wird Adelaide's nicht nur finanziell unter die Arme greifen, wir werden auch eine nie da gewesene Produktpalette mit Cider-Mischgetränken kreieren, die Cider-Trinker auf beiden Seiten des Großen Teichs begeistern wird. Wofür sie mein Gehalt verdoppeln.«

Lily musste lächeln, als sie sah, mit wie viel Feuereifer ihre Enkelin bei der Sache war, bevor ein besorgter Ausdruck über ihr Gesicht huschte. »Verzeih mir, wenn das jetzt ein bisschen fatalistisch klingt, Liebes, aber was passiert, wenn ihr euch verkracht? Zusammen leben und zusammen arbeiten ist vielleicht nicht die klügste Entscheidung.«

»Es ist ja erst mal nur für ein Jahr«, sagte Sophie. »Wenn es nicht klappen sollte, kann ich jederzeit zurückkommen und meinen jetzigen Job mit meinem alten Gehalt wiederbekommen.«

»Das ist ein ausgesprochen großzügiges Angebot. Und was passiert, wenn das Jahr um ist?«

»Dann kann ich entscheiden, ob ich hierher zurückmöchte oder ob ich dauerhaft für Adelaide's arbeiten will.« Sophie lächelte. »Und keine Sorge, selbst wenn mein Privatleben den Bach runtergehen sollte, bin ich alt genug, damit umzugehen. Außerdem habe ich immer noch Martingtons Cider in der Hinterhand, falls ich keine Lust haben sollte, zu Carter's zurückzukehren.«

»Ich weiß, dass du alt genug bist, meine Liebe.« Lily griff nach Sophies Hand und drückte sie aufmunternd. »Adelaide's und Alex können sich glücklich schätzen, dich zu bekommen.«

»Ist es denn okay für dich, wenn ich dich hier allein lasse?«

Lily schnaubte. »Um mich mach dir mal keine Sorgen. Deine Mutter liegt mir sowieso ständig in den Ohren, dass ich das Cottage verkaufen und zu ihr nach Frankreich kommen soll, und ich spiele schon eine Weile mit dem Gedanken. Vielleicht vermiete ich das Cottage einfach für ein Jahr, und wenn du dauerhaft nach Vancouver ziehst, bleibe ich in Südfrankreich. Das soll nicht heißen, dass du mir nicht fehlen wirst, aber ich möchte, dass du dein Glück und deinen Platz im Leben findest, bevor ich das Zeitliche segne.«

»Ach, komm schon, Gran! Du hast noch viele Jahre vor dir. Du würdest doch Barney nicht allein lassen.«

Barney sah kurz auf, als er seinen Namen hörte, seufzte tief und rollte sich dann wieder zu einem großen grauen Ball zusammen. Er trauerte Alex hinterher, seit dieser abgereist war. *Nicht nur du, Barney, nicht nur du*, dachte Sophie.

»Wenn mich der Tod deines Vaters eins gelehrt hat, dann, dass Glück vergänglich ist«, gestand Lily leise. Sophies Herz pochte. Trotz ihres engen Verhältnisses sprach ihre Großmutter praktisch nie über den Tod ihres Sohnes. Sophie konnte die Gespräche, die sie in siebenundzwanzig Jahren mit Lily über ihren Vater geführt hatte, an den Fingern einer Hand abzählen, und das, ohne den Daumen zu benutzen.

»Du vermisst ihn immer noch, nicht wahr, Gran?«, erwiderte Sophie, den Blick auf ihre Hände gerichtet. Irgendwie brachte sie es nicht über sich, Lily in die Augen zu sehen. Sie hatte Angst vor dem Kummer, der sie dort erwartete. Der Verlust eines Kindes war eine Wunde, die nie richtig verheilte. Bis zu einem gewissen Grad konnte sie das inzwischen nachvollziehen.

»Wie du weißt, bin ich nicht sonderlich religiös«, sagte Lily mit ruhiger und fester Stimme. »Aber kurz nachdem wir deinen Vater verloren hatten, sagte ein guter Freund von mir etwas, was mich sehr bewegt hat.« Sie streckte die Hand aus und drückte die von Sophie. »Als ich am absoluten Tiefpunkt angelangt war und beim besten Willen nicht verstehen konnte, wie ein Gott, falls es ihn denn geben sollte, mein Kind, deinen Vater und die Liebe des Lebens deiner Mutter so jung und ohne jeden Grund zu sich holen konnte, zitierte dieser Freund, der ebenfalls nicht viel von Religion hielt, einen Vers von Tennyson. ›Gott schenkt uns Liebe. Etwas zu lieben / leiht er uns.‹« Lily hielt einen Moment inne. »Das habe ich nie vergessen. Die Liebe bleibt uns, Sophie, egal wie weit wir voneinander entfernt sind. Dein Vater hat immer noch einen Platz in meinem Herzen und im Herzen deiner Mutter. Und du hast so viel von ihm. Er wäre unglaublich stolz auf alles, was du erreicht hast. Und er würde sicher auch wollen, dass du glücklich bist.«

Sophie hatte auf einmal einen dicken Kloß im Hals. »Danke, Gran«, sagte sie leise. »Das hoffe ich.« Sie brauchte nicht nachzufragen, ob dieser gute Freund Jack Carter gewesen war.

»Also mach dir gefälligst keine Sorgen um mich, deine Mutter oder den verwöhnten Hund dort«, sagte Lily wieder gewohnt energisch. »Tu, was du für richtig hältst und was dein Herz dir sagt. Wir haben alle nur ein Leben, mach das Beste draus.«

»Ich liebe dich, Gran.« Sophie sprang auf und umarmte ihre Großmutter aus einem Impuls heraus. »Und das werde ich immer tun.«

»Das weiß ich doch, meine Liebe. Jetzt geh und sag den Carter-Jungs, dass du dich entschieden hast, ihr Angebot anzunehmen. Und sobald du auf der anderen Seite des Atlantiks angekommen bist, sorgst du mal lieber dafür, dass es im Erdgeschoss des Farmhauses ein bequemes Gästezimmer für deine Großmutter gibt.«

»Keine Sorge«, sagte Sophie, als sie sich von Lily löste. »Verlass dich drauf.«

ACHTZEHN MONATE SPÄTER

Frühling

Die jungen Blätter der Apfelbäume glänzten im warmen Sonnenlicht, während Sophie und Alex ihre regelmäßige Kontrolle der neuen Setzlinge im Obstgarten durchführten. Es handelte sich um eine schnell wachsende Apfelsorte, die vorigen Herbst gepflanzt worden war und sich im kanadischen Boden ganz offensichtlich äußerst wohl fühlte. Eine Reihe weiter links wuchs ihre prämierte Apfelsorte kerzengerade in den Himmel. Die Äste waren zwar noch spindeldürr, reckten sich aber bereits ehrgeizig in der wärmenden Frühlingsluft.

Sophies erster Winter in British Columbia war in vielerlei Hinsicht ein Schock für sie gewesen, nicht zuletzt wegen der bitteren Kälte. Sie hatte damals über Alex' Frotzeleien über den Holzofen in der Jurte bei der Royal West Country Show im englischen Sommer gelacht, doch erst als sie die dunklen kanadischen Winter kennenlernte und die gigantischen Schneeflocken vom endlosen, grau bewölkten Himmel herabfallen sah, begriff sie, was er gemeint hatte. Bevor sie nach Kanada gezogen war, hatte sie noch schnell in Thermounterwäsche, eine mit Gänsedaunen gefütterte Winterjacke sowie ein Paar robuste Winterstiefel investiert, trotzdem brauchte sie einige Zeit, um sich zu akklimatisieren. Diese Winterausrüstung hatte sie dann durchgängig getragen, bis der Frühling im April endlich Einzug hielt.

Glücklicherweise hatte die Cider-Farm sie gut auf Trab gehalten. Sie hatte in dem jungen Betrieb schnell Fuß gefasst und im ersten Herbst von ihrer langjährigen Erfahrung profitiert, als es an das Mischen und Verkosten der einheimischen kanadischen Apfelsorten ging, die Alex wieder hatte aufleben lassen, nachdem er die Farm im Jahr zuvor übernommen hatte. Obwohl es sicher noch ein weiteres Jahr dauern würde, bis Adelaide's genug produzierte, um in einem größeren Umfang Cider zu vertreiben, hatten sie bereits die ersten Verträge mit einheimischen Bars und Restaurants abgeschlossen und ermutigende Rückmeldungen bekommen. Der Vertriebsleiter von Carter's hatte ihnen geholfen, ein solides Branding auf die Beine zu stellen und ein erstklassiges Logo für Adelaide's zu entwickeln, das den Kunden im Regal im Supermarkt oder am Zapfhahn im Pub garantiert ins Auge stechen würde.

Das alte Farmhaus war eine weitere Baustelle gewesen. Im Wettlauf gegen die immer früher einsetzende Dunkelheit und das schlechte Wetter war es Sophie und Alex gelungen, es gerade noch rechtzeitig vor Wintereinbruch bewohnbar zu machen, und nun lebten sie dauerhaft dort. Alex hatte seine Wohnung in Vancouver zwar noch nicht aufgegeben, spielte aber jetzt, wo das Farmhaus beinahe fertig war, mit dem Gedanken, sie zu verkaufen.

Sophie hatte per Skype regelmäßig Kontakt zu Lily und Jane und freute sich darauf, die beiden bei weniger arktischen Temperaturen bei Adelaide's zu begrüßen. Ihre Bedenken, Lily die weite Reise zuzumuten, hatten sich zerstreut, als die Filmrechte für ihren neuesten Roman Knall auf Fall verkauft worden waren, sodass sie und Jane sich einen Businessclass-Flug nach Vancouver leisten konnten, was die lange Reise zumindest etwas bequemer machen würde. Voller Vorfreude sah sie das Taxi vorfahren und erfuhr von Lily und Jane, dass während des neunstündigen Fluges offenbar fast durchgängig Champagner ausgeschenkt worden war, was die beiden in blendende Laune versetzt hatte. Sophie begrüßte sie fröhlich lächelnd, während Alex ein kleines Stück entfernt sichtlich nervös auf und ab tigerte. Als sie sich ihm näherten, kam ein kleines graues Etwas aus dem Farmhaus bellend auf die drei Frauen zugeschossen.

»Darf ich vorstellen: Niyah«, sagte Sophie, nachdem das graue Fellknäuel langsamer geworden war, auch wenn es immer noch euphorisch mit dem Schwanz wedelte. »Sie ist sechs Monate alt und noch in der wilden Phase.« Der Weimaraner-Welpe, der als Hündin nur etwa halb so groß war wie der etwas kräftigere und träge Barney, rieb die Schnauze an Lilys Hand.

»Macht euch darauf gefasst, dass diese Phase noch die nächsten drei Jahre andauern wird!«, bemerkte Lily. »Der Hund bedeutet, dass du jetzt für immer hierbleibst, das ist dir klar, oder?«, raunte sie Sophie zu.

»Gut erkannt«, erwiderte Sophie schmunzelnd, bevor sie die Arme ausstreckte, um zuerst ihre Mutter und dann ihre Großmutter zu umarmen. »Ich freu mich so, euch zu sehen! Schön, dass ihr kommen konntet.«

»Die Gelegenheit konnten wir uns doch nicht entgehen lassen«, entgegnete Lily. Das grelle Licht der Nachmittagssonne hob die Falten in ihrem Gesicht hervor, doch ihre Augen funkelten aufgeregt. »Wurde auch Zeit, dass ich den Ort, von dem du schon so viel erzählt hast, endlich mit eigenen Augen sehe. Die Fotos, die du geschickt hast, werden dem nicht gerecht.« Lily ließ ihren Blick zunächst über das zweistöckige, weiß gestrichene Farmhaus schweifen. Das gesamte Gebäude war von einer Veranda umgeben, und das frisch reparierte Schieferdach leuchtete blaugrau in der Nachmittagssonne. Dann blickte sie auf die unzähligen Reihen junger Apfelbäume, die gerade von der Blüte zur Frucht übergingen, und schließlich zu dem kleinen Garten hinüber, wo Sophie duftende Kräuter angebaut hatte und wo die ersten Sommersalattriebe sich vorsichtig hervorwagten. »Ich sehe, Alex und du, ihr wart fleißig«, sagte sie. »Prima, was ihr in so kurzer Zeit auf die Beine gestellt habt.« Sie drehte sich zu Alex um und lächelte zu ihm auf, als er sich herunterbeugte, um ihr einen Kuss auf die Wange zu geben. »Ich bin sicher, Jack wäre stolz – auf euch beide.«

»Ich bin auch stolz auf dich, Schatz«, sagte Jane und nahm ihre Tochter in den Arm. »Und ich freue mich darauf, dich ein bisschen besser kennenzulernen, Alex, da wir in Little Somerby kaum Gelegenheit hatten, uns zu unterhalten.«

»Ich freue mich auch«, antwortete Alex.

»Danke euch beiden«, sagte Sophie. Da sie sah, dass Lily sich ziemlich stark auf ihren Gehstock stützte, fügte sie hinzu: »Ich zeige euch eure Zimmer, dann könnt ihr euch ein bisschen ausruhen, bevor der andere Zweig der Familie hier eintrifft.

»Ausruhen, was fällt dir ein?«, schnaubte Lily. »Gebt mir ein Glas von eurem hervorragenden Cider, und ich bin sofort wiederhergestellt.«

Adelaide's erster »harter« Apfelwein, ein aromatisch duftender Verschnitt aus Dabinett- und Goldrush-Äpfeln, war bei den ersten Kunden sehr gut angekommen und würde mit Unterstützung von Carter's sicher ein voller Erfolg werden.

»Vielleicht fangen wir erst mal mit einer Tasse Tee an«, sagte Sophie und führte ihre Verwandten ins Haus.

»Entspann dich«, sagte sie leise zu Alex, nachdem sie Lily und Jane in ihre jeweiligen Zimmer gebracht hatte, wo sie nun mit Auspacken beschäftigt waren. »Worüber machst du dir solche Sorgen?«

Er schüttelte den Kopf. »Ich weiß, ich weiß. Es gibt keinen Grund, so nervös zu sein, aber irgendwie habe ich das Gefühl, dass ich während des ganzen Besuchs unter Beobachtung stehen werde. Und nicht nur ich, sondern der Betrieb, das Produkt ...« Instinktiv wusste Sophie, dass es nicht um Lily und Jane ging, sondern um die Gäste, die noch erwartet wurden.

Sie nahm Alex' Hand und küsste zärtlich seine Handfläche. »Sie sind nicht bloß deine Geschäftspartner, sie sind deine Brüder«, sagte sie sanft. »Sie kommen, um dich zu unterstützen, nicht um dich zu kritisieren.«

»Ich bin so froh, dass du beschlossen hast, mir hier zur Seite zu stehen.«

Sophie sah ihn liebevoll an. Es war keine ganz einfache Entscheidung gewesen, nach über einem Jahrzehnt bei Carter's Cider und einem ganzen Leben in Little Somerby Tausende von Meilen weit wegzuziehen, um mit dem Mann, den sie liebte, Adelaide's Cider aufzubauen, und sie hatte sie nicht leichtfertig getroffen. Sie und Alex hatten im vergangenen Jahr Tag und Nacht daran gearbeitet, das junge Unternehmen auf den Weg zu bringen. Dank Sophies feiner Geschmacksknospen hatten die ersten Verschnitte des hochprozentigen Ciders den Testkunden gemundet, die hauptsächlich aus den Restaurants und Bars in der Gegend stammten. Doch jetzt gab es Pläne, zu expandieren und den Cider in Supermarktketten und anderen Verkaufsstellen in ganz British Columbia anzubieten. Die nächste anstehende Herausforderung war jedoch, Jonathan und Matthew zu überzeugen, die Marke über ihre eigene Firma auf der anderen Seite des Atlantiks zu vertreiben.

Wie aufs Stichwort vibrierte Alex' Handy. Er wischte über den Bildschirm und atmete auf. »Sie sind gelandet. Matthew hat den Mietwagen schon abgeholt, das heißt, sie sollten so in einer Stunde hier sein.«

»Gerade genug Zeit, um mit runterzukommen und eine Tasse von dem Tee zu trinken, den Gran unbedingt mitbringen musste.« Sophie schmunzelte und drückte Alex' Hand.

»Sie weiß schon, dass wir eine Packung von genau diesem Tee hier für sie stehen haben, oder?«, sagte er grinsend. »Ich meine, wir sind in British Columbia, nicht in Nunavut. Sogar Amazon liefert hierher.«

»Ich weiß.« Sophies Lächeln wurde breiter. Nachdem sie entschieden hatte, den Umzug zu wagen, hatte sie erleichtert festgestellt, dass man sich Marmite und Yorkshire Tea ganz einfach über den Atlantik liefern lassen konnte. »Aber sie war nicht davon abzubringen, ihren eigenen mitzunehmen.« Hand in Hand schlenderten sie zurück zum Haus.

Wenig später rumpelte ein großer Geländewagen die lange Auffahrt durch die Obstgärten vor dem Haus hinauf. Als Alex den Wagen hörte, sprang er vom Küchentisch auf und trat vor die Tür, um die Gäste zu begrüßen. Sophie eilte ihm nach und ließ ihre Hand im Gehen in seine gleiten.

»Du schaffst das schon«, flüsterte sie, als sie spürte, wie Alex' Hand zitterte. Obwohl Matthew und Jonathan im Laufe des letzten Jahres der Farm bereits mehrere Besuche abgestattet hatten, war der heutige aus gleich mehreren Gründen von besonderer Bedeutung, nicht zuletzt, weil sie diesmal nicht alleine kamen. Als die Schiebetüren des Geländewagens aufglitten, stiegen nicht nur Matthew und Jonathan aus, sondern auch Anna, Ellie, der kleine Jack, Caroline und zu guter Letzt Carolines und Jonathans Familienzuwachs, ein bezauberndes einjähriges Mädchen namens Emily. Meredith bereitete sich gerade auf die Prüfungen am Ende des Trimesters vor und hatte sich dem Rest der Familie leider nicht anschließen können, hatte Anna und Matthew jedoch gebeten, liebe Grüße auszurichten. Wie erwartet, war sie hochentzückt, dass Sophie quasi gleichzeitig mit Alex zur Familie gestoßen war. Sie konnte es kaum abwarten, ins Flugzeug zu steigen und Zeit mit den beiden zu verbringen, sobald sie die Prüfungen hinter sich hatte.

»Wie schön, dass ihr da seid«, sagte Alex, der zunächst Matthew und Jonathan die Hand schüttelte und dann Küsse an die anderen Familienmitglieder verteilte.

»Erinner mich daran, den Kindern auf dem Rückflug was zur Beruhigung zu geben«, sagte Anna trocken, während ihre Sprösslinge die wiedergewonnene Freiheit genossen und die Auffahrt hinunter in die Obstplantage stürmten.

»Das geht?«, fragte Caroline interessiert und schob die schläfrige Emily von der einen Hüfte auf die andere.

»Ich sag nur, Paracetamol für Kinder.« Anna lächelte. »Funktioniert vielleicht auch bei Ehemännern!«

»Ich glaub, der kostenlose Alkohol hat schon genug Schaden angerichtet.« Caroline schmunzelte, als Jonathan wie zur Bestätigung zum Schutz vor der kräftigen Nachmittagssonne eine dunkle Brille aufsetzte.

»Kriege ich eine kleine Führung?«, fragte Matthew. »Es hat sich ja einiges getan, seit Jonno und ich das letzte Mal hier waren.«

»Klar, aber kommt erst mal an«, entgegnete Alex. Sophie beobachtete ihn eine Weile und stellte fest, dass er selbstbewusster war, nun, da er seine Brüder und ihre Familien bei sich zu Hause, in seinem eigenen Revier, empfangen konnte. Er war im letzten Jahr in seine Rolle als Cider-Produzent hineingewachsen und hatte fast nichts mehr gemein mit dem zurückhaltenden Praktikanten, den sie fast zwei Jahre zuvor kennengelernt hatte. Wie viel sich seitdem verändert hatte!

»Klingt nach einem guten Plan«, antwortete Jonathan. »Ich könnte definitiv eine Tasse Tee vertragen.«

Alle machten sich auf Richtung Haus, nur Sophie und Alex blieben noch kurz zurück.

»Alles in Ordnung?«, fragte Sophie, während Alex zusah, wie der liebenswerte Familienclan im Farmhaus verschwand.

Er schlang einen Arm um ihre Taille, zog sie an sich und küsste sie leidenschaftlich. »Ich habe mich noch nie besser gefühlt. Solange du an meiner Seite bist, ist alles Ordnung.«

Als sie sich voneinander lösten, hörten sie, wie die Familie Carter es sich in der Küche des Farmhauses gemütlich machte und Tassen klirrend aus den Schränken geholt wurden. »Ich gehe mal besser und kümmere mich um die Gäste.« Sophie löste sich widerwillig aus Alex' Umarmung.

»Äh, bevor du gehst … Ich wollte dir noch was sagen.«

Sophies Herz machte einen Satz, als sie zu Alex zurückblickte, der vor den blühenden Apfelbäumen stand. Die Sonne tauchte sein Gesicht in ein warmes, frühlingshaftes Licht, und ihr ging durch den Kopf, dass sie ihn noch nie so entspannt und mit sich selbst im Reinen gesehen hatte.

»Ich bin ganz Ohr«, entgegnete sie.

»Eigentlich wollte ich warten, bis wir etwas mehr Zeit für uns haben, aber irgendwie ist der Moment gerade perfekt.« Alex streckte eine Hand aus und zog Sophie wieder näher an sich. Mit der anderen Hand fischte er etwas aus seiner Jeanstasche. »Tut mir leid, dass er nicht in einer mit Samt eingeschlagenen Schachtel ist, aber ich wollte ihn für alle Fälle immer dabeihaben.« Er nahm Sophies linke Hand in seine und hielt sie einen Moment lang fest. Dann sah er ihr tief in die Augen und lächelte zärtlich. »Ich möchte, dass du meine Frau wirst, Sophie. Würdest du mir die Ehre erweisen, Ja zu sagen?«

Sophie spürte, wie ihr die Knie weich wurden, als Alex die Hand öffnete und ein goldener Ring mit einem riesigen, tiefgrünen Smaragd zum Vorschein kam. Der Smaragd war von einer Reihe Diamanten umgeben, die im Sonnenschein glitzerten. Sie öffnete den Mund, brachte aber keinen Ton heraus. Als sie ihren Blick von dem Ring losreißen konnte und Alex' erwartungsvolle

Miene sah, unternahm sie einen neuen Versuch. »Klar sag ich Ja. Unbedingt, definitiv und einhundertprozentig, hier und jetzt!«

Mit zitternden Fingern schob Alex den Ring über Sophies linken Ringfinger. »Es ist der Verlobungsring meiner Großmutter. Mom hat ihn mir kurz vor ihrem Tod gegeben.« Er lachte unsicher. »Sie meinte, sie hätte gern gesehen, wer ihn bekommt. Aber ich bin sicher, dass sie mit meiner Wahl mehr als einverstanden gewesen wäre.«

»Das hoffe ich«, entgegnete Sophie, bevor sie Alex an sich zog, um die Annahme seines Antrags mit einem Kuss zu besiegeln.

Als schallender Applaus aus der Küche kam, lösten sich Alex und Sophie voneinander. Ihre beiden Familien hatten sich am Küchenfenster versammelt.

»Wurde auch Zeit«, rief Matthew und nippte an dem Tee, den Anna gekocht hatte. »Jetzt können wir Sophie endlich ganz offiziell in der Familie willkommen heißen.«

»Und wir Alex in unserer«, sagte Lily augenzwinkernd von ihrem Platz am Küchentisch. »Endlich.«

»Eigentlich hatte ich nicht mit einem so großen Publikum gerechnet«, lachte Alex und legte einen Arm um Sophie, als sie zum Haus hinüberschlenderten, »aber ich bin froh, dass ihr alle hier seid, um diesen Moment mit uns zu teilen.«

»Ich auch«, pflichtete Sophie ihm bei. »Wozu gehört man sonst zu einer Familie?«

Danksagung

Wie immer gibt es unzählige Menschen, die mir das Schreiben dieses Buches überhaupt erst ermöglicht oder erleichtert haben. Zunächst möchte ich mich bei dem großartigen Team von Aria Fiction für die Hilfe, die ermutigenden Worte und die Unterstützung bedanken. Ein ganz herzlicher Dank geht auch an meine Lektorin Sarah Ritherdon, Vicky, Nicky und Lucy sowie Sue Smith und Rose Fox dafür, dass sie mir mit ihrem Sachverstand und ihrem Feedback zur Seite gestanden haben. Ein ebenso herzliches Dankeschön an meine Agentin Sara Keane für ihre unermüdliche Unterstützung, Hilfe und Ermutigung.

Zudem geht mein Dank dieses Mal an eine Reihe von Fachleuten aus der Cider-Branche: ein riesiges Dankeschön an Martin Thatcher von Thatcher's Cider für das hochinteressante und mitreißende Interview und die wertvollen Einblicke in die Arbeitsprozesse in einem multinationalen Cider-Unternehmen. Ebenso herzlich bedanke ich mich bei Julia Barton, dass ich sie mit meinen Fragen löchern durfte und sie mir den Betrieb gezeigt hat (sogar einen meiner Lieblingsschauplätze für meine Szenen, nämlich die Eichenbottiche!). Zum Schluss noch ein weiteres Dankeschön an Richard Johnson, den leitenden Cider-Produzenten von Thatcher's, der ein sprudelnder Quell an Cider-Wissen und obendrein ein ganz großartiger Gesprächspartner ist.

Es gibt zwei echte Weimaraner, denen ich ebenfalls meinen Dank aussprechen muss – meinem eigenen, Bertie (der in diesem Buch zu Barney wurde), und der bezaubernden Niyah, die meiner guten Freundin Taj gehört. Sie mögen vollkommen durchgeknallt sein, sind aber trotzdem die besten Hunde der Welt.

Wie immer war meine Familie nachsichtig mit mir, als ich mal wieder unter dem Bann einer Geschichte stand, und Nick, Flora, Rosie, Peter, Linda, Helen, Michael, Luke und Penny wissen, wie sehr ich ihre Unterstützung und Geduld (und in einigen Fällen ihr Korrekturlesen!) zu schätzen weiß.

Auch meine Freunde haben eine unendliche Geduld mit mir bewiesen; besonderer Dank geht unter anderem an Carly, Beth, Tony und Steph, meine unglaublich enthusiastischen und konstruktiven ersten Leser. Gleiches gilt für Caroline Morris, die Little Somerby die Treue gehalten hat. Ich bin mit einem fantastischen Netzwerk gesegnet. Außerdem habe ich das Glück, weitere inspirierende Freunde aus der Romantic Novelists' Association zu haben, die mich jederzeit rückhaltlos unterstützt haben, insbesondere Rachel Brimble, Teresa F. Morgan, Alison Knight, Nicola Cornick und Jenny Kane.

Ein Dank geht auch an die unzähligen »Vorbilder« für die Figuren dieses Romans, insbesondere an Keanu Reeves und Adam Driver, die ich vor Augen hatte, wenn ich Alex beschrieb, und an Gwendolyn Christie und Elizabeth Debicki, die meine Inspiration für Sophie waren. Und zu guter Letzt noch ein Dankeschön an Paul Gross, alias Constable Ben Fraser in *Ein Mountie in Chicago*, dem ich nicht nur Alex' Nachnamen verdanke, sondern der auch mein erster Teenieschwarm und der prototypische Held für Heerscharen von verzückten Fernsehzuschauern der 1990er, einschließlich mir selbst, war.

Abschließend geht mein Dank an Sie, liebe Leserinnen und Leser, dass Sie mich erneut nach Little Somerby begleitet haben. Ich bin jedem Einzelnen von Ihnen unendlich dankbar und hoffe, dass Sie den Aufenthalt auch diesmal genossen haben.

Zwei gebrochene Herzen, zwei schwere Vergangenheiten und eine neue Chance für die Liebe

FAY KEENAN

Annas kleiner Teeladen

Roman

Nach dem traumatischen Tod ihres Mannes möchte Anna noch einmal neu anfangen und übernimmt im englischen Little Somerby den kleinen Teeladen ihrer Patentante.
Matthew soll nach einigen Enttäuschungen im Leben die Cider-Farm seines Vaters fortführen – ausgerechnet an der Seite seines ungeliebten Bruders. Sein einziger Lichtblick: die neue Besitzerin des kleinen Teeladens, die er nicht nur wegen ihrer köstlichen Cupcakes anziehend findet …
Urige Dorffeste, Cider-Verkostungen unter den Sternen und die Liebe gehören bald zu Annas und Matthews neuem Leben. Doch dann geschieht eine Tragödie, und die Geschichte scheint sich zu wiederholen …

KNAUR

England, Liebe
und der Duft nach Apfelwein

FAY KEENAN

DAS KLEINE BISTRO IN LITTLE Somerby

Roman

Caroline Hemingway sehnt sich nach einem Neuanfang. Auf Anna und Matthew Carters Hochzeit fasst sie den Entschluss, in das idyllische Little Somerby zu ziehen und dort ein Bistro zu eröffnen. Da kommt gerade gelegen, dass die Carters die große Apfelwein-Plantage in Little Somerby besitzen, und so baut sich Caroline in dem romantischen Dörfchen eine gemütliche kleine Cider Kitchen auf.
Bald schon prickelt es nicht nur in den Gläsern, sondern auch zwischen Caroline und Matthews Bruder Jonathan Carter. Doch als Caroline plötzlich von ihrer Vergangenheit eingeholt wird, werden nicht nur ihre Gefühle, sondern auch die Zukunft des Bistros hart auf die Probe gestellt.

KNAUR